A E
& I

Las olas del tiempo perdido

Autores Españoles e Iberoamericanos

Sandra Barneda

Las olas del tiempo perdido

Planeta

Av. Diagonal, 662-664, 08034 Barcelona
www.editorial.planeta.es
www.planetadelibros.com

Diseño de la colección: Compañía

Primera edición: septiembre de 2022
Depósito legal: B. 12.472-2022
ISBN: 978-84-08-26191-9
Composición: Realización Planeta
Impresión y encuadernación: Black Print
Printed in Spain - Impreso en España

Certificado PEFC
Este libro procede de bosques gestionados de forma sostenible y fuentes controladas
PEFC
PEFC/14-38-00305
www.pefc.es

El papel utilizado para la impresión de este libro está calificado como **papel ecológico** y procede de bosques gestionados de manera **sostenible**.

A mi primera tribu:
Joan, David, Israel, Óscar, Unai, Ferran y Vanesa

No te detengas

No dejes que termine el día sin haber crecido un poco,
sin haber sido feliz, sin haber aumentado tus sueños.
No te dejes vencer por el desaliento.
No permitas que nadie te quite el derecho a expresarte,
que es casi un deber.
No abandones las ansias de hacer de tu vida algo extraordinario.
No dejes de creer que las palabras y las poesías
sí pueden cambiar el mundo.
Pase lo que pase nuestra esencia está intacta.
Somos seres llenos de pasión.
La vida es desierto y oasis.
Nos derriba, nos lastima,
nos enseña,
nos convierte en protagonistas
de nuestra propia historia.
Aunque el viento sople en contra,
la poderosa obra continúa:
tú puedes aportar una estrofa.
No dejes nunca de soñar,
porque en sueños es libre el hombre.
No caigas en el peor de los errores:
el silencio.

La mayoría vive en un silencio espantoso.
No te resignes.
Huye.
«Emito mis alaridos por los techos de este mundo»,
dice el poeta.
Valora la belleza de las cosas simples.
Se puede hacer bella poesía sobre pequeñas cosas,
pero no podemos remar en contra de nosotros mismos.
Eso transforma la vida en un infierno.
Disfruta del pánico que te provoca
tener la vida por delante.
Vívela intensamente,
sin mediocridad.
Piensa que en ti está el futuro
y encara la tarea con orgullo y sin miedo.
Aprende de quienes puedan enseñarte.
Las experiencias de quienes nos precedieron,
de nuestros «poetas muertos»,
te ayudan a caminar por la vida.
La sociedad de hoy somos nosotros:
los «poetas vivos».
No permitas que la vida te pase a ti sin que la vivas.

WALT WHITMAN

DÍA 1

Contar las olas en el ocaso del día. El juego que Belén y su hermano pequeño, Adrián, compartían cuando la vida no se contaba en días, sino en eternidad. Lo hacían siempre al inicio y al final de cada verano y, aunque sabían que no había un ganador, deseaban ser los cazadores de la última ola del día. Era su homenaje al final del día; al paso de la luz a la oscuridad. Un juego sin sentido para el resto, pero uno más de unión y de complicidad para ellos.

Cuando quedaban unos minutos para que el astro descendiera por el horizonte hasta desaparecer, Belén y Adrián se sentaban sobre una de las grandes piedras del jardín, al borde del abrupto acantilado contra el que rompían las olas escupiendo espuma con fuerza, y, tras un «¡Ya!», comenzaba la cuenta. No podían distraerse. Con el último rayo de luz, desvelarían la cuenta y esta debía coincidir. Solo así lo habrían logrado: cazar la última ola del día. Al principio, siempre conseguían mantener la concentración, pero, poco a poco, por culpa de miradas cómplices, pequeñas tretas para distraer al otro o risas contagiosas se perdían en el recuento.

—¡Cincuenta y siete!

Las veces que Belén y Adrián coincidían en el número lo celebraban siempre del mismo modo: a la carrera, con una divertida amalgama de saltos y esprints para llegar cuanto antes a casa. Después de más de media hora a la intemperie, bajo los húmedos atardeceres de Ajo, necesitaban hacer bombear el corazón y entrar en calor. Adrián siempre era el primero en llegar, siempre deprisa, una premoción que nadie supo ver. Tampoco Belén.

Sus padres jamás entendieron aquel juego de contar las olas del atardecer, como tampoco su vitalidad y sus ganas de disfrutar con cada aliento de vida.

—¡Adrián y Belén! ¡Los zapatos!

De la emoción, solían saltarse el riguroso protocolo de entrada a la casa marcado por su padre, el afamado y respetado psiquiatra doctor Guerrero: tan frío y distante con sus hijos.

—¡Sacaos los zapatos si no queréis que vuestro padre os haga limpiar todas las huellas que dejéis en el suelo!

Su madre, cómplice y protectora, aspiraba a salvarlos de cualquier castigo y de la férrea disciplina de su marido. Pero Flore Collet no podría ni con la fuerza de las olas ni con el imperioso ímpetu de la vida, no podría evitar el verdadero ocaso de su existencia: la muerte de su hijo pequeño. Como una flor, como su propio nombre, pero sin luz, ella también se apagaría con Adrián.

—¿Cuántas olas esta vez?

—¡Cincuenta y siete, mamá!

Adrián hablaba pisándose las palabras, por la precipitación, por la emoción, porque la vida siempre parecía escurrírsele, y terminaba por estallar de risa contagiando a quien estuviera junto a él.

Belén contemplaba desde la gran cristalera de su habitación el romper de las olas; ese reloj infinito de un tiempo perdido. Ya no era lo mismo. Nunca nada volvió a ser como cuando eran niños. Cerró los ojos y dejó que su mente dibujara la sonrisa eterna de Adrián, levantando los brazos al tiempo que celebraba la victoria —¡¡¡cincuenta y siete!!!—. Inspiró empapándose de la esencia de ese recuerdo rescatado, como si la vida no hubiera sucedido.

Ahora era ella la afamada psiquiatra, la doctora Collet. Había adoptado el apellido materno por amor a su madre y para borrar cualquier huella de su padre. Cuando había huido de él, no reparó en la imposibilidad de librarse de los rasgos heredados. Belén tenía la misma mirada cristalina que el doctor Guerrero; el tiempo y el estrago emocional las convirtieron en idénticas: igual de frías y distantes.

Observó su reflejo en el espejo y sintió cómo el fantasma del pasado le estrangulaba las tripas. Se abrazó el bajo vientre con el deseo de obtener el calor perdido de una familia desmembrada por la desgracia. Habían pasado más de veinte años, pero el dolor no viaja con el tiempo, sino con suspiros que, como rayos, iluminan lo que se perdió y ya no retornará.

Belén inspiró otra vez con fuerza, deseando escapar de los recuerdos, pero se percató, de nuevo con una sonrisa, de que se había despertado con deseos de volver a jugar, de recuperar las cuentas con el mar, aunque las olas no le trajeran el tiempo perdido ni a los perdidos.

—Estos días volveré a cazar, hermanito, como cuando éramos niños. ¡Te lo prometo!

El paso de los años activa el peligroso contador del olvido que, si escoge el dolor como guía, puede terminar devorando la memoria más preciada. Demasiados años consumidos en el empeño de obligarse al abandono de lo que se había vivido, mirando hacia delante, corriendo con la prisa de la huida de unas huellas que nos hicieron ser lo que somos y lo que seremos. En esa carrera que cualquiera pierde y solo gana la vida, que te devuelve en un extraño sortilegio al sitio donde colgaste el cartel del olvido para repararte en recuerdos, en volver a sentir que el secreto de vivir está en aceptar la paradoja de la imagen arquetípica del loco caminando con la punta de sus pies directo al acantilado y sosteniendo un lirio en la mano.

Belén había logrado pescar ese recuerdo junto a Adrián: cazar la última gran ola del día y sentirse como el capitán Ahab en busca de su particular Moby Dick. Puede que ese fuera el camino: rememorar lo que todos quisieron olvidar.

Sonrió invadida de él, aunque con la expresión herida, mientras avistaba el primer asomo de sol, con sus primeros rayos atravesando las nubes. Como un espejismo, le pareció ver la silueta de Adrián con los brazos en alto subido a la gran piedra que emergía como una efigie a un lado del jardín de la casa.

No era la misma piedra en la que se sentaban cuando eran pequeños, pero resultaba suficientemente grande y alta como para acogerlos a Adrián y a ella de adultos: sentados, estirados, cazando olas o estrellas fugaces en la noche de San Lorenzo.

Esa gran piedra ejercía de faro oculto desde el acantilado y fue la razón por la que Belén había decidido diez años atrás comprar aquella casa. Lo hizo la misma semana que perdió a su madre, ante la necesidad de poner los pies sobre su infancia en Ajo. Aquel lugar de espíritu vikingo donde durante muchos veranos no existieron los imposibles y fue sencillo imaginar el Valhalla.

Con el pelo todavía húmedo, pero ya vestida, se arrodilló en el mirador acristalado de su habitación y observó la llegada del nuevo día. Necesitaba unos minutos más. Había dormido poco; un sueño demasiado ligero, alterado por la llegada de todos.

Ese *mare tenebrosum*, ese pedazo de mar Cantábrico se exponía ante Belén inclemente, con el salvaje vaivén de sus aguas rompiendo contra el acantilado. Aquella mañana parecía batir con una fuerza mayor, mostrando su poder ingobernable; igual que la vida, los recuerdos y la muerte. Cerró los ojos para escuchar el oleaje, procurando acompasar su respiración a cada rugido, rugidos también de su alma, agitada desde que había decidido reunirlos a todos. Sentía el corazón desbordado. No había sido fácil llegar hasta allí, encontrar el equilibrio después de las sacudidas descarnadas de la vida: la muerte de su hermano, el abandono de su padre y la muerte de su madre.

La tristeza cabalga sobre el alma de cada uno recorriendo los senderos más sombríos. Su madre se había quedado en la oscuridad; su padre, en la renuncia, y ella, en el frío refugio del éxito. Belén había logrado llenar su vacío huyendo de su propia vida y viviendo otra: la que marcaba el triunfo, encarnado en su personaje público, la doctora Collet.

El sonido de la vibración del móvil interrumpió el paseo de su mente. Abrió los ojos y sacó el teléfono del bolsillo trasero de sus vaqueros.

—Hola, ¿ya ha llegado? Dale de desayunar. En seguida bajo.

Eran las 7.21 de la mañana. El viaje al pasado parecía haber terminado, aunque Belén sabía que, como el día, no había hecho más que empezar. Elvira, su secretaria, la avisaba de que había llegado el primero. Antes de levantarse, perdió su vista de nuevo en el acantilado durante unos segundos más, los suficientes para sentir esa comunión en forma de vértigo con el paisaje.

Belén llevaba veinte años queriendo atrapar la propia vida, pero había llegado la hora de devolverle el timón y transitar por ella con todos sus riesgos.

Se miró al espejo sin sentir ni un poco de amargura por haber tomado demasiadas decisiones equivocadas. Se perfiló los labios, se atusó la media melena y se colocó el cuello de la camisa para salir a recibir a las visitas: amigos de ese tiempo ya inalcanzable que estalló en mil añicos con la muerte de Adrián.

Abrió la puerta con el ímpetu de la doctora Collet; solo para unos pocos, solo para ellos era Belén, Belén Guerrero.

Atravesó uno de los grandes salones de la casa y fue directa al porche, también acristalado. La chimenea gozaba de un acogedor fuego y se encargaba de aspirar la humedad y el frío de la mañana. Se detuvo en seco para observar al recién llegado: de espaldas a ella, con una taza en las manos frente al paisaje. Había suficiente distancia como para que no la hubiera oído llegar. Contemplar la intimidad de otro sin ser descubierta siempre le había producido un placer extrañamente perverso; penetrar almas sin permiso ni previo aviso. Rasgando la observación violenta de la intimidad, Belén carraspeó antes de reemprender el paso.

—¡Buenos días! No esperaba que la puntualidad fuera otro de tus atributos. Sebas se olvidó de contármelo.

Mientras Belén se acercaba, el invitado se dio la vuelta y sonrió como lo que deseaba ser: una estrella de cine. Por el momento, era un actor en busca de la gran oportunidad que para mantenerse aceptaba todo tipo de trabajos: camarero, *boy* en despedidas de solteras o, como en ese caso, novio por días.

—Hugo, encantado.

Se contemplaron con el descaro que caracterizaba el propio encargo: parecer íntimos, una pareja de enamorados, pero protegiendo sus intenciones ocultas. Belén inquietó a Hugo con solo mirarlo, y este pudo comprobar lo que le habían contado de ella: una mujer tremendamente atractiva con semblante frío e indiferente. Tras la muerte de su hermano Adrián, le habían diagnosticado alexitimia, un trastorno, consecuencia de un trauma emocional, que la incapacitó durante mucho tiempo para expresar lo que sentía. Fue tratada y recuperó la capacidad de sentir y de hablar de sus sentimientos, pero permaneció en ella, de forma crónica, una máscara vital que la blindaba internamente de cualquier otro golpe de la vida. Belén se recobró casi por completo, pero arrastraba una gran lacra: su incapacidad para enamorarse. Nadie lo sabía y ella deseaba mantenerlo en secreto.

—Será mejor que te des prisa en quitarte el palo del culo si no quieres que nos descubran de un plumazo.

Hugo sonrió volviendo a mostrar su amplia y blanca dentadura y se estiró los puños del jersey azul Bilbao, como llamaban en el norte al *classic blue*.

—La situación es un poco extraña, pero en seguida cogeré el tono.

Se sentaron el uno frente al otro y se observaron de nuevo en silencio. A Hugo le seguía intimidando la mirada de Belén. Sintió un golpe de rabia herida que controló, sin que ella se diera cuenta, con el cierre instintivo de sus puños escondidos bajo la mesa. Parpadeó varias veces usando la técnica EMDR, un sutil movimiento ocular que produce un efecto directo sobre el sistema nervioso y sobre las memorias no procesadas. Belén no era la única: todos acumulamos traumas. Hugo también.

Sin que Hugo tuviera apenas tiempo para recomponerse, Belén, en un movimiento rápido, lo besó en la boca. Un roce descarado de sus labios con los de Hugo, humedeciéndolos, mordiéndolos, jugando a perseguirlos y descubriendo el despertar inmediato del deseo. Un primer paso para abrir el baile de sus lenguas y un inesperado calentón que, de no haber sido por la llegada de Elvira, habría podido ir a más.

—¿Otro café?

Hugo, todavía con los labios encarnados y sintiendo el calor del sexo despertado, respondió afirmativamente con una sonrisa nerviosa. Por la impresión de su primer minuto con Belén, aquel trabajo prometía convertirse en una práctica real del método Stanislavski que había estudiado en la escuela de teatro. Aquellos besos inesperados, casi robados, de Belén habían despertado su instinto, lo que complicaba todavía más las cosas. Sentía cómo sus pulsaciones se habían acelerado y cómo su temperatura corporal aumentaba sin control.

—¿Treinta y cuatro años? —soltó Belén con la mirada puesta en unos papeles—. Un poco tarde para hacerse actor, ¿no te parece?

—Un poco tarde para jugar a las mentiras, ¿no crees?

Hugo la miró para comprobar si Belén había captado la indirecta: desconocidos con heridas comunes en busca de respuestas. Belén sonrió intercambiando complicidad con Elvira. El joven polluelo conocido de Sebas, su maquillador, mostraba carácter, arrogancia y la seguridad necesaria para cumplir con su tarea. Mucho más de lo que esperaba encontrar en él.

—Tenemos poco tiempo hasta que lleguen los invitados. ¿Has estudiado bien tu papel?

Hugo asintió mientras se recolocaba la entrepierna y recuperaba la concentración.

—¿Qué es lo que más te gusta de mí?

—Tu endiablado carácter. Eres fría por fuera, pero salvaje por dentro.

—No te pases.

Belén seguía repasando los papeles repletos de información sobre ella y Hugo. Había dejado de mirarlo. Al contrario que él, ella no había sentido nada, simplemente había ejecutado una cadena de besos. Aquella fría indiferencia disparaba la rabia de Hugo sobre ella y, al mismo tiempo, su deseo animal.

—Nos conocimos en Viena en un congreso internacional de psiquiatría. Tú formabas parte del personal.

—Fue rápido —la interrumpió Hugo mientras se encendía un cigarrillo para concentrarse—. Te acompañé al hotel dos noches y en la segunda ya me invitaste a tu habitación. Una semana juntos. Suficiente para repetir en España a los veintiocho días exactos.

—En Madrid —siguió Belén.

—En el hotel Urso —continuó Hugo—. Dos días y dos noches sin salir.

—Convendría que no te excedieras con la pasión —matizó Belén sin tan siquiera mirarlo—. Les costaría creer la fogosidad repentina de alguien tan frío como yo.

Elvira se sentó junto a ellos con más papeles en las manos, un café y un par de cajas.

—Tenemos un par de horas —dijo con la intención de apaciguar a la pareja.

—¿Cumpleaños? —preguntó Belén.

—7 de octubre —respondió rápido Hugo—. Tu color favorito es el verde aceituna. Tu película, *Orlando.* Odias el olor de las palomitas y que te toquen los pies. Te duermes con las gafas puestas y el libro en el pecho; siempre con los pies fuera del edredón. Algunas noches mascullas palabras imposibles de comprender. Te gusta el café solo, doble y sin azúcar. Practicas todo tipo de deportes. Eres fría, pero estás enganchada a la adrenalina. Te duchas con agua templada, nunca fría. Jamás me has dicho «te quiero» y yo te lo digo a todas horas sin importarme.

Belén observaba a Hugo queriendo descubrir algo más allá de sus palabras mientras él hacía un repaso de ella, como si se tratara de otra persona. No le era indiferente, pero lo simulaba.

—Te molesta que hablen demasiado. A veces no sé qué piensas, pero tampoco me preocupa. Eres tremendamente atractiva y me gusta el sexo contigo. Para mí, suficiente.

Elvira miró con un gesto afirmativo a Belén. Hugo no dejaba de exponer lo aprendido, describiendo a la perfección su personalidad, manías y virtudes. Había conseguido cazar su esencia y la contemplaba con el descaro de quien ha logrado perforar la intimidad de cuerpos desnudos y excitados moviéndose para saciar la sed llamada deseo.

—No vivimos juntos. Nos vemos sin compromiso. No nos importa ni la diferencia de edad ni de estatus. Me aburren tus amigos postizos y a ti mis noches de pizza, cervezas y fútbol.

Hugo contempló con una extraña provocación a Belén, pero sin recibir respuesta por su parte. Al fin había podido centrarse y entrar en el juego como un auténtico profesional. Tenía que simular y no dejar al descubierto la más mínima debilidad o resquicio de duda sobre su valía para ese trabajo. Necesitaba estar con ella. Observarla de cerca. Había esperado demasiado tiempo y no pensaba desaprovechar la ocasión que se le había presentado.

Detuvo en seco su discurso y disfrutó de una larga calada al cigarro mientras la examinaba con descaro. Actuando, midiendo muy bien el personaje que deseaba mostrar.

—Tu turno —soltó divertido.

Belén se apoyó en el respaldo de la silla, dejó los papeles y clavó su mirada en él. Fría y triste. Silenciosa y enigmática. Ella, igual que él, también se escondía. Aceptó el juego de seducción de Hugo. Creyó que sería lo mejor.

—Caprichoso hijo único. —Hizo una gran pausa y lo miró fijamente, como queriendo cazar cualquier pensamiento distraído—. De familia de clase media de Madrid, aspira a ser actor, pero apenas ha hecho un par de papeles en dos series carentes de interés.

Hugo agachó la cabeza como si confirmara la crueldad de Belén. Sus puños se mantenían prietos. Recibió en silencio esos golpes bajos, que desplumaron la magia y aterrizaron en su realidad.

—Frágil a pesar de gozar de una armadura digna de un centurión romano. Musculoso como un buen David. Eres un niño todavía... Me gusta, los que van de hombres me aburren. No tienes filtro. Dices lo que piensas y no te importa lo que piensen. Eres tan distinto a mí que por eso te deseo. No me temes y nunca me dices que te aburres. Respetas mis rarezas y tampoco quieres compromiso. Te malcrío. Te doy caprichos y una vida que no te puedes permitir.

Elvira puso sobre la mesa las cajas que había traído consigo. Las abrió y mostró un par de relojes: un Rolex y un Omega.

—¿Cuál te gusta más? —le preguntó a Hugo—. No te enamores, solo forman parte del atrezo.

Hugo se probó los dos intentando simular el placer de ser agasajado. Llevaba años soñando con el éxito y más de una vez había pensado en tirar la toalla y buscar fortuna como comercial. Era capaz de vender hasta a su propia madre.

Eligió el más clásico y el más caro: el Rolex Submariner. Siempre había querido tener uno. Belén captó el deseo en él y sonrió por primera vez al comprobar, una vez más, el magnetismo llamado dinero.

—Cuando terminemos, te mostraré tu habitación y... tu vestuario para estos días.

Hugo se volvió a estirar las mangas del jersey con intención de responder a Elvira, pero Belén arrancó de nuevo tratando de disimular el orgullo herido de su nueva pareja.

—Me deseas, pero no me quieres, aunque no dejes de decírmelo un solo segundo. Yo tampoco te quiero, por eso no te lo digo, pero estoy contigo porque entretienes mi soledad.

—¿Soy uno más, entonces? —preguntó Hugo con tono arrogante.

—Cuanto menos pongamos el foco en la relación, más creíble será —respondió Belén con la indiferencia de quien repasa la lección, y prosiguió—: 20 de abril, cumpleaños. Color preferido, el azul. Tus pasiones son los zapatos, siempre lustrosos, y el deporte. Te miras más al espejo que yo.

Belén desvió la mirada levemente para no perderse la reacción de su novio, que comenzaba a moverse por la incomodidad y por el exceso de dardos disparados contra el orgullo. Bajó la cabeza aparentando, con una leve sonrisa, el placer de la estocada.

—Eres tan narcisista que no ves más mundo que tu propio talento. Aunque el mundo todavía no lo haya descubierto, ni tú demostrado.

—Tampoco hace falta que te pases... —interrumpió Hugo, molesto por el excesivo escarnio.

—No hablamos de mi pasado —siguió Belén—. Ni del tuyo. Nos prometimos vivir el presente y así llevamos...

—¡Año y medio! —respondió él cortando la conversación, que comenzaba a resultarle difícil de soportar—. Bueno, parece que todo está en orden, ¿no?

Belén se quedó pensativa. Dudaba, por la reacción herida de Hugo, si podría aguantar.

Se miraron nuevamente sin decirse más que lo acordado en aquel juego de simulación de ser pareja frente a viejos conocidos. Hugo, al contrario de lo que pensaba Belén, salió con la confianza de creerse impecable para el encargo. Los dos habían disimulado bien durante su primer contacto. Habían pasado el corte y la impresión de conocerse. De estar frente a frente. No iba a ser sencillo para ninguno de los dos, pero ambos habían aceptado jugar.

«Es perfecto. No te equivocaste. Gracias. No llegues tarde.»

Belén finalmente respondió a Sebas, que llevaba unos minutos ametrallándola con wasaps, deseoso por saber cómo había salido el encuentro.

Sebas lo celebró estirando su orondo cuerpo desnudo bajo las sábanas, como si fuera una cucaracha panza arriba. No entendía demasiado por qué, de todos los actores, Belén había elegido a Hugo para que fuera su novio por unos días. No era el mejor, y sí el que podía desviarse más rápidamente de su función. Intentó advertir a Belén, pero su decisión fue firme: «Me gusta él».

Todavía estaba en la cama, con la maleta sin hacer y la pereza de tener que compartir cuatro días con los amigos del muerto. La vida le había pasado por encima como un tren a toda velocidad desde la muerte de Adrián. Solo las almas castas pueden recuperarse de la pérdida del amor de su vida sin habérselo llegado a confesar. No era su caso: su alma era demasiado traviesa para blanquearla y por ello se le abrían las carnes al pensar en celebrar el cuarenta cumpleaños de Adrián con quienes poco o nada habían tenido que ver con él.

Lucía, Diego, Martín y Belén habían sido indisociables desde la infancia hasta el entierro de Adrián. Él era, en verdad, el alma del grupo, aunque lo bautizaran como el benjamín y convirtieran en mascota, como a Tim, el perro de *Los Cinco.* Cualquiera de ellos, incluso Adrián, hubiera pagado por ser uno de los protagonistas de las novelas de Enid Blyton.

«¿Estás segura de que no te vas a arrepentir de todo esto?»

Escribió el mensaje a Belén mientras se empapaba con la lluvia de imágenes de Adrián que su enterrada memoria había decidido resucitar. Borró el wasap para no enviarlo. Sabía cuál sería la respuesta de Belén. La conocía demasiado bien. El hecho de reunirlos a todos para celebrar el cuarenta cumpleaños de Adrián respondía a un plan mucho más complejo que ni la retorcida mente de Sebas era capaz de descifrar.

—¿Estás organizando todo esto para cumplir el deseo de Adrián? —le había preguntado nada más enterarse de los planes.

Sebas y ella se habían mirado a través del espejo unos segundos, durante los que parecieron recorrer todo el dolor silenciado. Las verdades entre viejos conocidos transgreden las palabras, aunque aparezcan en forma de mentiras.

—No hay otra razón. Se lo prometimos todos a Adrián. Estaría bien que lo cumpliéramos. ¿No crees que tengo razón?

No hubo más explicaciones ni preguntas. La de Belén no tenía por qué ser respondida, como la mayoría de sus preguntas. Aquel día, Sebas siguió maquillándola como llevaba años haciendo, compartiendo confidencias con un solo tema blindado: Adrián. Después de su muerte y de su reencuentro profesional, los dos, sin necesidad de mencionarlo, habían trabajado juntos con la condición de no hablar de él; de no recordar su ausencia y lo que cada uno había decidido enterrar.

Durante todos aquellos años, ambos habían respetado las reglas del juego y, aunque no eran inseparables, el maquillador se había convertido en una de las personas más próximas a la doctora Collet. Una de las pocas que podían transitar sobre la delgada línea entre el personaje y la persona sin causar un grave desajuste.

Sebas no volvió a preguntar por los planes de Belén. Quiso creer lo imposible: que se había dejado llevar por un impulso y que luego se había arrepentido. Ella nunca se dejaba llevar, Sebas lo sabía, pero en aquella ocasión prefirió creerlo hasta que llegaron las instrucciones. En su caso, con una breve llamada.

—Sebas, el próximo 10 de febrero mi hermano Adrián hubiera cumplido cuarenta años. Sabes bien lo que esto significaba para él: empezar una nueva vida. Es la frase con la que creció, la leía todos los días en la taza en la que dejaba su cepillo de dientes: «La vida empieza a los cuarenta». He decidido organizar una fiesta en su honor en Ajo, como le hubiera gustado, con todas las personas a las que él adoraba. Espero que no me falles, y tampoco a él. Te escribo con las coordenadas en unos días.

Tampoco entonces hubo pregunta alguna, ni siquiera una explicación. Tampoco entonces pudo responder porque Belén solo contemplaba una respuesta, y era afirmativa. La llamada lo pilló caminando por la calle y, como un globo que se desinfla a toda velocidad, sintió que las piernas le fallaban. Se sentó en el primer banco que encontró y buscó aliento. En todos aquellos años, había fantaseado con que a alguien se le ocurriera celebrar el cuarenta cumpleaños de Adrián. Pero había sido solo un destello en su mente, nada más. Un deseo loco de volver a acariciar los tiempos perdidos. Y el anuncio de Belén provocó que comenzaran a resucitar sin control los recuerdos de Adrián. La vida, igual que no atiende a nuestros deseos, prosigue sin atender a nuestras plegarias.

Aquella invitación había surtido el mismo efecto que si hubiera visto un fantasma. Su corazón estaba demasiado deshilachado para creer en el más allá y en otras vidas, pero la llamada de Belén lo había transportado a una realidad olvidada: los buenos recuerdos. El amor perdido y jamás compartido.

«¡Y además folla bien! Llegaré según lo acordado. Bs.»

Ese fue el mensaje que finalmente Sebas decidió enviar a Belén. Prefirió seguir respetando las reglas y no hablar del plan, ni de Adrián, ni de aquella reunión de amigos para soplar las cuarenta velas de un muerto. Sabía que Hugo tenía pocas posibilidades de rozar el sexo de Belén, pero también que lo intentaría con todas sus fuerzas. Con ella y con todas las que se le pusieran a tiro.

Sebas seguía en la cama acompañado de los recuerdos de Adrián y de un desconocido. Dio unas palmadas a unas nalgas desnudas y velludas que desfilaban sobre las sábanas.

—Querido, que esto no es un hotel... Será mejor que vayas poniéndote los ojos.

La noche anterior había decidido darse un festín y llevarse a casa a un adonis deseoso de glamur envenenado. Eso era él, una estafa en toda regla. Una serpiente en un nido de víboras que se mueve y muerde para sobrevivir. Conocido como Sebas, el maquillador de las estrellas se había hecho de oro no tanto por su buen trabajo, sino más bien por la habilidad de convertirse en confidente imprescindible de actrices, presentadoras y modelos. Muchas fiestas, más drogas y menos sexo del deseado. Mañanas terribles, días para silenciar y mil y una noches inolvidables y olvidadas. Con cuarenta y dos años, Sebas había gastado cinco de sus siete vidas y se sentía inconfesablemente cansado de existir.

Abrió el agua de la ducha y la dejó correr mientras observaba cómo su propia orina se mezclaba en el remolino de evacuación. El tiempo justo para meterse bajo el agua y comprobar que se encontraba a la temperatura adecuada.

—Cariño, la mañana me deja con el pito bajo y muchas ganas de soledad. —De ese abrupto modo se deshizo del joven que había aparecido desnudo y dispuesto a compartir ducha.

Esa escena la había vivido decenas de veces, comprobando lo malcriado que es el deseo ajeno. Cuanto más indiferente se mostraba, más empeño ponían en poseerlo.

—Hazte café si quieres... ¡Ha sido una noche inolvidable!

El joven le había contestado, había insistido para quedarse mostrando su bajo vientre excitado sin provocar en Sebas más que apatía. Hacía tiempo que el sexo había dejado de divertirlo, aunque su cuerpo lo requiriera cada cierto tiempo. Lo disfrutaba y lo desechaba como una película porno mal montada.

Se concentró en la ducha, en el correr del agua, mientras decidía si le enviaba un mensaje conciliador a Diego para apaciguar las aguas antes del reencuentro. La noche los mantenía unidos; Sebas era asiduo a los locales de Diego y este lo aguantaba porque le llevaba famosos. Una relación superficial basada en el interés mutuo que solía estallar porque en las profundidades no se soportaban.

—¿Y cómo es ella? —le preguntó Cris mientras se retocaba los labios en el espejo de la visera del copiloto.

Diego conducía con desgana y cierto malhumor. Había cerrado tarde el Paradís y accedido, forzado por su mujer, a pasar los cuatro días en Ajo.

—No sé por qué te has empeñado en reservar un hotel. Vamos a quedarnos en su casa y a disfrutar de tus amigos y de ella.

Ni siquiera mordiendo en la llaga, Cris lograba arrancar una sola palabra a Diego, que seguía con la mirada perdida en la carretera. Acababan de dejar Madrid, a Lucas con los abuelos, y lo que podría ser una escapada romántica era una aventura obligada bajo la amenaza de divorcio. Cris adoraba a la doctora Collet, la seguía desde hacía años. Había leído todos sus libros..., era su referente. Una heroína sin piel de cordero que pisaba sin pedir permiso y cogía lo que deseaba sin sentir culpa por ello. No podía creer que la mujer que había conseguido que se levantara de la cama a golpe de pódcast motivador fuera amiga de la infancia de su marido. Hacía apenas dos meses que se había enterado, el mismo tiempo que llevaba intentando convencerlo por las buenas para acudir a la fiesta.

—O vamos a la fiesta o me divorcio. No es una advertencia, Diego, es una promesa.

—Te vas a arrepentir —repuso él sin mirarla y cerrando la puerta del baño para despejarse de la noche y del pasado.

Cris estaba feliz de forma agridulce porque, a pesar del tiempo que llevaba con Diego, él seguía siendo un desconocido. Jamás contaba nada de su pasado; a ella tampoco le había importado demasiado hasta que volver a él se había convertido para ella en una de las cosas más excitantes que le habían sucedido en los últimos cinco años de matrimonio.

—Necesito parar a hacer pis y tomarme otro café. No quiero que lleguemos los primeros ni antes de tiempo. Es de mala educación que las visitas se adelanten, ¿no te lo ha dicho nadie?

Cris estaba acostumbrada a hablar sola y a mantener ese tono de ofensa con Diego. Hacía mucho que el amor por él se le escurría, pero permanecía a su lado por el estatus que le daba el dinero. O eso era lo que ella se decía.

Diego detuvo el coche de un frenazo; Cris se clavó el lápiz de ojos en el globo ocular.

—Pero ¿a ti qué te pasa? —preguntó con los nervios exaltados—. Pégale cuatro golpes al reposacabezas, pero empieza a calmar esos humos si no quieres que terminemos estos días con un divorcio. Me has prometido que vas a comportarte. ¿Te parece si empiezas a practicarlo desde ya?

Cris cerró la puerta del coche de un golpe, dejándolo sin derecho a réplica. Solía ser su juego de escape cuando alguna situación le alteraba los nervios. Diego tampoco quería llegar el primero. Ni hablar con Cris ni con nadie. Él, a diferencia de su mujer, no deseaba llegar a Ajo ni ver a Belén, ni a Lucía, ni a Martín. Todavía estaba intentando encontrar una buena razón que explicara por qué había accedido a acudir a la celebración. Tampoco había encontrado una suficientemente mala. No estaba seguro de amar a Cris, pero sí a su hijo Lucas, y no quería arriesgarse a que lo despreciara por no intentarlo un poco más. Había aceptado ir bajo presión: la de su mujer y la suya propia. Puede que divorciándose se hicieran un favor. No había vuelta atrás. Prefería que su mujer creyera que iban por ella, más que por no haber dado con un buen motivo para no hacerlo.

Revisó su móvil. Todavía tenía el mensaje, sin leer, que hacía un mes le había enviado Martín. Abrirlo era reencontrarse con su pasado, algo que había decidido mucho tiempo atrás no volver a hacer. Pero solo los muertos pueden huir de su pasado, y Diego estaba a punto de comprobar que ni siquiera ellos escapan a él. Metido en el coche, sabía que estaba a unas horas de romper sus propias reglas por la locura de pasar cuatro días celebrando el cumpleaños de Adrián.

—¡Adrián, te prometemos que tendrás tu fiesta de cuarenta cumpleaños!

A los pies de una tumba se hacen pactos delirantes como aquel que Lucía, Belén y él le hicieron a Adrián en su propio funeral. Desde entonces, odiaba prometer. Diego no prometía, hablaba poco y todo lo solía decir con hechos.

—La vida se malgasta en palabras —le recordaba a su hijo Lucas cada vez que este pretendía jurar algo—. Los errores, hijo, se aceptan en silencio y se subsanan actuando, no con palabras.

Aquella condenada mañana que los años no lograban borrar de sus noches, Diego había caído en la cuenta de que la vida no nos pertenece. Adrián estaba muerto, y en un intento desesperado por retener lo que ya nunca volverían a ser, Diego se había lanzado a jurarle a un muerto.

—¡Adrián, te prometemos que tendrás tu cuarenta cumpleaños!

Lucía y Belén habían asentido cogiéndole la mano y apretándosela fuerte, pero él había sido quien había pronunciado las palabras.

Entonces Martín todavía estaba en coma y había sido el único de los cuatro que no se lo había prometido y el único que, después de casi veintiún años, podía echarse atrás. No habría por su parte promesa incumplida. Diego lo sabía, y puede que ese fuera otro motivo por el que se había negado a leer su wasap. Tampoco le había preguntado a Belén si el resto había accedido. El pasado se había ido con ellos, y durante todos esos años Diego lo había logrado: los que fueron sus mejores amigos ya no le importaban lo más mínimo. Los había borrado del mapa, como ellos a él. Puede que un alivio compartido, una elección en dirección a la carretera del dolor olvidado.

Agarró de nuevo el móvil, buscó a Martín en el WhatsApp y sin pensárselo abrió el mensaje.

«Hola, soy Martín, por si ya no tienes mi número. Llámame cuando puedas, es urgente.»

Como buen político, podía esperar un mensaje así de Martín: cargado de demanda y nulo en contenido. Su máxima desde que había entrado en la universidad de Económicas era no dejar nunca rastro, y menos escrito, para evitar un día tener que desdecirse. Siempre confabulando, urdiendo planes conspiratorios. Diego se alegró de no haber abierto antes el mensaje porque estaba seguro de que había alguna trampa escondida en esa petición de llamada urgente. No sabía nada de él, más allá de los titulares que había leído hacía unos años que anunciaban que abandonaba la política, o que la política lo abandonaba a él, para dedicarse a la empresa privada. Un engatusador oportunista tan poco listo que ni siquiera en el mundo de los ciegos había logrado ser el tuerto.

Unos golpes en el cristal del coche lo devolvieron al presente. Era Cris cargada con un par de cafés, haciéndole aspavientos para que saliera y compartiera rincón y cigarro en ese antro de carretera.

—¿Vas a seguir castigándome parando en las gasolineras más cutres? Por poco le pego una patada en los huevos a uno por mirarme las tetas como un perro en celo.

—Los perros no tienen celo —contestó Diego saliendo del coche.

—Eso es lo que os creéis... Y luego dirán que las mujeres nos lo inventamos todo. ¡Será hijo de puta! Estas tetas se miran si yo quiero y como yo quiero.

Diego cogió uno de los cafés y se apoyó en el coche sin poder evitar sonreír al escuchar a su mujer. Era bruta, frívola, interesada, pero tan valiente que no había quien la parara ante lo que ella consideraba una injusticia. Esa era una virtud que él admiraba y que siempre terminaba por ablandarlo. Su mujer lo sabía y por eso se había inventado la historia del tipo de la gasolinera que le había mirado lascivamente las tetas.

—Seguro que se ha metido en el baño para hacerse una paja e intentar correrse con su micropene. Hasta tú, si lo vieras, te apiadarías de él por patético. Mis tetas son mías y no soy una ONG con pechos dispuesta a hacer una obra de caridad a mendrugos. ¡El muy cabrón...!

Él sonrió abiertamente mientras le pasaba a Cris el cigarro recién encendido y le miraba las tetas como un salido, lo que le provocó una risa endiablada.

—¡Serás cabrón! ¡Sal de mi lado!

Diego se encendió su cigarrillo y tomó el primer buen aliento de la mañana. Ella lo había logrado de nuevo. Sacarlo de su silencio, de su tortura interior no compartida y abofetearlo hasta que había reaccionado.

—No sé cómo es realmente —soltó Diego sorbiendo el café.

—¿Quién? —le preguntó Cris.

—Belén. Bueno..., ¡la doctora Collet! —Un movimiento de ceja lo acompañó mientras pronunciaba el nombre de la afamada psiquiatra por la que su mujer sentía, desde hacía años, admiración.

—Te ríes porque no puedes entender lo que significa para mí poder conocerla. ¿Acaso te has leído alguno de sus libros?

Ella llevaba razón. Diego no entendía a su mujer, ni el cambio de Belén. Suponía que la vida los había cambiado a todos. Ninguno de ellos era ya un niño, pero algunos se habían transformado más que otros. Como Belén. Él tampoco era el mismo, pero siempre había sido el ambicioso en busca de dinero y éxito para estar a la altura del resto de los cinco. Todos con dinero menos él, el hijo del heladero del pueblo. El único nacido en Ajo y el primero que se fue para no volver.

—¿Cómo era? Al menos eso sí que me lo puedes decir...

Cris llevaba con esa insistencia desde que se había enterado de la invitación por su indiscreta costumbre de revisar el correo de empresa de Diego. Desde entonces, no había cesado con su interrogatorio con el único objetivo de conocer a la doctora Collet y compartirlo luego con su grupo de amigas, que se morían de envidia. Les había prometido hacer un minucioso diario de audio de todo lo que ocurriera en esos cuatro días y cumplir con la misión: volverse tan amiga de Belén como para organizar con ella y con las chicas una cena en Madrid. Cris no dudaba de su magnetismo, pero temía que su marido llegara a torpedear sus planes con una de sus características e hirientes salidas de tono.

—¿Y los demás no te interesan? —preguntó Diego con sorna—. Puede que alguno tenga mucho más dinero que tu querida psiquiatra.

Cris apagó precipitadamente el cigarrillo, le dejó el vaso de café vacío a Diego y se metió en el coche, dándolo por imposible.

—Para eso ya te tengo a ti. No necesito a otro cretino con los bolsillos llenos.

Ya no le importaba el mutismo de Diego respecto a la doctora Collet porque estaba a punto de comprobar por ella misma cómo era: iba a pasar cuatro días con la doctora, y encima en su casa y celebrando el aniversario de un muerto. Era la situación más bizarra y excitante de los últimos tiempos y no estaba dispuesta a dejar que se la estropeara. Ni Diego ni nadie que acudiera con menos ganas que él.

—Estamos a dos horas. ¿Quieres que demos una vuelta antes por Santander? Yo tampoco quiero ser el primero en llegar.

Diego arrancó el coche y la primera sonrisa de complicidad de Cris. Lo lograba solo y exclusivamente cuando satisfacía sus deseos. Lo había descubierto demasiado tarde, como la mayoría de sus decisiones. Mal y tarde.

—¿Qué te parece esta monada? —le preguntó Martín a Lorena, que había bajado a la calle con los ojos vendados y en ese momento los abría para descubrir la sorpresa que tenía preparada su marido.

—¿Un coche nuevo? Y además de los caros. ¿De dónde lo has sacado, Martín? —Lorena lo miró inquisitoriamente.

Martín seguía inmóvil, con una amplia sonrisa, apoyado en el frontal del Jeep Grand Cherokee negro.

—¡Detalle de empresa! ¿No te parece que las cosas empiezan a cambiar? Un bonus extra por los objetivos logrados. ¡Cariño, me han ascendido! Vuelvo a estar arriba.

Lorena veía a Martín como a un adulto pretencioso con ganas de fardar ante sus amigos de infancia. «¿No había uno más grande?», pensó, pero no se lo dijo porque sabía que el tamaño del coche era la analogía perfecta para representar el deseo de algunos, entre los que incluía a su marido, de tenerla más larga que el resto.

—¿Podemos subir ya a por las maletas? —le preguntó dándole la espalda e ignorando la fanfarronería del momento.

Lorena no tenía ningunas ganas de ir a casa de nadie, y menos de una famosa psiquiatra amiga de la infancia de Martín que seguro que era más estirada que su marido. No aguantaba a los *snobs* con los que él se codeaba y de los que soportaba desplantes y comentarios ofensivos. Martín había dejado de ser don importante porque hacía años que lo habían bajado del escenario del poder. Nunca le confesó a ella las verdaderas razones, pero sí le aseguró que él era la víctima, y los demás, los cabrones. A Lorena no le importó ni la historia ni su verdad, solo que esa vida se quedara en el pasado y no volviera nunca más.

Se había enamorado del Martín que se había quedado desplumado, sin apoyos políticos ni apenas familiares. Pero tras esos siete años solo quedaba la espuma de esa torta de humildad y demasiados deseos de volver al ruedo.

—Lorena... Un poco de alegría, mujer, que ya verás

cómo nos lo vamos a pasar en grande. ¿O es que no te he hablado de Ajo y de mis amigos?

Lo cierto es que lo había hecho, pero con un tono de recelo y resentimiento que hacía unas semanas había quedado en el olvido. Así era Martín, capaz de darle la vuelta a quien fuera y de convencerlo de que sus propias verdades eran auténticas mentiras. Un prestidigitador de la misma vida cuyo rumbo cambiaba para que el viento soplara a su favor y nunca al del resto. Lorena solo quería estar con él y formar una familia. Tener un hijo y olvidarse de su mundo de satén. No le pedía más a la vida; no le pedía tanto como él. Seguir trabajando de encargada en la cafetería de Vallecas, como llevaba años haciendo, viviendo en el barrio y paseando de la mano con su desgarbado y culto marido. No quería salir de allí ni que él prosperara demasiado, porque eso podría significar perderlo. Ella no era una chica lista, pero sí dada al amor y entregada al cuidado del pajarillo desplumado y empapado que había llegado por casualidad a su cafetería.

—¡Ya sabes que consigues todo lo que quieres de mí! Pero una promesa es una promesa. Estos días... ¡me dejas embarazada! Estoy en los días fértiles de mes, y si tú necesitas el lujo y a tus amigos ricos para ponerte cachondo, pues me parece muy bien, pero... ¡vas a cumplir conmigo!

Mientras Lorena hablaba, Martín la besaba por todo el cuerpo sin parar hasta lograr meterle la mano por dentro de las bragas y susurrarle al oído:

—¡Lo prometo, cariño! ¡Lo prometo! Estos días vuelve la fiera, así que prepárate para... ¡la embestida!

—¡Suelta, anda! ¿No teníamos que llegar a la hora de comer? Pues será mejor que espabilemos, que ya vamos tarde y no quiero que los señoritos piensen que soy una irrespetuosa.

Lorena se escabulló como pudo de Martín y se metió en el baño para lavarse los bajos y desprenderse del olor a sexo. Estaba tensa con el viaje y, aunque hubiera podido aprovechar el momento, no tenía el cuerpo, y menos aún la mente, centrado. Además, sabía que contaban con cuatro días para quedarse embarazados. No pensaba dejar que Martín se escapara de nuevo. Demasiadas promesas acerca de tener un hijo y escasos hechos. Su marido llevaba toda la vida solapando promesas que no cumplía y haciendo que pareciera lo contrario. No siempre le había salido bien y el precio podía ser alto: lo había sido con la política y lo era ahora con Lorena. Una mujer que lo había cobijado cuando mendigaba cariño y caminaba por los adoquines del fracaso. La quería, deseaba estar con ella, pero sabía que entre los dos había una brecha difícil de cerrar: Lorena tenía demasiado corazón, y el corazón de Martín se llamaba ambición.

Se acarició el vestido y se miró al espejo, insegura. Llevaba toda la semana preparando a conciencia el viaje y a escondidas de Martín. No quería parecer una paleta delante de nadie, y menos delante de su marido. No solo les había pedido prestada ropa a sus amigas, sino que además, aconsejada por una de ellas, Patricia, se había dedicado a ver tutoriales en YouTube sobre las buenas maneras que solo le habían llenado la cabeza de más complejos.

—Todo va a salir bien. Solo tienes que ser tú misma...

Lorena se lo dijo al espejo, como hacía cada vez que se sentía menos que el resto. Era la frase que su abuela Elvira le repetía de pequeña, cuando sus padres la dejaban con ella y desaparecían durante meses sin apenas dar señales de vida. Emigrantes temporeros poco afectuosos con su hija, a la que consideraron siempre una carga demasiado pesada para llevar con ellos.

—Looreee... ¿Vas a quedarte ahí para siempre o piensas salir? ¿No eras tú la que decías que no podíamos llegar tarde?

Martín estaba pletórico, de un humor bien distinto al de la última temporada. Se había tomado la llamada de Belén como una nueva oportunidad de la vida, como el cambio de dirección del viento que había estado esperando después de años de sequía, olvido y abandono. No solo había aceptado la invitación, sino que además había tomado unas decisiones que su mujer desconocía y que no pensaba compartir con ella hasta que terminara la fiesta en Ajo.

Así quería pasar aquellos días de reencuentro, como una fiesta para él. Celebrar el cumpleaños de Adrián debía ser eso: una fiesta. Y una oportunidad que no estaba dispuesto a desaprovechar. Ya tenía cuarenta y cinco, había perdido a una mujer y apenas se hablaba con sus tres hijos, que lo consideraban un fracasado embustero.

—No me digas que no es precioso, ¿eh? Esto es lo que nos merecemos, Lorena, ¡esto es!

Arrancó el coche con los cristales de las gafas llenos de vaho por la hiperventilación de la emoción. Martín estaba convencido de que podía llegar a ser algo más que su padre: un hombre de negocios que se había arruinado por culpa de malos consejeros y de las nefastas inversiones que habían llevado de un plumazo a su familia a vivir a un piso de apenas cincuenta metros cuadrados.

Su madre llevaba unos años retirada en el centro residencial De La Hoz sin echar en falta a su hijo ni a las visitas. Doña Cintia vivía frente al mar, dedicada a ella y puliéndose la poca herencia que le había quedado.

—¿No te parece que es demasiado grande para nosotros? —le preguntó Lorena, que seguía impresionada con el tamaño del coche.

—Nada es demasiado grande, cariño. ¡Ya verás! Todo va a salir bien... ¡Nos lo vamos a pasar muy bien!

Lorena lo miró compasivamente mordiéndose la lengua. Aunque no lo compartía, no quería aguarle el disfrute. Había pasado con él muchas noches de insomnio repletas de nostalgia por lo que había sido y de tristeza por cómo había sido injustamente tratado.

—Algún día me van a tener que devolver todos los favores que les he hecho. Por un error no se pueden olvidar de todo. No soy tan hijo de puta como dicen y eso tiene que pesar en la conciencia de muchos.

Martín había dejado de creer que volvería a la política. Nunca había sido bueno ni había tenido vocación, solo había participado en ella por poder y por estatus, que era lo que más le importaba.

—Elige bien con quien te casas. No hagas como yo y escojas a un patán —no había dejado de recordarle su madre durante la infancia.

Él había tratado de cumplir con esa misión y había contraído matrimonio con la hija de un prominente empresario de Santander que lo había ayudado a meterse en política. Su propio suegro se había convertido años más tarde en su verdugo; fue él quien le cortó el cuello por creerse más y no rezarle a ningún santo ni gozar de ética alguna. No solo se había acostado con la mejor amiga de su hija, sino que además se había convertido en un político comisionista. Fue su fin y el modo en que la madre de Martín descubrió que se había equivocado.

—Ahora sé que no podías elegir bien, hijo, porque tú eres el patán, como tu padre —doña Cintia había pronunciado esas palabras sin saber que a su hijo se le quedarían grabadas a fuego.

Odiaba a su padre, siempre lo había hecho, por haberles arrancado la vida de placer y de poder, y no podía haber nada peor que lo comparara con él. Martín contestó a su madre con un silencio y bajando la mirada. Aquella tarde se había roto el hechizo con ella. La adoraba, pero desde ese día no había podido volver a mirarla a los ojos. Martín sobrevivía gracias a su desarrollada mitomanía. Su vida transcurría entre dos carreteras paralelas que hacía tiempo que no convergían: la del éxito deseado y la de la realidad del olvido.

—¿Te escaparás a ver a tu madre?

A Martín se le apagó la luz de la cara de inmediato. Sus hijos y su madre eran temas de conversación prohibidos, pero Lorena no pudo evitar sacarlos, como tampoco había podido evitar descubrir que Ajo de Isla, donde estaba la residencia de su madre, se encontraba tan solo a cinco kilómetros y medio de distancia de la casa.

—Cariño... Mi madre hace tiempo que se retiró de este mundo y de las visitas.

Lo dijo con un hilo de voz nada convincente, pero tratando de mantener a flote esa realidad deseada. A Martín ya se le había pasado por la cabeza ir a ver a su madre. Metido en ese coche de cientos de miles de euros y con promesas de vuelta al ruedo, creía que se acercaba el momento de mirarla a los ojos de nuevo y demostrarle que no llevaba razón y que había sido muy injusta. Él no era como su padre y estaba dispuesto a hacer lo que fuera para demostrarlo y para que la suerte volviera a sonreírle.

—Aunque puede que me anime a sorprenderla. ¡Quién sabe...! Estos días pueden pasar cosas maravillosas, cariño. Ya lo verás... Estoy convencido.

Miró por el retrovisor con complacencia. Comprobó que ningún pelo se había movido de sitio. La ocasión había merecido que fuera al barbero y recuperara su estilo:

echado hacia atrás, cortado a tijera y rebajado unos centímetros más por debajo de las sienes.

—¿Y cómo es la casa a donde vamos? —preguntó Lorena con necesidad de saber más sobre aquel encuentro.

—No la conozco. Belén debió de comprarla no hace mucho, porque me contaron que, al separarse sus padres, él vendió su casa a una constructora, que la derribó y construyó tres chalets en el pedazo de parcela que quedó. ¡Debió de ganar un pastizal con la venta!

Martín se ahorró contarle a Lorena que había sido todo lo contrario a lo que su padre había tenido que hacer con la suya, ahogado por las deudas. Su casa de veraneo —así seguía considerándola— seguía en pie y prácticamente intacta en la urbanización La Sorrozuela, la misma en la que Belén se había comprado la vivienda y a una distancia de esta de menos de ochocientos metros. No se había podido despedir de aquella casa, ni siquiera sacar las cosas que de niño había escondido con ayuda de algunos de sus amigos. Tenían el jardín más grande de todos, puede que también la casa, aunque los Guerrero siempre habían sido los ricos del pueblo. Su padre no les había dicho, ni a él ni a su madre, que la había vendido con todo dentro. Martín siempre había pensado que en realidad nadie se la había comprado, sino que se la había quedado el banco por impagos. Lo pensaba, pero jamás confesó tal vergüenza ni a Lorena ni a ellos: Diego, Adrián, Belén o Lucía.

—¡Todo va a salir bien, cariño! Esto va a ser el principio de una nueva vida para nosotros... Ya verás...

Martín siguió tan pegado a la carretera como a sus pensamientos de buenaventura, tan distintos de los de Lorena, que sentía un pinchazo en el estómago cada vez que su marido compartía su resplandeciente optimismo. No albergaba buenas sensaciones por aquel viaje, y mucho menos creía que este fuera el principio de nada.

Las ilusiones son globos de oxígeno que pueden pincharse con un único mal pensamiento, como el que Lucía acababa de soltarles a Guada y a Edu.

—No pienso dormir en su casa, así que no sé qué hacéis recogiéndolo todo. ¡Vamos a pasar estos días en el camping tal y como habíamos quedado!

Edu y Guada se miraron y soltaron las maletas a la entrada del bungaló, rindiéndose ante la cabezonería de su amiga. Llevaban toda la noche tratando de convencerla, incluso habían intentado con el mejor soborno posible, llamado sexo a tres, que cambiara de opinión y se marcharan del camping. Creían que su paseo por la playa la habría reconciliado con su lucha por volver a Ajo, pero estaban equivocados.

—Como quieras, pero yo paso de dormir con los dos todas las noches. La cama es demasiado pequeña.

Guada entró en el bungaló amenazando con abandonarlo antes de empezar la aventura. En su infancia ya había tenido una sobredosis de camping y pobreza, y desde hacía años seguía a pies juntillas una máxima: cuando la vida te da un regalo, ¡tómalo!, porque, cuando vengan las tormentas, caerá mucho más que agua sobre ti. Por eso le costaba respetar la negativa de Lucía a dormir en una buena casa. Se estiró sobre la cama vencida por su cabezonería. No pensaba gastar su semana de vacaciones en aquel bungaló.

—¡No sé por qué te hice caso! Yo no aguanto más días aquí.

Hablaba sola, murmuraba quejas dirigidas a Edu, su

novio, surfero e íntimo amigo de Lucía. Tan íntimo que, de vez en cuando, compartían cama los tres, pero solo para celebrar algo o fumar un poco de marihuana. A Guada no le importaba porque le gustaba Lucía y también el sexo a tres, para no quedar atrapados por la rutina. Aunque lo que creía un juego, la enganchaba demasiado. Ser ocasionalmente tres la reafirmaba en su necesidad de sentirse libre, pero al mismo tiempo la obligaba a renunciar a ser querida como deseaba.

—Edu, ¿qué le has contado a Guada? No me fastidies... —soltó Lucía sin comprender su enfado.

—Lo que acordamos, Lucía. Que te acompañábamos, y que nos quedábamos en el camping; pero ya sabes lo que le gusta un buen colchón.

—Pues ha elegido al novio equivocado, ¿no crees?

Lucía y Edu eran compañeros de trabajo en una ONG que ayudaba a los inmigrantes sin papeles a regularizar su situación en Madrid. Ambos habían estudiado Derecho, pero no se habían conocido en la universidad, sino en un trabajo becado en México. Ninguno de los dos había elegido esa carrera por dinero o por poder, sino para subsanar injusticias.

—¿Cómo estás? —le preguntó Edu obviando el caprichoso comportamiento de Guada y preocupándose por Lucía.

Edu siempre lo hacía: preocuparse por Lucía, a veces incluso en exceso, confundiendo los límites de la amistad con derecho a sexo con la amistad a secas o con aquello que Lucía era incapaz de tener: una relación estable. Ni siquiera con ella misma.

Lucía estaba mal, sentía cómo los pensamientos se amontonaban en su cabeza uno sobre otro sin alcanzar a comprenderlos, digerirlos o responderlos.

—¿Te crees que para mí esto es fácil? —Se arrepentía de que la hubieran convencido de ir a Ajo. Nada tenía sentido allí. Quedarse en el camping, que estuvieran con ella, pero sin compartir del todo la convivencia... Lucía dudaba, pero no se atrevía a cambiar el plan y decirles que se fueran todos a la casa o que volvieran a Madrid—. Incluso compartir bungaló con vosotros ya sabes que me cuesta.

Edu le sirvió un poco de café caliente recién hecho que había ido a buscar adentro; había aprovechado para advertirle a Guada que ni se le ocurriera salir, necesitaba estar un tiempo a solas con Lucía y arreglar lo ocurrido.

—Puedo seguir preguntándote una y cien veces más. ¿Cómo estás? Ya sabes de mi tenacidad para lograr lo que quiero.

Lucía sonrió y se sentó al pie de uno de los escalones del bungaló. Lo cierto es que estaba aterrorizada por volver a verlos a todos, por reencontrarse con ellos, sobre todo con Belén, la única a la que no había vuelto a ver desde la muerte de Adrián. Lo había intentado decenas de veces, incluso a través de Martín cuando no habían cumplido ni los treinta y todavía mantenían algún contacto, pero Belén siempre había respondido con evasivas. Nunca había querido volver a quedar con ella.

—Es todo tan raro... Y que nos invite a su casa..., una casa que ni conozco, como tampoco ya a ella.

Edu solo escuchaba, y cuando Lucía dejaba de hablar y se perdía en sus pensamientos, aguantaba el silencio y observaba su fragilidad convertida en todo tipo de tics nerviosos que asomaban poco a poco. Pestañeaba en exceso, movía las manos compulsivamente, hasta podía aparecer un ligero tartamudeo, señal para Edu de que Lucía comenzaba a rozar el sobrecalentamiento previo a un sufrir algún lapsus mental.

Nadie quiere ver qué hay debajo de una lápida, de una vida enterrada.

—No somos unos críos, ¿sabes? A todos nos ha pasado la vida por encima... Ya no jugamos a resolver misterios inventados. Adrián murió hace casi veintiún años y celebrar su cuarenta cumpleaños no le va a devolver la vida.

Lucía llevaba razón y Edu estaba con ella. Celebrar el cumpleaños de un muerto no lo resucitaría, pero sí que podía desempolvar demasiadas cosas que permanecían en un olvido voluntario, y quizá fuera lo mejor. Pero al mismo tiempo también creía que Lucía debía acudir a ese reencuentro.

—¿No crees que tu amiga puede tener una buena razón para reuniros?

Tras varios segundos con la mirada perdida, Lucía se fijó en Edu. Le sonrió sin poder evitarlo. Una de las cosas que más le gustaban de él era que nunca perdía la fe, ni siquiera cuando no había dios al que venerar.

El tiempo había pasado para todos ellos y durante todos esos años, todos, también Lucía, habían decidido lo mismo, aunque fuera por razones distintas: dejar de ser amigos.

—Tengo un buen recuerdo de lo que fuimos y me da miedo de que hasta eso se borre con este maldito encuentro.

Durante una época, Lucía fue la única que trató de arreglar las cosas. Seguir en contacto. Seguir siendo amigos. Pero llegó un día en que simplemente se cansó y dejó de intentarlo. Dejó de llamar. Dejó de hacerlo con la esperanza de que otro tomara el relevo. Mantener la relación, aunque fuera con una simple señal en forma de mensaje o *mail* breve. La respuesta del resto fue un enorme silencio que duraba ya demasiados años.

—¿Por qué no te has puesto en contacto con ninguno de ellos desde que supiste lo del cumpleaños?

—Porque ellos tampoco lo han hecho. Así de sencillo.

Lucía tensó el rictus y miró la hora. Eran casi las doce del mediodía. Ella, al contrario que Diego y Martín, sí que quería ser la primera en llegar, pero sola: sin Guada ni Edu. Si había accedido a la petición de Belén era, entre otras cosas, para impedir que escurriera el bulto de hablar con ella a solas un solo minuto más.

—¿Sabes? En el fondo no la reconozco.

—¿A quién?

—Ya sabes a quién, no te hagas el tonto conmigo, Edu. Llevo años hablándote de ella.

Edu sabía perfectamente que se refería a la afamada doctora Collet. La mujer a la que Lucía admiraba y odiaba a partes iguales. Nunca había reconocido en voz alta los motivos, Edu tampoco lo había necesitado. Como abogado, se había especializado en leer heridas de toda clase, incluso las que permanecen fuera del alcance de la vista.

Guada apareció en el marco de la puerta del bungaló y abrazó a Lucía cogiéndola desprevenida. Lamentaba haber sido tan bruta, caprichosa y nada comprensiva con ella.

—Lo siento mucho, de verdad. Merezco dormir todos los días en la cama pequeña.

Lucía se dejó abrazar, aunque no pudiera relajar del todo sus músculos. No estaba acostumbrada al cariño, y mucho menos a ser el centro de atención.

De los cinco, había sido la más callada, la que seguía al grupo esperando que alguien moviera ficha. Sus veranos en el piso de sus tíos en Ajo habían resultado inolvidables, de niña y de adulta. Poco había cambiado esa sensación. Los cuatro habían sido sus primeros amigos de verdad. Su primera tribu. Era la rara para todo el mundo, menos para ellos, con quienes se sentía como una más. Jamás la habían cuestionado ni criticado sus manías, que luego de mayor supo explicar: TOC, trastorno obsesivo-compulsivo. De ahí lo de no poder pisar las líneas de la carretera, lo de lavarse las manos continuamente, lo de encender y apagar cinco veces las luces o lo de comer siempre desde el borde del plato hacia adentro; y nunca mezclar: primero, las patatas, y luego, la carne. Con los helados hacía lo mismo: primero, la nata, y luego, el chocolate, a riesgo incluso de perder la bola por el camino o de que se le manchara el vestido. De mayor y con la medicación justa había logrado encajar más en la sociedad y sobrevivir. Una simulación que le evitaba sufrimiento y muchas preguntas incómodas.

—A mí no me engañas —soltó Lucía con media sonrisa y sosteniendo el abrazo de Guada—. Dormir sola no sería un castigo para ti, llevas ya mucho aguantando a Edu.

Guada le dio la razón tirándole del pelo, robándole un cigarro y saltando descalza sobre la arena.

—¿Piensas ir así? —Guada miró a Lucía de arriba abajo negando al mismo tiempo con la cabeza antes de que pudiera responder—. Que te reencuentres con tus amigos de infancia no te obliga a arreglarte como una provinciana de los noventa.

Vestido de segunda mano monocolor, crema, sin gracia y que bajaba dos tonos su piel. Zapatos marrones de cordones con pinta de cómodos, pero poco atractivos para lucir, y el pelo recogido en un moño bajo que le echaba veinte años encima.

—Cariño, yo acepto pasar mis vacaciones en un camping si tú y yo nos metemos ahí dentro y resolvemos ese *look*. Volver a tu infancia no significa que te conviertas en la profesora solterona del colegio.

Lucía no era hábil arreglándose. Era más bien un desastre, y lo sabía. No era una belleza, pero pertenecía a esa media que, con empeño y algún apaño, podía ser considerada atractiva o un cuadro mal colgado en una pared. Accedió con la confianza puesta en Guada, una exuberante latina que no solo era bella, sino que además hacía suspirar a todo aquel a quien ella se lo propusiera.

—¿Os puedo pedir otro favor? —preguntó Lucía con la voz rota—. Si cambio de opinión cuando llegue a la casa, ¿me seguiréis?

Edu y Guada no se lo pensaron y le ofrecieron todo su apoyo. Comprendían lo difícil que resultaba para ella volver a encontrarse con todos. Y fuera del modo que fuera, estarían ahí para apoyarla.

Edu, sin embargo, se quedó colgado en la hamaca, preocupado por si realmente él y Guada habían hecho bien al convencer a Lucía de que aceptara la invitación. La quería, como el novio que nunca fue y que tampoco sería, con la fidelidad que la mayoría de los matrimonios no se guardan. Él también había sido caprichoso al imaginarse una semana haciendo surf y compartiendo cama con dos mujeres. Lucía solo había consentido con Guada, confirmando así sus sospechas: Lucía disfrutaba más del sexo con una mujer que con los hombres, aunque jamás se hubiera definido.

—Sabes que puedes contármelo todo, ¿verdad?

No era que Lucía le ocultara nada a Edu, simplemente el sexo no era importante para ella, como tampoco la sexualidad de nadie. Había mantenido relaciones con hombres y mujeres sin llegar a comprometerse con nadie.

—Ya sabes que mis manías me impiden compartir la vida con alguien.

Edu no sabía si eso era cierto o solo la excusa perfecta

para no sentir la piel de otra persona. Cuando somos niños, nos gusta jugar al escondite, pero, de adultos, ese juego puede terminar por llevarnos a una habitación con mala salida llamada soledad. Ahí es donde llevaba tiempo refugiándose Lucía, y parecía no querer salir.

No era fragilidad lo suyo, pues, como abogada, Lucía era una de las mejores para encontrar la llave de cualquier entuerto. Su cerebro constituía una auténtica máquina de almacenaje de datos, sentencias y hechos que, como un buen mago, sacaba de la chistera cuando más lo necesitaba para hacerse con un caso. Por esa misma razón, Edu sospechaba de la amnesia confesada de Lucía no solo de la noche en que había muerto Adrián, sino también acerca de los tiempos pasados.

—¿Qué te parece? —preguntó Guada a Edu mostrando el cambio de Lucía, que se enroscaba de pies y manos por ser de nuevo el centro de atención.

Se encontraba extraña con aquellos vaqueros, aquella camisa de raso, el pelo semirrecogido y gafas metálicas, pero agradecida de que tanto Guada como Edu la arroparan en aquel momento. Seguía sin estar convencida de si le apetecía la propuesta de Belén, y mucho menos de su reencuentro con ella. Ninguna de las dos era la misma: la vida no solo las había separado con silencios, sino también con caminos completamente opuestos.

—Estoy nerviosa, pero prefiero no darle más vueltas. ¿Os veo a las dos y media?

—Tranquila, allí estaremos —le respondió Guada—. Donde se ponga un buen trío, que se quite todo lo demás.

—Bueno... Dejemos claro que yo estoy soltera y que vosotros me acompañáis —contestó rápidamente Lucía deseando frenar a Guada y su ímpetu de libertad sexual y disfrute.

—Sin problema —se adelantó Edu para responder—. Vamos a ser la pareja de amigos más encantadora.

Lucía no estaba para más súplicas, ni siquiera para controlar nada de lo que esos días pudiera ocurrir. De haber tenido valor, hubiera cogido un taxi a Santander y tomado el primer vuelo a Madrid para olvidarse de todo aquello. Pero la vida suele escaparse a nuestro control y por eso estaba metida ya dentro de un taxi, pero con destino a casa de Belén o, mejor dicho, de la respetadísima doctora Collet.

Se apartó el pelo de la cara, despeinado por el viento que se colaba a través de la ventanilla medio abierta. Sintió el temblor de sus dedos húmedos, la presión en el pecho y cómo la poca valentía se le escurría con cada segundo que se acercaba más a la casa.

Ellos lo habían significado todo durante su infancia y, aunque ya era una mujer adulta de cuarenta y dos años, recorrer otra vez esas arboledas le soplaba, como el viento, las mismas inseguridades que tenía cuando era niña.

—Pare el coche, por favor... Gracias, me bajo aquí.

Se bajó con un remolino de vértigo que casi la lleva al suelo.

Necesitaba unos minutos más de preparación o de bombeo de la sangre que se había quedado aprisionada entre la cabeza y la garganta.

—¿Está usted bien? —le preguntó el taxista.

—Sí, sí, no se preocupe, suelo sufrir de mareos, pero en seguida se me pasa.

Comenzó a caminar despacio, asegurando cada pisada y mirando al suelo. Al poco, levantó la vista para comprobar que a unos doscientos metros de la cuesta se dejaba ver la cúpula de lo que debía de ser la casa. La reconoció porque Belén había grabado allí alguna entrevista para la televisión nacional. Había sido difícil olvidarse de Belén durante esos años, imposible no saber de la doctora Collet.

—Un día superaré a mi padre en fama y dinero y nadie se acordará del doctor Guerrero y de sus estúpidas reglas.

Lo había logrado, pero nadie sabía a qué precio. ¿Qué parte de Belén se había quedado por el camino? Lucía solo necesitaría mirarla a los ojos para saberlo, pero no estaba convencida de querer averiguarlo.

Se detuvo frente a la verja, agotada por la lucha interna que se le había desatado desde que había salido de Madrid. Observó la puerta de entrada de la gran casa. Todo metálico y opaco. Frío como el día. Consultó el reloj: eran las doce y media en punto de la mañana.

—No sé por qué estás tan nerviosa...

Intentó quitarse el peso que llevaba encima hablándose a sí misma al tiempo que llamaba al timbre. Una luz se activó de inmediato alrededor de una cámara.

—Hola, soy Lucía.

No esperaba que nadie le contestara. No lo hicieron. Un sonido eléctrico le indicó que la puerta estaba abierta. Lucía traspasó la frontera entre lo público y lo privado. Entre la protección y la vulnerabilidad que sentía crecer con cada paso que daba en dirección a la casa. Le llegó como un fogonazo el recuerdo de una de las veces que fue a casa de los Guerrero Collet.

Caminaba con la guitarra colgada a la espalda para enseñar a Belén a tocarla. Nunca había logrado que aprendiera porque, cada vez que se metían en su habitación, era la propia Belén la que le descubría nuevos acordes con sus lecciones de besos. Se volvieron inseparables todos los veranos, con promesas incluidas de amistad eterna. Las dos grabaron sus nombres en el gran tronco de un pino piñonero. Lo mismo hizo el resto en aquel tiempo en que no existía la posibilidad de que nada ni nadie alterara aquella felicidad llamada amistad.

No sabía qué quedaría de Belén, pero Lucía no era tampoco ya aquella adolescente distraída que había probado por primera vez el alcohol y había dormido la mona después de vomitar en el baño. Ni la estudiante que había llorado la muerte de un amigo. Eso lo había superado, o al menos eso creía, eso creían todos. No obstante, al ver la puerta principal de la casa abrirse, bajó de inmediato su mirada; sintió cómo las pulsaciones se le aceleraban y el cerebro se le atrofiaba por segundos.

Mientras pasaban por su mente decenas de formas de saludarla, incapaz de elegir la mejor, se dio cuenta de que había llegado el momento cuando vio unas deportivas a apenas dos metros de ella. Respiró con la intención de llenarse de coraje y de desviar la vista del suelo para posarla al frente, lista y dispuesta al encuentro.

—Bienvenida, Lucía. Soy Elvira, la *assistant* de Belén. Nos hemos conocido por *mail* estos días atrás.

La realidad termina triturando cualquier expectativa o plan. No la esperaba a ella, sino a Belén. No imaginó que nadie más que ella abriera la puerta de esa casa para recibirla. Sonrió en silencio, recorriendo los metros a cámara lenta, intentando recomponerse para disimularlo todo, incluso el enfado con ella misma por haber creído que, después de tantos años de indiferencia, Belén saldría a saludarla con los brazos abiertos.

—Instálate tranquilamente, sin prisas, ¿de acuerdo? Si necesitas algo, no dudes en apretar el botón. Marisa se encargará de que no te falte nada.

Un hilo de voz con un escueto gracias. Soltar la maleta y apoyar el cuerpo en la puerta recién cerrada. Todo en menos de cinco segundos. Un silencio abierto a esa nueva realidad extraña. Lucía seguía debatiéndose entre si quedarse o echar a correr y dejar ir definitivamente toda esa bola llamada pasado que en ese momento le aprisionaba el estómago.

Observó la habitación a su alrededor para distraer las dudas. Tres camas individuales. Todas con sábanas blancas. Recién hechas. Tan perfectas que cualquiera podría sospechar que eran nuevas. Sobre cada una, un juego de toallas también blanco. «Seguramente también nuevo», pensó Lucía. Todo en una sincronizada armonía para que nada pudiera alterar su estado, ansioso de fábrica.

Llevaba unos minutos mirándolo todo, apoyada en la puerta y sin poder moverse. En sus picos de estrés, como ese, lo único que podía oír era el sonido de la súbita hiperventilación. Cerró los ojos para encontrar el foco y la calma. «Ojalá estuvieseis aquí», pensó deseando estar acompañada por Guada y Edu. Lucía se había equivocado dejándolos en el camping, acudiendo sin retaguardia, sin parapeto. No sabía qué hacer, si darse a la fuga o llamar a Guada y a Edu para que no la dejaran ni un minuto sola en aquella casa que pronto se llenaría de viejos conocidos.

Volvió a estudiar la estancia para olvidarse de las fragilidades del alma y enfocar su atención para reducir sus pulsaciones. No había ni una mota de polvo. Todo brillaba, todo parecía hecho a medida para la ocasión. Las paredes cubiertas de un papel floral delicado y el mobiliario de madera blanca y las piezas de cerámica invitaban a gozar del campo y a embriagarse con sus aromas.

Con ayuda de un ligero impulso de sus manos, Lucía consiguió despegarse de la puerta y, no sin sentir un leve mareo, caminar a tientas, comprobando que, aunque se lo pareciera, el suelo no se movía bajo sus pies. Era cosa del vértigo pasajero y evidenciaba, para su disgusto, que no somos dueños de nuestro pasado cuando la memoria, la gran aliada, llama a la puerta sin pedir permiso.

Seguía con las pulsaciones aceleradas. Necesitaba bajar el nivel de ansiedad, calmar las palpitaciones y desinflar el globo de sentimientos que sobrevolaba su cabeza. Optó por su técnica más efectiva: ponerse a contar.

—Tres camas, tres almohadas, seis cojines pequeños... Cuatro cuadros, cinco lámparas, tres mesillas de noche... No hay libros, sí tres libretas pequeñas y un lápiz sobre cada mesilla...

Cruzó un gran portalón blanco y descubrió el baño de piedra y mármol con las paredes también embellecidas por un papel vegetal. Se vio en el espejo con el rubor en las mejillas, que contrastaba con una piel excesivamente blanca por la falta de sol y vida.

—Zapatillas y albornoz para tres. Dos botes de champú, crema suavizante, gel, crema corporal, tres afeitadoras, desodorante, tres cepillos de dientes, cinco botes de colonia... —Lucía no abandonaba la cuenta mientras miraba de reojo su propio reflejo en el espejo.

En Madrid, vivía recluida en su estudio, rodeada de libros, sentencias y un televisor de setenta y cinco pulgadas al que consideraba su amante más longevo. Frente a este, se pasaba las noches viendo cine clásico o comedias románticas pastelosas de los noventa. Tenía una colección tan inmensa como detallada que ordenaba alfabéticamente. Había visto cada una tantas veces que podía quitar el sonido y doblar los diálogos de cualquier personaje y escena. Una demostración más de su prodigiosa memoria y de su soledad.

—Tú me completas —le soltó con firmeza frágil a su propio reflejo recordando irónicamente la declaración de amor de la película *Jerry Maguire*.

Solía decírselo cuando, como en aquel momento, la invadía la inseguridad y su severa voz interior le recordaba la inutilidad de querer rebuscar en el pasado. Era otra de sus técnicas, además de la de contar, para relajarse en situaciones estresantes como esa que escapaban a su control.

El teléfono de Lucía comenzó a vibrar de forma insistente. Por aquel martilleo impaciente supo que era Guada quien llamaba. Se llevó la mano al bolsillo trasero con la intención de cogerlo cuando reparó en un paquete sobre una de las camas. Se acercó con curiosidad en el mismo instante en que leyó su nombre escrito en él.

Se percató de que en las otras camas no había nada, solo en la de la esquina. «Así que esta es mi cama», dedujo mientras cogía el paquete con tibia intriga. Rompió el papel sin pensárselo dos veces. Sin buscar las esquinas, sin tratarlo con delicadeza. Sus piernas se doblaron y cayó sobre la cama por el impacto de sostener entre las manos un marco blanco con una fotografía de Belén y ella de adolescentes. Belén abrazada a Lucía, con el brazo sobre su hombro desnudo, guiñando el ojo derecho y con un enorme globo de chicle rosa que le cubría medio rostro. Lucía sonreía en la amplitud del pasado, con los bráquets relucientes, sus dos trenzas y unas enormes gafas de metal. Como una fuga de aire en un globo, le vino a la mente el instante exacto en el que se hicieron esa foto.

Adrián, sentado sobre la mesa del jardín de la casa de los Guerrero, con el bañador chorreando agua, queriendo inmortalizar a las dos amigas incondicionales que habían logrado convencer a los adultos para que aquella noche hubiera cine en el bajo de la casa.

—Que hayas conseguido que papá nos levante el castigo vale mucho más que ganar cualquier apuesta —soltó Adrián mientras eternizaba la escena de Lucía y Belén.

—¡¡Dos Capitán Cola!! —le dijo Belén masticando un chicle con orgullo, pero sin despegarse de Lucía—. Y ni se te ocurra pedirle a mamá el dinero.

Adrián les guiñó un ojo al mismo tiempo que saltaba a tierra para salir a la carrera cubriéndose medio cuerpo con una toalla. Ni Adrián ni Lucía sabían cómo, pero Belén había obrado el milagro: que el férreo doctor Guerrero les levantara el castigo y no se cancelara la fiesta. Aquella gesta bien se merecía que Adrián sacara unas pesetas de su cerdito rosa.

—¿Qué le has dicho a tu padre?

Lucía aprovechó la marcha de Adrián para que Belén confesara la treta. Lo que no imaginaba Lucía es que esta la hubiera hecho cómplice del entuerto.

—Que es tu cumpleaños y que era tu fiesta sorpresa, así que... ¡no me falles y simula que hoy cumples quince! Ya puedes inventarte lo que sea para que tu tía no desvele nunca que hoy, 17 de julio, no es tu cumpleaños.

Aquel día Lucía admiró a Belén una vez más por haber obtenido, como solía, lo que quería. Era una particularidad de los Guerrero: a cualquier precio. Adrián gozaba de un encanto persuasivo mayor que el de su hermana y no precisaba recurrir a la mentira, pero para conseguir lo deseado no había límites en las armas que podían usarse.

Lucía volvió a sonreír con aquella amplitud que no recordaba. Una mentira por una buena causa, y aquel se convirtió en el mejor cumpleaños de su vida. Desde entonces, cuando alguien le pregunta por la fecha de su cumpleaños, siempre está tentada a responder: «El 17 de julio». La realidad está llena de recuerdos silenciados, de momentos que nos modificaron para siempre, pero somos demasiado cobardes para reconocerlo. «El 23 de noviembre», terminaba siendo su respuesta. Para ella dejaba los matices: que ese era el día en que nació, pero que no estaba muy segura de si su verdadero cumpleaños se había transmutado a aquella noche de cine de verano del 91 para pasar a ser siempre el 17 de julio.

Fue una noche perfecta. Kilos de palomitas, globos por todas partes, una gigante tarta rodeada de nubes rosas y *El club de los poetas muertos.* Seguía siendo para Lucía la mejor fiesta de cumpleaños que había tenido. La noche en la que simuló cumplir quince años, al fin vieron todos juntos la película con la que despertaron a la velocidad de la vida. Lucía, como el resto, la había visto dos años atrás en el cine y se había convertido en su biblia particular.

—Era una sorpresa para ti —le soltó Belén con el chupachups en la boca—. Ni mi padre iba a impedir que esta noche viéramos juntas a nuestros poetas.

Fue una velada especial que terminó a lo grande, lanzándose vestidos a la piscina como una bomba al grito de «Oh, capitán, mi capitán» y con una intensidad que poco entendían los adultos. Incluso a Lucía, ahora en esa habitación y abrazada al marco, le resultaba extraña al recordarla. Había olvidado por completo al profesor Keating, y sobre todo la imperiosa necesidad de beberse la vida, de aprovechar cada minuto con la valentía merecida. Un halo de tristeza cubrió su rostro al reconocer que se había traicionado a ella misma incumpliendo las promesas que se había hecho de joven.

Sentada en aquella cama, con la foto entre las manos, comenzó a silbar. Silbó sin pensar en ninguna melodía. Silbó para espantar los recuerdos que nublaban su mente y la cubrían de tristeza. Igual que contar, también silbaba para ahuyentar lo que le provocaba dolor. Pero aquella mañana no logró el sonido silenciador, seguía instalada en su decimoquinto cumpleaños.

Adrián a la carrera les ofreció el mejor de los saltos hasta ser engullido por el agua a media frase, lo que provocó la risa de los que ya estaban en la piscina. Martín, el único que no deseaba mojarse, fue el último en caer después de quitarse la ropa y quedarse en calzoncillos, pero el primero en revolver con los brazos el agua y contagiar al resto. Salpicar agua, saltar, festejar la vida y la amistad en ese tiempo que no se abría para el dolor, la muerte ni la distancia.

Lucía volvió a mirar la fotografía y, en un acto de reconciliación invisible, decidió cambiar de actitud en ese preciso instante. Como una especie de sortilegio, ese pensamiento calmó su ansiedad, amansó a la fiera. Tuvo la certeza de que debía vivir la experiencia. Otro cumpleaños, en ese caso de un muerto, que podía volver a darle un giro a su apagada existencia. Resolvió quedarse y dejar pasar las horas sin perderse nada de lo que ocurriera.

Volvió a examinar la habitación. Las cuentas y los silbidos habían cesado. Sentía de nuevo las pulsaciones en orden. Había conseguido estabilizarse, aunque una tenue espiral de vértigo siguiera recorriendo su cuerpo.

Por ella, por Adrián y por ese *carpe diem* que había quedado en el rincón más olvidado de su mente, decidió disfrutar de la invitación de Belén sin límites. No reparó en los mensajes de Guada. Tampoco en los de Edu. Les escribió con la prisa de atrapar ese deseo despintado: «¡Cambio de planes, chicos! Nos quedamos a dormir en casa de Belén. ¡Venid cuando queráis! Ya os echo de menos».

La realidad era que la Lucía adulta no estaba lista para vivir sin control. Pero cerró los ojos y se refugió otra vez en su decimoquinto cumpleaños.

Todos chapoteando en la piscina; agarrándose, abrazándose, mirándose con la complicidad añorada de tener siempre una mano tendida. Por primera vez en mucho tiempo, fue la niña quien mandó sobre la adulta. Lucía no había querido prepararse para la vida y por eso desde hacía años se escondía de ella.

—La vida es una caja de bom-bom-bones —comenzó a pronunciar la famosa frase de Forrest Gump mientras dejaba el marco con la fotografía y cogía un bombón que había sobre la mesilla de noche—, nunca sabes lo que te va a tocar.

Chocolate con leche relleno de caramelo, ¡el bombón preferido de Lucía! Lo disfrutó como Belén había previsto. No se había olvidado de sus chocolates, como muchas otras cosas que no había podido dejar atrás. Los había encargado a propósito para ella.

Cada habitación había sido preparada escrupulosamente con todo tipo de detalles pensados para estimular los recuerdos de aquellos veranos perdidos en la memoria de todos. A veces, el tiempo actúa como un agujero negro que se lo come todo y te convierte en un cíborg incapaz de procesar sentimientos. Tras la muerte de Adrián, todos habían quedado atrapados en una especie de triángulo invisible de las Bermudas que les había arrancado lo más preciado de la juventud: la amistad. Aunque no llevara veinte años preparando aquel encuentro, Belén se había tomado el tiempo suficiente para que todos se sintieran como cuando eran cinco. Los cinco. Como si la vida no hubiera sucedido. Como si no hubiera pasado ni un solo día desde que se habían visto por última vez.

Se había quedado sola en la tercera planta de la casa. Una pequeña cúpula desde la que divisaba no solo el paisaje de abruptos acantilados, sino también cualquier parte del jardín. Allí había construido su propia fortaleza. Al comprar la casa, había ampliado la edificación subiendo un tercer piso en el que instaló su despacho y un centro de trabajo en forma de enorme faro. Un símbolo del faro de Ajo y del suyo propio, que había dejado de alumbrar donde correspondía y a quienes debía durante demasiado tiempo.

Sentada en una silla, de espaldas a su escritorio y con una vieja libreta entre las manos, observaba cómo el cielo se cerraba premonitoriamente para anunciar tormenta. El mar rugía empujado por el fuerte viento que rebotaba en los cristales de aquella cúpula privada. Estaba sola, tomándose un tiempo para respirar sus dudas sobre lo que iba a acontecer. Aquella era su habitación secreta, un lugar al que solo se podía acceder mediante un código que desbloqueaba la puerta y cuya entrada quedaba perfectamente oculta a la vista de cualquier visita. Era el sueño de Adrián: una habitación secreta, como la de *En busca del arca perdida.* Empujar una piedra y que se abriera una gran pared que escondía el mayor de los tesoros. Belén la había construido pensando en él, y así llevaba unos años, desde que había comprobado que cumplir los deseos de Adrián la hacía sentirse viva y pellizcar un pedazo de la felicidad robada. Apretó con las manos la vieja libreta.

—No será fácil compartirte —dijo mirando el cuaderno en cuya cubierta se podía leer, escrito a mano: «Los deseos de Adrián».

Tras la muerte de su hermano, Belén se había quedado seca, como si su alma hubiera decidido viajar con la de él y abandonarla en el tránsito del desconcierto. Su padre la había atiborrado a pastillas; un salvaje desfibrilador de vida que solo había logrado esconder más sus emociones hasta perderlas por mucho tiempo. Belén dejó de sentir y reconocer sentimiento alguno. Diagnosticada de alexitimia, se convirtió en un lienzo en blanco, en una piscina sin agua, en un mar sin olas. Se refugió en los estudios y en rellenar decenas de libretas que, años más tarde, verían la luz en forma de libros. Excepto una de ellas.

Los deseos de Adrián

Fue el legado más valioso que le hizo su padre sin ni siquiera saberlo. Antes de separarse de su madre y olvidarse de ellas, había convencido a Belén para que fuera a estudiar con su amigo el prestigioso psiquiatra ruso Mikhail Litvan. Así que ella se había instalado nueve meses en la pequeña ciudad de Rostov del Don, al este de Rusia; para Belén, lo más parecido a llegar al fin del mundo y desaparecer.

Días de lluvia, frío y conversaciones con un hombre que tardó más de dos meses en soltarle dos frases seguidas. Se psicoanalizó por él. Trabajó como su ayudante para dilucidar los límites entre la cordura y la locura, mientras sentía cómo ella misma se debatía internamente.

—¡Escribe! —era lo poco que le decía—. ¡Escribe! —Como si la solución a la muerte de Adrián fuera contarse la vida que ya no vivirían—. ¡Escribe! —Y Belén escribió al fin por cansancio, por terquedad de Litvan, por la soledad de alguien a quien se le escurre la cordura.

De allí salieron todas aquellas libretas, libros futuros y también los deseos de Adrián.

Aquella mañana, Belén necesitó volver a sostener el viejo cuaderno, sacarlo de su escondite. Era el único que no había salido a la luz. Llevaba todos aquellos años anotando las cosas que, sabía, le hubiera gustado hacer, experimentar o vivir a Adrián. Algunos eran deseos que había recordado que había dicho él; otros se los había imaginado ella. Sin saber muy bien por qué, comenzó a cumplirlos, a vivirlos por él. Una vez concluidos y satisfechos, anotaba con bolígrafo rojo la fecha de consumación al lado del deseo. Y junto a la fecha, un número. Así podía llevar la cuenta.

Aquella libreta de tapa de cartón bermellón gastado y anillas era su secreto más preciado y su sostén. La cordura encuentra caminos singulares para sobrevivir que, de confesarse, se transformarían en enajenación a ojos de los demás.

«8 de febrero de 2018», escribió con bolígrafo rojo junto a un número: 476.

El deseo 476, cumplido. En realidad, ocupaba el número 21 en la lista de deseos escritos durante esos años, pero, al igual que otros, tuvo que esperar para ser realizado.

«8 de febrero de 2018. Fiesta de cuarenta cumpleaños. 476.»

Cerró la libreta con delicadeza, con el mismo decoro

que si se tratara de un ilustre libro de visitas de cualquier restaurante con historia; la depositó en la caja fuerte y colocó de nuevo los libros huecos para mantener el escondite a salvo de curiosos.

En una sincronía casi perfecta al poner el último libro sonó el timbre de la casa. Una pantalla cercana a la puerta de acceso de su estudio se encendió para mostrar las primeras imágenes de los recién llegados. Un deportivo rojo entró con nervio en la parcela. Por el color y la ostentación, Belén supo que solo podían ser Sebas o Diego. Conocía a la perfección el biplaza de Sebas, también rojo, pero no tenía nada que ver con aquella máquina tan lustrosa.

La primera en salir del coche fue Cris. Iba vestida como para un cóctel de invierno, pero sin pamela. Clavó los tacones en el camino de piedras y, realizando un semigiro sobre ella misma y sin perder el equilibrio, observó con agilidad y descaro el entorno.

—¡Hola! Ya estamos aquí.

—No esperes bienvenidas reales, cariño, esto es el norte.

Diego abrió el maletero para protegerse de la mirada de inquina de su mujer, que se negaba a abandonar la mejor de sus sonrisas por si la mismísima doctora Collet salía a recibirlos. Siguió con la vista panorámica del lugar, alejada de las palabras cubiertas de cenizas de Diego.

—¿Os ayudo? —Hugo habló con precipitación mientras intentaba averiguar con la mayor brevedad posible quiénes eran los recién llegados—. Soy Hugo, encantado —se presentó al tiempo que le cogía una de las dos maletas a Diego.

A Diego le pasó lo mismo, lo miró sin adivinar de quién se trataba: ¿era un invitado o alguien del personal de la casa? Cris permaneció, por quien pudiera ser, con la sonrisa congelada y las cejas semiarqueadas para reclamar más información al desconocido.

—Oh, perdón, soy Hugo, el novio de Belén.

—¿Qué tal, Hugo? —lo saludó Diego sin modificar un ápice la expresión de su rostro, con la misma desgana con que había acudido a aquella casa y sin intención de ser cortés con quien ni sabía que existía y al que tampoco le apetecía conocer.

Toda su falta de entusiasmo la recogió Cris.

—Encantada, Hugo. Yo soy Cris, su mujer.

Un olor fuerte a orquídea y otras esencias que Hugo fue incapaz de descifrar se adhirió a su epidermis en el mismo momento en que Cris le ofreció las mejillas para que se las besara.

—Me gusta tu perfume —soltó provocando una mirada de desprecio de Diego y la satisfacción de ella al haber reparado en aquel detalle—. ¿Orquídeas? —inquirió.

—Intense —respondió con una amplia sonrisa—, de Yves Saint Laurent. —A continuación tomó de inmediato a Hugo del brazo tras la confianza de la intimidad confesada y para evitar tropezar con los tacones en los adoquines del suelo—. No tengo ni idea de lo que lleva exactamente el perfume, querido, pero me representa. Soy una mujer intensa en todos los sentidos, ¿verdad, Diego?

Diego no contestó. Ella tampoco lo esperaba. Los dos se habían acostumbrado a responderse en silencio o con gestos tan poco atractivos como la indiferencia mutua. Para Cris, acababa de comenzar la que imaginaba como la mayor aventura desde que había descubierto el sexo y las drogas. Las drogas las había dejado por su marido y por sensatez, y el sexo estaba a punto por aburrimiento y rutina.

Sin más preámbulos, ella y Hugo se fueron al jardín, cogidos del brazo, pisando los adoquines que, con ilusión, Cris iba tiñendo imaginariamente de dorado, convencida de que aquel camino la llevaría, como a Dorothy, directamente a Oz.

—¿No somos dignos de que nos reciba la famosa doctora? —le soltó Diego a Elvira mientras subía la escalera cargado con las maletas.

No le gustó entrar como si fuera un botones, y mucho menos con una desconocida. Hasta el momento, había simulado indiferencia a la llamada del pasado, pero por dentro las emociones se le removían sin pedir permiso. Los años lo habían esculpido como un ser al que resultaba difícil hacer un rasguño, pero había sido entrar en aquella casa y empezar a sentir sus propias pisadas temblorosas.

Diego no había sido recibido como esperaba. Igual que Lucía. Pero ese no era suficiente motivo para los nervios que estaban surgiendo en forma de sudor. Necesitaba encontrar una causa. Diego, como ex relaciones públicas de bares, tenía grabado a fuego ciertas reglas de decoro, y Belén había dinamitado una de las más importantes: recibir con entusiasmo a los invitados.

—La doctora Collet está terminando una reunión, pero en seguida bajará a saludaros.

Al igual que hizo con Lucía, y que haría con el resto de las visitas, Elvira acudió al encuentro de Diego. Este no reparó demasiado en el motivo de la ausencia de Belén. Nada era tan importante para él como que saliera a recibir a su pasado cuando había sido ella misma la que había llamado a su puerta. Tampoco volvió a dirigirse a Elvira, ni siquiera para mirarla y agradecerle la bienvenida. Se comportó exactamente como Belén había presagiado.

«Instalado Diego —le escribió Elvira por WhatsApp—. Seco, parco en palabras y con la delicadeza en el trasero. Tal y como lo describiste.»

«¡Un capullo en toda regla!», pensó, calificativo que Elvira prefirió no compartir para evitar excederse en juicios prematuros. La aventura acababa de empezar y ella no era nadie para inmiscuirse ni juzgar aquella reunión de viejos amigos. Llevaba meses preparándolo todo con Belén y estaba alerta desde entonces. Después de tantos años trabajando para ella, era la primera vez que la había visto perder la meticulosidad que la caracterizaba. La doctora Collet era, a sus ojos, una mujer fuerte y poderosa que siempre había mantenido su pasado blindado a las miradas ajenas.

—Igual que el éxito, los mitos deben resguardarse de la gente. ¿Sabes por qué? Porque la persona nunca supera al mito.

Esa había sido siempre la máxima de Belén. Había visto demasiadas veces en quienes se acercaban a ella la decepción de no encontrarse con la doctora Collet. Pocos deseaban a Belén. Todos querían estar con la ilustre psiquiatra mediática que habían construido en sus cabezas y que jamás coincidía con la persona que tenían enfrente. Ese mito colectivo era solo eso, un mito, y la persona nunca lo alcanzaría. Por eso mismo, la doctora Collet tampoco nunca era en público Belén. Ni Belén era en privado la doctora Collet. El problema radicaba en que, poco a poco, la afamada psiquiatra se había comido a Belén, y poco de ella y de su intimidad quedaban. Ese peligroso equilibrio que había encontrado para que el dolor no hallara la grieta por la que colarse la había hecho casi desaparecer.

Elvira era conocedora de eso. Cuando Belén la había contratado, fue una de las primeras cosas que le dejó claro: «Nunca me llames por mi nombre. Para ti siempre seré la doctora Collet». Ninguna de las dos había quebrantado esa norma, construyendo así una irrompible pantalla entre la persona y la profesional. Nunca cruzaron la intimidad. Una relación que Elvira encontró fácil al principio, por la falta de confianza, y extraña después, pero que, con el tiempo, integró, y además resultó ser cómoda para ambas.

Pero las últimas semanas, Elvira había sentido cómo el equilibrio bicéfalo entre Belén y la doctora Collet quedaba perturbado. Temía que aquella reunión con el pasado pudiera difuminar los límites y romper cosas mucho más importantes que el protocolo de cómo llamarse. Por ese motivo, por una única vez y sin darse cuenta, usó la segunda persona del singular. Le habló a Belén, olvidándose de la doctora Collet.

—¿Estás segura? —le preguntó.

—Ella no —matizó compartiendo la esquizofrenia consentida de Belén y la doctora Collet—, pero yo sé que necesito tenerlos a todos. Y si el grupo no está completo, no habrá efecto.

—¿Efecto? —volvió a preguntar, incapaz de deducir qué había detrás de aquella celebración.

—Sí, efecto. Necesito recuperar el poder del círculo y para ello deben estar todos.

Elvira no siempre entendía a la doctora Collet. Tampoco lo pretendía ni lo necesitaba para hacer su trabajo, pero en aquella ocasión le hubiera gustado disponer de conocimientos suficientes sobre psicología sistémica para averiguar por ella misma a qué se refería con ese poder perdido del círculo.

No preguntó más. Dejó de insistir y de confundir la segunda y tercera personas del singular. Aceptó sin dudar aquella reunión y todas sus contraindicaciones. Contratar a un actor para que hiciera de novio no había sido la mejor decisión, pero no se atrevió a cuestionarla y la acató con la misma discreción que la había caracterizado siempre. Una buena *assistant* no solo debía organizar la agenda y apagar fuegos; su verdadero valor era la fidelidad incuestionada, y a eso seguía estando dispuesta.

A lo que no pudo resistirse Elvira fue a investigar a espaldas de la doctora Collet el poder del círculo. No fue difícil buscar en Google y llegar a Bert Hellinger y a su teoría sobre los círculos —«Mucho más que una figura geométrica, es la figura que protege y permite vivir...»—. El círculo al que la doctora Collet se refería era lo que Hellinger y otros pensadores llaman «la tribu» y su gran poder era el de la pertenencia.

Esa falta de pertenencia era la que precisamente dotaba a la doctora Collet de un extraordinario poder imantador sobre el resto. Si no perteneces, no eres, y si no eres, no puedes ser comprendido ni alcanzado. Elvira había visto en cientos de rostros el deseo inconcluso de posesión sobre la doctora Collet; de comunión, de acercamiento, de atravesar el misterio de saber quién hay detrás.

Diego no reparó en los detalles de la habitación asignada. Tampoco en el paquete que había sobre la almohada, en el lado izquierdo de la gran cama con dosel. Llevaba su nombre escrito también. Con la misma letra que el de Lucía.

Soltó las maletas, descargó la vejiga y salió con ganas de fumarse un cigarro; de investigar, pero en la dirección contraria a la que le había sugerido Elvira: el jardín. Ignoraba si habían llegado todos, pero decidió tomarse algo de tiempo antes del reencuentro. No le resultaba fácil volver a verlos. Ni siquiera a alguien como él, acostumbrado a lidiar con seres a los que despreciaba. Diego tenía muy estudiado el disfraz para recibir y tratar a los clientes de sus bares, pero seguía sin encontrar el adecuado para lidiar con aquella singular reunión. Desde que habían salido de Madrid, mantenía el ceño fruncido y le temblaban levemente los dedos.

Recorrió la planta de las habitaciones como si fuera un polizón, con sigilo y evitando cruzarse con nadie. Todas las puertas estaban cerradas menos una, abierta a un gran salón que tenía dos paredes con estanterías de arriba abajo repletas de libros, un par de sofás y sillones tapizados con elegancia señorial frente a una chimenea apagada, pero preparada para ser encendida. Con el cigarro en la boca, curioseó en las otras dos paredes, llenas de cuadros de distintos tamaños y estilos. Aunque Diego no entendía de arte, gozaba del instinto del dinero que le otorgaba el reconocimiento inmediato de todo lo que tenía cierto valor.

Fijó su mirada en un mar azul en acrílico y resina. Todo el cuadro era azul. En su centro, la figura de una mujer en biquini sostenía una cuerda de saltar mientras emergía de las profundidades.

—Jorge Hernández.

Diego reconoció en el acto la voz de Belén, que le hablaba a sus espaldas.

—Veo que los años han acrecentado tu gusto por otro tipo de bellezas...

—Es sin duda la joya de la corona: *Deep Blue II*, se llama, y veo que a ti también te ha atrapado.

Tras una delicada pausa, Diego se giró del todo manteniendo las manos metidas en los bolsillos y el cigarro sin encender. Toda una declaración de intenciones. Se observaron en silencio, con el respeto de lo que ahora eran y tratando de reconocer en el otro algo de lo que fueron. Los amigos de infancia tienen el poder de atravesar las capas de la vida y darle la mano al niño interior, por muy escondido que esté.

—No sé si decir que me alegro de verte —la saludó Diego tras encender el cigarrillo.

—La duda en ti es amabilidad para el resto.

—¿Va usted a psicoanalizarme, doctora? —le preguntó sin dejar de mirarla.

—Belén para ti —le recordó dibujando en su rostro una tenue sonrisa—. Aunque no lo desees, sigo siendo Belén, la chica a la que le robaste el primer beso.

Antes de terminar la frase, Belén le cogió el cigarro para arrebatarle algo también a él, aunque fuera una calada. Solo una para recordar cómo lo desagradable podía llegar a gustarle. Una buena alegoría sobre Diego y ella.

—Me alegro de verte —dijo al fin Diego, doblegado por el recuerdo del último comentario de Belén—, aunque no sé por qué carajo has querido organizar esto.

Diego intuía que esa invitación podía llevar regalo sorpresa. Con Belén, igual que cuando era niña, debían atravesarse varias capas para llegar al núcleo de las cosas. Y como ocurría con las de la Tierra, Diego sospechaba que, más allá de la litosfera del cuarenta cumpleaños de Adrián, cruzarían una mesosfera y un núcleo externo desconocidos antes de descubrir el sentido real de aquella reunión de antiguos amigos.

—Porque la vida empieza a los cuarenta y ya vamos un poco tarde, ¿no crees? —aseveró Belén con la sonrisa cómplice de dos viejos conocidos que compartían cigarro y confidencias de un pasado que incontrolablemente comenzaba a brotar en forma de sensaciones indescriptibles.

—¿Tres siguen siendo multitud para vosotros? —inquirió Sebas asomando la cabeza por el marco de la puerta de la biblioteca—. Perdón por la interrupción, pero no he querido evitarlo.

Sebas soltó ruidosamente la gran bolsa Louis Vuitton que llevaba como equipaje y entró sin ser invitado. Sin atisbo de duda, fue directo a Belén para robarle el cigarro.

—¡Qué maravilla encontrarse con gente que no tiene miedo a la toxicidad! ¿Fumamos la pipa de la paz por estos días?

Echó una bocanada de humo sobre Diego y le pasó el cigarro. Diego inmediatamente lo apagó sobre la repisa de mármol de la chimenea.

—Veo que, aparte de tu apellido, no has cambiado nada —le dijo Diego a Belén alejándose de ellos—. Te felicito. No incluirlo en la lista de asistentes a la fiesta te ha asegurado mi presencia, pero no mi permanencia.

Diego abandonó el salón conteniendo sus ganas de golpear en la cara a Sebas. La última vez que se habían visto había sido una de sus peores noches de los últimos años. Una joven y malcriada actriz como las que Sebas solía cortejar había estado a punto de palmarla en el Paradís por una sobredosis.

—No me vuelvas a traer aquí nunca más a esta suicida. Si quiere matarse, que lo haga, pero no en el Paradís.

—¡Vamos, Diego, no te pongas tan tremendo, que no ha pasado nada! A todos se nos ha ido la pinza en algún momento, ¿no?

—¿No crees que deberías elegir mejor a tus compañías o es que ha comenzado el descenso de míster Capote?

Diego llamaba a Sebas míster Capote porque lo consideraba igual de viperino y fiestero que Truman. Un tipo peligroso al que siempre había respetado porque sabía que con su colmillo era mejor aliado que enemigo. Pero en los últimos años había perdido fuelle y, en ese declive, a Diego comenzaba a resultarle tan prescindible como despreciable.

—Veo que no has querido perderte la comida.

Belén obvió la escena sin pretender indagar en las diferencias entre Sebas y Diego. Sabía que no había solución para lo suyo por lo distintos e iguales que eran al mismo tiempo. Polos opuestos que se repelían y atraían de por vida. Así había sido en los principios, en vida de Adrián y también tras su muerte. Nada había cambiado.

—He venido a rescatar a esta cara, que no debería recibir así a sus invitados.

Sebas no podía evitar proteger a Belén. No la quería como se quiere a los amigos o a las personas imprescindibles, pero había desarrollado hacia ella una especie de síndrome de amparo que lo había convertido en un extraño confidente de medias verdades. Con Belén todo era a medias porque de su intimidad hablaba poco y cuando lo hacía era con códigos y metáforas que debían descifrarse.

—No, Sebas, te lo agradezco, pero estos días me quiero con la cara limpia.

—Querida, las caras limpias solo se sostienen con veinte. A los cuarenta, limpios los maquillajes. ¡Dame diez minutos y bajamos!

Belén accedió de acción, pero no de palabra. No quería mostrar el brote nervioso que había surgido en sus tripas tras el encuentro con Diego. Demasiada vida concentrada en pocas frases. La vida puede resumirse en una mirada, pero se precisa de mucho más para interpretarla.

Se sentó frente al espejo del baño, como cuando era niña y jugaba con Adrián a los mayores y a los maquillajes. Sebas sacó su maletín de rescate, como él llamaba a las cuatro cosas que lo disimulaban todo menos el lenguaje de la mirada.

—¿Vas a llevar tus gafas oscuras?

Belén negó con la cabeza, sin permitir que aquel comentario la perforara más allá de lo que debía. Se contempló fijamente al espejo mientras Sebas trabajaba sobre su rostro eliminando cualquier imperfección a base de brocha, pincel, corrector y lápiz.

—Acaba de llegar Martín con su mujer —soltó Sebas oteando por la ventana.

Belén siguió absorta en su reflejo, movió los labios suavemente para extender el *gloss* y se atusó varias veces la melena. Ya habían llegado todos, cumpliendo con lo acordado con ella y con Adrián. Se volvió a tocar el pelo y sintió el temblor de sus dedos.

No había sido fácil decidir reunirlos. Llamarlos. Sentir su distancia, su ignorancia, incluso su desprecio velado. Los sentimientos detenidos del pasado producen el mismo efecto que el agua estancada: se pudren, desprendiendo un hedor insoportable.

—¿Qué tal estoy? —preguntó sin dejar de mirarse al espejo.

—Muy limpia, querida; limpia para recibirlos.

Sebas salió con la prisa del nervio para soltar la bolsa y bajar a saludar antes de que Belén hiciera su aparición en el mayor salón de la casa al estilo de Gloria Swanson en *El crepúsculo de los dioses.* No podía evitar sentir debilidad por situaciones que, como esa, desprendían un glamur tan añejo como anacrónico.

Belén se quedó unos minutos más frente al espejo.

Sentía el peso de una vida de ausencias, de una existencia lejos de quienes habían sido su norte, su círculo íntimo, su flotador. Necesitaba volver a sentir la órbita en movimiento, convencerlos de que ellos eran su tierra firme en una vida demasiado abocada a los acantilados. Se imaginó en el propio reflejo a Adrián sonriéndole con los labios engrandecidos por el carmín rojo que tanto le gustaba ponerse. Ella solía repasarle los labios escuchando su risa sonora, que traspasaba cualquier convención de género y se agarraba a la alegría y el disfrute del momento.

En esas últimas semanas, Belén se había acostumbrado a tener más presente a Adrián, pero desde que se había despertado aquella mañana, parecía deambular por la casa en forma de fuerte corriente juguetona que cerraba las puertas o te envolvía en un remolino de viento extraño.

Desde que había conocido a Brian Weis, Belén se había abierto al mundo de las regresiones, las vidas pasadas y los maestros etéreos. A pesar de ser una mujer de ciencia, sentía que la razón de la vida se hallaba en aquello que era invisible a los sentidos. «Existe lo que no conocemos.» Era una frase que también le había dicho su mentor, Mikhail Litvan, con el que seguía hablando por videoconferencia o encontrándose en cualquier congreso internacional de psiquiatría.

Volvió a centrar su atención en su reflejo para reunir el coraje que precisaba para encontrarse al fin con todos ellos. Había un objetivo claro, pero desdibujado por la vida y los nervios: recuperarse. Volver a sentir el poder del círculo. Hablar de aquello que jamás pudieron comentar. Estar juntos de nuevo, retando a la vida con sus accidentes y lecciones maestras.

Miró por la ventana y los observó a escondidas. En silencio. No iba a ser fácil sacar el tema: la muerte de Adrián.

Aquella noche maldita en la que todos habían decidido enterrarse a su manera con él. Belén no podía fallar ni fallarse. Todos habían cambiado y resultaban peores que unos desconocidos: fantasmas del pasado con cuentas pendientes.

—Veo que a alguien le vuelven a ir bien las cosas... —Sebas saludó a Martín con amabilidad pues deseaba ser bien presentado a la desconocida.

—Lorena, mi mujer. Él es Sebas, amigo de Adrián, no del resto —soltó Martín sin dejar la copa e invitando a Sebas a brindar—. ¡Por los viejos tiempos! Creo que no va a ser el primer brindis.

—¡Y por los futuros, queridos! Será mejor que no empecemos excluyendo o esto se convertirá en algo muy aburrido.

Cris se incorporó al brindis de Martín acompañada de Hugo y guiñándole un ojo a Sebas. Le alegraba encontrarse con una cara conocida. Sebas le caía bien, aunque Diego no pensara lo mismo. Lorena brindó con zumo de naranja y el bolso todavía colgando del hombro. Apenas llevaba diez minutos en aquella descomunal casa y esta ya le provocaba el mismo vértigo que el gran acantilado al que miraba. Además, le costaba reconocer a su marido. Desde que había pisado esa tierra, no dejaba de reír de forma estridente y de hablar con una grandilocuente gestualidad. Lorena sonreía por fuera, pero por dentro no lograba encontrar el punto de apoyo para sentirse segura en aquel ambiente y entre desconocidos.

—¿Lorena, no? —Cris interrumpió sus pensamientos—. ¿Ha bajado la doctora Collet? Estoy impaciente por verla de cerca. —Lorena negó con la cabeza y sonrió con timidez—. ¿Cuánto tiempo lleváis casados Martín y tú? —le preguntó extrañada tras averiguar que era la mujer de Martín. No creía haber oído hablar de ella ninguna de las veces que lo había visto de noche por el Paradís.

—Llevamos siete años juntos, cinco de casados.

—Pues dile a tu marido que la próxima vez que vaya al Paradís te lleve con él. ¡Un consejo de nueva amiga! Ese lugar no es para que lo frecuente un hombre casado —le soltó guiñándole el ojo y dejándola sin respuesta.

Los nervios desataban su incontinencia verbal, y más sobre alguien al que no soportaba, en ese caso, Martín.

Lorena se quedó cazando moscas al respecto. No conocía el Paradís. Ni siquiera sabía qué era, pero pudo deducir que se trataba de uno de los bares de Diego, que su marido frecuentaba de vez en cuando.

Diego observaba a su mujer desde la distancia, como hacía con todos. Ella se movía como pez en el agua; hablaba y disfrutaba sin reparar en él mientras esperaba la llegada de la triunfadora del grupo: Belén. Hacía demasiado tiempo que se ignoraban incluso en público. Cris era una mujer atractiva y descaradamente sexi. Le hubiera gustado evitar su distancia; el desgaste ante sus silencios. Él no manejaba bien hablar de sentimientos, como tampoco seguir aguardando a Belén en compañía de viejos conocidos que simulaban estar encantados de encontrarse allí. Continuaba con el ceño fruncido, mirando el reloj y deseando largarse cuanto antes.

—¡Bonito reloj!

Hugo se había acercado a él buscando la complicidad de quien lo había ignorado. Necesitaba ganarse el aprecio de todos y rebajar cualquier exceso de atención sobre su persona para pasar desapercibido y hacer su trabajo sin despertar sospechas.

—¿Podrías decirle a tu novia que es de mala educación tener a los invitados esperando?

Hugo obvió el comentario de Diego, a quien seguía resultándole indiferente el novio de Belén. No era nada personal; era la actitud que, por el momento, había decidido mantener ante aquel primer contacto. Indiferencia ante todos. Una actitud que no quería abandonar, a diferencia de Martín, que no deseaba bajarse de la noria de la sobreactuación y se mostraba pletórico y exageradamente complacido con la vida y con aquel encuentro.

«Este tío es gilipollas», pensó Diego mientras lo observaba.

Lucía parecía estar en la misma frecuencia que Diego. Decidida a vivir la experiencia, pero disimulando toda emoción. Apareció la última por el jardín, acompañada de Edu y Guada, que acababan de llegar.

—¡Qué guapa te veo! Los años te favorecen, Lucía...

Martín se precipitó sobre ella nada más verla. «Será gilipollas», pensó de nuevo Diego al observar la escena desde la distancia. Martín hablaba a toda mecha, soltando piropos tan antiguos como un vendedor de enciclopedias.

—¡Veo que por aquí los tríos se llevan sin discordia! —Sebas se acercó y le dio un abrazo a Lucía. Hacía años que no se veían. Los dos habían cambiado: ella había empequeñecido, estrechado, y él, ganado volumen—. ¡Encantado! Aquí la oveja negra de la familia. ¿Alguien se apunta a un chupito? —dijo dirigiéndose a Edu y a Guada.

Antes de que pudieran atracar el mueble bar, la aparición de Belén les bloqueó el paso y también silenció las conversaciones. Hay veces que la vida se detiene unos segundos para que los que habitan en ella respiren recuerdos. Ese fue uno de esos momentos para Diego, Lucía, Martín y Belén. Sintieron cómo lo que habían sido los atravesaba por dentro buscando la mejor razón para expresarlo en forma de abrazo, beso o alegría compartida.

Aquella imagen de Belén bajando por la escalera detuvo el contador del tiempo y lo revirtió precipitadamente a sus veranos juntos en Ajo. Había pasado demasiada poca vida como para cicatrizar la piel todavía herida por lo que habían perdido. Los cuatro se contemplaron furtivamente, sin desear compartirse de nuevo. Sin aceptar que una promesa a pie de tumba los había vuelto a reunir.

Sin ser conscientes, cada uno de ellos se había acercado a Belén dando unos pequeños pasos, adelantándose mucho más que el resto. Como si una energía desconocida e invisible obrara más allá de sus voluntades.

Atrás quedaron Sebas, Cris, Lorena, Edu, Guada y Hugo. Al ver a Belén de cerca, Cris contuvo la respiración. No podía creer que aquella mujer que tantas noches le había dado aliento y que había alumbrado el camino de su autoestima estuviera frente a ella.

El resto también aguantó la respiración, pendientes de ver quién desbloqueaba aquel silencio hipnótico que reposaba en las miradas de todos.

Lucía sintió cómo el corazón se le desbordaba al cruzar la primera ojeada con Belén. Fue una casi robada, pero duró el tiempo suficiente para imaginar una leve sonrisa en su rostro. Lucía se tocó la cara para disimularla y, de inmediato, bajó la cabeza. Cerró los puños de las manos sin ser capaz de asumir ese gesto amable. Belén tampoco quiso quedarse en ella. Sentía el pecho oprimido, encogido, apenas le pasaba el aire.

Martín, Diego, Lucía, Sebas y Belén permanecieron suspendidos en el limbo de una vida pasada que, a su modo, añoraban y que ninguno sabía explicarse ni explicar por qué habían abandonado.

Habían cambiado. No cabía duda. Sus miradas estaban un poco más hundidas, eran menos canallas, menos frescas.

Belén terminó de bajar la escalera sintiendo cómo todo el discurso preparado se le perdía por el camino. Suele ocurrir que, ante las verdades del corazón, las palabras son las primeras que se escurren.

—¡Qué bien veros aquí! —dijo al fin paseando la vista por cada una de las caras mientras encontraba aliento—. Muchas gracias por haber aceptado la invitación. Ha pasado mucho tiempo...

Lucía bajó otra vez los ojos para evitar un nuevo cruce. Emergía la ira descontrolada por tanto silencio, por tener que aguantar aquellas palabras de bienvenida de quien no había encontrado un solo minuto en veinte años para ponerse en contacto con ella. Movió uno de los pies intentando vaciar el nervio y contener sus ganas de salir corriendo.

—Espero que sean unos días inolvidables para todos y que os sintáis a gusto en esta casa. Me alegra de verdad volver a veros. ¡Estoy muy feliz!

Martín permanecía con la sonrisa amplia, congelada, y con los ojos tan abiertos como la primera vez que habían tomado setas alucinógenas y estuvo varias horas con el rostro desencajado. Estaba feliz. Era el único que mostraba alegría por el encuentro. Lorena no entendía de dónde le venía aquel exceso de emoción. Diego navegaba en el *shock* inicial del reencuentro sin poder conectar con ningún sentimiento. Cada vez que contemplaba a Martín, lo asaltaba el mismo pensamiento, «Será gilipollas...», como si desviar su rabia hacia él lo ayudara a calmarse, como cuando los metía en alguno de sus líos.

—Pero ¿y a ese qué le pasa? ¿Está llorando? —le preguntó Guada a Edu extrañada por la sobreactuación de Martín.

En efecto, lloraba porque estaba a punto de volver a la cúspide de la que lo habían echado. Y eso se debería a Belén y a su insana idea de reunirlos a todos. Le importaba poco aquel encuentro, pero era la mejor oportunidad que se le había cruzado en años.

—Quiero dinero y posición. Las cosas te van muy bien y no va a ser difícil para ti cumplir con eso a cambio de que yo asista a la fiesta de cumpleaños.

A Belén no le habían gustado nunca los chantajes, y menos los encubiertos, pero de Martín se lo esperaba; la habría defraudado si no lo hubiera hecho. Era un especialista en saber ver oportunidades en las grietas de la vida. Había sido con él con quien había mantenido la conversación telefónica más larga. A Belén le hubiera gustado colgar, pero ambos sabían que no cabía esa posibilidad en los deseos de Adrián.

—No esperaba menos de ti —le había respondido tras una larga pausa.

El día que Martín había recibido la llamada de Belén con la invitación al cuarenta cumpleaños de Adrián era uno de esos en los que sentía que la vida lo había relegado al último puesto del pelotón. Por eso cuando descolgó el móvil y escuchó la voz de Belén supo que comenzaba la remontada.

Eran las 10.48 de la mañana. Otra hora grabada por instinto. Lo llevaba haciendo más de veinte años, desde que se había despertado del coma. Sin poder evitarlo, fijaba en su memoria las horas de los momentos importantes de su vida.

La primera fue las 6.35 de la mañana. Después de casi cuatro días en coma, había abierto los ojos, que, como si buscaran respuestas, se fijaron en el reloj digital que iluminaba la hora sobre la mesilla. Era el reloj de viaje de su madre, aunque en ese instante solo era un reloj para Martín. Ella, tan obsesionada como él con el tiempo. Como si recordando las horas, estas se pudieran atrapar.

Las 6.35. Aquella primera hora había marcado un principio. Se le había quedado apresada una extraña eternidad a aquellos números. En la gravedad del silencio. Del desconocimiento. Del trauma. Del desconcierto.

Las 6.35. Martín era lo único que reconocía.

Durante las primeras horas no había podido recordar nada, ni quién era ni qué hacía en aquella habitación de hospital junto a una mujer dormida en el sofá. Tardó dos días en reconocerse, en reconocer a su madre y recordar el accidente de coche.

Las 6.35 de la mañana. Era la hora en la que Martín había vuelto a nacer, pero reencarnándose en el mismo cuerpo, rodeado de la misma gente y con el peso de la tragedia: el fallecimiento de uno de ellos. La muerte de Adrián.

El tiempo quedaba encapsulado en dígitos. Martín había decidido vivir de ese modo: fijar en horas y minutos los momentos importantes. A las 16.32 su primera mujer le dijo: «Sí, quiero». A las 8.43, «¡No te aguanto más!». A las 00.32, 21.04 y 9.43 nacieron sus tres hijos. A las 15.11 murió su padre; a las 10.51 tuvo lugar su renuncia política... Lo hacía de forma instintiva, sin pensarlo. Su mente lo hacía solo cuando creía que la vivencia era suficientemente importante como para encriptarla en horas y minutos.

Ni el primer encuentro con Lorena ni el día que ella le

dijo «Sí, quiero» tenían hora. Su mente había decidido no registrar su segunda boda, aunque, para Martín, Lorena hubiera significado un salvavidas.

—¿Y a qué hora nos conocimos? —le había preguntado ella.

—A las 13.42.

—¿Y nos casamos?

—A las 12.34.

Martín le mintió porque no tenía respuesta para la siguiente pregunta, si le decía la verdad: «¿Por qué conmigo no?». No sabía el porqué de aquella alteración del algoritmo que llevaba más de quince años funcionando como un reloj suizo.

Aquel día, en la pausa del café de la mañana, se activó nada más escuchar la voz de Belén al otro lado del teléfono.

—Ya sabes que las cosas no me han ido tan bien como a ti y revolver el pasado tiene su precio. Este es el mío.

Martín lo había logrado. Doblegar a la afamada doctora Collet a cambio de su asistencia. Por eso, en ese momento, lloraba como un niño pequeño ante la sorpresa y cierta molestia del resto. Ninguno entendía aquel exceso de afecto. Tampoco Lorena, que pocas veces había visto así a su marido.

—¿Estás bien? —le preguntó Lorena, algo incómoda por su llanto y la mirada extraña de los demás.

—Sí, cariño, sí —le respondió sin mirarla—. Estoy feliz, amor. ¡Muy feliz!

Belén y Martín intercambiaron una mirada. Ella no esperaba otra cosa de él después de lo que había conseguido sacarle por acudir a la reunión, que pesaba mucho más que la posición y el dinero.

Martín besó a Lorena con el rostro empañado en lágrimas. Le apretó fuerte la mano y con voz cómplice le susurró:

—Las 13.22, cariño, las 13.22.

El reencuentro había comenzado.

—¿Es necesario esto? No van contigo estos sentimentalismos baratos.

Diego se ganó el pisotón de su mujer tras su comentario al ver una gran fotografía de Adrián presidiendo la pared principal del comedor. El resto no se atrevió a verbalizar lo que sintieron al descubrir aquella imagen detenida en el tiempo. Ninguno esperaba una presencia de Adrián tan evidente e importante. Las fotografías no tienen movimiento, pero el recuerdo sí. Lucía, Belén, Martín, Sebas y Diego se detuvieron a contemplarla y todos fueron capaces de viajar y escuchar las carcajadas de Adrián, con las gafas de piscina amarillas y negras sobre el cabello alborotado y mojado, sus brazos en alto en el cuerpo de un niño que no llegaría a adulto.

—¿Alguien más dispuesto a enfrentarse con el campeón?

Adrián disfrutaba sintiéndose el mejor nadador del grupo. Sus pies y sus brazos se convertían en aletas en cuanto tocaban el agua. Veloz, imparable, invencible. Cada verano se probaba retando a cada uno de ellos a una carrera en la piscina. Se convirtió en una tradición; otra más. Un juego más de verano compartido que ninguno se atrevió a alterar; ni siquiera la ansiada victoria de Adrián. Era el pistoletazo de salida de las vacaciones, de las aventuras. En realidad, Adrián no era el mejor; Diego lo sabía, Belén también, incluso puede que Lucía y Martín, pero todos preferían perder y que el benjamín de la familia creyera que era hijo de Poseidón.

—¿Por qué te dejas ganar? —le preguntó un verano Belén a Diego.

—Porque nadie como él celebra la victoria.

Fue el secreto de ambos; uno de tantos en aquella época de despertares y descubrimientos.

A Diego le había golpeado, más que a los otros, ver la fotografía de Adrián colgada en la pared del comedor. De niño, él no desprendía alegría, pero la envidiaba y la admiraba a partes iguales en Adrián. Con él había descubierto que lo importante no era ganar, sino saber celebrar las victorias de la vida sin importar el tamaño. Y de adulto todavía no había sido capaz de hacerlo como el hermano de Belén, que lo aplicaba de forma instintiva.

Todos llegaron al comedor cubiertos de silencios, con la incomodidad de no saber, después de tantos años, cómo comportarse. La posibilidad de huida parpadeaba en sus cabezas. Todos alrededor de una mesa redonda, con el nombre de cada uno sobre los platos. Durante los primeros minutos el ambiente fue tenso, confuso y tan dispar como los invitados. Nada que ninguno no hubiera esperado. También Belén.

—¡Por Adrián! —saltó Sebas retando a aquella incomodidad.

Las copas se rozaron por primera vez. Todos se observaron sin saber muy bien todavía cómo actuar. Adrián presidía el momento, en blanco y negro y con los hombros descubiertos, sonriéndoles, dándoles las gracias desde el otro lado. El servicio rellenaba las copas y repartía la comida; lo mismo que las primeras conversaciones; sin importancia, circunstanciales, que sostenían para romper vergüenzas. Despacio, se atrevieron a mirarse un poco más de cerca, con el descaro propio de la distancia corta, intentando reconocerse en pequeñas muecas, en gestos que hubieran podido sobrevivir al paso del tiempo.

—¿No crees que con una comida como esta Adrián ya se habría sentido más que satisfecho? —Volvió a ser Diego quien quiso romper el amago de magia—. Ahora que ya nos tienes en la mesa, ¿puedes explicarnos por qué tanto empeño en que pasemos estos días juntos?

Diego no había aguantado ni diez minutos de conversaciones esponjosas antes de pedir cuentas a Belén sobre aquella reunión de viejos amigos. Lucía y Sebas apoyaron los codos sobre la mesa, deseosos también de averiguarlo. Martín, como un verso suelto, atendía más a los entremeses que a la posible respuesta.

—Cariño, ¿te has dejado las formas en Madrid? —se adelantó Cris intentando detener sin éxito a su marido. Comenzaba a sentirse incómoda por su brusquedad ante la afamada doctora Collet.

—Nunca fue el refinado del grupo —le respondió Lucía—. Pero creo que lleva razón. ¿No crees que deberías decirnos ya por qué estamos aquí? —dijo sosteniéndole la mirada a Belén.

El tiempo sin riesgos termina erosionándolo todo. Belén confirmó sus sospechas: la escasa unión que quedaba entre ellos y el deseo de todos de salir de allí para proseguir con sus vidas. No llevaban ni una hora juntos y a la mayoría el cuerpo les pedía separarse. Ninguno quería sumergirse en todo aquello que había quedado suspendido en la huida.

—Yo creo que deberíamos emborracharnos y luego hablar de cosas serias.

Fue Sebas nuevamente quien trató de engrasar el ambiente. También deseaba saber el verdadero motivo por el que Belén los había reunido, pero no podía evitar protegerla.

Belén observó a Lucía esperando otra reclamación, pero esta no llegó. Lucía bajó la vista y revolvió la comida en silencio, solo interrumpido por las sacudidas de su pie izquierdo, que se movía compulsivamente por debajo de la mesa. Al sentir el peso de la mirada de Belén, dejó bruscamente los cubiertos, respiró y se atrevió al fin a volver a mirarla.

—¿Y bien? Ya nos tienes aquí. ¿Ahora qué? ¿Vas a seguir callada? —insistió.

No pudo evitarlo. No podía soportar estar allí después de tantos años sin saber los motivos. Era incapaz de centrarse teniéndola delante, viendo cómo todos rellenaban el tiempo con conversaciones insulsas. A Diego le ocurría lo mismo: tampoco podía atender a la charla para ponerse al día, aunque fuera con destellos del pasado común. En realidad, ninguno, a excepción de Martín, había logrado desconectar. Este solo deglutía compulsivamente todo lo que iba llegando a la mesa.

Belén dejó los cubiertos sobre el plato y se quedó un rato pensativa y con los ojos bajos. Comprobó una vez más que la vida siempre acababa pasando por encima de cualquier previsión, plan o expectativa. Si quería retener al grupo, debía ser sincera y directa con ellos.

—Lleváis razón. No solo os he reunido para celebrar el cuarenta cumpleaños de Adrián.

La frase resonó en todas las paredes del comedor; luego, el silencio invadió el ambiente. Todos dejaron de masticar y se dispusieron a escuchar activamente a Belén. Lorena, Cris, Edu, Guada y Hugo, aunque desconocían la verdadera profundidad de aquella confesión y sus efectos, estaban igual de interesados en conocer los motivos reales de aquella reunión. Cris y Guada, excitadas todavía por la llegada a la casa y por estar ante Belén, solo confiaban en que la propuesta fuera lo suficientemente convincente como para mantener la pactada convivencia que acababa de comenzar. Lorena esperaba todo lo contrario: salir de allí con Martín, que seguía pegado al plato y comiendo como un animal.

—Necesito ir a buscar algo. Vuelvo en seguida.

Belén abandonó el comedor dejando a todos con la respuesta deseada postergada y el silencio incómodo de no saber cómo proseguir.

—¿Era necesario meterle tanta prisa? —dijo Sebas sirviéndose otra copa de vino—. ¿No podíamos acabar la comida, al menos por Adrián?

—Creo que eres el último que debería hablar —le increpó Diego—. No entiendo por qué Belén te ha invitado.

Diego y Sebas volvían a mostrar sus diferencias sin que el resto pusiera algún reparo o mostrara algún gesto de disconformidad.

—Y yo creo que deberíamos tranquilizarnos y disfrutar un poco del reencuentro, ¿no os parece? ¿O es que soy el único al que le ha gustado veros?

Martín, por sus propios intereses escondidos, trató de aflojar la tensión del grupo apelando a la celebración. Fue el único que apoyó a Sebas e intentó con la mirada buscar la complicidad de Lucía.

—Querido, me gusta comprobar que ha sido dejar la política y volverte un hombre sensible.

Sebas no soportaba a Martín, ni siquiera cuando le apoyaba. Diego y Lucía no pudieron evitar sonreír.

—Llevas razón, Sebas. Soy un hombre nuevo, ¿verdad, cariño? Y estoy convencido de que este encuentro puede cambiarnos a todos para bien.

—Uy, no sigas —pidió Sebas—, ahora ya me asustas un poco más... Si tu discurso termina con un halo espiritual, no es que hayas cambiado, es que te han lobotomizado.

Las carcajadas del grupo acompañaron el comentario que hizo Sebas sobre Martín como el nuevo Jesucristo en el que peligrosamente podía haberse convertido, cuando siempre había sido más cercano al triple seis por oportunista y manipulador. Un juego perverso que practicaba desde que era pequeño para su propio beneficio y jamás para el del grupo. Lucía sintió que su pie izquierdo se había relajado. Una simple descarga de risa. Un poder confesar la incomodidad, incluso el rechazo mismo de aquel encuentro para que, como un extraño sortilegio, todo cambiara. La fórmula mágica que siempre funcionaba: el todos contra uno o, mejor dicho, todos contra Martín.

—Has tenido muchos años para interesarte por mí —se unió Lucía cargando también contra su amigo— y no me ha sonado el teléfono ni una sola vez desde que dejé de llamar yo.

Martín se excusó sin sentirlo y sin sentido, con balbuceos, sabiendo que estaba a punto de perder la partida.

—A mí también has logrado ponerme nostálgico —prosiguió Diego entre risas—. Me debes doscientos pavos de tu última noche en el Paradís.

El aludido agachó la cabeza como solía hacer ante ellos cada vez que descubrían alguna jugarreta de las suyas. Jamás había escondido que era un oportunista, y menos con sus amigos.

—No te preocupes, que antes de irnos pagaremos la deuda —respondió con un tono frío y cortante Lorena, que no entendía por qué su marido no detenía aquello.

—De eso nada. —Cris se negó de inmediato lanzando una ojeada a Diego, que recibía divertido la indignación de su mujer—. Conozco a mi marido y no es tan ruin como para sacar una deuda pública...

Ni Lorena ni Cris conocían el modo de relacionarse entre ellos, un viejo código que compartían los cinco y que se había puesto en funcionamiento, despertando así el vínculo que durante tantos años los había unido por encima de sus diferencias.

Martín se echó a reír también sin poder explicarle a su mujer que la frase —«Me debes doscientos pavos»— era una de las míticas que le soltaban cuando descubrían una de sus tretas, unas mentiras pensadas exclusivamente para su propio beneficio.

Al entrar Belén, las risas se desvanecieron, aunque permanecieron las miradas cómplices, más relajadas al fin. Lucía se permitió beber vino y brindar desde lejos y en silencio con Sebas.

—Celebrar el cuarenta cumpleaños de Adrián fue una promesa que le hicimos todos —declaró Belén mientras volvía a su asiento cerrando así de nuevo el círculo—. Bueno, casi todos.

Volvieron a contemplar a Martín sin poder evitar sonreír otra vez.

—Yo me di cuenta de que, sin ser consciente del todo, le había prometido algo más a mi hermano: vivir todo aquello que él deseaba hacer en esta vida y no pudo. Y eso es lo que he hecho todos estos años. Cumplir algunos de sus sueños.

Belén dejó sobre la mesa el viejo cuaderno de los deseos de Adrián ante los ojos atónitos de todos, que estaban ansiosos por seguir escuchándola para entender.

—En este cuaderno he ido anotando todas aquellas cosas que recordaba que quería hacer. Y las he ido realizando. Entre ellas está la de celebrar su cuarenta cumpleaños, pero también otras que nos conciernen a los cinco y que solo se pueden cumplir en grupo..., como él hubiera querido.

Lucía buscó a Diego, que había dejado atrás el semblante relajado para volver al ceño fruncido. También a Sebas, que apenas pestañeaba, y a Martín, que se había quedado con el tenedor a medio camino entre el plato y su boca.

—Ya sabéis que en toda fiesta de cumpleaños hay regalos, así que creo que cada uno de nosotros debe hacerle uno a Adrián —Belén lo dijo desviando la vista hacia la gran fotografía en blanco y negro—: cumplir uno de sus sueños para los cinco.

Dicho esto, observó sus caras. Cris era la que, aun siendo ajena, estaba más emocionada. Le parecía el mejor homenaje para un muerto: recordarlo, celebrarlo, cumplir juntos sus deseos. El resto trataba de digerir sus palabras. Todos habían dejado de comer, suspendidos en el impacto de la inesperada propuesta.

—De ahí que os necesite estos cuatro días —afirmó.

Diego se adelantó y fue el primero en coger el cuaderno para examinarlo. Comprobó que había centenares de anotaciones, cada una con un número y una fecha en rojo. Pasó las páginas sin compartir una sola palabra mientras Belén proseguía:

—Quiero que me ayudéis a completar el cuaderno. Podéis decirme que no y lo entenderé, pero necesitaba reuniros y que decidiéramos en grupo qué hacer. Sois libres de iros esta misma noche, o cuando termine la comida. Pero no podía explicaros todo esto con una llamada o un *mail.*

Belén aclaró algunos motivos de aquella reunión, pero se guardó para ella otros. En realidad, aquello formaba parte del método Litvan para recuperar el poder del círculo y extirpar el trauma para siempre de sus vidas. No gozaba de tiempo ni de confianza para confesarles las verdaderas intenciones. Era plenamente consciente de que ninguno, excepto Martín, aceptaría seguir con el plan. El hecho de haberle pagado por acudir le había asegurado un apoyo necesario para esos difíciles primeros instantes del reencuentro. Como si le hubiera leído el pensamiento, fue precisamente Martín quien rompió el silencio.

—Sé que fui el único que no le prometió a Adrián estar hoy aquí. Permitidme que sea el primero en unirme para cumplir los sueños con los cinco. ¡Yo estoy dentro, Belén! Y mi mujer conmigo, ¿verdad, Lorena?

Martín levantó la mano pidiéndole con la mirada a su mujer que le apoyara también. Esta no tuvo otra opción y así lo hizo. Con la misma timidez de su llegada, levantó despacio el brazo, secundando la decisión de su marido.

—Sé que no formo parte de los cinco —empezó a decir Sebas—, pero para mí Adrián ha sido el único y..., si Belén ha querido que esté, ¡yo también estoy dentro!

Sebas no era del grupo, el resto lo sabía. Diego, aunque lo despreciaba, entendía que merecía estar allí como el que más. El mejor amigo de Adrián no podía faltar a su fiesta de cumpleaños. Sebas levantó, pues, también su copa, ante la mirada de Diego y Lucía.

Quedaban solo ellos dos, y se resistían a dar su respuesta. Con ese cuaderno, el reencuentro se convertía en un peligroso juego de cumplir deseos mucho más complejo y ambos sabían que, como en el juego de la botella, no tenían demasiadas posibilidades de terminar con final feliz.

—Nosotros también estamos dentro. —Cris se adelantó dejando a Diego petrificado—. No conocía a Adrián, pero no hemos venido hasta aquí para largarnos en seguida como dos fugitivos.

Diego fulminó con la mirada a su mujer, que ya había levantado la mano en otro desafío de pareja. Ella sabía que había traspasado otra línea más, pero también que, si no lo hacía, la respuesta de su marido sería negarse en redondo. Finalmente, él lanzó el cuaderno con fuerza sobre la mesa y, antes de abandonar el comedor, soltó la bomba:

—Si todos estamos dentro, ¡estoy dentro! Pero esta mierda es más grande de lo que pensábamos. ¿O me equivoco, doctora?

Salió a toda prisa por la puerta y con ganas de matar a su mujer, que, de nuevo, le había hecho quedar como si no gozara de voluntad propia. Cris no fue tras él porque deseaba escuchar la respuesta de Lucía, que hojeaba el cuaderno sin levantar la vista, metida en sí misma, sintiéndose como un gato enjaulado que solo quiere arañar a sus opresores.

—¿Y qué ganamos nosotros con todo esto? —preguntó finalmente con los ojos fijos en el cuaderno.

Belén deseaba convencer a Lucía, pero sabía que su olfato de abogada detectaría cualquier cosa que dijera que rezumara engaño. En el fondo, ella misma sabía que no había una respuesta válida.

—Volver a estar juntos y vivir puede que la última aventura de los cinco.

Lucía estaba completamente dividida, y enfadada con Diego por haber provocado que fuera ella la que tuviera que decantar la balanza. Jamás había sido la que decidía, sino la que hacía lo que decía la mayoría. Él se había saltado las reglas dejando que fuera ella la que se negara a jugar al perverso juego de remover el pasado.

Guada y Edu esperaban en silencio su decisión. Todo aquello les parecía una locura, pero estaban tan metidos como Cris en la propuesta de Belén.

La abogada se quitó las gafas y se levantó de la mesa con la copa en la mano con una seguridad que sus amigos nunca habían visto. Miró fijamente a Belén, que, sin atisbo de duda, alzó también su copa.

—¡¡Diegooo!! —Lucía gritó su nombre ante el mutismo del resto y sin despegar la vista desafiante de la anfitriona.

Sentía enfado, rabia, ira..., una amalgama de emociones calientes que atravesaban su estómago. Pero no dejaba de mirar a Belén, de mostrarle la inquina y el rencor que acumulaba.

A los pocos segundos, como si hubiera estado esperando detrás de la puerta, Diego asomó la cabeza y, con el cigarro apagado en la boca, recibió de Martín su copa. Ninguno podía adivinar por dónde iba a salir Lucía, pero todos aguardaron en silencio hasta que arrancó.

—¡*Carpe diem!*

Dos palabras. Suficientes para perforar las corazas de cada uno hasta lo más profundo y viajar a aquel verano del 91. Aquel en el que Lucía cumplió quince años, algunos perdieron la virginidad y todos buscaron su lugar perdido entre los bosques para descubrir juntos la gran hazaña de vivir la vida con la intensidad que merecía. Ella había dado con la llave y los cinco lo supieron al instante. Con una especie de solemnidad que solo ellos reconocieron, brindaron en silencio y se comprometieron a pasar juntos aquellos días para cumplir los últimos deseos de Adrián. La última aventura del grupo. La realidad era que acababan de abrir un nuevo libro lleno de andanzas que Enid Blyton nunca había escrito, como tantas otras que habían vivido siendo los cinco.

En esas primeras horas de reencuentro, a ninguno le resultó sencillo permanecer en aquella casa elegida para cumplir los sueños de un muerto anotados en un viejo cuaderno. Dos chimeneas encendidas, una sobre la otra, separaban a los residentes en dos grupos. Los cinco en la biblioteca de la primera planta y el resto en el salón de la planta baja. Belén había pedido estar a solas con Diego, Martín, Lucía y Sebas para elegir los deseos y limar asperezas.

Todos miraban más allá de los grandes ventanales, sintiendo las vibraciones del rugido del viento, que pedía entrar. El día había comenzado con calor y un sol brillante, pero la llegada de un frente frío precipitaba el cielo en una sombra; cerrado, ciego a la luz, confuso, dispuesto a descargar toda su furia sobre ese mar Cantábrico de gruesas olas infinitas.

—¿También has convocado a las tinieblas para este encuentro?

Diego no parecía ser capaz de soltar el látigo, y cada vez que tenía ocasión lo lanzaba sobre Belén, que en ese momento estaba junto al resto releyendo el viejo cuaderno.

—¿Es que reniegas de tus raíces? —le contestó ella—. Que yo sepa, sigues siendo el único cántabro del grupo.

—¿Me vas a recordar mis orígenes de mierda? ¿Entra dentro de su plan, doctora?

Martín se levantó para intentar poner paz entre ellos, pero sin atreverse a intervenir. No le apetecía convertirse en el hueso de ambos. Había demasiada rabia para tan poco hueso.

—¿Podemos centrarnos en decidir qué deseos vamos a cumplir? —sugirió Lucía sin soltar la libreta con los sueños de Adrián que llevaba un buen rato escaneando.

Había anotados casi quinientos en la lista, la gran mayoría, cumplidos. Leer alguno de ellos la transportaba a ese pasado de algodón de azúcar, de gamberradas grupales, de concursos de dardos en el garaje de los Guerrero o de iniciales grabadas en los troncos con el deseo de encontrarlas cuando fueran adultos.

—¿Y si repetimos la noche al raso y buscamos nuestras iniciales en los árboles?

Martín se sentó al lado de Lucía y apoyó de inmediato la idea. Nunca había vuelto a dormir en una tienda de campaña. No le apetecía, pero se había comprometido con Belén a ser su facilitador. Diego lo miró con cierto hastío, comenzaba a sobrecargarle su actitud positiva.

—¿Ese es tu deseo elegido? —preguntó a Lucía—. Creía que de adulta serías un poco más sofisticada.

—Y yo que tú serías menos macarra, pero veo que el hábito no hace al monje.

De inmediato, Diego se levantó y abandonó el salón sin responder a la ofensa. Con Lucía nunca podía, ni siquiera después de veinte años distanciados. La respetaba desde donde la razón dejaba de contar, y la emoción no necesita explicarse. Ambos pertenecían al mismo rango social: el hijo del heladero y la sobrina de la tendera. Los dos vivían entre dos mundos: el de la necesidad y el del exceso. Con Adrián, Belén y Martín gozaban de privilegios prestados cada verano en Ajo. La admiraba porque nunca había aspirado a más ni había envidiado el dinero del resto. Él, a cada momento y todas las noches al cerrar los ojos. En cada rezo obligado por su padre le pedía al de arriba poseer tanto dinero como para no tener que bajar nunca más la cabeza ante nadie. Sobre todo ante su padre.

Se encerró en su habitación con ganas de permanecer allí un tiempo. Hasta que lograra entender los verdaderos motivos que lo habían llevado a salir huyendo del salón. El remolino de emociones le impedía pensar con claridad y le hacía rechazar aún con más fuerza, si cabe, aquel reencuentro. Fue en ese momento cuando sus ojos vieron el paquete colocado sobre la cama. Se acercó a examinarlo y comprobó que llevaba su nombre escrito.

—Lo siento. No tenía derecho... —Lucía asomó la cabeza por el marco de la puerta.

—No sabes nada de mí...

Diego habló de espaldas a ella. Frente a la ventana. Incapaz de mirarla. Intentando detener una extraña bola de fuego que le atravesaba el cuerpo hasta convertir la punta de sus orejas en el mismísimo infierno. La misma sensación que cuando su padre le gritaba humillándolo.

—¿Por qué siempre le grita a su hijo?

Lucía había sido la única que lo había defendido. El día que lo acompañó a la heladería, se había encarado con don Julio colocando su delgado y pequeño cuerpo por delante de él. Llegaron sin aliento a la carrera para evitar la furia paterna. Unos minutos de retraso, nada más, pero suficientes para don Julio.

—Porque necesita que se le bajen los humos de señorito y sepa que ¡o trabaja o seguirá siendo un don nadie! —respondió.

Diego, con la toalla colgando de un hombro y su cuerpo en medio de la cortina de flecos de colores, atendía atónito al diálogo entre Lucía y su padre con las orejas en llamas y el valor escondido. Petrificado por los gritos paternos y por la defensa de su amiga.

—No me digas que te has meado —le dijo don Julio a su hijo con desdén—. Que una niña te defienda, chaval...

Diego revivió la escena con tal intensidad que podía sentir las gotas del bañador mojado recorriendo sus temblorosas piernas mientras le suplicaba al de arriba que no consintiera que su amiga presenciara cómo don Julio usaba su fuerza bruta contra él. Se había orinado encima en más de una ocasión ante su padre. Lo temía, lo repudiaba, pero carecía del coraje suficiente para enfrentarse a él.

Aquella tarde, vestido con su camiseta preferida de Flash Gordon, el bañador rojo con la raya azul empapado y las Joma, no se movió ni un centímetro. Solo agachó la cabeza, esperando la estocada final paterna delante de Lucía.

—Es un niño. ¡No puede explotarlo, ¿sabe?! Tiene sus derechos —le gritó ella a todo pulmón.

Lucía no llegaba al metro y medio. Sus ojos se escondían tras unas enormes gafas y sus dientes, por aquel entonces, eran todavía como las teclas rotas de un piano. Llevaba una camiseta azul que le llegaba hasta las rodillas y unas cangrejeras que mostraban los pies desnudos con las uñas mal pintadas, una de cada color. Su pequeño cuerpo, lleno de valor, se había hinchado como un globo para defenderlo. Miró a don Julio abriendo y cerrando los ojos muy rápido; siempre le ocurría cuando la poseía el nervio. Tenía los brazos extendidos para proteger a su amigo, que seguía escondido tras ella, entre su cuerpo y la cortina de colores.

—¡Sécate y baja en seguida! —soltó al fin su padre—. Al menos te has buscado a alguien que saca el valor por ti.

No hubo más. Don Julio se metió en la casa dejando a Lucía y a Diego solos. Ella comenzó a dar saltos sobre sí misma levantando los brazos para celebrar la victoria. Se lanzó hacia él y lo abrazó fuerte sin necesidad de decir nada más. También había sentido miedo ante don Julio, pero ya llevaba en la sangre defender las causas injustas y a quien quería.

—Me quedo esta tarde en la heladería contigo si me invitas a un Capitán Cola —le dijo con un susurro en la oreja, todavía pegada a él.

Diego no era el hombre atractivo de ahora, con la seguridad a prueba de bomba, era solo el hijo asustado de un padre violento que se refugiaba en los helados y en sus amigos.

—Prométeme que no se lo vas a contar a nadie —le soltó todavía con las orejas enrojecidas.

Ambos permanecieron abrazados. También él le había susurrado a su amiga intentando disimular la vergüenza que sentía.

—Te lo prometo. Pase lo que pase.

Diego nunca olvidó aquella gesta de Lucía, como tampoco nunca supo cómo darle las gracias por haberle enseñado que la amistad era el mejor vendaje para los heridos de cuna.

Se tocó las orejas para volver al presente y calmar las emociones encendidas. Se las acarició mientras comprobaba la rabia encapsulada. Jamás se atrevió a enfrentarse a su padre y puede que, por ello, en lo más profundo, siguiera creyendo que no se merecía nada de lo que había conseguido.

—¿Sigues enfadado conmigo? —interrumpió Lucía sus pensamientos.

Se había sentado en una esquina de la cama con dosel. No sabía cómo acercarse a él, pero lo deseaba. Aprovechó el silencio de Diego para esconderse también ella unos minutos de aquel reencuentro y respirar. Se descubrió moviendo los dedos pulgares de las manos con un ritual que la conducía directa a los veranos en Ajo. Extrañamente, desde que había llegado a aquella casa, cualquier cosa la llevaba a esos tiempos.

—¿A ti también te pasa? —le preguntó Diego, colocando una de sus manos sobre las suyas para detener el hechizo.

—¿El qué?

—Recordar... —Él seguía con la cabeza gacha—. Desde que he llegado, no paro de recordar cosas que creía olvidadas.

Suspiró hondo abandonando su cuerpo en el borde de la cama, junto a Lucía y frente a la pared. Le habría gustado tener el coraje y no la vergüenza de poder darle al fin las gracias a su amiga por haberlo defendido aquella tarde de su padre. Hay cosas que ni el tiempo ni el mar son capaces de erosionar. Sintió el deseo de hacerlo, pero pensó que quizá ella lo habría olvidado. Una nueva excusa para no enfrentarse a lo que quería.

—¿Cómo lo has sabido? —le preguntó Lucía mirando sus manos entrelazadas.

—¿El qué? —repuso Diego alejando sus pensamientos.

—Que estaba recordando...

—Porque cuando eras niña y te quedabas embobada siempre hacías ese mismo juego con las manos. Como si te ayudara a entrar en uno de tus trances extraños.

Lucía sonrió con amplitud, del mismo modo que

cuando llevaba sus bráquets metálicos y sus amigos eran lo más importante de la vida. En aquellos tiempos, no había horizonte más bello que la llegada del verano y volver a Ajo. Sin apartar la mirada de la pared, instintivamente colocó su brazo izquierdo sobre el hombro de Diego. Como cuando eran amigos. Sintió cómo los trapecios de él ascendían y descendían, batallando sobre si permitían aquel inesperado medio abrazo. Ella presionó entonces su brazo con fuerza, igual que en aquel eterno abrazo de victoria en la heladería. Él se frotó de nuevo una oreja.

—Tú tampoco has cambiado en muchas cosas, veo. —Lucía volvió a sonreír buscando una complicidad que Diego rechazó de inmediato.

Se levantó y se encendió un cigarro.

—¿Quieres? —le ofreció sin mirarla.

—No, gracias —respondió la abogada estirando las piernas y balanceando su cuerpo.

Le parecía curioso todo lo que comenzaba a sentir. Seguía sin querer estar allí, pero notaba que su cuerpo recuperaba la vitalidad perdida, como si estuviera de nuevo en la infancia. Todo eran recuerdos que brotaban como un grifo abierto. No podía dejar de mecerse, como cuando jugaban sobre la arena a cualquier cosa que les hiciera sentirse parte del grupo. Tenía cuarenta y dos años y se había alejado mucho de la Lucía que se había hinchado como un globo ante don Julio para defender a su amigo. Con los años, había perdido mucho más que sus trenzas y sus bráquets.

—¿Lo oyes? —le preguntó a Diego con sorpresa.

Una música comenzó a sonar repentinamente. Al principio, llegaba débil, pero pronto ganó en decibelios. Ambos reconocieron al instante la canción: una de las que más habían bailado hasta el amanecer en el bar discoteca del pueblo, una cueva con una pequeña pista de baile con el suelo de cemento y unas luces de colores tan poco sofisticadas como los faros de los coches de entonces. Era un glamur de verbena, de camisas estampadas y pantalones de pinzas. De vestidos minis y del despertar al sexo y al alcohol.

Lucía se levantó de un salto de la cama y abrió la puerta de la habitación para que *El ritmo de la noche*, uno de los éxitos del verano del noventa, pellizcara aún más sus memorias. Ninguno de los dos se atrevió a bailarla como entonces, pero en sus cabezas estaban los pasos de aquellas noches de quedada hasta reventar.

—¿Quién crees que la habrá puesto? —preguntó ella.

—Como haya sido Martín, me pego un tiro. Parece que se ha tomado un tripi para venir aquí.

Fue lo que les hizo volver a la biblioteca y juntarse de nuevo con los otros. La música siempre amansa a las fieras. Por unos minutos, desaparecieron las tensiones, los rencores enquistados. Al entrar, comprobaron que había sido Sebas quien había decidido pinchar cuatro canciones de entonces para acariciar aquello que habían sido y que, como a Adrián, habían enterrado. No se puede matar el recuerdo de nadie. Ni los vínculos forjados en la edad de la inconsciencia, soñando una vida de horizonte infinito.

Diego se sentó por primera vez al lado de Belén, con un vaso de whisky y el cigarro en la boca. Se miraron en silencio, permitiendo que la complicidad abandonada mostrara sus primeros destellos. Apenas unos segundos, suficiente. Medio paso andado.

Martín fue el único que se lanzó al baile. Solo. Repitiendo los mismos movimientos arrítmicos que ejecutaba de joven con cualquier canción. El tiempo conserva muchas más cosas que las deseadas. Lucía, Belén y Diego sonrieron viéndolo desatado en la improvisada pista de baile. Exactamente igual que en los finales de fiesta en la pequeña pista de cemento más cotizada de los veranos. Martín solo. Bailando, expiando sus propios demonios, esos que nunca compartía; y seguía sin hacerlo.

Sebas se unió al baile. Los dos decidieron montarse en la montaña rusa de la nostalgia. Se dejaron llevar por el trance de aquellas canciones que los volvían jóvenes con el suspiro de cada acorde. Aprovecharon para saltar, cantar y moverse sin miedo a parecer adultos que juegan a tener dieciocho de nuevo. La vida, con el paso de los años, se viste con corsé y evapora esa libertad llamada juventud que solo reaparece en un viento de melancolía que, cuando golpea, te hace perder la cordura y la compostura.

Ninguno de los dos estaba dispuesto a que los abandonara aquel improvisado ciclón de energía joven. En realidad, ninguno de los cinco, aunque todavía se negaran a reconocerlo.

—Nanananana... *Life is life...* Nanananana... —Ambos comenzaron a cantar a todo pulmón otro de los temas de aquellos años que volvió a precipitar los destellos de aquella época de límites escasos.

Sin poder evitarlo, Lucía, Diego y Belén cantaron en silencio. Sin mover los labios. Atravesaron la nebulosa del dolor refugiado en el falso olvido para viajar irremediablemente y en grupo, al mismo compás, a esos días de verano. Abrazados, con el sudor en la ropa y la imposibilidad de un futuro separados. Creyendo que nada podría romper sus sueños de permanecer juntos, siempre capaces de superar cualquier cosa.

La muerte de Adrián había supuesto la castración de la vida ideal y los había convertido, sin saberlo, en renegados de sí mismos. De aquella época de pies descalzos rebozados de arena, de tablas de surf sobre el mar, de cientos de atardeceres cómplices, de refugios inventados para cada verano de poetas muertos, de fugas rebosantes de rebeldía en el inocente juego de ser adultos con amores tan intensos como efímeros. Como las olas que llegaban a la orilla para no retornar jamás siendo las mismas.

La vida de los cuatro había transcurrido por una carretera de huida en dirección contraria al sufrimiento. Todos habían creído que el dolor, como el amor, se controla, pero es una fiera indomable que araña y sana a partes iguales. Ninguno esperaba que se reencontraran. Igual que habían hecho la inocente promesa a los pies de la tumba de Adrián, también habían sellado con un pacto de silencio no remover nunca más lo ocurrido. Para mantener lo acordado, el tiempo había convertido el pacto en un no volver a verse. Pero la vida es la única que decide cuándo deshojarnos, incluso cuando simulamos estar en primavera.

—¿Y a ese por qué lo has invitado? —Diego señaló a Sebas, que seguía con Martín en el trance de regresar a los dieciocho—. ¿Para tocarme los huevos?

Belén sabía que su amigo no iba a poner las cosas fáciles, y menos con la presencia de quien sospechaba que conocía su herida. Esa caverna oscura llamada ambición y desesperación que le había hecho tomar decisiones que seguían atormentándolo. Sebas había conocido muy bien a Wes, el mentor de Diego en el mundo de la noche, el hombre que le había enseñado parte del oficio y que le dejó en herencia el Paradís. Otro agujero negro de Diego con el mundo y con Cris, su mujer. El hombre callado para muchos, pero no para Sebas, porque él sabía que había aprendido a ocultar sus pecados tras su silencio.

—No sé por qué te cuesta aceptar que fue su gran amor... —respondió ella intentando conciliar.

—Será para Sebas, ¿no? —compartió Diego.

—Sabes bien lo libre que era Adrián con todo.

A Belén se le encogía el estómago cada vez que pronunciaba el nombre de su hermano en alto. Llevaba años sin hacerlo y en ese momento comprobaba cómo la vieja herida de su ausencia supuraba al volver a hablar de él.

—Una cosa es besarse o enrollarse... —Diego hablaba con sentencias, deseando terminar la conversación, molesto también por la memoria herida que, despacio, iba resucitando en todos ellos. Él siempre había visto a Sebas como el responsable de la muerte de Adrián, aunque nunca lo confesara— y otra bien distinta, Belén, es enamorarse —concluyó sin mirarla.

Ella notó el despecho en sus palabras. Él había sido quien le había robado su primer beso, pero su historia iba mucho más allá que aquellos besos mojados de amanecer e insurrección de hormonas.

—A mí me parece que Sebas es tan importante como cualquiera de nosotros.

Lucía, aunque permanecía pegada al cuaderno de deseos, no pudo mantenerse callada. Conocía poco a Sebas, y más por ojos de Adrián que por ella misma, pero le pareció suficiente como para salir en su defensa.

—¡Elige sueño de una vez! —La abogada le lanzó el cuaderno a Diego—. Quizá así dejes de lado al pitufo gruñón que viaja contigo.

Su amigo recogió el guante. De nuevo, incapaz de negarle algo a Lucía. Pensó en sus padres, en el niño que fue y en el adulto que era. Repasó la lista de sueños cumplidos bajo la atenta mirada de las dos mujeres. Era la primera vez que ambas estaban a medio metro de distancia y mostraban juntas algo de complicidad.

—Estoy aquí por mi mujer —confesó él con la mirada en el cuaderno—. Tiene varios libros tuyos en su maleta. Se los firmará, ¿no, doctora?

Belén sonrió al ver cómo el personaje y la persona se fusionaban sin dolor, encontrando el punto de apoyo perdido, llamado confianza. No le importaba que la llamara doctora. Era extraño darse cuenta de que ellos gozaban de la capacidad de traspasar sus propios límites sin encontrar resistencia.

—¿Ya sabemos qué vamos a hacer por Adrián, aparte de beber y drogarnos como cuando teníamos veinte años?

Belén no llegó a responder a la petición de que le firmara los libros a su mujer. Sebas y Martín irrumpieron con la misma energía de una noche de copas y bailes. El último seguía comportándose como con una explosión de felicidad que incomodaba al resto, que transitaba por el amargo paraje de la confusión emocional.

—No queremos otro muerto, querido —soltó Sebas secándose el sudor—. Con uno en común, creo que nos basta para esta vida.

Diego no pudo evitar reírse y reconocer abiertamente que, aunque detestaba a Sebas, también adoraba su parte mordaz.

—¡Está bien! —dijo cerrando el cuaderno—. ¡Ya tengo el mío!

Clavó su mirada en Lucía, Belén y Martín. Ignoró nuevamente a Sebas. Todos repararon en ello, pero prefirieron no hacer caso. Lo importante era que al fin había decidido jugar y estaba a punto de dar el paso, de arriesgarse a conectar, a compartir lo que un día los había unido.

—Volver a cazar olas en Antuerta. Ponernos el puñetero neopreno y ver quién baila mejor.

—¡Estás loco! —Lucía fue la primera en reaccionar a

la propuesta—. Hace más de doce años que no me subo a una tabla. Además, Sebas no surfea.

Ella había sido la mejor del grupo, la más atrevida, la más temeraria, pero eso formaba parte de su pasado enterrado.

—¡Vamos, Lucía! ¡Nos llevabas de calle a todos! Adrián no dejaba de recordárnoslo.

Diego y Belén levantaron los brazos imitando el movimiento de las olas, como cuando lograban alcanzar una de las grandes. La abogada negaba con la cabeza.

Ante tal propuesta, Sebas se sintió mucho más aliviado que ignorado. Todo lo contrario que Martín, a quien se le había bajado la euforia de un plumazo. Tenía la técnica de años de clases, pero también cuarenta y tres años y una forma física deplorable.

—Yo, a riesgo de morir, ¡me apunto! —exclamó cerrando los ojos y sin atisbo de emoción, pero manteniendo el compromiso de ser el apoyo de Belén—. Aunque no sé si el tiempo nos dejará ni si habrá equipamiento para todos.

—Martín, la doctora seguro que lo tiene todo controlado —soltó con sorna Diego oliendo su miedo.

Y no andaba equivocado. Esta había previsto salir a surfear y ya tenía comprometidas tablas, neoprenos para todos y un posible guía para que nadie terminara rompiéndose la crisma.

Llevaba meses preparando cualquier posibilidad de aquella lista para que pudiera cumplirse o por lo menos intentarlo.

—Tendremos que ver el tiempo. Eso no lo puede controlar nadie —dijo Lucía apoyando a su amigo, pero viéndose acorralada—: las mareas, el viento...

—Seguro que la doctora también ha sobornado a Poseidón.

Así transcurrieron esas primeras horas juntos. Los cinco. Entre la tormenta y la calma. Entre el deseo de huida y el de abrazar el reencuentro. Acordaron elegir cada uno de ellos un sueño para cumplir. Lucía y Diego ya habían compartido el suyo: surfear en las olas y pasar una noche al raso y localizar lo que habían escrito en los troncos perdidos. Martín, Sebas y Belén prefirieron, por el momento, guardarse la ficha. Demasiado tarde para negarse a jugar. Ya se había despertado entre ellos una amalgama de sensaciones difíciles de comprender.

—¿Os hablaron alguna vez de lo que les ocurrió y del accidente de coche? Porque a mí Diego, no. ¿Qué clase de amistad era esa?

Cris, con la cabeza reposando en el respaldo del sillón y los pies desnudos sobre la mesa baja de metacrilato, intentaba salir de su asombro. Edu, Guada, Lorena y Hugo preferían guardar silencio y concentrarse en el poder hipnótico del fuego. Solo se oía el crepitar de la leña y las primeras gotas de lluvia de la tormenta rozando las cristaleras. Los fenómenos meteorológicos son unos maestros mensajeros de los acontecimientos de la vida. Solo se precisa atención y perspectiva de la escena, algo que ninguno de ellos, por el momento, era capaz de conseguir. Hacía veintiún años, Adrián había muerto también en una noche de tormenta abierta y anunciada. Y tampoco en aquella ocasión ninguno de los cinco había querido percibir los truenos de la desgracia.

—¿Y para qué estamos nosotros aquí? —Cris insistía buscando ganarle la partida al incómodo silencio—. Algo nos podrías adelantar tú, ¿no?

Dirigió su atención a Hugo, cuyo cuerpo descansaba

hundido en un sillón, con la copa entre las manos y perdido en sus propios pensamientos. No esperaba que alguien reparara en él buscando la información de la que carecía. Se tocó el Rolex prestado. Lo acarició con delicadeza. Cris llevaba un tiempo observándolo de reojo, igual que al resto. Intentó sin éxito erguir su cuerpo para simular el control de la situación. Sabía que para proteger su estancia allí debía resguardar como fuera su verdadera identidad, y no solo era cuestión de conocimiento, sino además de talante. No estaba seguro de poder hacerlo. Nada más llegar, a él también se le habían disparado los recuerdos, que apenas le dejaban espacio para actuar como lo que había sido contratado: el novio de Belén.

—Belén es una mujer muy hermética —respondió imitando la ligereza del despreocupado—. Cuando nos conocimos decidimos no hacernos preguntas.

Después de escuchar lo que había motivado aquella reunión de viejos amigos, él tampoco entendía la razón por la que había sido requerido. No entendía para qué una mujer como Belén, tan aparentemente segura y dueña de su vida, necesitaba a un actor que le hiciera de novio. Estar cerca de ella, de Martín, de Lucía y de Diego lo había dejado con el alma más herida de lo que la había traído. En ese momento comprendió que si Sebas no había querido cobrarle comisión por haberle conseguido el trabajo, era porque el agua estaba sucia.

—Belén es alguien especial. No quiero mercadear con ella aunque le sobre el dinero —le había dicho.

Hugo sabía que Sebas no era de hacer obras de caridad con nadie.

—Todo tiene un precio, cariño. Incluso el amor. Y yo soy de los que cobro por todo.

No había podido cruzar ni una mirada con él desde que habían llegado. Había creído que podría tener un cómplice, pero comenzaba a dudar de si sería una ayuda o un impedimento para su particular encuentro con los cinco.

—¿Por qué le has hablado de mí a tu amiga? Sabes que la mayoría de los actores nos morimos de hambre y, por ese precio, hay muchos dispuestos.

—Lo sé. Pero te he elegido a ti.

En realidad, Sebas no había elegido a Hugo, sino Belén. A pesar de sus advertencias, ella se había empeñado en contratarlo a él, aunque no se lo confesó a Hugo. No le dio demasiada importancia. Al menos en aquel instante.

Hugo necesitaba poder encajar como el novio de Belén. Ganar tiempo para observarlos, para permanecer en aquella locura en que se había metido y que no sabía demasiado bien adónde le llevaría. Era consciente de que un solo error haría saltar por los aires la mentira. Los actores siguen un guion y conocen los detalles, y él no disponía de ninguna de las dos cosas. De no haber sido preciso estar ahí y de no ser por el dinero, se habría largado de inmediato. Pero había esperado demasiados años como para renunciar a aquella oportunidad. Además, le pagarían una buena suma, que le arreglaría varios meses de alquiler y vida.

Cris lo examinaba de abajo arriba. Tenía el talento de radiografiar a las personas con un par de miradas. No solía equivocarse, y Hugo le parecía un empotrador de manual que solo ponía su atención en una cosa: el sexo.

—Querido, si una mujer te pide que no le preguntes, es que oculta algo. Te regalo la apreciación.

Cris se encendió un cigarrillo sin pedir permiso al resto. Empezaba a impacientarse con el silencio de todos. No había viajado hasta allí para quedar relegada al grupo de los segundones que no son invitados nunca a las fiestas. Guada aprovechó para hacer lo mismo.

—No te quejes —le susurró a Edu—, al menos no me estoy encendiendo un porro. Que, dada la situación, es lo que necesitaríamos aquí para animar el ambiente.

Lorena tosió varias veces. No se atrevió a pedirles que fumaran en otro sitio, pues era ella la que estaba fuera de lugar, o así se sentía desde que había llegado. Nunca le habían gustado los juegos de resolver misterios y aquella reunión le recordaba mucho al Cluedo, con muerto, pero sin asesino. Al menos que se supiera.

—Y vosotros ¿en calidad de qué venís? —Volvía a ser Cris quien preguntaba, ahora dirigiéndose a Guada y a Edu—. ¿Como trío? No es que me importe, pero aquí todos somos la pareja de...

—Pues creo que debería seguir sin importarte, ¿no crees?

Guada le respondió con la mayor de las sonrisas dejándose caer con ímpetu junto a ella sobre el sofá. Sabía reconocer a una loba a cien metros, y a esa la tenía a apenas medio centímetro, con todos los sentidos activados y unas ganas tremendas de destripar a cualquier presa que se le pusiera por delante.

—Bueno, y si ellos deciden cumplir sus sueños —continuó Cris mientras disfrutaba del cigarro y de la nueva compañera de asiento—, ¿nosotros qué hacemos? Porque a algo tendremos que jugar, ¿no?

«¡A callarse, por ejemplo, y a dejar de meter las narices donde no te llaman!» A Lorena le hubiera gustado responderle así a Cris. En realidad, no deseaba estar allí, sino que le gustaría estar con Martín, en un hotel, todo el fin de semana y sin dejar la cama hasta quedarse embarazada.

Sorbió un poco de *gin-tonic* para intentar reprimir las ganas de huir; permaneció perdida en sus delirios de gallardía. Desde que había conocido a su marido, su valor se había refugiado en lo ilusorio y evaporado de la realidad.

Cris seguía hablando con Guada, y el resto callaba como Lorena, que encogió el cuerpo sobre sí misma para esconder la incomodidad que le producía estar entre desconocidos. A ella, al contrario que a Cris y a Guada, no le llamaba la atención la doctora Collet ni esa casa grande llena de comodidades tan alejadas de su realidad.

—Lucía nos ha hablado muy poco de Belén y de su grupo de amigos.

Edu, finalmente y por puro aburrimiento, sucumbió a los deseos de Cris. Conversar. Romper el cascarón y relacionarse con los otros.

—También nos pidió que no le preguntáramos demasiado por su pasado. La conozco desde hace años y siempre he pensado que escondía algo. Y puede que tenga que ver con los de arriba.

—¿Lo veis? ¡No falla! Si te piden que no preguntes... —añadió Cris alzando su copa con complicidad para brindar con Edu desde la distancia y sin mover un ápice su posición del sofá.

—¿Y Diego? —la interrumpió Guada—. ¿También te lo pidió?

—No hizo falta. Nunca me interesé por su pasado, aunque tampoco pensé que sus silencios escondieran media vida.

Cris pedía respuestas honestas, pero era incapaz de ofrecerlas. La verdad era que no llevaba bien los silencios de su marido, y mucho menos que no compartiera con ella su infancia, Ajo, su grupo de amigos...

—Yo tampoco he preguntado —intervino Lorena incorporándose a la conversación—. Me da miedo conocer el pasado de Martín y decepcionarme.

—Expolítico, ¿no? —dijo Edu.

—Excomisionista —matizó Cris—. Lo digo sin mala intención.

—¿De veras? —respondió Guada—. A mí me da igual lo que haya sido cada uno. Que tire la primera piedra quien no la haya cagado en esta vida. ¿Por qué no jugamos a eso, eh? A confesarnos cuál ha sido nuestra mayor cagada.

Cris bebió del *gin-tonic* mirando el fuego, incapaz de contestar a Guada. Llevaba razón. Había cruzado el límite de la cordialidad con Lorena porque no podía fiscalizar su ira interior. No soportaba haber llegado a aquel lugar sin conocer los verdaderos detalles ni la profundidad de aquel reencuentro. Necesitaba ser la protagonista. Que contaran con ella. Que Diego le hubiera dicho la mitad de lo que ella había visto en sus ojos cuando se encontró con Belén y su grupo de amigos.

—Lo siento —dijo dirigiéndose a Lorena—. No pretendía ofender.

Ya de mayor había aprendido a camuflar su imperiosa necesidad de afecto bajo el manto de la indiferencia. Lo hacía con quienes podían poner en riesgo su línea de flotación. Lo había hecho con Diego, aparentando sus excesivas ganas por conocer a la doctora Collet. También con ellos. Que admiraba a la doctora Collet era tan cierto como que exageraba su interés en la medida que sabía que a su marido le molestaba. Por eso había metido en su maleta dos ejemplares de *La libertad de vivir* para que la doctora se los firmara.

—A mí también me da miedo a no conocer a mi marido —añadió buscando la complicidad de Lorena. Lo dijo con la boca pequeña, como un suspiro rebelde que sale involuntariamente, pero con la fuerza suficiente para que el resto lo escuchase. Lorena la primera.

Diego y su matrimonio le importaban mucho más que una cena con sus amigas y con la doctora Collet. Después de quince años, no era fácil mirarse cara a cara con el vértigo del fracaso. Sintió pánico por haber llamado a la puerta de un agujero negro que no se le había permitido observar de cerca. Llevaba mejor huir que enfrentarse a las verdades abiertas. Diego era demasiado silencioso y, como decía Hawking, las personas tranquilas y calladas son las que tienen las mentes más fuertes y ruidosas. Ella no quería despertar el volcán. No estaba preparada para descubrir que su vida se había construido sobre el difícil equilibrio de un castillo de naipes. Fuertes y ruidosos; ella por fuera y Diego por dentro. Una pareja compleja, contradictoria. Los eternos doses que siempre terminan mirándose y odiándose y queriéndose a partes iguales.

—Nosotros somos pareja —confesó Edu.

Parecía que poco a poco había decidido dejarse de juegos y sincerarse.

—Y amigos con derecho a roce de Lucía —completó Guada con una sonrisa pícara.

A veces, entre desconocidos surge la confianza inusual que permite hablar de lo nunca hablado. Pasar de la frivolidad a la caverna más oscura de cada uno. Hugo, Lorena, Cris, Edu y Guada. Los truenos acompasaron las primeras confesiones. Pequeñas y tan cortas como un destello de luz entre las tinieblas, abriéndose a la esperanza, quién sabe si a una nueva senda también para ellos.

—Nosotros también somos cinco —indicó Hugo ante el desconcierto del resto.

—¿Y quién es el perro? ¿Yo? —soltó Cris provocando la primera carcajada de grupo.

Ninguno de ellos había establecido una conexión con el espíritu aventurero de los protagonistas de las novelas juveniles de Enid Blyton. Por edad, Guada, Lorena y Edu apenas sabían nada de ellas. Cris había sido mucho más de *Esther y su mundo* y de enamorarse de tontos como Juanito, el amor ideal de la protagonista del cómic. Sentada en aquel sofá, rodeada de desconocidos, sintió la fragilidad de la vida en el destello de su infancia, cuando, con doce años, corría todos los domingos al quiosco del final de la calle en busca del nuevo número de *Esther;* luego, la misma carrera para volver a casa y encerrarse, casi sin aliento, en su habitación. Devoraba cada ejemplar a la velocidad de sus sueños, estirada sobre la cama con las Victoria puestas y mascando chicle. Bang Bang rosa. Siempre dos de golpe. Perfecto para hacer globos, pero con una baja intensidad y con un sabor poco duradero. Exactamente lo que le había ocurrido en la vida: se le habían gastado demasiado rápido las ilusiones y vivía de emociones fuertes para disimular el enorme precipicio que se abría ante sus pies.

—¿Y qué tal si simplemente nos relajamos? —sugirió Guada sirviéndole una copa—. No todos los días me invitan un fin de semana a un casoplón como este con todos los gastos pagados.

—¡Por el disfrute! —Fue Hugo quien, aliviado por haber pasado la primera prueba a salvo de preguntas, se atrevió a proponer el primer brindis de grupo.

Los demás no tardaron en unírsele. La última fue Lorena, que seguía encogida, dudando si salir corriendo de allí antes de que hubiera más muertos que el propio homenajeado. No se fiaba de su marido, pero tampoco de ella misma ni de sus hormonas, en peligroso estado de ebullición.

Un tiempo más de conversación y confidencias junto a Guada y Cris fue suficiente para que Lorena se olvidara de huidas y decidiera vivir también aquella aventura. Ella era así de frágil y maleable. Cris y Guada intuyeron la debilidad de su matrimonio. No debía de ser mayor que las fisuras propias, pero el terror al abandono es un fantasma poco discreto y demasiado fácil de reconocer. Lorena llevaba el sello estampado en cada palabra.

—¿Qué hacía mi marido en el Paradís?

Apoyada en el borde de la piscina junto a Guada, Lorena le preguntó a Cris, a quien pilló en el trance de colocarse bien la toalla en la cabeza mientras se lamentaba por haberse ido una vez más de la lengua. La insistencia de Lorena le dejó ver al polluelo que habitaba en ella.

—¿No me vas a responder? —insistió.

—Tu marido tiene muchas caras, ¿sabes? Pero no sufras, su poder es inofensivo.

Lorena no quería sufrir, pero tampoco salir de allí sin descubrir aquello que todos parecían conocer de Martín. No sabía si fiarse de Cris. Era ruda, ácida, mordaz y todo lo sexi que ella hubiera deseado ser. Bajo el agua, sentía cómo se encogía todo su cuerpo de nuevo. Su metro cincuenta y ocho de estatura, sus caderas pronunciadas y sus pechos invisibles ardían de envidia cuando su inseguridad tomaba el control.

—¿Qué hacía en el Paradís? —volvió a preguntar con rotundidad.

—Cariño..., pues seguramente pasar una noche de babeo de hombres.

Guada intentó frenar aquella conversación que podía terminar en una huida definitiva de Lorena al país de «¡Serás cabronazo!». Habían decidido estrenar la piscina climatizada sin Hugo ni Edu, inaugurando así el primer plan de chicas para bajar el alcohol, pero sin intuir el agujero negro de una de ellas.

—No tengas miedo. ¡No se folló a ninguna! Solamente bebió demasiado. Nada más.

Meter la cabeza bajo el agua para encontrar refugio. Un momento de soledad en medio del desconcierto. Lorena lo hizo. Se impulsó con los pies como cuando era joven e intentó cruzar la piscina en apnea. Nadó con la rabia de tener que conformarse con medias verdades. Sintió su cuerpo avanzar a contracorriente, esforzándose por llegar a tiempo. Notó cómo la piel del rostro se le deformaba, cómo sus pulmones pedían oxígeno, cómo la sangre se le acumulaba en la sien. No quería darse por vencida. Siguió nadando. Sumergida en la lucha entre el despertar y el morir ahogada. Con un impulso de vida, sacó la cabeza con ímpetu a la superficie. Apreció el aire al entrar de nuevo en sus pulmones tras una gran y rápida inspiración. Se dio por vencida al intuir que no había logrado llegar al otro lado. Pero como una perfecta metáfora de la vida, en una milésima de segundo todo cambió. Antes de que su rostro volviera a tocar el agua, su brazo derecho le ofrecía la victoria al tantear el borde de la piscina. Lo había conseguido.

Cris aplaudió la hazaña con un exagerado estilo *cheerleader* para espantar el propio malestar ante su mala costumbre de cargarse a las golondrinas antes del verano. Martín no era trigo limpio. Cris lo sabía como buena detectora de cabronazos que era. Lo sabía ella y todos los de la planta de arriba también. Nunca había sido transparente, pero la maldad en los niños se confunde fácilmente con las travesuras. Ella lo había visto con el prisma de la noche. Con el hambre de quien desea con desesperación volver al escenario del poder. No le había mentido a Lorena, solo había decidido por compasión germinada salvarla, por el momento, de la verdad. Era cierto que Martín no se había ido a la cama con ninguna mujer, ni siquiera con la suya. En el mundo Paradís, Martín era el expolítico divorciado. Nadie sabía de la existencia de su nueva esposa. Nadie había oído hablar de Lorena. Muy típico de él.

—¿Puedo preguntarte algo sin que te ofendas?

Hugo y Edu se habían quedado solos en el salón acristalado de la planta baja. Aunque les hubiera gustado bañarse, no habían sido invitados por las chicas. Hugo lo agradeció. Edu, al principio, no recibió bien la exclusión, pero luego vio la oportunidad de saber más del novio de la psiquiatra famosa.

—Sin problema.

—¿Cómo es hacérselo con dos? —Hugo esperó unos segundos y, al no obtener respuesta, trató de justificarse—. Te pareceré un salido, pero es que siempre lo he deseado y no lo he hecho todavía.

Acostarse con dos mujeres, había comprobado Edu, era una de las fantasías de la mayoría de los hombres, que, irremediablemente, no podían evitar intentar saciar su curiosidad con él.

—Pues apasionante y agotador.

Hugo lo miró con el deseo de que se extendiera en su respuesta. Enrollarse con dos a la vez en una discoteca había sido lo más cerca que había estado de hacerlo con dos mujeres. El sexo, junto con el gimnasio, eran sus pasiones.

No se había equivocado Cris en su primera radiografía de él. A Hugo no le gustaba complicarse, tampoco en las relaciones. Solo en la cama.

—¿Y cómo es estar con alguien que lo tiene todo? —Edu decidió dar un giro inesperado a la conversación. Quería conocer a la anfitriona de la que todos, en mayor o menor medida, habían oído hablar—. Es más alta de lo que imaginaba —continuó—, y más agradable también. Aunque su mirada no se lee. ¿Es así también en la cama?

Hugo había caído en su propia trampa. Traspasar los límites de la corrección con un extraño conllevaba el riesgo de verse en medio de una charla íntima no deseable. Lo cierto era que no había tenido tiempo para elaborar una imagen de los dos en la cama. No creyó que nadie se lo fuera a preguntar o que se atreviera, al menos en aquellas primeras horas de cordialidad. Edu sintió la incomodidad de Hugo por su mirada desconcertada.

—Espero no haberte molestado...

—No, no... Es que no estoy acostumbrado a que me pregunten por mi intimidad con Belén. No por mí, sino por ella...

Intentó salir del paso como pudo, con respuestas evasivas, más generales que precisas; lo suficiente para que Edu tradujera su incomodidad en la necesidad de disimular cierta insatisfacción en la cama. Un hombre a solas con otro hombre rara vez no presumía de sus proezas sexuales. Así lo creía él. Si había silencio o evitación era porque existía un trauma o una mentira. Hugo no había sabido pasar la prueba sin despertar las sospechas de Edu. No había sido capaz de inventar cómo era el sexo con Belén, ni siquiera de visualizarla entre sus brazos. Ello le provocó rechazo y despertó su ira. Sus puños volvieron a cerrarse con fuerza.

—¿Te cuento un secreto? —comentó Edu—. Una mujer goza mucho más que un hombre en un trío. Así que, si puedes, pruébalo con ella.

Hugo no contestó tampoco a aquella invitación. Solo sonrió y se limitó a balbucear sin concretar. Prefirió asumir la ofensa de callar antes que contar cualquier bravuconada que terminara en los oídos de Belén.

—Si la cosa no sale bien, no te preocupes —Edu recordó lo que le había comentado por la mañana Elvira—, siempre puede surgirte un imprevisto y desaparecer.

Pero Hugo ya no deseaba desaparecer. Quería seguir allí, en la casa, con todos, y ver lo que le ocurría por dentro y por fuera. Ellos no eran los únicos que gozaban de ese pasado común. La vida cambiaba por segundos, y también los pensamientos en aquella mansión.

—Yo creo que a Lucía le encantaría —confesó Edu para ver su reacción.

Hugo, que había ido a llenar su copa, lo miró a través del reflejo del cristal. Había oído perfectamente el nombre: Lucía. Y la seguridad con la que lo había pronunciado, pero dudaba de si debía ahondar más.

No se equivocaba. Edu no había lanzado la confesión al azar, sino con la intención de descubrir si el novio de la psiquiatra sabía lo que él hacía años que intuía: un amor adolescente entre dos chicas. Puede que para una solo fuera experimentación, o puede que lo fuera para las dos, pero había demasiado silencio como para que errara en su predicción. Una muerte convierte la tierra firme en movediza, y los continentes, en islas.

—No creo que a Belén le gusten ese tipo de juegos. —Hugo miró a Edu fingiendo confianza—. Es más bien de gustos clásicos en la cama.

Se había pronunciado al fin, arriesgándose a cometer

errores con los que podía ser descubierto. Desconocía los gustos sexuales de Belén, pero aquella invitación de Edu lo había cogido desprevenido.

—Nunca terminas de conocer a una mujer, y mucho menos lo que desea en la cama.

—¿Otro consejito? —soltó socarronamente Hugo.

—Nada más lejos de mi intención. Yo solo me entrometo en una pareja para hacer tríos en la cama...

—Pues será mejor que apuntes hacia otros.

Hugo cerró la conversación con poca seguridad. Abrió las cristaleras y salió al jardín. Aprovechó la tregua del cielo para fumarse un cigarro a solas y escribir a Sebas. No le había gustado la charla. Necesitaba respirar un poco de aire; demasiadas copas con tensión y poco disfrute.

«Creo que voy a cagarla. ¡No paran de preguntarme por Belén y apenas me he cruzado con ella!»

Sebas y Belén lo observaban desde la planta de arriba mientras el resto se ponía al día. Veinte años de ausencia daban para muchas conversaciones, y no todas agradables.

—¿Por qué nunca me dijiste que estabas casado? —le preguntó Diego a Martín.

Lucía tampoco había oído hablar de Lorena, pero lo cierto era que llevaba años sin saber de ninguno. Había dejado de frecuentar el Paradís y no había vuelto ni cuando se enteró de que se lo había quedado Diego. Él la había invitado a la fiesta de inauguración, pero ella ni siquiera había contestado. Llevaban demasiado tiempo sin verse, sin hablarse, y la noche le recordaba demasiado a Adrián y lo que había ocurrido.

—No salió el tema —respondió Martín deseando acabar rápido con aquella conversación—. Ya sabes que no me gusta incordiarte mucho porque luego te enfadas conmigo. Y para una vez al año que voy a verte...

Ni a Lucía ni a Diego les convenció la respuesta de Martín. Que no hubiera hablado de su mujer y que se hubiera casado con ella les resultaba extraño, al menos a Diego, que conocía muy bien sus andaduras nocturnas en el Paradís y fuera de él.

—¿Cuántas veces ya le has puesto lo cuernos?

Martín se levantó del sofá con la intención de contenerse ante el ataque directo de Diego. Siempre había envidiado su arrojo. Aunque era el único que no gozaba de pedigrí, había logrado ascender, dejar Ajo y convertirse en un reputado empresario del ocio nocturno. Diego disfrutaba de todo lo que él deseaba: dinero, atractivo y valentía.

—¡Las mismas que tú a tu mujer!

No hizo falta decir más para que Diego se levantara como un miura y se abalanzara sobre Martín sin que nadie pudiera impedirlo, si bien fue él mismo quien se detuvo después de haberle golpeado un par de veces. Tirado en el suelo y con el labio ensangrentado, el expolítico lo miró con una mezcla de desdén, cobardía y satisfacción. Diego era mucho más vulnerable que él y había logrado desenmascararlo delante de todos. El hombre de hojalata que siempre presumía de su falta de corazón había, al fin, mostrado su herida abierta: su mujer Cris.

—Como se te ocurra volver a nombrar a mi mujer, te juro que no me voy a detener hasta que olvides las mierdas que sueltas por la boca.

El empresario apretó los puños y dejó la sala sin mirar a nadie. Necesitaba calmar sus ganas de pegar a su amigo hasta verle la cara deformada por los golpes. Martín no había perdido su habilidad de encontrar el punto débil de los demás como mejor defensa. Bajó las escaleras de la casa y salió al jardín a fumar. Cris lo vio por la cristalera de la piscina, donde permanecía junto a Lorena y Guada. Lo siguió con la mirada, dejándose observar por ellas.

Belén salió en busca de Diego y se colocó a su lado, a la vista de Edu y de Hugo, que seguían en el salón con chimenea de la planta baja. Lucía y Sebas también observaban la escena desde la primera planta. Todos estaban mirando menos Martín, que se había quedado sentado en el suelo, lamiéndose la herida y los pensamientos. Una pelea como las de antaño. Nada era desconocido, ni siquiera los motivos: la envidia, que con los años se había hecho más profunda y difícil de extirpar en Martín.

—No deberías habernos juntado. No creo que a Adrián le hubiera gustado vernos así. —Diego contemplaba el mar bravo en el acantilado, bajo el cielo gris y el viento llorón. Chispeaba de nuevo, pero ninguno de los dos se movió—. Hace cinco años que murió mi padre y no fui a su entierro. No se lo dije a Cris. —Fumaba con la mirada perdida, resistiéndose a dejar caer una lágrima. Su padre estaba enterrado en el cementerio de Ajo, junto a la iglesia de Santa María de Bareyo. Un camposanto diminuto, perdido en la campiña, con pocas lápidas. El mismo en el que estaba Adrián. Los muertos de aquel lugar se conocen y pueden dificultar a los vivos sus rezos a pie de tumba—. Los hijos de puta no deberían tener lápida.

Belén le cogió el cigarro y fumó como si quisiera quemar de una calada las diferencias con él. No habían sido los mejores en nada, aunque ambos habían logrado el éxito deseado. Podrían ser gemelos por su costumbre de ser despreciables con los demás: dos corazones demasiado rotos como para permitirse sentir en la plenitud de la vulnerabilidad.

—Lo sé —le dijo al fin Belén—. El otro día fui a ver a Adrián y vi la tumba de tu padre.

Diego encendió otro cigarro sin esperar a que el sustraído por su amiga volviera. Su mente estaba igual de revuelta que el mar infernado tras la tormenta.

—¿Por qué nos has reunido? ¿Qué es lo que quieres?

Él necesitaba respuestas. Miró a Belén sin mostrar dudas ni pestañear, pero con la súplica de recibir una verdad de la primera mujer que le había roto el corazón, y no por amor.

—Necesito poder perdonarme y perdonaros.

El empresario la contempló por primera vez con las emociones al descubierto en sus ojos. No estaba preparado para hablar de lo que había ocurrido la noche en que Adrián había muerto. No creía que ninguno lo estuviera. Ella no esperaba ninguna respuesta suya. A veces, el silencio cubre distancias que durante un tiempo pensamos que son inabordables. Aquel era conocido por ellos, tan familiar como las noches de acampada al raso, con el candil, la marihuana y las promesas perdidas. Igual que sus besos, que la amistad erosionada por una muerte tan inesperada como inculpada. Ninguno había encontrado el valor de saltar aquella valla. Ninguno había logrado hallar una explicación al desastre. El tiempo y la distancia no siempre sanan, a veces solo alargan y hacen más grande la sombra del árbol caído.

Diego no se atrevió a romper el silencio. Ni siquiera para negarse a hablar de Adrián y de la noche que tuvieron el accidente. Siempre había sido incapaz de practicar el perdón, de hablar del dolor, de abrirse por completo al amor a pesar de haberlo encontrado y de estar a punto de perderlo. Belén le pasó el brazo por los hombros, como tantas veces había hecho, y apoyó la cabeza en su cuello.

Cris sintió un golpe seco en el estómago, pero tragó saliva. Lucía apartó la mirada dejando al descubierto su fragilidad ante Sebas. Los años habían acumulado cuentas pendientes imposibles de olvidar. Nadie es dueño de su corazón; aunque lo sienta roto, él decide el paso de sus propios latidos.

La tierra después de la lluvia huele a vida. Lo mismo que las personas después de una ducha de agua fría, el mundo tras una buena tormenta luce ligero. Todo parece haberse expandido. Los prados brillan en el destello de cada gota viajera hasta en los rincones más escondidos. Los pulmones se abren para llenarse de ese aire limpio de aroma a hierba mojada.

Lucía se había quedado unos metros rezagada del grupo. Necesitaba sentir de nuevo sus pasos por aquellos senderos que jamás pensó que volvería a pisar. Nueve siluetas. No pudo evitar contar otra vez. En fila de a uno, dos o tres ocupando el carril bici en el asfalto pintado de rojo en una simetría imperfecta.

—¿Y si vemos atardecer todos juntos en la Ojareda? —propuso Guada—. He leído que no decepciona ni a los adolescentes.

Ninguno de los cinco se pronunció, el resto lo hizo por ellos. La vida y las decisiones corren más ligeras cuando no se te resetea la mente a cada poco con recuerdos rescatados.

Belén, Sebas, Lucía, Martín y Diego caminaban sintiendo la falta de gravedad en sus pies en el extraño viaje por un tiempo desconocido que cabalgaba entre el pasado y el presente. Se dirigían a las cuevas con forma de ojos que los años habían forjado con las olas danzando y que la memoria de cada uno había conservado en las noches de luna llena de verano. Esas rocas singulares horadadas por la fuerza del mar y del viento habían sido uno de los lugares de encuentro de los cinco. Lucía lo sabía, igual que los demás. Bastó un cruce de miradas entre ellos para saber que el legado de la memoria compartida se abría paso.

—¿Hay algo que no me has contado y deba saber? —le había preguntado Cris a Diego mientras se calzaban las deportivas y recogían los plumas para la salida en grupo.

Este miró a su mujer intentando leer la respuesta que ella deseaba oír, para evitar una discusión. No estaba preparado para hablar con ella de su infancia, de Ajo, de sus amigos, del accidente, de la muerte de Adrián..., pero sentía cómo su incisiva mirada se le clavaba en la nuca. Se frotó el cuello y se lo masajeó varias veces, buscando la respuesta más conciliadora. Cris siempre había querido entrar un poco más en él, pero Diego lograba escudarse en el silencio o las evasivas.

—Cariño, ¿se te ha pegado lo de psicoanalizar?

No fue ni la mejor respuesta ni la más apaciguadora. No pudo evitarlo. Le salió la acidez que sacaba de los nervios a su mujer, pero que la apartaba de los refugios del alma que hacía años que él había decidido no compartir con nadie. De lo que no se habla deja de existir, como si el dolor corriera por esos derroteros...

—¿Y a ti algún recuerdo de amor perdido con tu amiga?

Desde que Cris lo había visto junto a Belén, palpitaba inconfesablemente celosa y tan vulnerable que la inseguridad había logrado traspasar la puerta de lo no compartido. Diego dejó de atarse las botas de montaña y la miró con asombro. No recordaba la última vez que su mujer había mostrado un ápice de debilidad ante él.

—¿Estás celosa? —le preguntó con una media sonrisa en el rostro.

—Déjate de chorradas y respóndeme. ¿Hay algo que deba saber y que no me has contado?

Diego se dejó caer sobre la cama con los brazos bajo la nuca. Quería disfrutar un poco más de aquel momento. Respirarlo y sentir cómo la llama del amor entre ellos permanecía encendida. Estiró todo lo que pudo el silencio para saborear la muestra de deseo de Cris hacia él. Diego seguía enamorado de ella. Tan perdidamente como cuando la conoció, pero los años y su incapacidad para compartir habían transformado su relación en un saco de reproches, con poco sexo y un hijo al que ambos adoraban y temían perder a partes iguales. Aquel viaje era el primero en cinco años que hacían solos. Sin Lucas. Su hijo se había convertido en la excusa para no navegar por las aguas revueltas de su matrimonio.

—¿Piensas responder o has decidido echarte una siesta?

Cris observó a Diego mirando el techo de la habitación; estirado en la cama y con los pies colgando. No había podido evitar exponerse ante su marido. Decirle sin decírselo que necesitaba saber más de él para no perderse. Para no perderlo.

—Fue la primera persona que me rompió el corazón —respondió decidido a no guardarse la verdad—. Lo nuestro nunca fue nada, pero hubo un tiempo en que no me importaban los imposibles y darme de bruces.

—¿Y qué has sentido al verla de nuevo? —insistió ella.

—Que te estoy perdiendo y que serás la siguiente en romperme el corazón.

Diego se incorporó sin mirarla y salió de la habitación, dejándola con una pelota en la boca del estómago que le impedía respirar sin dificultad. Antes de traspasar el marco de la puerta, palpó en el bolsillo interior del plumas el pequeño paquete con su nombre escrito que había encontrado sobre la cama. Lo había escondido para que su mujer no lo obligara a abrirlo delante de ella. Necesitaba tomarse su tiempo para hacerlo. Haber dado un paso en las confesiones no significaba que hubiera abierto la caja de los secretos.

—¿Cómo era Diego de pequeño?

Lucía levantó la mirada del suelo y se encontró con la de Cris, que había decidido detener su paso y esperarla para charlar. De los cinco, era a la que veía más capaz de hacerle una descripción honesta de su marido. Las dos reemprendieron la marcha evitando bicicletas y observando los prados de la ladera que servían de pasto para el ganado, que también disfrutaba después de la lluvia.

—¿Qué te ha contado él? —respondió evasiva Lucía.

—¿Importa? —soltó de inmediato Cris mientras se encendía un cigarrillo.

La abogada intentaba ganar tiempo y decidir cómo describir a Diego sin romper el mito del hombre rudo y hermético en el que se había convertido.

—Callado. Igual que ahora.

—¿Estuvo muy enamorado de Belén?

Lucía sintió que sus piernas dejaban de andar más allá de su voluntad y detuvo el paso bruscamente. No esperaba ni la pregunta de Cris ni que fuese tan directa. «En eso —pensó— se parecen.» Ninguno de los dos perdía el tiempo con prolegómenos.

—El amor, cuando se es joven, es como un buen fuego artificial: intenso, bello, ruidoso y breve porque se evapora cuando llega otro.

No quiso compartir con Cris que de Belén se habían enamorado todos. Incluso Adrián, aunque la diferencia era que, en su caso, era correspondido. De hecho, la única persona a la que había expresado sus sentimientos abiertamente había sido su hermano. Un amor platónico que todavía hoy seguía marcando su aparentemente ordenada y exitosa vida. Con el resto, había habido demasiada confusión y rivalidad a partes iguales.

—¿Jugamos a la botella?

Como todas las noches de agosto de luna llena, los cinco habían llegado a la Ojareda y se disponían a hacer el ritual de cada verano. Habían dejado las bicis en el parking de coches y descendido con linternas por la senda rocosa hasta llegar a las cuevas vigías. Diego y Martín, encargados de las cervezas, las sacaron de la mochila. Lucía colocó estratégicamente las linternas en las rocas para simular la mejor luz de candil. Adrián y Belén prepararon el festín con los táperes de comida sobre las toallas convertidas en mantel.

La noche de luna llena era la noche de las confesiones, la noche de las verdades y de los besos. La más odiada por Martín y la preferida de Adrián. Por eso, nada más llegar a la Ojareda, este sacó la botella vacía de su mochila para comenzar a jugar, sin ni siquiera haber probado bocado.

—¿Jugamos? ¿Jugamos? —repetía dando saltos hasta que lograba que el resto cediera para dejar de oírlo.

—¡Vaaale! Pero solo una ronda, que todavía es pronto, Adrián. —Belén lo apoyaba siempre.

El juego de la botella fue el despertar de los cinco a los principios del sexo, al baile de las hormonas que querían revolotear libres entre caricias y besos.

—¡Te has empalmado! ¡Joder! —Martín empujó a Adrián nada más sentir el contacto de su boca.

—¡Pero qué dices! ¡Si ni me ha dado tiempo a meterte la lengua, chaval!

—¿Y si fuera así? —salió Belén en defensa de Adrián—. Pero ¿a ti qué te pasa?

—Pues que este juego no me gusta porque siempre palmo y me toca besarme con chicos.

Martín no llevaba demasiado bien el contacto físico, y mucho menos los besos. No necesitaba confesar sus pensamientos homófobos porque sus exageradas reacciones lo delataban.

—¡Paso! ¡Paso de jugar a esta mierda de juego!

Cada verano, Martín amenazaba con no volver a hacer girar la botella, pero al año siguiente siempre terminaba cediendo porque tenía la esperanza de que, en algún momento, la botella señalara a Belén. Así podría recibir el beso que tantas veces en su habitación había imaginado hasta correrse del gusto. Prefería fantasear con los besos de su amiga que ver las revistas porno que pasaba Diego. Aquellas mujeres desnudas y de piernas abiertas eran incapaces de levantársela. En cambio, le resultaba fácil reproducir cada beso que le había visto dar a Belén en el juego de la botella. Incluso el que le tocó darle a Lucía.

—¡¡Hala, chaval!! ¡¡Menudo morreo!!

—Eres gilipollas.

Lucía, todavía ahora, con una vida recorrida, no podía perdonarle a Martín que hubiera estropeado con uno de sus mostrencos comentarios la única ocasión en que le tocó besarse con Belén. Tenía trece años y en ese preciso instante, con ese beso interrumpido, supo que se había enamorado de Belén. Con aquel beso, el mundo se le hizo pequeño; tanto que durante aquel verano solo le importó Belén. No podía disimularlo. Tampoco compartirlo.

—¡Te ha gustado!

Siempre era Martín el que rompía la magia de forma abrupta. Todos se habían dado cuenta, pero ninguno necesitó hacerlo evidente. Excepto él.

—¿Y a ti? —soltó Diego mientras señalaba el paquete de Martín ligeramente más abultado.

Todos rieron al ver cómo intentaba disimularlo sin éxito colocando las manos delante y sacando el polo por fuera de las bermudas para ocultar la protuberancia. Adrián aprovechó para despeinarlo. Deshacer la impoluta raya al lado del pelo engominado que condenaba a Martín a ser el pijo del grupo. Pijo, pero nada comparado con los Guerrero. Los pijos de pedigrí. Aunque a ellos era difícil alcanzarlos, Martín se empeñaba en cumplir a rajatabla con el perfil de pijo adolescente del Madrid de los noventa que tiene casa de veraneo en el norte. No era la casa familiar de los Guerrero, pero sí, igual que él, mucho más ostentosa.

—¿Fumas a escondidas de mí? —le preguntó Lorena a Martín.

—¿Cómo? ¿A qué viene eso, cariño?

Martín se había cubierto la cabeza con la capucha del plumas para evitar mojarse el pelo y las gafas. Odiaba el tiempo de aquel lugar; el olor a excremento de animal, a campos abonados, los saludos cada diez pasos, los bosques de eucaliptos y todas las casas que no eran suyas.

—He visto cómo sacabas un paquete de tabaco de la maleta.

—Conque ahora te dedicas a espiarme, ¿eh? —respondió mientras la abrazaba e intentaba acercarla para besarla.

No tuvo éxito. Lorena no estaba para juegos, y menos después de enterarse de que salía de soltero de vez en cuando.

—¡Vamos, dame un beso! No seas esquiva...

—¡No me gusta que me mientan! ¡Me habías dicho que lo habías dejado!

—¡Vale! ¡Vale! ¡Tú ganas! —le dijo buscándola con la mirada—. Pero espera unos minutos y lo comprenderás todo...

Martín levantó las manos con la intención de detener la marcha, pero faltaba menos de un cuarto de hora para llegar a la Ojareda e iban con el tiempo justo para ver el atardecer sobre la bahía de Vizcaya. El cielo se resistía a abandonar la llovizna, despejándose lo justo para jugar al gato y al ratón con el sol.

—¿Es tu primera vez? —le preguntó Hugo a Guada.

—¿Se me nota?

Guada estaba maravillada con la excursión y con la aventura de aquel reencuentro de antiguos amigos. No había podido despegar la mirada de Belén, quien, aunque aparentara ser la más distante de todos, le inspiraba mucha tristeza. La veía como una mujer consumida por la alargada sombra de la soledad. En cambio, Guada había renunciado a la soledad y al silencio para evitar encontrarse cara a cara con el dolor de ser una niña criada en las calles mugrientas de Ciudad Bolívar. Había logrado escapar del infierno que el destino le tenía preparado, pero las heridas del exilio y de la huida seguían intactas en su interior. Ella había perdido a su familia, igual que Belén, pero había decidido arrinconar la melancolía y arrimarse al disfrute y a la alegría de vivir hasta quemarse.

Belén no había cruzado palabra con Guada todavía, apenas había llamado su atención. Todo lo contrario que Guada, que no dejaba de observarla desde la distancia. Aprovechó la compañía de Hugo para detenerse un momento a sentir el frío rozando su piel, el pulso acelerado por la emoción de formar parte de aquella aventura. Desde que había llegado, se le había erizado el vello del brazo varias veces. Señal de que no estaban solos.

—¡Este lugar es increíble! ¡Qué subidón de energía tengo!

—¿Eres así de expresiva siempre?

Guada abrió los ojos y reparó en Hugo, que la miraba con una amplia sonrisa. Él solo buscaba conversación, pero para ella esa pregunta abrió un tenue juego.

—Esto no es nada. Soy de las que grito cuando estoy feliz o me hacen feliz.

Dicho esto, reemprendió el camino. Hugo sintió el furor en sus mejillas, soltó una carcajada nerviosa y se metió las manos en los bolsillos. Miró involuntariamente a Belén. Guada se dio cuenta y prefirió disculparse.

—Lo siento. ¡Soy así de bruta! Ya irás pillándome. Pocas veces hablo en serio.

—No te preocupes. ¡Tengo experiencia con las mujeres brutas!

Guada lo contempló sin entender... Él se la había devuelto sin pretenderlo. Desde que Edu le había hablado de los tríos, Hugo no había podido dejar de pensar en ello, y al hablar con su compañera, cualquier comentario le llevaba directamente al sexo. Si no fuera porque estaba trabajando como pareja ficticia de la doctora Collet, allí mismo, en aquella carretera, hubiera comenzado la operación seducción. Sabía que ella tenía novio, pero albergaba la teoría de que quien se prestaba a hacer tríos no tenía inconveniente en hacer un intercambio de una noche.

—Pues la doctora parece todo lo contrario.

Guada lo observó de soslayo de nuevo. No solía prejuzgar, pero tenía el olfato suficiente como para detectar que había algo extraño en él. Demasiado exagerado, en exceso complaciente, extrañamente tenso.

—Ya sabes..., ¡las apariencias engañan! —soltó él.

Incluso aquel comentario en defensa de Belén y su no relación contenía un tono inequívoco de flirteo que Guada no quiso pasar por alto. Le gustaba lo difícil. Lo confuso. Y Hugo cumplía con todos los requisitos.

—Oye, ¿estás intentando ligar conmigo? —le preguntó mirándolo fijamente.

De nuevo una situación incómoda e inesperada para él. En realidad, había flirteado, pero fue incapaz de encontrar una manera rápida de disimularlo. Fue Sebas, su salvavidas, quien apareció como un apóstol para dejar la pregunta sin respuesta.

—Oye, Hugo, ¿cuántas veces te ha llevado Belén a la Ojareda?

—Unas cuantas..., pero la más especial —dijo clavándole la mirada a Guada— fue la primera.

—Suele pasar con todo, querido. A las primeras veces, aunque resulten un auténtico desastre, la memoria se encarga de ponerles los polvitos mágicos que faltaron.

Sebas no dejaba de consultar su teléfono para comprobar si efectuaba los diez mil pasos al día que le había prometido a su médico. Formaba parte de un plan para perder veinte kilos que llevaba más de un año postergando. Para él nunca era un buen momento para dejar el alcohol y la comida grasienta.

—Tienes el colesterol por las nubes, Sebas. ¿Cuándo piensas empezar a cuidarte?

—Cuando san Pedro me abra las puertas del cielo.

Era la broma que siempre le hacía al doctor Fernández, Andrés para los amigos y para él. Habían sido novios un tiempo. Andrés lo cuidaba desde entonces. Le cuidaba todo menos el corazón, porque sabía que para eso no tenía remedio.

—¿Cuánto queda, doctora? —le gritó Sebas a Belén—. Yo ya estoy a punto de plantarme.

—Kilómetro y medio, Sebas, y llegamos.

—¿Y traducido en pasos?

—Para ti, dos mil pasos —soltó Diego desde medio metro más atrás—. Los hipopótamos son de pierna corta.

—Ten cuidado, no vaya a pisarte con una de ellas, gacela.

Sebas recogió rápidamente el guante de Diego. No podían evitarlo, pero sonrieron. Sebas, Belén y Diego se habían juntado. Lucía, que había acelerado la marcha para evitar más preguntas comprometidas de Cris o de cualquiera, se unió también a ellos. Se movía bien entre la manada porque podía fundirse con el resto y no llamar la atención.

—¿Todo bien por aquí? —preguntó nada más incorporarse.

—Sebas está a punto de palmarla, pero por lo demás bien —dijo Diego.

Sebas apoyó el comentario exagerando su cansancio. Los cuatro volvieron a reír y sintieron cómo el aire frío atravesaba sus pulmones. Habían cogido carrerilla y el resto del grupo se había quedado atrás. Martín, celoso por verse fuera, corrió hasta alcanzarlos y ponerse a la cabeza, tratando de disimular la respiración agitada y su baja forma.

—Me siento como un chaval ahora mismo. ¡Podría correr una maratón!

Belén aprovechó para detenerse y esperar al resto. Quedaban pocos minutos para la puesta de sol y debían acelerar la marcha si no se la querían perder. Hizo señales a Hugo para que tirara de los más rezagados y reemprendió el camino.

Con algún aliento desbocado y la amenaza de una tormenta eléctrica, lograron llegar a tiempo al aparcamiento de coches de la Ojareda. No había ni un solo vehículo. Tan solo una autocaravana con la puerta abierta y una cortina de tiras azules y blancas que impedían ver el interior. Todos pasaron por delante de ella con la curiosidad de saber quién habría dentro, pero ninguno pudo resolver el misterio.

La noche estaba a diez minutos del día. Acceder a pie hasta la cueva vigía de dos ojos resultaba mucho más fácil y seguro que antaño. Todos se agarraron a la cuerda que recorría el sendero de rocas y oquedades que ofrecían simas al mar bravo, poco propicio para la primera aventura en grupo.

—¿Estás bien?

Lorena resbaló y se deslizó medio metro hasta caer al suelo. Hugo la ayudó a levantarse y, con la actitud de un héroe de Marvel, sujetó su cuerpo hasta que ella dejó de temblar. Martín, que iba a la cabeza, ni se inmutó por el tropiezo de su mujer, y mucho menos se percató del vértigo que sentía. Lorena no soltó la mano de Hugo durante todo el trayecto. No le gustaba la montaña, ni el deporte, ni las aventuras por desfiladeros que morían en un peligroso acantilado.

—No te preocupes. Es más seguro de lo que parece.

Una mentira piadosa de Hugo para tranquilizar a Lorena, que lo miraba suplicante. Era la primera vez que él pisaba aquel lugar donde el mar rugía marcando su reinado, pero necesitaba ganar aliados. Ella no llevaba el mejor calzado para soportar la repentina flacidez de sus piernas. Apenas había ya luz y el suelo húmedo que pisaban se asemejaba a un queso gruyer suspendido sobre el acantilado de la muerte.

—Creo que lo mejor es que os espere arriba. Esto me está dando un poco de miedo.

—Imposible —le respondió él sujetándola de nuevo con fuerza—. Los dos vamos a llegar abajo sin problema.

Hugo se puso delante para que se pudiera apoyar en él y así descender pegados cuerpo a cuerpo. Fueron tan despacio como el miedo de Lorena les permitía avanzar. Cualquiera que los hubiera visto desde lejos habría creído que eran una pareja que jugaba a bajar abrazada. El camino no tenía demasiada complejidad ni pendiente, pero a ella le superaba aquello. Seguía sin tener la cabeza en su sitio y a cada paso la asaltaba una nueva inseguridad. Se sentía ridícula bajando pegada a Hugo, pero no podía evitar hacerlo si quería llegar a donde estaba el resto. Maldecía a Martín por no ser él quien la resguardara de sus miedos. Lo maldecía por haberla llevado hasta allí.

—¡Vamos, mi amor! ¡Campeona! —gritó Martín al verlos llegar.

Fue el primero en aplaudir. No la rescató, pero hizo que todo el grupo celebrara la gesta de haber logrado llegar hasta el corazón de la cueva.

Mientras algunos disfrutaban de los últimos minutos de luz con el mar bravo golpeando sobre rocas que ofrecían pequeños géiseres, Belén se dispuso, ayudada por Hugo, a acondicionar el lugar.

Extendieron varios manteles sobre las rocas. Lucía se unió para colocar las linternas en los lugares estratégicos. En una especie de sincronía con el pasado, volvió a ser la niña que las dejaba sobre tres rocas, creando un triángulo perfecto de luz para iluminar aquellas noches.

—¿Y te lo querías perder, mi amor? —Martín agarró por detrás a Lorena, que sintió un vuelco en el corazón.

—¡Suéltame! Que no quiero caerme y pesas mucho. ¡Anda!

Martín frunció el ceño y bajó los brazos ante su desplante. Decidió agarrarse a Sebas sin hacer ruido. Este prefirió soportar el contacto que perderse un segundo de aquel espectáculo de luces que atravesaban las nubes, con el horizonte a sus pies.

Belén y Hugo sacaron varias latas de cerveza de sus mochilas; él no podía dejar de observarla de cerca, deseando traspasar su coraza.

—¿Estás bien? —le preguntó sin mirarlo.

—Sí, sí, todo bien —respondió él, sabiéndose descubierto en su fisgoneo.

Al fondo de la cueva, en la penumbra y recostado en las paredes de roca, Diego se encendía un cigarrillo mirando más allá del paisaje. Cris, que no se había acercado a él en todo el trayecto, observaba a Belén. No sabía si era por su admiración por la doctora Collet o por su inseguridad con respecto a la salud de su matrimonio, pero estaba celosa de ella. Se sentó junto a Edu y Guada en unas rocas a la entrada de la cueva y contempló el final del día en silencio.

Aquel espacio tenía el poder de ahuyentar durante unos minutos a los fantasmas que vivían en el interior de cada uno.

Diego rebuscó en el interior del plumas el regalo con su nombre que había encontrado en la habitación. Aprovechó la soledad y el amparo para sacarlo en aquella cueva donde los recuerdos lo asfixiaban. Se quitó el plumas, estaba sudando, y se sentó en el lugar más abrigado y oculto. Era estratégicamente el mejor sitio para ver y no ser visto; su memoria lo había rescatado nada más pisar la Ojareda. Una pequeña cueva dentro de la cueva. Un rincón privado para besos escondidos y caricias precipitadas. Belén fue la primera mujer a la que besó allí, pero no la última. La primera con la que descubrió la aventura de besarse; el baile infinito de dos bocas abriéndose para perderse en el otro.

—¿Será nuestro secreto? —le dijo Belén más tarde.

Les había tocado besarse en el juego de la botella, el resto lo hizo el deseo: les mostró el camino hasta llegar a aquel diminuto refugio. Sus primeros besos se convirtieron en un vestigio de lo que fue su historia: un secreto y un juego que duró tres veranos. De los doce a los quince de Belén. El hijo del heladero del pueblo se había enamorado de la hija del famoso y reputado doctor. Él, regordete; ella, delgada, alta y siempre con su cabellera larga y rubia al viento.

Diego encendió el mechero para iluminar una de las paredes de roca. Con la otra mano palpaba intentando encontrar una muesca de realidad en sus recuerdos. Detuvo la llama en un trozo de roca sobre el que parecía haber algo dibujado. Sus dedos recorrieron un pequeño corazón solitario, sin letras ni nombres que lo acompañaran. Lo había tallado él con la antigua navaja de viaje que su padre le había regalado cuando cumplió trece años. Siempre la llevaba consigo para proteger, protegerse y hacerse el mayor. Era el único que tenía una navaja multiusos: roja, con el símbolo de la cruz suiza, abridor, tijeras y otras herramientas. Con ella había dibujado aquel corazón mientras aguardaba a que llegara Belén para besarse hasta el anochecer. A oscuras, Diego repasó aquel corazón que jamás llegó a tener dueño. Tocó la pared rugosa y húmeda tratando de recordar la ilusión de aquellos encuentros, de aquellas esperas a escondidas del grupo; del mundo.

Fue la primera vez que sintió cómo sus labios se hinchaban y se enrojecían a besos; cómo sus pupilas se dilataban y su interior se llenaba de fuego. Jamás sobrepasaron los besos. Jamás lo hicieron fuera de aquel diminuto lugar entre veranos y citas fortuitas.

—¿Te encuentras bien?

Diego volvió al presente rescatado por la voz de su mujer, a la que apenas podía verle el rostro. No sabía cómo lo había encontrado. Aquel lugar quedaba completamente escondido en la cueva: oscuro y resguardado. Cris estaba delante, desconcertada y cansada de no saber qué le ocurría a su marido. O a ella. Le ofreció una lata de cerveza que él aceptó. Cris tampoco podía ver con claridad la expresión de Diego.

—Siento haberte presionado antes —le susurró—. Ya sabes que me cuesta controlarme..., pero se me hace cuesta arriba aguantar tus silencios, Diego. Cada día lo llevo peor, y desde que hemos llegado aquí, mucho más. No puedo soportar que haya alguien que te conozca más que yo.

Diego le agarró la mano y la llevó con él a la pequeña gruta escondida. El cuerpo de Cris se tensó y se apoyó en la pared, cubriendo el pequeño corazón esculpido. Diego encendió de nuevo el mechero, pero esta vez para iluminar la cara de su mujer, que no podía sostenerle la mirada. Le acarició el pelo y la contempló como hacía tiempo que no lo hacía. Apagó el mechero y, en aquella oscuridad conocida, la besó, rozando sus labios hasta sentir que Cris cedía despacio abrirse se abría a él. Se besaron con la intensidad de los silencios y los secretos permitidos que tanto los habían separado. Ella se dejó llevar por el deseo de sentirse amada en aquel lugar casi invisible a cualquiera. Abandonando los miedos que la habían asaltado desde que había visto a su marido junto a Belén. Cuando la ráfaga de besos cesó, ella le tiró del brazo para sacarlo de allí y volver con el resto. Abandonando aquel corazón sin nombre.

—¡Llegáis a tiempo, parejita! —dijo Martín al verlos llegar de la mano—. Pero... aquí ya sabemos que no hay parejas que valgan. ¡Todos con todos!

Había sacado de su mochila una botella vacía que había dejado en el suelo.

—¿No queremos rendir homenaje a nuestro benjamín? Pues ¡juguemos a la botella! —continuó sosteniendo un pitillo en la boca.

Se lo había encendido, estrenando el paquete de Fortuna delante de Lorena, que lo miraba atónita. ¿Qué le estaba ocurriendo a su marido?

—¿Qué haces fumando, Martín? —le preguntó obviando el envite del juego.

—Tranquila, cariño, solo forma parte del recuerdo. ¡Fortuna, ¿eh?! —dijo enseñando al resto el paquete—. ¿Alguien quiere recordar viejos tiempos?

—Esto sí que no me lo esperaba. —Diego cogió el paquete con una sonrisa. Era igual que el que lograban robar de la heladería de su padre cada vez que había luna llena y Ojareda—. Lorena, tu marido ha dado en el clavo. No podemos jugar sin fumarnos un Fortuna. ¡Una vieja y mala costumbre!

Para ellos, era como el juego de la fortuna. No sabían a quién besarían, pero cada uno deseaba que la botella cayera en un lugar concreto. De acompañarlos la suerte, en vez de beber hasta morir, cogían un cigarrillo de la cajetilla y lo encendían. Esa era la señal de que su deseo se había cumplido. Empezando por Martín, todos habían mentido en eso, encendiendo cigarrillos cuando no tocaba para evitar ver desvelado su verdadero deseo. Su verdadero beso.

—Si hay que jugar, ¡yo me apunto! —exclamó Guada mientras le robaba un Fortuna a Diego—, pero entonces hay que hacerlo bien, ¿no?

—¿Cómo? —preguntó Lucía con mirada inquisidora intentando contener a Guada, que parecía encontrarse como pez en el agua.

—Pues hay que elegir entre verdad, acción o beso. Así lo hacíamos en mi tierra.

—A un maricón sin diana en este grupo le parece mucho más excitante así.

Lorena hizo el amago de largarse de inmediato y negarse, pero Cris se lo impidió cogiéndola de la mano e imprimiéndole valor.

—¡Ni se te ocurra decir que no! ¡Aquí y ahora empieza el juego! Se va a arrepentir tu maridito de haberlo pedido.

Lorena miró en silencio a Cris. Los demás accedieron a participar en aquel entretenimiento adolescente con el que la mayoría habían despertado a la sexualidad. Ella seguía dudando, pero no quería ser la única en negarse. Esperó a ver si alguien decidía bajarse del absurdo y se colocaba como espectador y no como jugador. Nadie lo hizo. Todos se dispusieron en círculo alrededor de la botella como tantas tardes habían hecho con sus grupos de amigos para ganarse el beso o la confesión deseada. Belén sonrió a Martín, por primera vez cómplice de uno de sus impulsos. Junto con Lorena, fue la última en sentarse y cerrar el círculo para comenzar el juego.

—Vamos con la primera ronda: besar o confesar. —Martín estaba exultante por haber logrado que todos lo siguieran—. ¿Quién empieza?

—Que lo diga la botella, ¿no te parece? —respondió Cris bajo la atenta mirada de Diego.

Ella también había cogido un cigarrillo, que se había puesto sobre la oreja derecha.

Martín, haciendo caso a Cris, hizo girar la botella. Por unos segundos, todos permanecieron expectantes viéndola voltear hasta que se detuvo señalando a Edu.

—¿Y ahora qué? —preguntó.

—Elige: verdad, acción o beso —le soltó Guada.

—Verdad —respondió Edu.

—¿Estás enamorado de Lucía?

Todos contuvieron la respiración. Guada había soltado la pregunta sin consultar ni mirar a nadie más que a Edu. Esa pregunta se la había planteado ya varias veces, pero nunca había terminado de creerse sus reiteradas negativas. Edu observó a Guada y, de soslayo, también a Lucía, que bajó de inmediato la cabeza. No esperaba ser la protagonista de la primera pregunta.

—No más que tú —contestó con un tono de guasa que ni Lucía ni Guada pillaron.

—Edu, responde: ¿estás enamorado de Lucía?

Guada volvió a preguntar ante el silencio del resto, que veía que aquel juego podía terminar por complicar las cosas.

—No. Estoy enamorado de ti, querida, a ver si se te mete en la cabecita algún día.

Ella le sonrió y le tiró un beso al tiempo que le indicaba que hiciera girar de nuevo la botella, que en esa ocasión tardó poco en detenerse y apuntó directamente a Lorena.

—Mi mujercita... ¡A ver qué eliges ahora, ¿eh?! —Martín no pudo evitar intervenir antes de que ella decidiera qué quería.

—Pues beso —dijo Cris mirándolo a los ojos, con la aprobación de Lorena, que volvió a lanzar la botella para ver a quién besaba.

—¡Hugo! —gritaron todos.

—¿Y ahora qué? —preguntó el afortunado.

—¡Hijo! ¡Ni que hubieras nacido ayer! ¡Pues a besaros y ya! —indicó Sebas con burla, sabiendo que Hugo tenía el culo prieto en esos momentos por no saber cómo actuar.

Miró a Belén, que le devolvió la mirada divertida por la situación y por verlo algo incómodo. Martín se había quedado callado, conteniendo la rabia de tener que ver cómo otro hombre besaba a su mujer delante de él. Lorena y Cris se dieron cuenta.

—¿Qué te había dicho? Comienza el juego —le susurró Cris a Lorena al oído para imprimirle valor.

—¡Me estoy aburriendo! ¿Queréis besaros, tortolitos? —soltó Sebas bajo la atenta mirada de Belén y Martín.

Ni Lorena ni Hugo se atrevían a dar el primer paso, parecía como si hubieran vuelto a la adolescencia. Finalmente, fue Lorena la que se decidió y dio un par de pasos hacia él.

Respiró y comenzó a besarlo, a revolverle el pelo y a acercar su cuerpo al suyo. Fueron pocos segundos, pero de tal intensidad que cuando ella despegó sus labios de los de Hugo, Sebas comenzó de inmediato a aplaudir. Fue el único.

—¡A ver quién supera ese beso! ¡Toma ya!

Hugo se había quedado con los labios manchados de carmín y el rostro desencajado. Belén, para salvar la situación, se acercó a él, le dio un par de cachetes en la cara para que saliera del aturdimiento y le limpió con los dedos el resto de pintura de los labios. No estaba celosa, pero lo simuló. La escena le había divertido. En cambio, Martín no le encontró la gracia, como solía ocurrirle con el juego de la botella. Siempre se arrepentía. Se había quedado mudo, esperando la mirada de su mujer celebrando para sus adentros su primera victoria.

—¡¡Belén!! —soltaron todos en cuanto la botella se paró frente a ella.

—¿Qué eliges? —quiso saber Guada, más metida que nadie en el juego.

—Verdad.

—Y ahora, ¿quién pregunta? —dijo Cris deseando ser ella la encomendada.

—¡Que decida la botella!

Belén impulsó de nuevo la botella, que tardó unos segundos en detenerse en Lucía. Aunque intentemos esquivar el destino, la vida siempre termina por colocarnos donde debemos.

Lucía llevaba años queriendo hacerle la pregunta a Belén. Se había despertado alguna noche soñando que tenían un encuentro en el que por fin ella le respondía por qué había dejado de hablarle; por qué después del entierro de Adrián había desaparecido sin querer saber nada de ella. Era su amiga, su única amiga; la única persona en la que confiaba de verdad, y se había evaporado sin dar ningún tipo de explicación. Jamás había vuelto a responder a sus llamadas, ni a sus mensajes.

No podía dejar de mirar el cuello de la botella apuntándola a ella. Sentía el silencio del resto como una presión para que se arrancara a hablar. Ni siquiera Sebas se atrevió con un comentario desengrasante de los suyos. Estaba como los demás, expectante, aguardando a que Lucía lanzara su pregunta.

—¿Crees que te has equivocado reuniéndonos?

Lucía y Belén se miraron. Las dos supieron que aquella no era la pregunta que deseaba plantear, pero había demasiado público para la que ambas estaban pensando. Lucía había decidido esperar otra ocasión, mucho más privada, para confesarle a Belén el sentimiento de abandono y traición de todos aquellos años.

—Puede que sí, pero es un riesgo que debo asumir.

Belén respondió sin asomo de duda en sus palabras. Todos, en el fondo, desde que habían llegado, habían pensado en algún momento que había sido un error volver a verse. Ella no podía ser menos, y no lo quiso obviar delante de ellos.

—Hablando de riesgos, ¿alguien ha pensado cómo regresaremos a la casa?

Martín estaba en lo cierto. Un rayo iluminó el firmamento y partió en dos el cielo en forma de un doble destello que terminó en un fuerte estruendo tan solo tres segundos más tarde, anunciando que la tormenta estaba cerca.

—Elvira nos recogerá a todos en dos turnos. Llegará en veinte minutos al parking.

Belén lo había calculado todo, menos la hora exacta de la tormenta.

—¿Alguien quiere besarme mientras tanto? —dijo Sebas—. La botella me señala y pido beso.

Sostenía la botella apuntándose a él para intentar animar el ambiente, que se había quedado tan húmedo y frío como el tiempo. Nadie recogió el guante, tampoco Belén. Todos se colocaron al fondo de la cueva para evitar que los salpicara la espuma del mar. Bajo los pies, podían sentir la vibración y el rugido del Cantábrico.

—No tenía que haberlo besado así —le confesó en voz baja Lorena a Cris—. Ahora Martín ya tiene la excusa perfecta.

Se había refugiado bajo uno de los manteles con Cris, incapaz de devolverle una sola mirada a su marido, que la buscaba inquisitoriamente para pedirle explicaciones.

—¡Deja de atormentarte, que ya está a punto de caer una buena! Además, no ha sido más que un beso.

—¿Se puede? —Guada había levantado el mantel sorprendiéndolas—. Menudo beso le has plantado al novio de la anfitriona. ¡Cuidado con la mosquita muerta!

Lorena se salió de la conversación y del mantel al no poder soportar más su mala conciencia por haberse dejado llevar por la rabia y los consejos de Cris, una desconocida que nada tenía que ver con ella. Estaba incómoda allí, atrapada en una cueva sin poder salir sin riesgo de caer despeñada. Además, podía notar la mirada de Martín golpeándole la sien. Lo evitaba porque sabía muy bien cómo debía de sentirse: humillado por su mujer delante de todos.

—¿Estás bien? Estás temblando.

Edu se había acercado a Lorena, que se había alejado del triángulo de luz para evitar el cruce de miradas con Martín.

—Sí, sí, gracias, todo bien. Es que estoy con un poco de frío y con ganas de volver a casa.

Edu se quitó la chaqueta y se la cedió a Lorena que, aunque se resistió al principio, terminó aceptándola de buen grado. Martín lo vio desde lejos, no pudo reprimir su desagrado y fue directo a quitarle la chaqueta a su mujer.

—Pero ¿qué haces? —le dijo ella.

—Ponte la mía si tienes frío.

—Oye, relájate, ¿vale? —intervino Edu recogiendo su prenda del suelo.

Pero antes de que pudiera incorporarse, Martín, sin previo aviso, le asestó un puñetazo en toda la cara que lo dejó tumbado.

—¡Martín! —gritó Lorena sin saber cómo detener aquel sinsentido.

Diego y Sebas llegaron a tiempo para impedir que Edu le rompiera la nariz a Martín. Agarraron a cada uno por separado intentando evitar una pelea que terminara en un accidente. El suelo era rugoso y rocoso, y una mala caída podía resultar fatal con el impacto del pico de una roca.

—Pero ¿a ti qué te pasa? —chilló Edu—. ¡Casi me partes el labio!

—Más te voy a partir si te acercas a mi mujer —le respondió Martín tratando de liberarse de los brazos de Diego—. ¡Que ya sé cómo os las gastáis los liberales sexuales! Pero aquí hay gente a la que no le gusta eso... Así que ¡respeto!

—¡Estás fatal, tío! —contestó Edu soltándose de Sebas y dirigiéndose a la entrada de la cueva.

Guada y Cris fueron tras él, que salió caminando bajo la tormenta para contener su furia.

—¡Edu! ¡Vuelve! ¡¡Que te vas a empapar!!

Edu decidió salir de allí y esperar en el parking, a la intemperie. En el fondo, Martín le había hecho un favor; le había dado la excusa perfecta para desaparecer. Estaba furioso con Guada por haberle hecho esa pregunta delante de todos, pero sobre todo delante de Lucía. Le había mentido como todas las veces que se lo había preguntado. Mentía porque sus sentimientos por Lucía siempre habían sido los mismos. Estaba enamorado de ella desde el primer día que la había visto, pero en seguida había sabido que jamás sería correspondido. La vida, sin saber cómo, los había llevado a compartir cama de vez en cuando, a formar el trío perfecto con Guada. Él no era de tríos, era de Lucía, y con Guada había logrado, sin pretenderlo y por casualidad, llegar a ella. No era tan moderno como aparentaba. Lo era Guada, y también Lucía, pero él no. Sin embargo, estaba perdidamente enamorado de ella y era el único modo de tenerla en sus brazos, aunque fuera acompañado.

Subió la cuesta sin agarrarse siquiera a la cuerda.

—Algún día conseguiré que reconozcas tus sentimientos —le había dicho Guada en Madrid—. Comienza a pesarme que me dejes sola con esto. Me gustan los tríos, a ti no. Me gusta Lucía, pero no estoy enamorada de ella como tú. Y eso, al final, nos terminará separando.

—Pero ¿qué dices? —Siempre era la misma respuesta—. No sé cuántas veces tengo que repetirte que no estoy enamorado de Lucía.

—No entiendo por qué no lo reconoces. ¿Tienes miedo a perderme o a perderla a ella?

—¿Por qué siempre que te sientes insegura me vienes con esto? ¿Prefieres que no vayamos a Cantabria con ella? ¿Es eso? Porque a mí me da igual, pero a ti no. Siempre dispuesta a vivir una aventura más, ir hasta el límite de todo.

Bajo la lluvia, Edu recordaba la última discusión que había tenido con Guada antes de llegar allí. Nunca se peleaban, solo cuando ella le preguntaba por sus sentimientos hacia Lucía.

Había llegado al parking. Estaba completamente empapado, calado, y sin un refugio cercano. Solo la autocaravana, que seguía en el mismo lugar, pero con la puerta cerrada y las luces encendidas. Le entraron ganas de llamar y pedir amparo, pero pensó que, con la noche que llevaba, igual mejor seguir bajo la lluvia y no tentar a la suerte.

Continuó batallando con el miedo de no saber cómo iba a reaccionar Lucía después de aquello. No estaba preparado para alejarse de ella. Las luces de un coche lo deslumbraron. Elvira, la secretaria de Belén, emitió varias señales luminosas para indicarle que subiera al vehículo.

—¿Y el resto? —le preguntó.

—¡Todavía en la cueva!

Conducía un espectacular Chrysler Voyager que ofrecía cabida para siete pasajeros. En la cueva ya habían decidido quiénes esperarían turno: Lorena, Diego y Sebas. El resto salió en cuanto Elvira le envió el mensaje a Belén, todos protegidos por los abrigos y los manteles, aprovechando una ráfaga de paz en medio de la tormenta.

—¿Estás segura de que te quieres quedar? —le dijo Cris a Lorena.

—Sí, sí, muchas gracias.

Lorena no podía mirar a Martín. Estaba muy avergonzada, por ella y por él. No sabía qué decirle sobre el beso que había dado a Hugo y al mismo tiempo era incapaz de aceptar ninguna disculpa de él por su comportamiento con Edu. Estaba furiosa con ella misma y con su marido. Lo peor de todo era que no podía compartir con nadie que llevaba mucho tiempo esperando ese fin de semana para intentar quedarse embarazada y que iba camino de convertirse en un desastre más.

—Bueno, tenemos como media hora de espera. ¿Alguien se apunta a un porrito conmigo?

Sebas no encontró ni en Diego ni en Lorena un aliado para comenzar a drogarse. Sabía que no era ni el lugar ni el modo, pero necesitaba un chute de marihuana para deshacer el nudo de la garganta que, desde que había llegado, no se le había aflojado.

—¿Eso también es un homenaje a Adrián? —le soltó Diego con un rencor que Sebas no dejó pasar.

—¡Vamos a dejar las cosas claras de una vez por todas! ¡Adrián no murió por las drogas, sino por un accidente en tu coche de mierda!

Diego fue directo a él, dispuesto a empezar una discusión, pero el grito de Lorena evitó que lo golpeara hasta dejarlo inconsciente en el suelo.

—¡Venga! ¡Venga! —lo invitó Sebas—. Llevas deseando darme una hostia desde que me has visto aparecer esta mañana. ¡Venga, Diego! ¡Dame! ¡Dame fuerte!

El empresario se apartó tratando de no soltar la rabia que recorría sus venas en forma de gancho directo a la mandíbula de Sebas. Volvía a llover con fuerza.

—Entonces también tú te drogabas. ¡Todos nos drogábamos! —exclamó Sebas—. ¡No solo yo! Así que deja de mirarme como si yo hubiera matado a Adrián.

Diego se retiró al fondo de la cueva en silencio, incapaz de mirarlo. Se refugió en la gruta de los besos secretos. No podía controlar su ira, tampoco sus recuerdos. Lorena se quedó junto a Sebas, que rompió a llorar como un niño. Nada estaba resultando fácil. Tampoco para él, cansado de sentir el rechazo de todos y de que Diego lo tratara como al asesino de Adrián.

Los dos se encendieron un cigarrillo. Sebas de marihuana, Diego de nicotina. Los dos lamentaban haber perdido los nervios, pero eran incapaces de retroceder y pedirse perdón.

—No sé qué decir... Toda esta situación me supera —le soltó Lorena a Sebas, sentada sobre una roca.

—Pues ya somos unos cuantos. Estoy cansado de que se me señale injustamente.

Ella no entendía demasiado bien lo que Sebas trataba de explicarle, pero tampoco se atrevía a profundizar.

—Creo que nadie te culpa... Según Martín, todos saben que Adrián murió en un accidente de coche.

—Eso son los hechos, querida, pero no la causa.

—¿Cómo?

Sebas no respondió, pero Lorena intuyó lo mismo que había pensado al llegar a la casa. Que aquella reunión, más que la fiesta de cumpleaños de un muerto, parecía un reencuentro planteado para resolver el misterio que llevaba años enterrado con él: quién y por qué lo había matado. Dejó de preguntar y se quedó en silencio escuchando la tormenta. Prefería que otro hiciera de Poirot en aquel extraño Cluedo de viejos amigos.

Diego rozó de nuevo con los dedos el corazón sin dueño que había esculpido de niño en la roca. Habían pasado muchos años, pero seguía sin superar la muerte de Adrián. Sabía que no había sido justo con Sebas, pero no podía evitar buscar la culpa en otros porque en él le resultaba insoportable. Rastreando el paquete de tabaco en su abrigo para encenderse un nuevo cigarro, se topó con el regalo. Lo abrió sin pensarlo.

Rompió el papel y se quedó sosteniendo una pequeña caja de cartón. Al moverla, notó que algo golpeaba las paredes del interior. La abrió con cuidado y descubrió en la penumbra tres pequeñas bolas. Con precipitación, encendió el mechero para verlas con luz y de inmediato las reconoció.

—¡Diego! ¡¡Esta tarde nos forramos!! Hay dos nuevos que quieren jugar a las canicas con nosotros.

—¿Tienes la de la suerte?

—¡Aquí está!

Diego recordó, al ver una de las bolas de la caja, la canica con la que Adrián siempre jugaba para ganar. El cristal estaba mordido por los golpes recibidos. Era de tamaño mediano y de un color marrón tierra que la hacía resultar poco atractiva, pero muy efectiva para su dueño.

—Es la más fea, pero la mejor de mis canicas. Al ser de color arena, se ve poco y cuesta darle. La tengo desde siempre y nadie ha conseguido quitármela.

Adrián y Diego habían sido compañeros de canicas durante unos veranos. Se habían convertido en el terror de Ajo porque siempre terminaban ganando y llevándose la bolsa de tela llena.

—¡Esta es alucinante! ¿Qué nombre le ponemos?

Después de cada partida, vaciaban sus bolsas y analizaban cada una de las bolas. Cuando encontraban una especial, le ponían un nombre y esta pasaba al grupo de las que nunca podían perder.

—¡Es enorme!

Adrián solía abrir mucho los ojos cuando se quedaba fascinado con una de ellas. Estaba orgulloso de la adquisición y se sentía especial por compartirla con el chico al que más admiraba del pueblo: Diego. Este era cinco años mayor y conocía lo que él ignoraba: la calle. Adrián se había criado entre algodones; gozaba de una educación exquisita, igual que su hermana Belén, pero desde pequeño se había sentido atraído por las personas que estaban al otro lado de la corrección. Y una de esas personas era el hijo del heladero: vulgar, incorrecto, poco pulcro en formas y palabras, pero con un corazón irrompible.

—¡Gran Universo!

Diego reconoció la segunda bola que había en la caja. La canica en la que Adrián decía que podía ver todo el universo. Para él, coleccionarlas significaba mucho más que un juego. Era una victoria no solo ante los demás, sino también ante su padre, que lo consideraba un entretenimiento de pobres, de futuros arruinados en las apuestas. Con su amigo, se convirtió en el mejor del pueblo. Ambos organizaban partidas para conseguir las canicas más bonitas del mundo.

La tercera bola era la que Adrián había logrado arrebatarle a Diego y que él jamás pudo recuperar. Su nombre era Marte porque se trataba de una gran esfera roja con lenguas negras. Era de porcelana china y nunca volvieron a ver una así.

Diego no soportaba perder. Poco había cambiado en eso: seguía acumulando el mismo sentimiento de frustración con cada derrota. Por eso solo apostaba o se movía cuando sabía que la victoria estaba asegurada. Por eso solía ganar. Pero las ecuaciones no siempre son perfectas.

—¡Gua! —había soltado Adrián ante la incrédula mirada de Diego—. ¡Te he ganado! Quiero a Marte.

Una tarde de aburrimiento y sin contrincantes se habían retado a quedarse la canica favorita del otro si ganaban.

—Al mejor de tres partidas.

—Adrián, si pierdes, no llores luego... ¡Una apuesta es una apuesta!

Se estrecharon las manos y comenzaron a jugar. Diego estaba convencido de que iba a ganar. Solía hacerlo. Las estadísticas estaban de su lado, pero la suerte no. Una pequeña piedra incrustada en la arena hizo que su canica se desviara lo suficiente como para no caer en el agujero. Su rival no falló y aprovechó la ocasión para quitarle su mejor canica.

—¡He ganado! Marte es mía.

Diego deseaba quedarse con Gran Universo, pero perdió y tuvo que desprenderse de su bola favorita. La misma que sostenía en ese instante entre los dedos y que había olvidado por completo.

Cerró el puño y lo apretó con fuerza, sintiendo en su interior las tres pequeñas esferas. No podía dejar de ver el rostro de Adrián celebrando la victoria. Nunca más había vuelto a ganarle; nunca más, hasta ese momento, había vuelto a tener entre sus manos a Marte, ni a Gran Universo, ni a la canica de la suerte de Adrián.

Siguió apretando el puño para contener la emoción de aquellos recuerdos, de cómo, a través de los ojos de su amigo, se vio por primera vez poderoso y capaz de salir de Ajo y de la heladería de su padre. Diego era ambicioso, pero le faltaba aprender lo más importante. Algo que a Adrián le sobraba. Diego no sabía soñar. Nadie le había enseñado a imaginar mundos distintos al suyo y a disfrutar de permanecer durante un tiempo suspendido en esa ficción. El hermano de Belén, en cambio, vivía dentro de sus sueños y tenía el poder de meter en ellos a quien quisiera. Lo consiguió también con él.

La humareda de su propio cigarrillo lo trasladó al cementerio de coches olvidado, un descampado fuera del pueblo, propiedad de un chatarrero que desmenuzaba las piezas de los vehículos viejos para venderlas. Otro de los lugares de infancia. El primero donde Diego consiguió soñar despierto y lo compartió con Adrián.

—Quiero ser millonario como tu padre y dejar de vender helados. Tener un coche impresionante y que mi padre me mire orgulloso. Voy a ser la envidia del pueblo y tendré a todas las chicas que desee. Me veo pasándomelo muy bien con mis amigos, de fiesta, viajando, ¿sabes? Quiero conocer todos los países del mundo.

—¿Y yo te podré acompañar? —le preguntó Adrián subido al capó de un viejo Opel Kadett blanco.

El empresario interrumpió sus recuerdos. Abrió la mano y contempló de nuevo las tres canicas: Gran Universo, Marte y la favorita de Adrián. No sabía cómo las había conseguido Belén, ni siquiera cómo sabía lo que significaban para ellos, pero era uno de los mejores regalos que le habían hecho en mucho tiempo.

Volvió a cerrar la mano y se las guardó en el bolsillo del pantalón. Salió de su refugio, abandonando de nuevo al corazón solitario. Le gustó escuchar el ruido de las canicas al caminar.

—Lo siento, Sebas. Lo siento.

Diego le acarició suavemente la nuca mientras pasaba por delante de Lorena y de él. Llevaba la mano metida en el bolsillo, sin poder evitar tocar las bolas. Se quedó en el linde del refugio de la cueva. A unos centímetros de las gotas de lluvia. Observó la tormenta, el mar rugiendo... Esperó en silencio volver a la casa. Jugando con las canicas y con los recuerdos rescatados de la memoria.

—¿Te ha molestado el beso? —le preguntó Hugo a Belén desde el baño, recién salido de la ducha.

Habían llegado a casa calados, con ganas de una ducha de agua caliente y una buena cena.

—No, pero convendría que pusieras más atención.

—¿Más atención? —repitió él mientras se secaba el pelo con una toalla.

Belén lo miró desde el reflejo del espejo. Llevaba la camisa a medio abrochar, dejando al descubierto el torso esculpido por el gimnasio. Hugo se sentó en la cama en calzoncillos y con las piernas abiertas. Quería comprobar hasta dónde estaba dispuesta a llegar ella con el engaño. Saber de qué era capaz por aguantar una mentira. Cazó una ráfaga de deseo en Belén, que, al ser sorprendida, desvió la vista.

—Lorena está necesitada de afecto. No vayas a confundirla.

Hugo había prestado atención no solo a Lorena, sino a todos los demás, sobre todo a ellas. No podía evitarlo. Era un mujeriego y, aunque no se sentía muy centrado allí, las mujeres siempre habían sido su punto de fuga del dolor. Reparó en cómo Belén se pintaba los labios ante el espejo moviendo sugerente las piernas para mostrar su disposición a perderse parte de la cena. Seguía provocándola para saber si la podía llevar al límite.

—¿Y si nos confundimos un poco nosotros? —le dijo con el tono más insinuante que pudo.

Hugo cada vez estaba más perdido; más convencido de que ir a casa de Belén había sido una equivocación.

—¿Alguna vez vas a poder ser feliz, hijo mío? —Hugo recordó lo que le había dicho su madre hacía apenas unas semanas. Estaban comiendo, los dos solos, como llevaban años haciendo.

—Sí, mamá, cuando se haga justicia —respondió levantándose de la mesa y dejándola sola—. Parece mentira que tú me lo preguntes.

Belén dejó el pintalabios y lo miró de nuevo a través del espejo. Paseó sus ojos lentamente sobre el cuerpo de Hugo que, al instante, notó cómo su entrepierna aumentaba de tamaño. Belén aguantó unos segundos sin moverse. No acertaba a saber qué pretendía con aquella invitación tan directa a tener sexo. Él metió su mano dentro del calzoncillo con las piernas separadas y el deseo desatado.

Ella se giró, lo miró sonriendo con descaro y, sin pronunciar palabra, entró en el baño y cerró la puerta y, de paso, también cualquier posibilidad a que sucediera algo.

—Hijo, debes olvidar y tratar de ser feliz. Ya nadie te devolverá a tu padre.

Hugo se quedó contemplando la puerta del baño mientras se sentía ridículo por lo que había intentado:

acostarse con la asesina de su padre en vez de tratar de encontrar respuestas.

En el salón de grandes cristaleras había dispuesto un gran bufet de marisco y crudités iluminado por una tenue luz y decenas de velas colocadas sobre los muebles. En una de las esquinas, un antiguo mueble bar con una pequeña barra de concha en semicírculo. Sobre ella, un par de cubiteras con botellas de champán y vino. La música del piano terminaba de ambientar el lugar, cobijado de la lluvia, que llamaba deseosa de entrar a través de los cristales.

—Menos mal que tan solo son cuatro días, porque a este servicio uno se acostumbra rápido.

Martín irrumpió en el salón y obligó a Cris a alejar sus pensamientos y brindar con él.

—¡Por este magnífico reencuentro! —le dijo.

—Creo que eres el único que considera que va a ser magnífico...

Cris seguía sin fiarse de Martín. Y ahora que conocía a Lorena, menos. No le gustaba desde la primera vez que lo había visto una noche en el Paradís y no había dejado de mirarle las tetas desde el otro lado de la barra. Entonces Martín ignoraba que Cris era la mujer de Diego. El poder estaba de su lado y él no pedía permiso para invadir a nadie, y mucho menos a la camarera de un local de moda. Eso fue lo que creyó que era Cris; una torpeza por su parte. Estaba demasiado ocupado haciendo negocios, pero alguien tuvo la delicadeza de informarle de quién era Cris antes de que fuera demasiado tarde.

—No sabía que Diego se hubiera casado y menos que tuviera tan buen gusto. Me presento. Soy Martín Salgado. Amigo de la infancia de Diego. ¡Encantado!

Aquella noche Cris oyó hablar del grupo de Ajo por primera vez. De los famosos cinco. Diego nunca los había mencionado hasta entonces, pero Martín estuvo un buen rato hablándole de las aventuras que habían vivido juntos aquellos veranos. No mencionó a Adrián, ni el accidente, ni su muerte. Tampoco desveló la identidad pública de Belén porque no deseaba ser eclipsado por nadie. Como buen político, sabía muy bien dosificar la información y dejar en la trastienda la que era irrelevante para sus objetivos. Aquella noche quería impresionar a Cris, mostrarle al hombre poderoso, al triunfador que hace un hueco en su solicitada agenda para presentarse a la mujer de su amigo. A ella le pareció un fanfarrón. Poderoso como muchos de los que pasaban por el Paradís, pero un fanfarrón más.

El transcurso del tiempo y su viaje al destierro hicieron el resto. Martín pasó de pavonearse a suplicarle a Diego que le preparara reuniones simuladamente improvisadas con empresarios para lograr un trabajo bien remunerado.

—¿Puedes entender que después de todos los favores que les he hecho ninguno me dé las gracias?

En política, las fichas se mueven para asegurarse una buena salida por las puertas giratorias. Solía ser así, solo unos pocos condenados como Martín no recibían el espaldarazo de las grandes empresas. En esa travesía por el desierto llevaba casi diez años y ya pocos se acordaban del poderoso Martín Salgado.

—¿Qué tal tus hijos? —le preguntó Cris sabiendo que metía el dedo en la llaga.

—Creciendo demasiado rápido —respondió Martín apretando los dientes—. ¡Qué te voy a contar!

No había perdido la práctica de responder con buenas evasivas para ocultar la verdad. Hacía años que no los veía porque se avergonzaban de su padre. Se habían hartado de que apareciera a altas horas de la madrugada borracho, llamando al timbre de casa para suplicar a su exmujer que le dejara volver con ellos. Todo a espaldas de Lorena. Lo hizo durante tiempo; incluso intentó manipular a sus hijos cuando los iba a buscar al colegio para que convencieran a su madre.

Cris sabía por Diego que la exmujer de Martín le había puesto una orden de alejamiento y que sus hijos no deseaban verlo.

—¿Tú crees que el tiempo va a mejorar para que podamos dormir al raso mañana?

Antes de que Cris volviera al ataque, Martín supo girar la conversación y captar su atención. Nadie la había informado de la intención de dormir fuera, y mucho menos de acampada.

—Ya veo que Diego no te lo ha dicho —se adelantó el expolítico—. No cambiará nunca, ¿eh? Siempre con sus secretos...

Se la había devuelto. Era un defenestrado, pero sabía defenderse muy bien de las embestidas, y quien lo intentaba nombrando a sus hijos recibía al instante un aviso de ofensiva.

—¿Secretos? ¿Estáis jugando a algo y no me habéis esperado?

Sebas se sentó en uno de los sofás con una copa de vino tinto en la mano. Se había vestido como un auténtico dandy; perfectamente acorde con la decoración y el ambiente.

—¡Qué elegante! —lo halagó Cris sin despegar la vista de Martín.

Americana, camisa y pañuelo de seda anudado en el cuello. Zapatos de piel de serpiente y reloj lustroso.

—Querida, como solía decir Oscar Wilde, no hay una segunda oportunidad para una primera impresión.

—Entonces hace mucho tiempo que la perdiste.

Diego había entrado en el salón silencioso, pero fue incapaz de resistirse a darle la réplica a Sebas. Una más. Parecía tener con él el don de la ubicuidad, pero ese estaba siendo uno de los pocos juegos que le estaban divirtiendo de aquel reencuentro.

—Aunque tus palabras me duelan, no puedo dejar de decirte que tu perfume expía todos tus pecados. ¡Qué pena que tengas mujer! ¿Verdad, Martín?

El expolítico evitó seguir jugando. Había aprendido que cuando se está en minoría, más que recoger el guante, debía buscarse una salida rápida.

—Iré a buscar a mi mujer. No me extrañaría que se hubiera quedado dormida. ¡Demasiadas emociones para ella!

Lucía no quería salir del baño. Volvía a sentir una presión en el pecho. Sus continuos cambios de humor y de parecer hacían que fuera como un péndulo. Metida en la bañera, vestida, deseando quedarse y con Guada martilleando la puerta.

Hubiera preferido estar en su apartamento de Madrid sin más plan que volver a ver *Notting Hill* disfrutando de su helado favorito de Ben & Jerry's: Strawberry Cheesecake.

—¿Sales o vamos bajando? —le preguntó Guada sabiendo cuál iba a ser la respuesta.

—Id vosotros. Yo me uno luego. Necesito un poco más de tiempo.

—¡No te perdono que no hayas querido compartir el baño!

Guada procuraba retornar a la normalidad con Lucía. Sabía que sería difícil. También lo había intentado con Edu, pero sin éxito. Su paciencia era limitada.

—¿Vas a ir así a la cena?

Edu, al contrario que ella, no se había arreglado para ir a una fiesta, sino que había optado por la comodidad. Se había puesto unos vaqueros, unas deportivas, una sudadera roja y azul y apenas se había peinado.

—¿Algún problema? —preguntó él casi sin mirarla.

—Sí. Que no creo que debas bajar así a cenar. Vas como un adolescente enfadado y ya no tienes edad.

Guada sabía que Edu se había vestido así para llamar la atención y, aunque había tratado de no caer en su provocación, no había podido evitarlo. No era una cena de gala, pero intuía que todos se habrían arreglado. Todos menos él, que había decidido vestirse como un veinteañero.

—La comodidad es la elegancia en estado puro, la estridencia es el exceso. —Edu la miró algo desafiante—. Deberías saberlo ya.

No cabía duda para Guada de que él seguía molesto y de que tampoco lograría que se cambiara de ropa.

—¡Como quieras! —le dijo recolocándose el escote frente a él—. Si cuando se te pase el cabreo te sientes ridículo, no vengas a que te consuele.

Edu aguardó unos segundos a que ella se hubiera ido para decidir si hablaba con Lucía sobre lo ocurrido en la Ojareda. Se quedó ante la puerta del baño, tratando de saber si era mejor hacer énfasis en su negativa respecto a si estaba o no enamorado de su amiga u olvidarse del tema.

No quería que las cosas cambiaran entre ellos y no era la primera vez que se había sentido al borde del precipicio, aunque siempre había terminado capeando el temporal. Pero ocultar sus sentimientos para permanecer al lado de Lucía era aceptar transitar por un suelo de cristal que en cualquier momento podía quebrarse.

—¿Lucía? —Golpeó un par de veces la puerta del baño sobresaltando a Lucía, que ya creía haberse quedado sola.

—¿Qué?

—Sabes que puedes contar conmigo, ¿verdad?

En realidad, le hubiera gustado decirle que se olvidara de la pregunta de Guada. Que, aunque él estaba enamorado de ella, había asumido no ser correspondido más que para un juego esporádico de sexo y confidencias a tres.

Al otro lado, Lucía se quedó pensativa, sin saber qué responder. Se sentía culpable por ser cómplice de la mentira. Siempre había sabido de los sentimientos de él hacia ella, pero había podido más su necesidad de tener amigos y algo de sexo que la generosidad de dejarlo ir. Quería a Edu y le gustaba el sexo a tres porque no la condenaba a ser su pareja y mantenía su amistad, que tanto precisaba. Pero en momentos como ese se daba cuenta del imposible equilibrio sobre el que habían decidido bailar.

—Estoy bien, no te preocupes —le respondió al fin—. Es mi cabeza, que se estresa con tanta gente.

Había parte de verdad en sus palabras, pero otra gran parte quedó oculta. No quería herir a Edu. Ella no era quién para juzgarlo. Conocía muy bien la sensación de no ser correspondida en el amor. Incluso de haber sido lastimada con la indiferencia y el silencio.

«Te quiero.»

Tenía quince años cuando se lo confesó por primera vez. No lo había hecho en persona, sino que lo había escrito en el dorso de un posavasos. Lucía había estado esperando toda la noche a que Belén viese la nota e identificase al mensajero. A los cinco les gustaba jugar a las pistas, a los encriptados, y así fue como a ella se le había ocurrido decirle que estaba enamorada sin tener que dar tantas explicaciones ni recibir respuesta.

Aquella noche, Lucía se había emborrachado tanto que no recordaba cómo la habían llevado a casa de su tía, ni tampoco lo que había pasado durante gran parte de la noche. Tenía lagunas y se le había desdibujado la fiesta desde una esquina de la cueva. Escondida tras una de las columnas cercanas a la pista de baile, había visto a Belén girar el posavasos y leer al fin el «Te quiero» que hacía horas ella había escrito. Había observado cómo a Belén se le iluminaba la cara y levantaba rápido la cabeza buscando alguna mirada cómplice a su alrededor que confesara la autoría. De inmediato, a Lucía le había recorrido una espiral de pánico. Se había escondido tras la columna muerta de miedo y arrepentida por haber sido tan impulsiva e imprudente. No quería perder su amistad, ni tampoco los besos furtivos que se daban en la habitación.

—¿Te parece que nos besemos para practicar?

La primera vez que Belén se lo había sugerido se había quedado muda. No había sido capaz de decir nada antes de encontrarse con la boca de Belén junto a la suya dispuesta a formar remolinos de viento y saliva.

—¿Y bien? —Belén estaba deseosa de una evaluación

rápida tras los besos—. ¿Te ha gustado o he sido demasiado impulsiva?

A Lucía siempre le costaba volver en sí después de cada cadena de besos. Solía subir tan alto que casi podía tocar el cielo, pero se veía incapaz de confesarle a Belén todo lo que le hacía sentir.

—Creo que te estás convirtiendo en una experta besadora.

—¡Qué va! Lo que pasa es que tengo una buena compañera de entreno. ¡Venga, ahora tú! ¡Bésame tú!

Desde su primer beso en el juego de la botella, todo había cambiado para Lucía. Cualquier beso con Belén era una puerta abierta a un universo desconocido y tan privado para ella que lo vivía con el miedo de que fuera tan inconfesable como real.

Aquella noche de confesiones en un posavasos, Lucía no se volvió a acercar a Belén. Se quedó en la pista de baile, bebiendo y aceptando chupitos de desconocidos, simulando divertirse. No recordaba nada más allá aparte de haber visto a Belén leyendo su «Te quiero». Esa había sido la frontera entre la consciencia y la inconsciencia. Después, solo un gigantesco mareo, el vómito en la calle y levantarse al día siguiente sin ganas de salir de debajo de las sábanas.

Belén nunca le habló del «Te quiero» que encontró escrito. Lucía tampoco se atrevió a preguntar. Prefirió no arriesgarse a perder su amistad y los besos de aprendiz que no deseaba practicar más que con ella.

—Vete tranquilo a la cena, que estoy bien —le aseguró Lucía a Edu—. En diez minutos bajo.

Edu le recordó a ella misma y a su modo de disimular

los sentimientos para estar cerca de la persona a la que amaba. Darse cuenta de eso solo hizo que quisiera protegerlo más. El tiempo había curado heridas y sepultado profundamente los sentimientos. Hacía años que había dejado de amar a Belén, pero necesitaba una respuesta para estar en paz y seguir con su vida. ¿Por qué no había querido saber nada más de ella después de la muerte de Adrián? Solo una respuesta, o de eso se había convencido durante todos aquellos años.

Jamás había vuelto a intentar confesarle sus sentimientos y, como el resto, con el despertar de las hormonas y la primera juventud había comenzado a tener aventuras con chicos y, al principio a escondidas, con alguna chica. Luego fue alternando sin amagos y sin deseos de ser nada más que amante con nadie, fuera cual fuera su nombre y sexo.

Terminaron las prácticas de besos y Belén y ella volvieron a ser solo amigas, confidentes, íntimas..., sin más besos de aprendices. Con la muerte de Adrián, Lucía no solo perdió al benjamín, a la guinda del pastel, sino también a su mejor amiga, y puede que mucho más.

Lorena había salido del baño con la toalla puesta. No pensaba vestirse si su marido no comenzaba a cumplir con su promesa de dejarla embarazada. Al entrar en la habitación, este se la encontró desnuda sobre la cama, insinuante, caliente, deseosa. La besó y, sin demasiada intención de proseguir con la faena, le dio dos pequeñas palmadas en las nalgas.

—¡Venga, vístete, cariño!

Lorena abrió los ojos llena de perplejidad, y, de haber seguido sus impulsos, le habría escupido por atreverse a tratarla como a una niña de doce años. En lugar de eso, lo agarró por la espalda e insistió para que retomaran la tarea.

—¡Eh, cariño! ¿Qué haces? —Se había colgado de Martín, sujetándose a él con los brazos y las piernas—. Mi gatita se pone leona, ¿eh?

La besó varias veces, recorrió sus pechos con los labios y bajó hasta su sexo para olerlo y sentirlo, dispuesto este a ser embestido. Pero él estaba demasiado tenso con el reencuentro y se veía incapaz de rendir tan rápido como las circunstancias y su mujer requerían.

—Cariño, ¿podemos dejar el sexo para más tarde? —le dijo metido entre sus piernas—. Está todo el mundo abajo esperando para cenar.

—No, no podemos; luego estarás bebido y ya sabemos qué ocurre cuando bebes...

Martín resopló sobre el sexo de su mujer, que reaccionó cerrando con fuerza las piernas, con lo que su cabeza quedó incómodamente encastrada.

—Pero ¿qué haces? —dijo él nada más liberarse—. ¡Cariño, no te enfades!

—¡Déjame sola! ¡Haz el favor!

Lorena se encerró en el baño hundida y se sentó desnuda sobre la taza del váter. Necesitaba unos segundos para calmar el remolino de emociones que recorría su cuerpo hinchado de deseo, hormonas y frustración. Escuchó el sonido de la puerta cerrarse y, de inmediato, como si alguien hubiera quitado un tapón de su interior, comenzó a llorar. Procuró contenerse sin éxito. Sabía que, en parte, se debía a los efectos de la progesterona y a su obsesión por quedarse embarazada. Desde hacía un par de años, Martín y ella lo intentaban sin éxito. Todo había empezado después de un embarazo que había terminado en aborto antes de cumplirse el tercer mes.

—Cariño, ¡estoy embarazada!

Lorena no podía olvidar la cara que Martín había puesto cuando ella le había dado la noticia. No era la que esperaba ni la que deseaba ver en el futuro padre de su hijo.

—¿Estás segura? Siempre lo hemos hecho con protección.

De los accidentes surgen los mejores hallazgos. Para ella constituyó toda una sorpresa quedarse embarazada, y fue entonces cuando se dio cuenta de que deseaba ser madre. No se lo había planteado hasta que ocurrió y disfrutó durante unas semanas de la posibilidad de dar vida. Para Martín fueron las peores semanas de su vida desde que había perdido su trabajo y su exmujer lo había abandonado.

—¿Y qué hacemos? No querrás tenerlo...

—Pues no lo sé, Martín... Pero desde luego no lo tengo tan claro como tú, que no quieres.

Estuvieron un par de semanas sin hablar de ello. Casi sin hablar de nada. Cada uno tratando de procesar lo que aquel embarazo podía significar. Ella supo que quería tenerlo y necesitaba que él la entendiera y la apoyara.

Martín no la entendió, pero la apoyó bajo la amenaza de perderla. No estaba preparado para estar solo y sentir el peso de su fracaso hablándole a diario a la soledad de las noches. No quería volver a ser padre, ni siquiera sabía si estaba enamorado de Lorena. Se había dejado llevar, cuidar y mimar por la camarera del bar que lo había acogido bajo la lluvia en su desgraciada existencia. La vida pasa muy deprisa y las decisiones suman o restan, pero no perdonan; modifican nuestra existencia más allá de nuestra conciencia.

Lorena no podía dejar de llorar. Recogida sobre su cuerpo desnudo sobre el inodoro sentía cómo sus expectativas de formar una familia y de disfrutar de los domingos en el parque se desvanecían. No podía hacerlo sin Martín, y él parecía empeñado en evitar a toda costa que volviera a quedarse embarazada.

—¿Estás seguro de que quieres ser padre?

Hay preguntas que precisan de una verdad que no estamos preparados para ofrecer, y aquella era una de ellas. Martín no había dejado de mentir a su mujer.

—¡Claro, mi amor! Contigo al fin del mundo.

Siempre que se lo había preguntado, él respondía exactamente lo mismo, «Contigo al fin del mundo», como si lo tuviera estudiado, ensayado, como cuando preparaba los discursos políticos: frente al espejo y analizando al milímetro cada expresión de su rostro.

—En política, cada leve movimiento o expresión es fundamental para convencer a la audiencia.

Lorena estaba cada vez menos convencida de los deseos de su marido. Se sentía sola y cada día un poco más obsesionada por quedarse embarazada. No entendía cómo después de tantos meses practicando sexo sin protección no lo habían logrado. No podía ser que con una simple rotura de preservativo lo hubieran conseguido, y luego nada. Desierto absoluto. Sabía que caer en la ofuscación era contraproducente para la gestación, pero no podía evitar estar cada mes más obcecada.

—¿Todo bien? —le preguntó Belén a Martín, que se había quedado al otro lado de la puerta de su habitación recuperándose de la escena con su mujer.

No era fácil convivir con el deseo de Lorena de tener

un hijo y seguir mintiendo sobre la posibilidad de lograrlo. Después del embarazo frustrado, él se había practicado en secreto una vasectomía para evitar que volviera a suceder. Garantizarse el éxito a cualquier precio. Ese era Martín. No se lo había dicho a su mujer, tampoco había creído que a ella se le despertaría tal deseo de ser madre, ni que le fuera a durar dos años, ni que cada vez fuera a peor. No saber medir al milímetro cada uno de los movimientos después de una jugada. Ese era también Martín, y puede que por ello el mundo de cristal que construía a su alrededor estaba siempre condenado a romperse en mil pedazos.

—Sí, todo bien. A mi esposa le cuesta salir del baño... —Miraba a Belén con esa sonrisa estudiada—. ¡Ya sabes! Nunca estáis lo suficientemente listas, lo suficientemente guapas...

Belén estaba acostumbrada a reconocer las mentiras, que en él se convertían en evidencias porque solían constituir más de la mitad de las cosas que compartía. Su mitomanía, como todos los trastornos, aumentaba en momentos de estrés como aquel. Martín tenía la cara desencajada y un sudor excesivo en la frente.

—¿No se lo has contado a tu mujer? —le preguntó Belén provocando un pálpito en el expolítico.

Hay preguntas que pueden llevarte a múltiples respuestas, como la que ella le acababa de plantear. Después de todos aquellos años, comenzaba a tener el vaso a rebosar de todo lo no compartido con Lorena. De secretos y mentiras diseminadas por el paso de los días y de promesas incumplidas, como la posibilidad de formar una familia.

—No, no —dijo cayendo en la cuenta de a lo que se refería su amiga—. Quiero que piense que lo he logrado solo yo... Espero que no te importe.

Belén le había conseguido un ascenso en la empresa en la que trabajaba como nuevo jefe de recursos humanos y nuevo miembro del comité de dirección. En dos semanas estrenaba cargo. El coche de directivo ya lo había hecho. Ella había logrado que Martín ascendiera cuatro puestos y volviera a tener poder y dinero. No le había resultado difícil. Tenía una cartera de gente poderosa que le debía algunos favores. Con él había gastado un cartucho, no le había gustado sentirse obligada a hacerlo, pero necesitaba tenerlos a todos en casa para el cumpleaños de Adrián.

—¿Sabes que has sido el único que ha puesto un precio para venir?

—Puede que sea el único que te lo ha pedido abiertamente. Con tu sobrada experiencia, no creo que pienses que los seres humanos actuamos por mero altruismo.

Llevaba razón y Belén lo sabía. Ninguno había acudido para complacerla. Todos tenían sus propios motivos para estar en aquella casa. Pero solo Martín sabía de antemano la recompensa que obtendría antes siquiera de comenzar la aventura.

—¡La anfitriona llega puntual para el brindis de las nueve y media! ¡Y con su bufón! —Sebas no pudo evitar meter la cuña al verla llegar con Martín.

—¿Bufón? Aquí solo hay un verso suelto que yo sepa —soltó el aludido, contrariado—. ¿No te han dicho que la vejez se lleva mejor acompañado?

Comenzaba a estar cansado de que todas las espadas apuntaran a él y había decidido defenderse de quien profiriera ofensas. Sebas no respondió, solo brindó desde la lejanía, aceptando la estocada. Estaba solo y, de todos, se sentía el más viejo. Ya llevaba unas cuantas copas de vino y demasiadas imágenes de Adrián en la cabeza como para mantener el ánimo neutro.

La noche que había muerto, habían planeado salir juntos y terminar viendo amanecer en la puerta de Alcalá, frente a la Gran Vía, para luego ir a dormir la mona en el Retiro.

No sucedió. Sebas no llegó a tiempo. Tardó en llamarlo, en perdonarlo por no ser como él, sino mucho más libre.

—Eres un niñato al que solo le gusta gustar, pero ser homosexual no es ningún juego, ¡es una vida!

—Sebas..., ¿y qué me dices de la libertad de no tener que etiquetarme y decidirme por el amor, el sexo y la diversión más allá del género?

—Tus caprichosos juegos de amor son flechas envenenadas para el resto. ¿Te atreverás algún día a reconocerte enamorado?

—Venga, no te pongas como un viejo profundo. Tengo diecinueve años y quiero follar y divertirme. ¿Algún problema?

Sebas los tenía todos, sobre todo la envidia de no ser nunca el deseado por Adrián y la frustración de no haberse atrevido a decírselo nunca. Como casi siempre que se enfadaban, había apagado el móvil. Lo había vuelto a conectar de madrugada. Estaba drogado y hecho un despojo como todas las veces que trataba de huir de sí mismo. Su teléfono le indicó que tenía varios mensajes de voz de Adrián.

«¡Sebas, haz el favor de conectar el teléfono! Te he llamado veinte veces para que vinieras conmigo. ¿Cuánto tiempo te va a durar el enfado esta vez? Llámame.»

Escuchar la voz de su amigo le devolvía de inmediato

la sonrisa. Era una sensación agridulce, pero no podía evitarlo.

«¡Oye! ¡¿Quieres hacer el favor?! Estamos en el coche de Diego. Ya sabes..., ¡a por la última! ¡Vente! Vamos al Paradís. Tengo que contarte...»

Aquella madrugada no pudo evitar ceder a los deseos de Adrián y querer tomarse la última con él. Seguir los planes: terminar la noche viendo amanecer en la puerta de Alcalá y dormir en el Retiro. Adrián era su alma gemela, su *alter ego.* Su hermano caído a la Tierra para compartir aventuras y sentir que se podía vivir sin tormento. Agotó todos los tonos hasta que saltó el buzón de voz: «Hola, soy Adrián. No sé por dónde andaré, pero en cuanto pueda, te escucho, y si me convence tu mensaje, te devuelvo la llamada. *Ciao!*».

Sebas colgó sin dejar mensaje. No recuerda las veces que llamó sin obtener respuesta antes de caer inconsciente en el sofá de su apartamento. La vida de Adrián se esfumó entre sus sueños. Sebas nunca terminó de despertar de aquella noche. Tampoco de escuchar los últimos mensajes que el hermano de Belén dejó en su móvil. No volvió a ver amanecer en la puerta de Alcalá ni a dormir en el Retiro.

Lucía y Lorena llegaron a la vez. Las dos con el pelo recogido y maquillaje para disimular los malos laberintos de la mente. Las dos se sentían ridículas y con ganas de volver a su casa, meterse en la cama y desaparecer hasta el día siguiente.

—¿Y Hugo? —preguntó Guada a Belén.

Era el único que aún no había llegado. Se había quedado en la habitación arreglándose y respondiendo llamadas. No tenía prisa por bajar, ni por cenar. Desde hacía unos meses, practicaba el ayuno intermitente como otros compañeros actores para mantener en su cuerpo un porcentaje óptimo de grasa y listo para cualquier rodaje. Esa sería su excusa para la descomposición que sentía por su confusión interna. Cuando los pensamientos u obsesiones cobran vida, todo puede carecer de sentido, y era posible que eso le estuviera pasando a Hugo.

—No os preocupéis por él. No suele cenar.

Belén fue la primera en llenarse el plato, invitando al resto a que se unieran. Ella tampoco solía cenar demasiado, pero aquellos días había prometido vivirlos sin restricciones. Llevaba demasiados años sujeta al control, puede que toda la vida; cuando vivía su hermano, era él el que la sacaba de allí y la invitaba a trasgredir las normas, incluso las autoimpuestas.

—¿Lo has logrado? —le dijo Cris a Lorena en un aparte.

—No. Me ha dicho que no eran horas...

Lorena se moría de vergüenza por estar contándole a una extraña que no había conseguido tener sexo con su marido. Pero el alcohol y las situaciones de estrés pueden provocar confesiones inesperadas para rebajar la ansiedad.

—¿Se lo has dicho a tu marido? No quiero que...

—¡Ni te preocupes! —la interrumpió Cris—. Esto queda entre nosotras...

Lorena la miró agradecida y luego observó de lejos a Guada; no tenía demasiado claro que esta hubiera sido tan discreta como la mujer de Diego. Estaba arrepentida de haber contado sus problemas matrimoniales, y mucho más después de ver cómo Martín volvía a escabullirse.

—Déjale que beba un poco y luego ¡que no se te escape! —le soltó Cris cómplice.

Lorena había cambiado su impresión sobre ella. Le daba tranquilidad. La veía como a una Afrodita, sabedora de cómo llevarse a los hombres a su terreno, algo que ella desconocía. Eso y cómo resultar irresistiblemente atractiva, como Cris. Lo vio en la mirada de deseo de Hugo sobre esta nada más entrar en el salón. Parecía como si ningún hombre pudiera resistirse a su encanto. A sus curvas ajustadas por el vestido de raso y a sus piernas sinuosamente musculadas. Brillantes y aterciopeladas. A un escote estudiadamente voluptuoso en carne. Nada exagerado. Todo en su justa medida.

—No soy tan buena como tú, creo... —le susurró—. Martín lleva tiempo escapándoseme.

Cris la roció con un perfume de feromonas, su arma más eficaz contra el mal de sexo o las disputas estériles.

—¿Qué es eso? —le preguntó.

—Mi varita mágica para atraer a cualquier hombre. —Lorena la miró incrédula—. ¿No me crees? Me apuesto a que esta noche hasta el novio de la gran psiquiatra va a querer beber de tus mieles.

En aquel momento, Hugo pasó por su lado sin sentir el destello de feromonas que revoloteaba sobre la mujer de Martín. Ella tampoco creía en los polvos mágicos para el amor y mucho menos para el sexo. No era demasiado buena en la cama. Tampoco lo era su marido; tan tradicional que no sabía salirse del misionero. Ella siempre había creído que el amor había podido más hasta que había llegado la necesidad.

—¿Y si cambiamos la postura? —sorprendió un día Lorena a Martín—. ¿No crees que puede ayudar?

—No digas tonterías, mujer. Como si eso afectara para

quedarte embarazada. ¿Es que ya no te gusta cómo lo hacemos?

Lorena necesitaba anestesiarse con el alcohol para dejar de pensar confusamente y enumerar desde el recuerdo la cantidad de cosas que había hecho para intentar quedarse en estado. Desde hacía un tiempo, todo le parecía insuficiente, incluso su marido, aunque no se atrevía a reconocerlo.

Hugo había ido directo al minibar y se había tomado un tequila con Sebas. Necesitaba despejarse o confundirse un poco más. Las mujeres eran de nuevo su medio de evasión.

—Cariño, controla tu polla que desde que has entrado siento que va pidiendo paso. —Sebas no pudo evitar tratar de poner orden antes de que se precipitara el desastre.

—¿Tanto se me nota? Es que estoy cachondo perdido.

—Todavía no, pero los que somos expertos en esos menesteres podemos olerlo antes de que pase.

A continuación, le recordó que debía olvidarse de tener sexo con nadie y poner en peligro su trabajo. Estaba resultando ser el peor novio falso de todos los que había conocido; pero no sufría por él, sino porque quedara al descubierto la mentira de Belén. Hecha la advertencia, no pudo evitar que volviera el canalla.

—¡Confiesa! ¿A quién te tirarías? —le preguntó después del primer trago.

—A todas. Ya sabes..., no tengo solución.

—En el fondo, no sabes lo que te envidio.

Sebas comprendía a Hugo porque él había vivido muchos años con incontinencia sexual. Deseando lo ajeno y follando sin ética ni perdón. No recordaba el día que había dejado de sentir el frenesí y había comenzado a invadirlo la tristeza. Ni los polvos más groseros lograban eclipsar el dolor necrosado en su interior.

—¿Te sirvo? —preguntó Hugo.

—Sí, gracias —dijo Lorena sin atreverse a mirarlo directamente—. Una copa de vino tinto, por favor.

Para él, Lorena era la última en su lista de deseos, pero la primera en cumplir los requisitos de una fantasía sexual con una virgen. Sabía que ella no lo era, pero a sus ojos lo parecía, y más observando a Martín y sus nulas artes para los menesteres de una buena cama en todos los sentidos.

—¿Estás bien? Espero que nuestro beso no haya generado problemas... Menos mal que a tu marido le dio por otro y no por mí...

Lorena buscó de inmediato a Edu con la mirada y se sintió afligida por el comportamiento de su marido en la Ojareda. No estaba orgullosa, pero lo que más le preocupaba era no haber sentido ni siquiera una pizca de placer al ver los celos de Martín.

—Siento mucho su comportamiento y... —se lo pensó un poco mientras se acariciaba el pelo— también el mío. Siento haberte besado de ese modo. Estaba enfadada con él y..., bueno, ¡no debería haberme sobrepasado!

Hugo notó cómo su pecho se hinchaba de nuevo y volvió a sentirse ese superhéroe de Marvel deseoso de rescatar a la víctima del villano. Le había vuelto a ocurrir con Lorena. Su caída de ojos, su piel tan blanca y esa voz temblorosa disparaban sus alas protectoras, con la diferencia de que aquella noche sentía que algo más se calentaba mientras conversaban.

—No te preocupes por mí. Estoy bien. Ser bien besado nunca puede ser una ofensa.

—¡Chicos, confieso que estoy algo desmotivada esta noche! —Guada había irrumpido sin pedir permiso entre ambos. No soportaba no ser el centro de atención ni que Lucía y Edu la ignoraran—. Tu marido ha dejado a mi chico sin ganas de nada —dijo refiriéndose a Martín y al par de ganchos que le había propinado a su novio en la Ojareda.

Guada estaba bebida demasiado pronto. En realidad, siempre le ocurría cuando la ahogaba la insatisfacción. Algo muy común en su vida. Por eso siempre convivía con los excesos. De comida, de sexo, de compañía y de conversaciones. Era incapaz de retener nada, de guardar ningún secreto. Le había contado a Edu el objetivo de Lorena de ese fin de semana: quedarse embarazada, y parecía dispuesta a compartirlo con todos los de la fiesta.

—¿Cómo va tu misión? ¿Ha cumplido el macho?

Lorena bajó la mirada ante Hugo. Volvió a sentir vergüenza por verse expuesta ante desconocidos, y sobre todo, delante de otro hombre.

—Uy..., ya veo que no... —Guada no captó ninguna de las señales suplicantes de silencio de ella—. Te aconsejo que juegues a los celos y verás cómo el macho cabrío te asalta esta noche.

Dicho esto, se sirvió una copa y se fue sin percatarse de que había dejado a Lorena como una avestruz ante Hugo, que había captado a la perfección la necesidad de sexo no cubierta. Esa carencia aumentó su deseo y activó un poco más sus ganas de soltar testosterona. Buscó a Belén con la mirada tratando de redimir sus pensamientos abocados al pecado y al fracaso.

—¿Cómo es estar con alguien que tiene tanto éxito? —le preguntó ella intentando desviar los pensamientos.

Los dos observaron a Belén desde la distancia. Se lo

había preguntado porque le aterraba que Martín regresara al escenario del poder. Temía perderlo y no estar a la altura para acompañarlo.

—A veces un poco solitario —respondió él sin medir sus palabras—, pero la cama lo compensa todo.

Lorena bebió de su copa y le sonrió con el deseo confuso. Sin disimulo. Tan solo fueron unos segundos, pero suficientes para depositar la semilla del deseo en él. Apenas había comido y comenzaba a sentirse tan mareada como peligrosamente desinhibida.

—Yo no quiero que mi marido vuelva a la política. Prefiero tenerlo solo para mí; creo que el éxito y el poder son los amantes más peligrosos.

Brindó con Hugo admirando su seguridad y el destello de descaro de sus ojos. No gozaba de demasiada experiencia con los hombres, y mucho menos con adonis como él.

—¿Me vas a dejar abandonada toda la noche? —Cris volvió al acecho de Lorena. La mujer de Martín había despertado su ternura y deseos de protección. Como buena leona, sabía reconocer cuándo otro animal tensaba su cuerpo para la caza, y ella, sin saberlo, se había convertido en una presa deseada—. ¿Fumamos?

Sin que a Lorena le diera tiempo a responder que ella no fumaba, se la llevó cogida del brazo a uno de los porches para evitar que Martín terminara la noche a golpes con otro. De nuevo se había arrepentido de su impulsividad y de haberla rociado con el perfume de feromonas, pues, más que a ellos, parecía que había sido a ella a la que se le habían activado, más si cabe, las ganas de asaltar a otro hombre.

—Bueno, y mañana, ¿cuál es el plan? —preguntó Martín agarrando a Diego por la espalda y saludando con una sonrisa y un brindis a Lucía—. ¿Comienza el juego de cumplir los deseos de Adrián?

—Todavía no sabemos cuál es el tuyo —le respondió él.

—Mañana dormimos al raso —añadió la abogada—. ¿Crees que vas a poder soportarlo?

Lucía no había logrado remontar la noche, pero estar con Diego le daba tranquilidad. No había demasiada conversación entre ellos, pero sentía que su silencio era respetado y protegido por él.

—¡Claro, princesa! Yo me adapto a todo. ¡Soy el nuevo Martín Salgado!

Contempló a Diego con cierto desprecio y con ganas de volver a hacerlo con superioridad. No podía evitar tener la envidia a flote al comprobar que alguien con tan poca educación y clase había conservado el éxito. Tuviera el dinero que tuviera, no dejaba de verlo como al hijo del heladero al que desde hacía unos años, y por interés, debía rendir pleitesía.

—¿Te ocurre algo? —le dijo con tono amenazante Diego—. Te has quedado encasquillado mirándome.

—No, solo estoy pensando en cuál será mi deseo —soltó para salir del paso, mintiendo una vez más.

—¿Ya has elegido? —le preguntó Lucía.

—Sí, pero mañana os lo cuento. Hay que dosificar la información, ¿no creéis?

Lo había vuelto a hacer. Dejar la miga de pan para los pajarillos. Dar información sin revelar nada, pero captando la atención. Diego y Lucía siguieron a Martín con la mirada. Este fue directo a abrazar a Edu y a contarle cualquier historia de gloria pasada, o quién sabe si futura, ya fuera verdad o mentira.

—Así que... ¿un trío?

Diego, de nuevo a solas con Lucía, no pudo evitar sacar el tema con ayuda del alcohol. Hacía años que no sabía de ella y, aunque conocía sus devaneos con mujeres y hombres, jamás habría pensado que la más retraída del grupo viviría la relación más abierta de todas. La abogada sonrió aceptando la pregunta que traspasaba la cortesía y entraba en la intimidad de los viejos conocidos.

—Pues sí, ¡un trío! —dijo mientras balanceaba su cuerpo tímidamente, conservando sus verdaderos pensamientos para sí, sin saber muy bien cuáles revelar y cuáles mantener sellados.

—No me malinterpretes. —Diego intentó buscar la cortesía perdida—. Ya sabes que frecuentar la noche me ha abierto la mente para todo, pero ¿cómo te las arreglas?

—¿Para qué?

—Para que el tres no acabe jodiéndote. Ya sabes lo que dicen: el tres para un ratito, luego es multitud.

Comprendía lo que su amigo decía y lo compartía, pero la diferencia era que Guada, Edu y ella no eran un trío permanente. Ella era el verso suelto que entraba y salía según convenía a la pareja y a ella misma.

—¿Y novios o novias? —Diego seguía preguntando, interesado por saber—. ¿Has tenido?

Seguía viendo en Lucía a la niña de apariencia frágil, pero tan dura por dentro como difícil de acceder. Con los años, ella se había resguardado de las caricias ajenas, prefiriendo las conocidas, aunque no le llenaran más allá que el tiempo que duraba un buen orgasmo.

—No me ha quedado más remedio que convertirme en mi mejor pareja y amiga. Ahora evito que nadie me deje, y menos sin dar explicaciones.

Diego captó su comentario y su reproche por tantos años de silencio y de escisión de una amistad en la que todos habían creído, incluso él. No había respuesta para tanta distancia. Pero el tormento prefiere elegir caminos sin espejos, para poder huir o esconder los gritos del alma.

—Siento no haberte llamado ni haberme preocupado por ti —repuso al fin desviando la mirada.

—No te justifiques. En su momento me dolió... Ahora ya no. Creo que fui la única idiota que no quiso asumir que nuestra amistad ya no era más que un recuerdo de lo que había sido.

Le dolió el aplomo de su amiga y su convicción de ruptura. Él solo había huido, llevándose por delante todo aquello que lo detenía en el camino. Cuando nos empeñamos en gobernar el olvido, no tenemos más remedio que aniquilarlo todo para asegurarnos de que no queda nada de aquello que no deseamos. Ese fue el verdadero motivo de Diego para dejar de hablar con Lucía, con Belén..., con todos ellos. Incluso con Martín, de quien huía cada vez que aparecía para suplicarle que lo ayudara a conseguir un buen trabajo.

—¿Sabes qué son?

Mientras conversaban, Diego se había sorprendido al encontrarse en uno de sus bolsillos con las tres canicas de Adrián.

—Mmm... no. —Lucía miró aquellas tres bolas algo desconcertada y divertida a la vez. Antes de que fuera consciente, su mente había vuelto a viajar al pasado y conectado de nuevo con su amplia sonrisa—. ¿Canicas? ¿En serio? Pero ¿de dónde las has sacado?

Le contó lo de la caja con su nombre sobre el lado izquierdo de la cama y lo que descubrió cuando decidió abrirla. Obvió la gruta de los besos perdidos y el hallazgo del corazón sin dueño.

—No sé cómo demonios las ha conseguido ni cómo sabía que eran nuestras favoritas.

—¿Se lo has comentado? —preguntó Lucía refiriéndose a Belén.

Diego negó con la cabeza. No tenía intención de hacerlo. Ni siquiera había pensado en enseñárselas a nadie, pero con ella comenzaba a brotar una complicidad y era imposible esconderle sus secretos.

—Yo también tenía un paquete sobre la cama con mi nombre.

—¿Y?

—Una foto de las dos juntas del día de mi... falso cumpleaños. —No pudieron evitar sonreír—. ¿Te acuerdas?

Él se echó las manos a la cabeza inmediatamente. Nunca olvidaría aquella noche de complicidad de grupo, disfrutando de una fiesta de cumpleaños montada para ver juntos *El club de los poetas muertos.*

—¿Sabes que Martín cree que ese es el día de tu cumpleaños de verdad? —le confesó.

—¡No puede ser! —exclamó sorprendida Lucía—. Por eso durante años me estuvo enviando mensajes para felicitarme; yo pensaba que seguía con la broma... ¿En serio?

Diego le reveló que nunca le habían contado a Martín la verdad de aquella noche, así que él siempre creyó que era el día de su cumpleaños.

—Pero si ningún verano hasta entonces lo habíamos celebrado... ¿Cómo se la colasteis?

—Le dijimos que era por el dinero..., que no querías celebrarlo nunca porque no tenías dinero, pero que Belén te había preparado la fiesta.

La abogada intentaba recordar de nuevo aquel día, tratando de rescatar algún detalle sobre Martín y su comportamiento aquella noche. Volvió a buscarlo con la mirada en la fiesta. Seguía con Edu y con Guada, vendiéndoles cualquier historia de las que solía contar para colocarse una medalla.

—¿Sabes que sus hijos y su exmujer no quieren saber nada de él? —le soltó. Diego lo sabía y, aunque no lo soportaba, le parecía la peor condena de todas. Desconocía los pormenores de la historia, pero no desearía estar en su piel—. Tampoco su madre. Está en una residencia cerca de aquí. Me da que no se han vuelto a ver desde el escándalo político.

Diego solo reaccionaba con gestos. Sin palabras. Su amiga se estaba acercando a un tema espinoso también para él, que tampoco se había despedido de su padre; no había querido ir al entierro.

—¿Estás bien? —le preguntó Lucía, que vio cómo su semblante había cambiado.

—Sí, solo que estos vientos me remueven. Soy el único que nací aquí, recuerda.

Ambos contemplaron la noche a través de una de las grandes cristaleras. El paisaje se había resistido a los cambios y permanecía casi idéntico al de sus memorias. En el reflejo del cristal, Lucía dio con Belén. Hablaba con Sebas, pero parecía que la miraba desde la retaguardia, a escondidas, como tantas noches la había contemplado ella cuando la amistad les permitía compartir sin sospechas la misma cama. Sintió un pinchazo en el estómago y descubrió que seguía sin tener valor para conversar con ella, pero el deseo intacto de hacerlo. Ninguna de las dos había buscado el espacio para un encuentro. Belén seguía ignorándola, más de cerca, hablando con todos menos con ella. O al menos como a la abogada le gustaría.

—¿Y qué regalos les habrá dejado a Martín y a Sebas? —preguntó Diego interrumpiendo sus pensamientos.

—Habrá que descubrirlo, ¿no crees? —le contestó ella.

Se miraron cómplices y sonrieron ante aquella pequeña aventura juntos, como en los tiempos del olvido. Volvió la amplia sonrisa a ambos, que siguieron contemplando la noche tras el cristal sin perderse ellos mismos en el reflejo. Diego y Lucía, dos adultos que comenzaban a despertar a los niños que habían sido y que habían decidido dejar atrás. Olvidándose de su complicidad, de las promesas de amistad eterna.

—Te he echado de menos.

Lucía lo dijo en un susurro casi imperceptible. Un leve movimiento de labios tan fugaz que pareció irreal. Él se mantuvo inmóvil varios segundos, conteniendo la respiración como cuando era niño y creía que si no respiraba desaparecería ante los demás. No respondió. No podía. No sabía. No se atrevió a traspasar la delgada línea que separaba el pasado y el presente; lo que hubo y lo que permanecía tan incomprensiblemente intacto a pesar de los bandazos y del deseo de olvido. Cerró los ojos y comprobó la confusa línea del tiempo, se reconoció de nuevo, vestido con las camisetas grandes de los Goonies y el bañador mojado; a su lado, su amiga de huesos prominentes, largas trenzas y unas enormes gafas que al hijo del heladero le parecía que tenían superpoderes porque ella era la única capaz de sacar lo mejor de él. Volvió a abrir los ojos para sentir que ella lo había vuelto a hacer, pero sin gafas. Sonrió confirmando lo que siempre había creído: que el poder, en realidad, estaba en ella.

Se tocó el bolsillo y buscó una de las canicas al mismo tiempo que la acercaba a la mano de Lucía.

—Un regalo tan grande como tú.

La abogada abrió la mano y vio que Diego había puesto

en su palma a Gran Universo, la canica preferida de Adrián y la más deseada por él. Cerró el puño con ella dentro, agradecida y silenciosamente emocionada. También contuvo la respiración, pero, al contrario que Diego, para intentar sellar aquel momento que la había perforado por dentro. Volvió al reflejo del cristal, a confundirse con Belén e imaginar que ella también la miraba.

—¿Te sientes feliz? —le preguntó Sebas a Belén.

Esta se perdió en los restos de comida de su plato. Apenas había comido.

—¿Qué deseo vas a elegir? —Belén decidió responder con otra pregunta.

Sebas contempló el vino de su copa y resopló, buscando una respuesta que no saliera de su herida y de la resistencia de estar celebrando el cumpleaños de Adrián.

—Asaltar el cementerio de noche y comernos la tarta sobre su tumba.

Belén lo miró de inmediato para comprobar lo antes posible si lo que acababa de decir iba en serio o era otro de sus comentarios corrosivos.

—No serás capaz... —soltó tratando de averiguar si la propuesta era real.

—¡Quién sabe! —contestó él bebiendo de su copa y con los ojos encendidos por la ocurrencia—. Siempre he querido formar parte de los cinco y sus aventuras. Pero no pienso revelarte mi deseo hasta que tú me digas cuál es el tuyo. Soy así de caprichoso.

Al tiempo que lo decía dejó caer su mirada sobre Edu, que desde la otra esquina del salón pedía auxilio para sacarse de encima a Martín, que no lo había soltado en toda la noche. Belén se quedó mirando una fotografía de

Adrián colocada sobre el piano, junto a la de su madre. Estaba sonriente y parecía que la observaba con la complicidad de formar parte de aquella aventura apta solo para enajenados.

—¿Crees que estoy loca por haber organizado esto? —le preguntó a Sebas.

—Creo que es la locura más cuerda que has hecho en años, pero no te voy a perdonar lo de dormir al raso.

Belén sonrió al imaginarse a su amigo en una tienda de campaña compartida, y, cuanto más se recreaba en la imagen, más reía, hasta que la carcajada ocupó todo el espacio para fundirse con la fiesta, con el resto, con aquella locura que cobraba vida más allá de lo previsto, más allá de ella y... de los deseos de Adrián.

La noche no está hecha para los cobardes, y menos si no llevan consigo el antídoto contra el insomnio. Sebas llevaba un par de horas dando vueltas sobre sí mismo, batallando contra un edredón y una almohada que no eran los suyos. Se había acostumbrado a dormir entre sábanas de seda natural con la única compañía de las pastillas que anestesiaban unas horas su mente. No recordaba el tiempo en que los sueños anidaban en sus noches.

—¿Alguna vez te lo has tratado? —le preguntó Belén un día que la maquilló con los párpados caídos y aspecto de moribundo.

—Para personas como yo no hay tratamiento. Todo pasa por encontrar la anestesia adecuada para cada momento: drogas, un buen polvo, Valium o un golpe en la cabeza.

—Siempre es posible tratarse —le sugirió ella sin demasiada esperanza.

—No, si eres un cobarde como yo. —Sebas se detuvo

a mirarla a través del espejo—. Prefiero inducirme el coma a revolver en mi propia mierda.

Existen muy pocos seres con alma de mariposa y, al igual que los que tienen su piel, cualquier suspiro les produce un dolor insoportable. Sebas era uno de ellos. Belén lo sabía y entendía que lo que él confundía con cobardía, en realidad, era imposibilidad de traspasar el dolor por su extrema fragilidad.

No era casualidad que fuera maquillador: él como nadie conocía las virtudes de un buen filtro de disimulo.

Era la primera vez que Sebas dormía en aquella casa. Sus visitas se habían reducido a lo profesional con derecho a pequeños roces personales. Llevaba un par de horas de procesión del baño a la cama y vuelta. Revisando el neceser de primeros auxilios, donde siempre solía encontrar alguna pastilla de rescate, contando hacia atrás sin éxito y levantándose de nuevo con la mayor frustración.

—¿Cómo es posible que me las haya olvidado?

Sacó todos los productos del estuche, desesperado por encontrar cualquier cosa que le sirviera para poner su mente en *off.* Se sentó en la taza del váter, frustrado, procurando recordar dónde había dejado la pequeña bolsa de pastillas que solía tener en el neceser de viaje, pero que parecía haberse esfumado.

—¡Será hijo de puta! El muy cabrón...

La luz de la desesperación se le encendió ante la posibilidad de que el ligue de la noche anterior se las hubiera robado mientras se duchaba, se negaba a repetir sexo, lo invitaba a un café y a largarse de su casa. No era la primera vez que un amante furtivo le robaba cosas por despecho o necesidad. Salió del baño enojado. Se vistió intranquilo, pero dispuesto a buscar soluciones fuera de su habitación.

Eran casi las cuatro de la madrugada y la fiesta hacía unas horas que había terminado. Él y Edu la habían cerrado fumándose un porro de confesiones en uno de los porches.

—¿Y tú? ¿No tienes pareja o es que pasas de complicarte? —le preguntó Edu entre calada y calada.

A Sebas no le gustaba hablar sobre él, y mucho menos de su madeja sentimental, aunque le resultaba curioso que se lo preguntara alguien que se presentaba como parte de un trío y que en menos de un día era cuestionado delante de todos.

—Tú juegas a los tríos y yo, en el amor, juego al solitario. Todo es cuestión de gustos.

Edu miró el cielo buscando la luna y su verdad oculta: no quería subir a la habitación hasta que Guada y Lucía estuvieran dormidas. La abogada había sido la primera en retirarse, sin despedirse de nadie y con deseos de estar sola. Edu tampoco sabía cuándo Guada había dado por concluida la cena.

—Antes de estar con Guada, jamás había hecho un trío —le confesó.

—Y, aparte de con Lucía, ¿ha habido más tríos? —Sebas sabía moverse a la perfección por las tuberías del deseo que para la mayoría permanecían soterradas en un suelo de excusas. No le hizo falta que le respondiera con palabras porque llevaba tatuado en la frente su mal de amor llamado Lucía—. Es a la que menos conozco de todos —matizó ante el silencio de Edu—, pero creo que estás metido en unas arenas movedizas que terminarán por engullirte si no sales cuanto antes.

Edu lo miró apurando el canuto e intentando mantener su debilitada posición sin confesar. Su compañero estaba en lo cierto, y a la verdad era mejor no contradecirla con palabras. Haciendo un colosal esfuerzo por levantar su cuerpo del sillón, dio la charla por terminada y se retiró tambaleante a descansar. Debía aprovechar que su mente estaba al punto de gaseosa para caer inconsciente o, de perder el paso, descender directo a los infiernos de su vida amorosa.

Aunque nadie le había enseñado a Sebas el camino a la cocina, como un animal que sigue el rastro de comida, logró a tientas dar con ella. Los cajones de una cocina son similares a la cueva de Alí Babá, abrirlos es aventurarse a encontrarse cara a cara con el olvido: productos caducados, utensilios ignorados, hojas sueltas de anotaciones inacabadas...; y, según Sebas, también eran el lugar perfecto para guardar las pastillas.

—¿Se puede? —preguntó al descubrir que alguien se le había adelantado.

La madrugada y la cocina son el binomio perfecto para refugiarse de las huidas y los tormentos.

—¿Sebas, eres tú? —profirió Martín al descifrar su silueta en penumbra a través del cristal de la puerta—. Si vienes a por helado de chocolate, me temo que llegas tarde.

Estaba sentado a la mesa; sobre ella, los restos de lo que había sido un atracón nocturno. Sebas precisó un par de segundos para hacerse una composición de la escena de otro insomne como él. El expolítico había bajado descalzo, en camiseta y pantalón de pijama.

—¿Problemas de alcoba? —le preguntó abriendo un cajón para comenzar con su búsqueda de pastillas.

Había dado en el clavo sin excesivo esfuerzo. Dormir en pareja en una misma habitación y exiliarse de ella de madrugada indicaba con señales luminosas una pelea matrimonial.

—Ni se te ocurra dormir aquí esta noche —le había soltado Lorena mostrándole la puerta.

—Pero, cariño, ¿y dónde quieres que duerma? Venga, vamos, no seas así. ¡Solo intentaba cumplir!

—¿Cumplir? No sabía que acostarte con tu mujer fuera un suplicio...

Lorena había insistido en que abandonara la habitación. Estaba furiosa con ella misma por no haber seguido adelante, por no ser más egoísta y terminar el sexo antes de echarlo sin remordimiento alguno.

Habían vuelto de la cena juntos, pero distantes. Ella necesitaba cariño, besos pequeños que poco a poco se hicieran más grandes e intensos. Quería sentir el deseo en la piel, bailar a besos hasta rasgar el roce y que los cuerpos se fundieran. Él, al contrario, quería acabar lo antes posible y silenciar los reproches de su mujer. Llevaba dos años soportando una vez al mes los llamados días fértiles y la obligación de tener sexo sin importar el deseo, el momento o las circunstancias.

—¿Sexo reproductor? —preguntó Sebas con la sonrisa entre los dientes—. Eso suena muy mal.

—Sí, reproductor, porque está alejado del morbo, del deseo, del te quiero, que se convierte en un enorme ¡te utilizo! Necesito que tus bichitos corran dentro de mí...

Martín seguía borracho a pesar del atracón de dulce y alzaba la voz a riesgo de que media casa se despertara y todos corrieran a la cocina en procesión. Estaba furioso porque se sentía atrapado entre sus propios deseos y la obsesión de su mujer. Rechazaba la necesidad de ella de tener hijos. No la había elegido para eso, sino para que cuidara de él y tuvieran una tranquila vida en pareja.

—Llevamos dos años así y cada día está peor conmigo. Y el hecho de no quedarse embarazada... ¡Sinceramente, lo creía transitorio, pensaba que se le pasaría!

Sebas andaba algo perdido como consejero, pues su experiencia se limitaba a los hombres y sus problemas eréctiles, nunca reproductivos.

—¿Por qué no vais a una clínica de esas que ayudan a la fertilidad?

Martín se levantó para servirse una copa de whisky. No quería confesarle la verdad, pero necesitaba algún consejo para apaciguar a su esposa y su necesidad de ser madre.

—No solo es cuestión de eso...

—No puedo ayudarte, querido. Se me dan mejor los consejos para follar bien que para reproducir.

Sebas siguió revolviendo todos los cajones de la cocina sin dar con nada que le sirviera para conciliar el sueño. No le importaba quedarse un poco más con Martín, pero le interesaban más bien poco sus problemas conyugales y su falsa inquietud por su mujer.

—¿Se te ha perdido algo? —le preguntó Martín.

—Intento encontrar algo que me permita volver a mi habitación y dormir.

—Puede que lo tengas más fácil que yo. Creo que dormiré en uno de los sofás...

Sebas no atendía sus quejas. Comenzaba a estar desesperado por encontrar alguna pastilla perdida en medio de latas y conservas variadas.

—¿Cómo es posible que no haya ni una sola pastilla en la casa de una psiquiatra?

La vida está llena de preguntas sin responder. De momentos en los que la lógica se burla de cualquier necesidad impaciente. Sebas se resistía a rendirse y revisaba los cajones por tercera vez, igual que había hecho con su neceser. Martín desistió de acompañar una nueva obsesión y se retiró al salón para buscar refugio. Se había llevado su propia anestesia: un vaso de whisky y un Fortuna que llevaba toda la noche guardando para fumarse. Antes de que lo encendiera, apareció Sebas con otro vaso de whisky, vencido por la evidencia.

—¿Ni una? —le preguntó Martín mientras lo observaba derrumbarse en un sillón.

Sebas levantó el vaso y brindó mientras negaba con la cabeza. El tiempo le había enseñado que era necesario aceptar las derrotas y dejar morir su propio impulso. Martín encendió el cigarro en un acto de conciliación consigo mismo.

—¿Qué te parece Hugo, el novio de Belén? —le preguntó a Sebas exhalando la primera bocanada de humo—. Creo que está con ella por la pasta. Y no digo que no sea atractiva..., pero nadie puede calentarse con un glaciar.

—No creo que sea un glaciar... Solo lo aparenta.

—¿Crees que de verdad hay diferencia? —planteó acercando su sillón al de Sebas para proseguir con la conversación.

—Tú aparentas ser un gilipollas y no sé si lo eres...

Martín le aplaudió sosteniendo el cigarro entre los labios. No lo afectaba que los demás tuvieran ese concepto u otro similar de él. El mal del mundo, a su entender, se basaba en el equivocado convencimiento de que había que potenciar y celebrar al buen samaritano y castrar el impulso competitivo descarnado.

—A ojos del mundo, lo soy, ¡y por eso sé reconocer a los buscavidas como ese! Y por cómo lo mira el resto, no soy el único que lo piensa. La diferencia es que yo apoyo y no critico a cualquiera que luche por dinero o posición.

Sebas sabía que Martín lo había calado y que llevaba razón sobre los demás. A pocos había convencido Hugo, pero no era solo culpa de él, sino también de Belén, que no había hecho ningún esfuerzo por acercársele para reforzar algo más su ficticia relación.

—Cada pareja y sus acuerdos... —repuso Sebas—, como tú con Lorena. ¿No crees que deberías dejar el whisky y darle lo que quiere?

Martín sonrió mientras apagaba el Fortuna en el hielo residual del vaso de whisky. Le hubiera encantado sellarle la boca confesándole lo de su vasectomía y el derecho a ser despreciable a ojos del resto con tal de ser fiel a los deseos propios.

—Cómo se nota que no te acuestas con mujeres —contestó al fin.

—Los hombres, querido, pueden ser mucho más intensos que el sexo reproductor que tienes que aguantar cada mes.

—No tienes ni idea de lo que hablas.

Sebas sabía sacar a cualquiera de sus casillas, y esa noche, hurgando en la llaga de Martín, había encontrado el modo de apaciguar su ansiedad por la falta de pastillas.

—Lo que me parece a mí es que llevas un tiempo evitando volver a ser padre —continuó Sebas cargado de intención—. Y, querido, ¡si uno está casado, no es algo que pueda decidir en solitario!

—No lo creas...

—Es cuestión de probabilidades... Tarde o temprano se quedará embarazada.

—Imposible. Está todo controlado para que eso no ocurra.

Sebas silenció sus pensamientos durante unos segundos para tratar de descifrar las últimas palabras de Martín. Lo miró queriendo encontrar aquello que se le escapaba, convencido de que era lo más importante. El expolítico sonrió complacido por la victoria. Había logrado dejar a la sabandija sin argumentos. Se equivocaba.

—¿Te has vuelto estéril? —le preguntó Sebas no apostando en exceso por su deducción.

—Digamos que sí.

Entre tanto, Diego, sediento, había salido de su habitación en busca de agua. Su tránsito a la cocina le llevó a escuchar la confesión de Martín. Luego entró en el salón en un acto reflejo. Había bajado descalzo, como el expolítico, pero en calzoncillos y camiseta blanca de cuello redondo.

—Alguien que al menos ha follado esta noche —soltó Sebas divertido al verlo aparecer de aquel modo.

Martín y él lo saludaron con similares gestos, por los que Diego supo que llevaba la camiseta del revés.

—¿Interrumpo vuestro ligue? —les preguntó mientras se desnudaba ante ellos para colocarse bien la camiseta.

—Más bien las confesiones de Martín —señaló Sebas.

Diego se sentó en la esquina del sofá con un vaso de agua en cada mano. Era cierto que había tenido sexo con Cris. El momento de intimidad de los dos en la gruta de los besos, frente al corazón sin dueño, había logrado acercarlos después de varios meses sin rozarse los labios. Había disfrutado de ella esa noche y pretendía seguir haciéndolo en vez de quedarse a charlar con insomnes confidentes.

—¿Lo has oído todo? —le preguntó Martín.

—No sé a qué te refieres con todo, pero que te has vuelto estéril, sí, lo he oído, pero no me importa lo más mínimo, y tampoco es que te crea demasiado. No sé si recuerdas que tienes tres hijos...

No le había dado importancia al comentario, creía que era otra de las mentiras de Martín. Se levantó con la intención de retomar su camino de regreso a la habitación.

—¿Por qué no piensas a ver si se te ocurre el modo de que alguien se vuelva estéril? —insistió Sebas.

Diego no se volvió ni respondió a la sugerencia... No le había dejado indiferente, pero lo disimuló. Prefirió volver a la cama con Cris. Hacía tiempo que intentaba alejarse de las confesiones peligrosas, y aquella parecía ser una de ellas.

Al fin Sebas cazó la hazaña de Martín y el engaño a su mujer, manteniendo vivas las esperanzas de lograr un embarazo. Para él, Martín había cruzado los límites, pero optó por no insistir en el tema ni mostrarse excesivamente sorprendido por la revelación. Se bebió la copa de whisky de un trago y dio también por concluida la reunión.

—Querido, esta vieja insomne va a procurar cerrar los ojos. Deseo dar la talla en la excursión de mañana. ¿Por qué no vuelves a tu habitación e imitas a Diego?

—¿Le llevo un vasito de agua a Lorena también? —soltó Martín apurando su copa.

Sebas suspiró intentando contener lo que su endiablada mente deseaba responderle. Prefirió callarse. El paso del tiempo no había hecho más que aumentar las razones para despreciarlo. Sonrió al pasar cercar de una pequeña fotografía de Adrián. Estaba convencido de que, de seguir vivo, encontraría algún vago argumento para salvar al expolítico de la quema. Ese pensamiento lo ablandó sutilmente.

—Martín, no suelo dar consejos, pero esta noche te daré, por Adrián, uno con palabras de mi estimado Oscar Wilde: «La ambición es el último refugio del fracaso».

—¿Y qué quieres decir con eso? —le preguntó.

—Querido, está muy claro: desearlo todo significa siempre perderlo todo. Es la sagrada proporción.

—Creo que tu estimado Oscar Wilde no era más que un misógino frustrado y atormentado.

Sebas lo dejó por imposible. Wilde había sido mucho más que eso, la complejidad del tormento de una mente privilegiada, pero prefirió volver a sus aposentos. Sonrió mientras subía la escalera recordando la maquiavélica revelación de Martín.

—¿Cómo podrías justificarlo si te hubieras enterado de esta cabronada? ¡Una vasectomía a espaldas de su mujer! —le dijo a Adrián, pero hablando para sí, mientras recordaba otros tantos momentos de desacuerdo por su defensa de Martín.

—¡Pobrecillo! —solía siempre decirle sobre él—. A mí me da mucha pena porque nadie va a poder quererlo. ¡Es monstruosamente egoísta!

Sebas cerró la puerta de su habitación con el diálogo interno con su amigo aún en su cabeza, que le sonreía y lo animaba a ignorar a Martín sin rechazarlo por completo.

—Solo se hace daño a sí mismo... Yo sigo teniéndole cariño. Es un pobre diablo y siempre lo será. No tiene remedio.

Se estiró sobre la cama y siguió recordando las veces que ambos habían hablado del expolítico y de la vida que lo esperaba. Lo habían hecho con todos, imaginar cómo serían con cuarenta. A Adrián le encantaba charlar sobre ello recién llegados de fiesta y con un plato de pasta sobre la mesa para engullir antes de acostarse. A él le aburría hablar del futuro, prefería centrarse en la noche y en lo ocurrido.

—Yo creo que voy a ser más feliz que mi hermana.

—¿Por qué dices eso?

—Porque insiste en hacerle una autopsia a la vida en vez de dedicarse a vivirla.

Sebas encontró al fin el modo de apaciguar sus demonios insomnes. Se sentía a gusto desempolvando aquellas madrugadas con Adrián e imaginando un futuro que nunca llegaría. De haberlo sabido, hubiera puesto más atención.

—Diego va a ganar mucho dinero. ¡El que más! Y nos va a organizar siempre las mejores fiestas...

—¿Y yo? —le había preguntado Sebas una noche—. Nunca comentas cómo voy a ser yo de aquí a veinte años.

Rememoró cómo evitaba hablar de él con Adrián: mantenerse al margen de aquel juego de ser capaces de leer el futuro.

—Tú... Tú y yo vamos a ser amigos toda la vida, Sebas. Vas a ser un supermaquillador. ¡Incluso de Inés Sastre! ¡El mejor!

Sumergido en los recuerdos, Sebas cayó entonces en la cuenta de que en todos aquellos años no había logrado maquillar a Inés Sastre. La musa de Adrián. Para él, la mujer más bella del mundo. Lo había intentado durante un tiempo. Había buscado la manera de provocar al azar. Quería hacerlo por Adrián, un guiño hacia él tan injustificable como cualquier pensamiento compartido con los ausentes. Se durmió convencido de que, de seguir vivo, su amigo habría encontrado el modo de que lo consiguiera. Sonrió con un regusto amargo porque los recuerdos de Adrián, aunque dulces, todavía despertaban su tormento. Pero al fin logró caer, llevar a su mente a bailar con el subconsciente y dormirse.

La gran casa estaba rendida al silencio de la noche. Con casi todas las luces apagadas y el sueño tras las primeras horas de reencuentro. No era fácil para Belén dormirse ni silenciar a Hugo, que parecía dispuesto a ver amanecer junto a ella.

—¿No crees que ya es hora de acostarse?

Su supuesto novio contemplaba el mar con el reflejo de la luna desde el mirador de la habitación de Belén, que, sentada en una butaca, lo seguía con la mirada tratando de descifrar un poco sus verdaderas intenciones. No creía que Hugo aguantara mucho más sin soltar el rencor acumulado durante años. Él miró el reloj sin ganas de dormir todavía, pero sin el valor suficiente para permanecer más tiempo en la habitación de ella.

—¿Te ocurre algo? ¿Necesitas contarme algo?

Hugo bajó la cabeza y sonrió al escucharla simulando preocupación por su empleado por unos días.

—¿Tienes ganas de abrir una sesión a estas horas para psicoanalizarme?

Belén no respondió. Permaneció impávida a su comentario con la esperanza de no haber despertado al dragón. Él la miró con ojos severos, apoderado de una pequeña ráfaga de ira escondida.

—No te preocupes, no llevo ningún muerto en el maletero. —A los dos les escoció por igual la palabra «muerto»—. Todo en orden. Mañana espero hacer mejor mi papel que hoy. ¡Que descanses!

No esperó su réplica. Salió con el pecho aprisionado por la puerta ciega que comunicaba la suite de Belén con su dormitorio y se lanzó sobre la cama rendido. Nada era como había imaginado. Ni siquiera tenía claro qué clase de respuestas buscaba después de tantos años...

—¿Cómo se vive desde el éxito después de haberme jodido la vida, doctora Collet?

Era una pregunta que le hubiera gustado hacerle. El paso de los años había modificado muy poco sus expectativas respecto a su vida, como sí lo habían hecho los acontecimientos traumáticos que habían arruinado sus ganas de seguir soñando. Cogió el móvil y rebuscó unos minutos en su galería de fotos hasta dar con la que deseaba contemplar. Era la captura de una fotografía antigua de un hombre en cuclillas, vestido con un elegante traje, ofreciéndole sonriente un chupachups a un niño. Pasó el dedo sobre el rostro del hombre aguantando las ganas de llorar. El exceso de emociones de ese día hacía que se sintiera débil para soportar sus propias ausencias. La de su padre. Desde su muerte, una huella de dolor había inundado su vida dejándola a la deriva mucho más de lo que aparentaba.

Belén se quedó pensando en Hugo y en la fragilidad de sus heridas del alma. Estaba roto, y ella supo ver en su mirada algo que le extrañó: seguía buscando culpables para su dolor. Había algo en sus ojos que los transformaba en dos endiablados punzones cargados de odio. Aquella noche se lo había notado en un par de ocasiones, pero al darse cuenta de que lo observaba, como si de un muñeco se tratara, con un solo pestañeo Hugo disimuló. No esperaba que él tuviera cuentas pendientes. No entendía su retraimiento ante ella. Las muertes cavan tumbas para los muertos y nuevos caminos para los vivos. La vida deja de ser entonces como la conocíamos.

No quiso darle más vueltas a su extraño comportamiento. Estaba exhausta, ella también. Había sido un día largo. Todo estaba saliendo bien, como a Adrián le hubiera gustado, pensó. Sintió lo más parecido a una chispa de felicidad, complacida por haber logrado reunirlos y que todos hubieran aguantado, al menos, el primer día.

El reloj de la mesilla que se iluminaba con el más mínimo movimiento se activó: eran casi las seis de la mañana. Podía oír a lo lejos las olas rompiendo contra el acantilado, un sonido que pasó a convertirse en un leve silbido hasta que ella cayó rendida.

DÍA 2

—Me parece increíble que después de diez años de matrimonio conozca así el lugar donde naciste.

Cris le hablaba desde la ducha a Diego, que permanecía estirado en la cama sin demasiadas ganas de activarse. Eran las nueve de la mañana, estaban de vacaciones y sin niño. No entendía por qué su mujer había decidido madrugar.

—Hay que enseñarle a Lucas de dónde es su padre. Siempre te he dicho que los orígenes son importantes.

Diego había vuelto al mutismo. Al silencio al que ella estaba acostumbrada, pero que no creía que iba a retornar tan pronto, y más después de la noche de sexo salvaje que habían tenido. Sacó la cabeza mojada por la puerta del baño sin decir nada, tan solo para comprobar si su marido estaba despierto o se había quedado dormido. Este había cerrado los ojos para simular lo segundo; su mujer no era tan silenciosa como creía, pero los años de convivencia revelaban una información que permitía adelantarse a los acontecimientos, tal y como acababa de hacer Diego. Fingir que estaba dormido para que ella dejara el tema de Ajo, las raíces y los motivos por los que él había renunciado a aquella tierra hacía tantos años.

Cris pasó desnuda por delante de la cama dejando un

rastro de agua en el suelo. Estaba todavía mojada. Solía hacer esa procesión cuando deseaba provocarlo. Se sentó en la cama de espaldas a él y empezó a hidratarse despacio el cuerpo. Diego entreabrió los ojos y se encontró con la excitante puesta en escena de su mujer. Abrió un poco más los ojos para no perderse detalle en un ejercicio de voyerismo. Cris contó para sí misma hasta cinco, dejando tiempo para que la piel siguiera suavizándose con la crema y las autocaricias fueran cada vez más sugerentes. Como una sigilosa cazadora esperó a que su presa se sintiera lo suficientemente confiada como para girarse de un salto y cazarla desprevenida, quedando su treta al descubierto.

—Te he dicho siempre que nunca intentes engañarme porque soy mucho más zorra que tú.

Cris se colocó sobre él y lo besó en los labios con deseo. No había podido evitar calentarse durante el juego de caza. Lo mismo le había pasado al empresario, que, de forma inesperada, había logrado retener en la cama un poco más a su mujer, y de la mejor forma.

—Esto no significa que no vaya a seguir hablando del tema —le dijo ella pellizcándole un pezón—, pero ahora me tienes demasiado cachonda como para seguir con el interrogatorio.

Los dos volvieron a fundirse entre las sábanas con movimientos rápidos, guiados por la fogosidad de los roces de piel. El deseo es una llama caprichosa que traspasa cualquier pared, y más si se decide no silenciarlo.

Desde el otro lado, Lorena podía sentir la vibración del fuego vecino y reconocer los jadeos del deseo en acción. Había dormido sola, pero se había despertado con la mala conciencia de no saber cómo había pasado la noche Martín. Su marido llevaba razón al señalar su frágil estabilidad emocional. Sentía que la frustración de no quedarse embarazada había eclipsado su vida y le resultaba cada vez más difícil no descargarla contra él, al que veía ligeramente despreocupado.

—¿Se puede o vas a lanzarme la almohada si entro?

Lorena no se movió de la cama al ver la cabeza despeinada de su marido aparecer por la puerta entreabierta solicitando permiso para entrar en la habitación.

—Voy a contar hasta tres y entraré si no me lo impides, ¿de acuerdo?

Observó la escena con cierta ternura. Le gustaba cuando él le daba el protagonismo que deseaba, que era pocas veces y siempre en las reconciliaciones.

—Uno... —Martín abrió unos centímetros más la puerta—, dos... —metió medio cuerpo mirándola con dulzura— y tres.

Ella se había quedado inmóvil, agarrada a la almohada, contemplando la entrada del expolítico, que aparecía con el aspecto desaliñado de haber pasado una noche terrible.

—Lo siento, amor mío. Siento de veras lo de anoche.

Martín besó en el cuello a su mujer, que se resistía a mirarlo a los ojos, aunque debía hacer un esfuerzo para no reaccionar a sus besos. Recorrió su cuello, alternando perdones entre susurros hasta lograr un leve movimiento de Lorena que le indicaba que tenía despejado el camino para continuar con la procesión hacia su escote, sus senos y seguir el descenso. Ella se permitió, sin pronunciar palabra, que el deseo aflorara. Sujetó con la mano la cabeza de su marido, que ya se había encargado de despojarla de la ropa interior. El calor que desprendía la respiración agitada sobre su sexo, primero, y los pequeños mordiscos, después, hicieron que Lorena, con suaves sacudidas de cadera, accediera a quedarse desnuda ante él. Retuvo su cabeza unos segundos, insegura de si ceder a la rabia o al anhelo que brotaba salvaje, y decidió acompañar con leves caricias en su pelo revuelto los primeros besos de sexo abiertamente dispuesto. El momento siempre elegido por Martín para penetrarla hasta correrse, sin más besos ni caricias. Solo atendiendo a su deseo encendido. Justo en el instante en que ella dejaba de disfrutar por las formas poco delicadas de su marido y por su necesidad de sentir que el flujo masculino entraba con fuerza. Desde hacía dos años, cada vez que él llegaba al clímax, ella se concentraba en visualizar que lograba quedarse embarazada.

Así lo hizo aquella mañana, relegando su propio clímax al olvido. Martín cayó rendido a su lado sin reparar, como era su costumbre, en el deseo inconcluso de su mujer y en su dolor.

—¡Dios! ¡Qué maravilla!

Martín lo dijo con el rostro aplastado sobre la almohada. Satisfecho por haberla recuperado, gozado sin riesgo y superado otro mes más de días verdes.

Lorena se incorporó en silencio y sin responder se fue directa al baño. Comenzaba a sentirse demasiado culpable por querer quedarse embarazada y no lograrlo. Ya no gozaba del sexo. Esa mañana había sentido miedo de haber perdido la capacidad de llegar al orgasmo. De explosionar perdiendo el control y los sentidos.

—¿Estás bien? —le preguntó Martín metiéndose en la ducha con ella.

La volvió a besar simulando que no se percataba de lo que le ocurría. Conocía la tortura en su cabeza, pero, por encima de todo, estaba su voluntad de no ser padre y de mantener ese *statu quo* a cualquier precio. El mal estado de su mujer era para él un daño colateral y transitorio.

—Esta noche otra vez, ¿vale?

Su egoísmo podía llegar a ser perverso, pero no traspasaba a él una gota de arrepentimiento o piedad por el sufrimiento de ella. Su mitomanía lo exoneraba de sentir cualquier culpa, encontrando siempre la narrativa adecuada para justificar sus actos.

—¡Tengo una buena noticia que contarte! —le dijo mientras metía la cabeza bajo el chorro de agua—. Quería esperar a llegar a casa, pero quiero que lo celebremos también este fin de semana.

Por la mirada y los pavoneos bajo el agua de su marido, Lorena intuyó que tenía que ver con el dinero y con su necesidad de grandeza.

—Estás delante del jefe de recursos humanos de Sodexo. Martín Salgado vuelve a un comité de dirección. ¡Vuelve a la carga!

Su silueta desnuda, con las piernas entreabiertas, sacando pecho, dejando relucir su pequeña barriga y con su virilidad suspendida y encogida al haber estado en remojo, ofrecía una imagen contraria a la del hombre poderoso que deseaba ser. Lorena simuló alegrarse porque tenía la extraña sospecha de que aquel exagerado ascenso llevaba tras de sí información oculta.

—Menuda noticia, cariño, ¡felicidades!

Esa breve exaltación de la alegría fue suficiente para que él se subiera al tiovivo de la euforia y comenzara un alegato sobre la justicia divina y su vuelta al poder que aburrió bastante a Lorena.

Salió de la ducha y dejó a Martín cantando el estribillo de *We are the champions*, de Queen. Solía canturrearlo cuando el Madrid, su equipo favorito, ganaba, pero también cuando lograba cualquier gesta suficientemente digna de ser celebrada.

Lorena había llegado a aborrecer esa canción y a Queen. No soportaba la escena de su marido entonando aquel canto desgarrado en solitario como un adolescente abducido. Abandonó el baño con la máxima celeridad y cerró la puerta para no tener que escucharlo, pero él cantaba tan alto que le fue imposible ignorarlo.

—¿Quién puede cantar tan jodidamente mal? ¡Eh, amigo, cambia de estribillo!

Sebas estaba afeitándose en el baño contiguo al de Martín, tragándose el insoportable show. Golpeó varias veces la pared sin que eso surtiera ningún efecto sobre su vecino, que estaba entregado por completo a su propia victoria y placer.

—¿También defenderías que canta bien después de oír lo que está haciendo con Queen? —le preguntó Sebas a Adrián, prosiguiendo con el diálogo interno que mantenía con él desde que había llegado a la casa.

Hacía años que no lo practicaba, creía haber superado el hábito de hablarle a un muerto. Había logrado dormir unas pocas horas sin pastillas y su mente se sentía más despierta que cualquier otra mañana. Faltaba un día para el cumpleaños de su amigo, para celebrar los deseados cuarenta que nunca cumpliría porque ni siquiera había llegado a los veinte.

Miró por la ventana para ahuyentar sus pensamientos y también la tentativa de gritar hasta asfixiarse para que Martín dejara de insultar a Freddie Mercury. Había salido el sol. El clima es un buen reflejo del transitar de la vida y las emociones. Nada permanece, pero nadie gobierna los tiempos de ser y no ser. De vivir y morir.

Contempló las vistas con la claridad del día iluminando cada rincón. Se acarició el vientre, sosteniéndolo contra la gravedad y contra su propia voluntad, que durante años lo había alimentado para que resultara deliciosamente desagradable. Con Adrián había visitado Ajo en dos ocasiones, pero entonces no había comprendido el entusiasmo de su amigo por aquel rincón de acantilados, pastos y señales que indicaban el fin del mundo.

—No lo cuentan, pero en esta tierra también estuvieron los vikingos. De eso estoy convencido. ¿No sientes su energía?

Sebas recordaba la insistencia de Adrián por conectar esa Cantabria con los vikingos, el pueblo al que decía pertenecer sin necesidad de demostrarlo históricamente.

—Las otras vidas no se reflejan en los apellidos ni se alojan en las palabras. ¿Sabes dónde lo hacen, mi querido amigo? En la certeza.

Adrián estaba obsesionado a partes iguales con la vida y con la muerte en una época en la que nadie pensaba en la parca. Sobre el horizonte aparecían los veinte y todas las expectativas de libertad y aventuras estaban puestas en la nueva década.

En el reflejo del cristal de la ventana, Sebas observó su torso desnudo, velludo y deforme. Las malas decisiones, los excesos y los años habían esculpido a alguien irreconocible para el chaval de diecisiete años que había pisado por primera vez aquella tierra junto a su mejor amigo.

—¿No sientes más la vida al borde del acantilado?

Adrián y Sebas se habían detenido con las bicicletas en una de las sendas de acantilados de la costa de Ajo para contemplar la fuerza del viento y el límite entre la tierra y el mar. Sebas no había sabido reconocer entonces la metáfora de la delgada línea entre la vida y la muerte. Solo estaba concentrado en su miedo a las alturas y en pisar suelo seguro para no despeñarse. Su espíritu aventurero, al contrario del de su amigo, se manifestaba en la noche con las drogas. Tenía los pies demasiado planos y grandes con respecto a su cuerpo. No tropezar con cualquier piedra del camino era, en su caso, un ejercicio laborioso. Otra metáfora que la vida le había mostrado y que Sebas entonces tampoco supo ver.

—Yo lo que siento es que me cago del miedo —le había dicho a Adrián, incapaz de mirar hacia abajo—. ¡No te acerques tanto a la punta, que el viento sopla fuerte!

Mientras recordaba la escena, se acariciaba el colgante que aquella mañana había decidido ponerse. Lo había encontrado dentro de una pequeña caja de terciopelo azul envuelta en un papel de regalo que llevaba su nombre escrito. Contempló la esfera de plata en el cristal, a modo de espejismo, y se acordó de cómo había visto a Adrián acariciarla del mismo modo.

—No te preocupes, Sebas. ¡Yo estoy protegido por mi Vegvísir! No es mi momento para viajar al Valhalla.

El colgante vikingo que durante años había reposado en el cuello de su amigo ahora colgaba del suyo. Siguió tocándolo con el torso desnudo y la mirada perdida en un pasado que, como el amuleto, le ofrecía luz tras tantas jornadas de mal tiempo y poca visibilidad.

—Este colgante siempre me señala la buena dirección. ¡Es mi brújula! Como la de los vikingos.

Aquella mañana, Sebas encontró el valor de sostener sobre su pecho el colgante con el que Adrián había muerto y que Belén, sin que nadie lo supiera, había guardado todo aquel tiempo para que llegara a él. «¿Cómo pudo saberlo?», pensó al abrir la caja y ver lo que había dentro. ¿Cómo había sabido Belén que un día su hermano se lo había ofrecido?

—Te prometo que algún día te regalaré uno para que, cuando te sientas perdido, te ayude a encontrar tu norte. ¡Cuando vayamos a Islandia!

Con la muerte de Adrián, no solo había perdido a su gran amigo, sino también su capacidad de ilusionarse. No les había dado tiempo a recorrer la ruta vikinga, tampoco a regalarse ningún amuleto. Pero, más de veinte años después, Sebas, contemplando el colgante, sintió una triste certeza: que el destino viajaba fuera del tiempo ofreciendo magia inesperada.

—¡Ya lo tengo, hermano! —le dijo al viento con los ojos entumecidos—. Te prometo que no me lo voy a quitar hasta que me toque viajar al Valhalla para encontrarnos.

Sebas volvió al baño a terminar de asearse para el desayuno. Agradeció que Martín hubiera cesado su oda a Queen. Miró una vez más el colgante mientras se abrochaba la camisa. Recorrió el símbolo circular y respiró profundamente, decidido a afrontar otro modo de existir, alejado del tormento.

—Doctor Fernández, el lunes comienzo la travesía de abstinencia hasta nueva orden.

Perder veinte kilos no era nada comparado con recuperar el aliento para vivir, pero había decidido intentarlo.

Lucía llevaba un par de años corriendo cada mañana. Había salido temprano para estirar las piernas y expiar los malos pensamientos que habían resistido a la noche. Silenciosa para no despertar a Guada ni a Edu. Deseaba explorar Ajo en soledad y bajar hasta la playa de Cuberris para sentir cómo la niña que había sido le daba la mano y corría con ella.

Ajo permanecía intacto al paso de los años. Seguía siendo una tierra de contrastes: de bosques y praderas, de azules y verdes intensos, de finales y horizontes. Lucía miraba a cada lado de las calles intentando cazar momentos de una infancia feliz en ese pueblo peregrino, montañés y marino.

Al llegar a la playa, dejó que sus pies detuvieran la marcha para contemplar la extensión de arena dorada y el mar frente a ella. Los pequeños puentes de madera para cruzar la ría habían sobrevivido a ellos y a tantos que los habían pisado sin conocer los envites de la vida.

Respiró profundamente y se descalzó con ganas de pisar la arena hasta llegar al mar. Además de ella, solo había unas diez personas en la playa. Divisó el camping en el que se había alojado con Edu y con Guada. Disfrutó del silencio apenas roto por el rumor de la brisa que, como el sol, ya había amanecido con fuerza a la vida. Se sentó en una de las rocas para contemplar unos minutos el mar en calma. Eran las nueve de la mañana y el sol brillaba mostrando la intensidad cromática de cada rincón de esa tierra. Hizo el intento de volver a llenar sus pulmones con fuerza, pero le fue imposible hacerlo sin romperse. Seguía sintiendo la misma resistencia; la misma presión en el pecho con la que se había acostado. Como una ola inesperada, se echó a llorar. Estaba desbordada y no podía traducir a palabras su propio estado. Se cubrió la cara con las dos manos tratando de calmarse. No sabía reconocer la causa de aquel arrebato de llanto. Deseaba con desesperación detener la consciencia y seguir en la pista de la huida hacia delante: acostándose con Guada y Edu y pasando las noches al filo de los grandes romances a través de la pantalla.

Había cumplido cuarenta y dos años y su vida se alejaba mucho de lo que había soñado cuando era la niña de las trenzas al viento que corría por esa playa con los pulmones llenos de vida.

—¿Has visto cómo vuela?

Lucía caminaba hacia atrás manteniendo bien tensa la cuerda y sosteniendo el ovillo en una manilla de plástico rojo. En aquella misma playa, Adrián y ella habían logrado por primera vez elevar una cometa y hacerla volar.

—¡Jerónimooo!

Adrián pegaba saltos sobre la arena, gritándole al mundo que aquella cometa con la cara de un indio estaba al fin surcando los cielos. Podían sentir la velocidad de su viaje por el ruido del plástico al chocar contra el viento.

—¡Dale más cuerda, Lucía! Dale para que vuele hasta el infinito.

Durante unos minutos, sintieron la victoria como suya y creyeron que Jerónimo, como habían bautizado a la cometa, subiría más allá de las nubes. Pero esta no alcanzó los tres metros y apenas se mantuvo suspendida en el cielo unos minutos antes de comenzar su travesía zigzagueante e imparable hacia la arena. En un intento por evitar la caída, Lucía se precipitó al suelo, dejando sin control a Jerónimo. Adrián corrió para atrapar la manilla roja que soltaba cable sin parar.

—¡Aguanta, gigante! Aguanta un poco más... ¡Vaaamos!

Jerónimo no escuchó las plegarias de Adrián y descendió sobre la arena para no volver a subir más a los cielos aquella mañana. Pero a Lucía y Adrián no les importaba que el viaje hubiera sido corto. Se abrazaron para celebrar la gesta. Bailaron en círculo como los indios, colocando sus manos sobre la boca intermitentemente, levantando sus rodillas y moviendo su torso hacia delante y hacia atrás. Aquel verano volvieron a intentarlo unas cuantas veces más. Fue una pasión de temporada que no sobrevivió al paso del tiempo. Como muchas otras que también fueron amor de un solo verano, pero que marcaron para siempre sus vidas.

Aún sobre la roca, Lucía miraba el cielo despejado de la mañana imaginando el viaje de Jerónimo. Se apiadó del pobre indio y de su triste destino: perdido en cualquier rincón del trastero de los Guerrero, enrollado con su propia cuerda sin posibilidad de volver a surcar los cielos. Al igual que Jerónimo, también la mayoría de sus sueños, con el paso del tiempo, se habían quedado encerrados, atados a la cuerda del olvido.

Esa mañana no había ninguna cometa en el cielo, pero Lucía podía dibujar claramente el recorrido de Jerónimo hasta que había comenzado el descenso y la caída. Sintió que su respiración se había calmado y que la presión en el pecho casi había desaparecido. No sabía qué quedaba de aquella niña que se atrevía a correr sin límite, que gastaba la vida con Capitán Cola, aventuras de exploradora y sueños efímeros de verano. Como Jerónimo. Como Adrián.

—¡Solo lo has logrado tú, Lucía! ¡Solo tú!

Adrián había sido el compañero de aventuras más fiel y comprometido que había tenido. Los dos se comprendían y se respetaban. Él era el ímpetu y ella iba detrás, enganchada a la acción, a la adrenalina que se liberaba cuando lograban lo que se habían propuesto. Con el tiempo, su valor se había transformado en cobardía; sus sueños, en cubrir pequeñas necesidades, y su existencia, en resolver los conflictos de otros y enterrar los suyos.

Se levantó con el ánimo de volver a la casa y seguir sintiendo los golpes del destino. Necesitaba hablar con Edu y con Guada y resolver aquel mal llamado trío que, desde hacía un tiempo, había dejado de ser divertido para todos.

—Si vas a seguir ignorándome, me las piro ahora mismo. —Guada no se había levantado conciliadora—. A mí no se me ha perdido nada aquí, ¡a la que menos!

—Guada, ¿podemos bajar a desayunar sin montar un espectáculo de crisis de pareja?

—¿Crisis? No sabía que expresar mis sentimientos provocara tal cosa.

No habían dejado de discutir desde que se habían levantado. No paraban de hacerse reproches, bordeando lo que a cada uno le había llevado a ese estado.

—No pienso bajar si no lo resolvemos. —Guada se cruzó de brazos intentando hacer reaccionar a Edu.

—Pero ¿qué hay que resolver? —le preguntó él con intención de salir de la habitación.

Ella se lo impidió poniéndose entre la puerta y él.

—¿Me puedes decir qué ocurre? —Guada necesitaba respuestas—. Vamos, no es momento para tus dramas... ¡Déjame salir!

No estaba dispuesta a permitirlo hasta que Edu reconociera que su pregunta sobre Lucía le había molestado y lo había dejado en un estado indefinido con respecto al trío; con respecto a ella.

—¿Todo esto es por ella? ¿Verdad? —quiso saber Guada, apoyada en la puerta.

—¿Por quién? —No obtuvo respuesta—. ¿Por Lucía? No me jodas... ¿Otra vez? Creo que estás obsesionada con el tema... Pero ¿qué quieres? ¿Una relación libre o controladora? Porque ahora mismo me siento atrapado sin poder salir e interrogado por mis sentimientos hacia otra persona.

Guada solo lo miraba guardando silencio mientras comprobaba que su relación con él se había convertido en el medio perfecto para satisfacer sus sentimientos frustrados.

—¿Vas a quedarte ahí toda la mañana o piensas dejarme salir? —insistió Edu, que se había quedado sin argumentos.

Guada se apartó manteniendo la escalada de silencio y dejó que saliera huyendo de los dos y de lo poco que quedaba entre ellos.

Minutos más tarde, Lucía entró en la habitación. Estaba toda sudada y no esperaba encontrarse a nadie, y mucho menos a Guada tirada sobre su cama.

—¿Qué tal ha ido la excursión? —preguntó esta tratando de iniciar una conversación con ella.

—Bien. He bajado a la playa. Hace un día precioso.

Las dos se miraron sabiendo lo que ocurría, pero sin atreverse a verbalizarlo. Las dos querían a Edu, de distinta forma, pero lo querían. Habían aceptado el pacto de tres a riesgo de saber que, si un día alguna hablaba de ello, todo tendría que terminar.

—¿No bajas a desayunar? —le preguntó Lucía mientras cogía sus cosas para la ducha.

—Sí... Solo me he quedado un rato a solas para pensar.

—¿Pensar? —repitió Lucía sin mirarla, entretenida con la maleta.

—Quiero dejar a Edu y no sé cómo decírselo.

La abogada tiró la ropa sobre su cama y se sentó para masticar lo que acababa de escuchar. Había imaginado que aquello ocurriría algún día, pero no estaba preparada para afrontar más acontecimientos en aquella casa.

—No te preocupes —dijo Guada mirando al techo—. Puedo esperar a que pasen estos días y decírselo cuando volvamos a Madrid.

Guada sabía leer a Lucía y lo importante que era para ella haberse atrevido a ir a celebrar el cumpleaños de un muerto. No sabía por qué se lo había confesado en aquel momento, pero necesitaba verbalizarlo. Detener el espejismo de poder ser tres en lugares equivocados.

—Sabes bien que yo soy la tercera y no la segunda en este trío. Y, aunque lo quiero, no puedo más.

Lucía arrugó el jersey con las manos. Lo estrujó como si así pudiera desprenderse de los temblores que sacudían su cuerpo.

—No he querido hacerte daño.

—Lo sé —dijo Guada sin moverse de su cama—. Eres una mujer fantástica, Lucía, pero sin valor para querer.

—No sé qué quieres decir... Yo...

Guada le mostró el marco con la fotografía de ella y Belén de adolescentes. Al verla, la abogada notó un golpe en el corazón, pero se contuvo; reprimió el enfado con ella por haber hurgado entre sus cosas.

—La encontré buscando un tampón. No creas que soy una fisgona.

—Es un regalo de Belén que vi al llegar; estaba sobre mi cama...

—Y para mí ha sido un regalo del destino encontrarlo en tu maleta.

Guada se sentó con el marco entre las manos. Sabía que había algo extraño en la resistencia de Lucía al amor, pero no había logrado cerrar el círculo hasta ver aquella fotografía.

—¿Fue ella tu primer amor?

Necesitaba hablar de algo sobre lo que Lucía no estaba

dispuesta. Abrir las viejas heridas de algo que nunca fue ni siquiera confesado. Se levantó y se acercó a ella para devolverle el marco y observarla de cerca. Encogida sobre sí misma. Temblorosa. Recelosa de sus sentimientos. Tímida y con la mirada perdida.

—Seguro que la gran doctora ni se imagina el dolor que te causó —concluyó, y la besó en la mejilla.

Lucía se había quedado helada, rígida como un cadáver al escuchar la verdad escondida. Todos llevamos la nuestra dentro y pocas veces nos la sacuden desde fuera. Cuando eso ocurre, como le ocurrió aquella mañana, todo lo que durante años ha logrado permanecer soterrado emerge de las profundidades hasta quedar flotando en la superficie. Guada acababa de recoger el ancla y provocado el camino de ascensión de los sentimientos encallados de Lucía por Belén.

Cerró la puerta de la habitación con suavidad, ignorando las lágrimas de la abogada, pero convencida de que el destino la había llevado a aquella casa por razones ciegas mucho más importantes que la celebración del cumpleaños de un muerto. Guada sabía que ella y Lucía se habían quitado la venda ante sus razones, y puede que el resto, contagiados como las palomitas, pronto descubrirían las suyas. En la vida nada es lo que parece y así quedamos atrapados en los simulacros de nuestra existencia o en los juegos de apariencias. Pero Guada había comprobado que la presencia de un muerto, ausente durante tanto tiempo, podía levantar piedras tan pesadas como el olvido y descorchar mucho más que champán para brindar. Adrián, en la relatividad del tiempo y el espacio, podía haber decidido reunirlos para despertarlos a la vida, que parecía haberlos vencido a todos a mitad de la partida.

A Guada también, encerrada en una relación insatisfactoria, pero suficiente para refugiarse en la normalidad de la pareja y evitar ser cuestionada por los demás. Ella también necesitaba despertar: dejar las profundidades, soltar lastre y salir a la superficie. Como Lucía. Como el resto.

—¿Puede alguien negarse a desayunar como una reina? —Sebas tenía una gran energía—. ¡Yo estos días he encerrado mi dieta en un armario!

—¿Quieres café? —le preguntó Edu desde la distancia mientras se servía él uno.

—Claro, cariño. Ya sabes mis gustos. ¿Cuándo salimos?

Solo faltaban Belén y Lucía por bajar. Los demás estaban alrededor de la mesa disfrutando del primer desayuno juntos. Apenas llevaban veinte horas conviviendo, pero el tiempo se había alargado de forma extraña hasta ser difícil de cuantificar.

—Se sale a las diez en punto —dijo Elvira—. Recordad que pasaréis la noche al raso, así que llevad abrigo para evitar pasar frío. Por el resto de material y provisiones no debéis preocuparos. Está todo debidamente organizado.

—¿Se puede saber adónde nos lleva la doctora? —preguntó Diego, que estaba sentado junto a Cris.

—¿Adónde va a ser? Pues a nuestra excursión favorita. —Martín respondió provocando la atención de todos, que ignoraban hasta el momento el destino.

—¡Sorpréndeme, pozo de sabiduría! —respondió Sebas sin demostrar excesivo interés.

—¡Nos vamos a Picos de Europa, ¿verdad?! —dijo contemplando a Elvira—. ¡Parecéis novatos!

Diego y Sebas se miraron sin decir nada. Solo Diego

había estado allí con Adrián y el resto, y era cierto que era la excursión preferida de todos, aunque se le había olvidado por completo.

—Mogrovejo —repuso Elvira mirándolos sin ganas de ofrecer más pistas sobre la excursión.

Disfrutar del día en aquel lugar era pisar de nuevo un pasado en el que los cinco comenzaban a ser adultos y habían tomado el primer autobús para cruzar la frontera de Bareyo y aterrizar en el diminuto pueblo mágico perdido entre las montañas, en el que Adrián se había enamorado por primera vez. Martín y Diego recordaron la aventura para acompañar al peque del grupo a encontrarse con la chica que le gustaba. Su primer beso. Un acontecimiento que se convirtió en tradición; desde entonces, cada verano organizaban aquella excursión para transformarse en Pedro y Heidi y dormir entre las montañas.

Ninguno había imaginado que volverían. Pisar aquellos prados alados.

No hubo más comentarios. Siguieron desayunando, intentando mantener escondidos, por un tiempo, los motivos de cada uno para haber llegado hasta allí.

También Hugo, que aquella mañana se había despertado más callado. Menos actor y más persona, a pesar del peligro de que alguien descubriera su razón oculta para estar allí, junto a ellos. Había decidido dejar de simular y asumir riesgos.

Lucía fue la última en subirse a la furgoneta. Era la única que no había bajado a desayunar. Había dudado hasta el último momento sobre si desistir de la excursión y quedarse todo el día recogida sobre sí misma.

—Será mejor que comas algo durante el camino. ¡Vas a necesitarlo!

Elvira le ofreció una bolsa con bollería y un termo con café. Era una mujer previsora que prefería evitar cualquier incidente más allá de las propias orografías de realidad que el grupo llevaba consigo.

Las dos van Mercedes Vito de color negro y cristales tintados salieron de la casa a las diez y cinco minutos de la mañana. El cielo lucía con una claridad que se agradecía para disfrutar del paisaje, de las carreteras entre valles y montañas hasta llegar a Mogrovejo.

—¿Vamos a tardar mucho? —preguntó Lorena a Cris, que se había sentado a su lado.

—Creo que tenemos un par de horas de viaje por delante. ¡Aprovechemos para descansar, que no he dormido nada!

Lorena miraba a través de la ventanilla a Martín que la saludaba efusivo desde la otra furgoneta. Estaba enfadada con él por haberlos distribuido separando a las parejas. Necesitaba estar con él, sentirlo cerca, y más después de haber sucumbido aquella mañana a sus encantos.

—¿Y el soltero de oro con quién va, ministro? —preguntó Sebas rompiendo el juego de distribución.

—El poder de elección es tuyo, pero no te acostumbres a estos privilegios.

Después de la confesión de Martín, Sebas quería ahorrarse pasar más tiempo junto a él. Comenzaba a estar saturado de sus comentarios sin gracia y de sus acciones dirigidas tan solo a obtener su propio beneficio y a llamar la atención del grupo.

—Elijo a tu mujer como compañera de viaje. —Martín lo miró intentando traducir inútilmente sus intenciones—. Espero que no te importe mi elección.

Lorena, Cris, Edu, Hugo, Guada y Sebas iban en una furgoneta. Lucía, Martín, Diego, Belén y Elvira en otra con todo el material necesario para la ruta de senderismo y la acampada. Lucía era la única que se había perdido la repartición y se había encontrado, por descarte, con la compañía de Belén para el viaje. Se sentó a su lado casi sin percatarse hasta que la furgo se puso en marcha. La miró de soslayo y, antes de que pudiera sentir cómo la incomodidad afloraba, Belén se dirigió a ella:

—¿Prefieres ventanilla? Así disfrutarás más del paisaje.

Lucía aceptó casi sin pensar. Se movieron para intercambiarse los asientos de la parte de atrás. Por primera vez, sus cuerpos se rozaron unos segundos. El pulso de la abogada se aceleró a la vez que un brote de rabia emergía para intentar evitar lo inevitable: que el rubor alcanzara sus mejillas.

—Gracias, así mejor —dijo cortante.

Se perdió a través de la ventana; abrió la bolsa del desayuno y se llenó la boca con un trozo de *croissant* todavía caliente antes de soltar cualquier cosa de la que pudiera arrepentirse. La confesión de Guada de que iba a dejar a Edu había alterado lo suficiente su frágil estabilidad emocional como para correr más riesgos.

—Llegaremos a la torre de Mogrovejo a las 12.17 minutos.

Elvira se había sentado al lado del conductor para terminar de organizar la ruta por los picos. Estaba feliz porque el buen tiempo acompañaba al grupo, nada habituado a las excursiones ni a las convivencias no elegidas.

—¿No crees que es un poco arriesgado dormir al raso con un grupo inexperto?

Belén lo sabía. Elvira había insistido en ello, pero ella no lo quería descartar antes de ver cómo reaccionaba el grupo. Sin embargo, se había asegurado un plan B.

—No quiero que nadie conozca la alternativa —le pidió Belén—. Mejor lo dejamos como otra sorpresa.

A Elvira no le agradaban las sorpresas, prefería caminar sobre tierra firme, pero trabajando con la psiquiatra se había acostumbrado a saber todo a medias y a encontrarse con misterios sin resolver.

A Diego tampoco le gustaban las sorpresas, ni los riesgos, ni las excursiones en grupo. Estaba en la furgoneta con la misma incómoda sensación que tenía desde que había llegado a la casa: la de no tener el control. Contempló desde su asiento las nubes que, aunque la tormenta de la noche anterior había despejado del cielo, él se empeñaba en dibujar.

—La calma no existe, hijo. Si quieres evitar las hostias, hay que estar siempre en guardia.

Cuando se sentía fuera de control, Diego repetía las palabras de su padre como un mal mantra que le impedía relajarse. Era incapaz de estar en calma, no mirar desafiante con los puños apretados, tensos y listos para golpear en cualquier momento.

—Si quieres sobrevivir a este día, será mejor que controles tu verborrea y practiques un poco el silencio.

—¡A sus órdenes, capitán! —soltó Martín a Diego con intención de bromear—. Cualquiera diría que la noche no le ha tratado bien, señor...

—Muy bien, gracias. Y por eso el general debe descansar.

Diego cerró los ojos y apoyó la cabeza en la ventanilla, con el cuerpo encogido sobre sí mismo. No miró a Martín, no miró a nadie. No quería ver. Prefería la oscuridad a sostener la vista y encontrarse con la casa de su infancia, con la antigua heladería de sus padres, donde había pasado tantas tardes de verano encerrado junto a helados Frigodedo, Negrito y Calipo. No tenía fuerzas para recorrer con la mirada de su presente una infancia de tormento. Seguía viviendo dentro de él un niño herido. Instintivamente, metió una de las manos en el bolsillo para jugar con las dos canicas que, desde que habían vuelto a su vida, se habían convertido en compañeras inseparables de aventura. Para relajar la tensión de seguir ignorando lo que había sido su vida y, sobre todo, simular que no le importaba, las acarició decenas de veces hasta estar seguro de que había transcurrido el tiempo suficiente como para haber dejado atrás el pueblo y así poder abrir los ojos.

Belén y Lucía, al contrario que Diego, observaron minuciosamente la calle Benedicto Ruiz, una de las principales y donde se encontraba el negocio al que tantas veces habían acudido para robar chucherías, comprar helados o quedarse con algunos cigarros sueltos para fumarlos luego en grupo. Aquella pequeña tienda de ultramarinos de los noventa en la calle comercial de Ajo se había transformado en una moderna cafetería con bellos dulces que colindaba con un gran bazar que tampoco existía en la memoria visual de su infancia. Ajo parecía, pero no era, el mismo pueblo; tampoco ellos. Sin embargo, mantenía los cimientos de los años que habían albergado aquella amistad que, como la heladería de los Romero, creyeron eterna. Solo las superficies habían cambiado, pero ¿y ellos? ¿Dónde se escondían los sentimientos forjados de una amistad tan real? ¿Dónde había guardado cada uno la frustración de haber cortado abruptamente tras la muerte de Adrián?

—Como quieras, pero luego no busques mi compañía.

Martín cedió a los deseos de Diego. Todos llevaban sus historias a cuestas y ninguno deseaba compartirla. Martín no era menos. Nada más salir de la casa de Belén, había desviado la atención de todos para evitar que nadie señalara la mansión que un día había sido suya y que su padre perdió. Durante un tiempo había fantaseado con volver a comprarla, que fuera suya de nuevo para así recuperar el respeto perdido de su madre.

—¿Aquella antigua de piedra gris con una pequeña torre? —le preguntó Cris a Lorena señalando con el dedo la casa que el padre de Martín había tenido que vender.

—¡Esa! —le respondió Lorena.

—Da un poco de miedo, ¿no? ¿Sabes si está abandonada? Parece la de la familia Adams.

—No lo sé. —Lorena se rio con la descripción porque a ella le daba la misma sensación fantasmagórica—. Pero Martín está obsesionado con ella.

La examinó al detalle junto a Cris. Todo lo contrario que Martín, que prefirió mirar para otro lado antes que encontrarse cara a cara con esa parte de su pasado no superada. Otro punto de inflexión en su vida, otra muesca en su alma, otro trauma no resuelto que negaba y que era incapaz de afrontar por sí mismo.

—¡Debes impedir a toda costa que tu marido la compre! —comentó Cris con firmeza—. El pasado es pasado por algo y jamás se debe llamar a su puerta.

Lorena opinaba lo mismo, pero no tenía fuerza para detener los delirios de Martín ni su enfermiza necesidad de adquirir ese mausoleo de piedra.

—Me apuesto lo que quieras a que tiene hasta los mismos muebles de cuando él era pequeño.

Cris era supersticiosa y no le gustaban las casas antiguas, y mucho menos las de apariencia abandonada. Eran para ella el refugio de las almas perdidas, de los seres invisibles que transitan por el mundo de los vivos atrapados por algún motivo o causa.

—Una mujer tan moderna como tú debería saber que creer en fantasmas y energías es del siglo pasado, querida.

Sebas se había movido de asiento para incorporarse a su conversación. Edu, por su parte, no había tardado ni dos minutos en dormirse, dejando a Sebas con la soledad que tanto detestaba como compañera.

—La siesta del carnero, la llaman, ¿no? Comer y volver a dormir —les comentó girando la cabeza hacia Edu—. ¡Los tríos! Que dejan agotado a cualquiera.

Guada no quiso responder a Sebas, que había bajado el tono hasta ser un cuchicheo. Se encontraba abatida y con la necesidad de ser amada como no lo había sido por Edu.

—A mí me da la sensación de que has tenido tan mala noche como yo —dijo Guada a Hugo, buscando un compañero de conversación para evitar dar alas a sus propios pensamientos—. ¿No te hartan las relaciones?

Hugo miró a Guada, que se había movido al asiento contiguo al suyo para no tener que soportar los leves ronquidos de Edu y su indiferencia. No entendía cómo había podido quedarse dormido sin hablar con ella antes para suavizar la situación. Aquella excursión le había dejado de apetecer y la aventura en la casa de la conocida psiquiatra había perdido todo el encanto después de veinticuatro horas de convivencia.

—Nadie supera al mito —volvió a comentar, esperando una respuesta de Hugo.

—¿Qué quieres decir?

—Que me aburro tremendamente y me canso de las cosas demasiado rápido. Como estar aquí... ¿Qué atractivo tiene para mí?

Hugo no sabía qué responder. También se había levantado con la energía baja y sin demasiadas ganas de alimentar al resuelto actor siempre dispuesto a entretener a cualquiera. Sebas lo observaba de reojo tratando de averiguar si había comenzado la mañana con intenciones seductoras hacia Guada. Se equivocaba. No le apetecía. Tampoco la excursión. En eso, él y Guada estaban en la misma vibración.

—¿Estás bien? ¿Te ha ocurrido algo?

Ella insistía en la conversación y él en cerrar cualquier alternativa. No dejaba de pensar en Belén y en la imposibilidad de entrar en su mente. Necesitaba descifrar cómo había logrado olvidar todo el daño provocado. No lo conseguía. Por más que intentaba charlar con ella, observarla desde lejos o a medio centímetro, no era capaz de leer sus intenciones. Belén hacía lo mismo con él, y Hugo se había percatado. Como actor, había aprendido a esconderse detrás de los personajes, incluso a vivir como ellos y, durante un tiempo, a existir sin reconocer quién era realmente.

—Qué complicados sois los tíos cuando queréis. Luego habláis de nosotras...

—¿Por qué lo dices? —Al fin le había arrancado unas palabras a Hugo.

—Porque desde hace un rato estoy tratando de mantener una conversación contigo y eres tan hermético como tu silencio.

Hugo sonrió. La impulsividad de ella le gustaba. Nada de contención, todo para fuera, sin importar lo que le ocurriera al otro. Guada era una explosión de vida no ortodoxa, de rebeldía, de fuerza bruta que nunca pide paso.

—Eres de las pocas mujeres que ve en los hombres complejidad...

—Cariño —le soltó ella complacida—, lo de que seáis

simples es del milenio pasado. Tú, por ejemplo, tienes la cabeza siempre en otra parte. ¡Que a mí no me la das!

Llevaba razón. Su cabeza había viajado veinte años atrás. Una madrugada para no olvidar. Desde entonces y hasta ahora, no había tenido en sus manos la posibilidad de remendar su vida: unir los hilos de lo que se había roto para poder salir a la superficie sin necesidad de un flotador. No tenía ni idea de cómo iban a terminar esos días, pero sentía como si un círculo invisible estuviera a punto de cerrarse.

—¿Crees que es feliz? —preguntó Hugo desviando la mirada hacia Lucía.

—¿Lucía? —repitió Guada—. No sé, supongo que a su manera... ¿Por qué lo dices?

—¿Cómo pudieron seguir con sus vidas después del accidente?

Guada no esperaba aquel giro de conversación. Soltó su cuerpo como un resoplido.

—Nunca nos habló del accidente, pero, viéndolos a todos, creo que se quedaron un poco...

—¿Un poco...? —preguntó él.

—Desequilibrados, ¿no crees? A mí me da que ninguno de ellos está bien y no entiendo por qué no lo hablan claramente...

Guada se reclinó en el asiento. Hugo no había resultado ser el mejor compañero para olvidarse de los problemas. No le interesaba aquella conversación ni los conflictos de Lucía.

Lucía seguía metida en sus pensamientos, contemplando el paisaje sin encontrar el modo de empezar a hablar con Belén. Desde que habían salido, su cabeza le daba vueltas a las mismas ideas, viajaba en un círculo infinito sin llegar a nada claro. Deseaba conversar con ella, pero sus miedos, la resistencia de tantos años de distancia, de tantas preguntas sin respuesta, bloqueaban cualquier inicio válido. Ella no era buena para los principios, ni para tomar la iniciativa. Mientras seguía en la búsqueda del cabo de la madeja, contempló a Belén tímidamente desde el cristal, manteniendo la vista más tiempo del deseado. Esta leía concentrada, ajena a la mirada atónita de Lucía, que no lograba hilar un pensamiento con otro.

—¿Cómo lo consigues? —soltó al fin.

—¿Cómo?

Antes de que el cerebro de Lucía la hubiera informado de que su pensamiento se había transformado en palabras, Belén ya había respondido, dejándola a la intemperie con su miedo escénico.

—Concentrarte... —La abogada dudó un par de segundos, pero se decidió por la carretera de la sinceridad—. Estando las dos.

Belén cerró con suavidad el manual en actitud receptiva a una conversación que, sin querer, su amiga había iniciado. De haber podido, le hubiera pedido al conductor, en aquel preciso momento, que detuviera la marcha para bajarse corriendo de la furgoneta y chillar hasta reventar.

—¿Te alegra volver a Mogrovejo?

Belén preguntó en vez de responder. La técnica del buen psiquiatra para evadir respuestas incómodas o inapropiadas sin ofender. Pero usó un verbo inapropiado dada la situación. Inadecuado para Lucía porque la alegría no era un sentimiento que reconociera demasiado en ella misma ni en su vida.

«Me cabrea estar a tu lado después de tantas evasivas por tu parte.» Le hubiera gustado responderle así. Pero una milésima de segundo antes de escupir, cambió de idea y decidió abandonar la batalla y tirar de la melancolía que la acompañaba con el paisaje.

—Es extraño volver en todos los sentidos.

Sus manos comenzaron a practicar el juego de atraparse los dedos gordos en un bucle infinito para detener la velocidad de los pensamientos. No soportaba los silencios. Nunca había podido con ellos, y su tolerancia con la edad había empeorado. Todo lo contrario de lo que le ocurría a Belén, que se había acostumbrado al limbo del silencio. Suspenderse en él le producía el mismo efecto que las nubes en el cielo. Lucía no pudo sostener la excesiva pausa dramática fuera de compás de la psiquiatra.

—Llevo mucho tiempo enfadada contigo, Belén. Tanto... que olvidé lo que un día fuimos. —No había podido contenerse. Había tenido que hablar, necesitaba comenzar a soltar—. No me malinterpretes. No quiero hablar de nada ahora mismo, y menos de por qué me dejaste tirada como a una mierda cuando Adrián murió. Pero comprenderás que tampoco esté para conversaciones ligeras y absurdas como si me da alegría volver a ese pueblo de más recuerdos que casas perdido en las montañas. —Lucía se tomó unos segundos para seguir sin reparar ya en el silencio de su amiga. En realidad, no le importaba. Estaba tan metida en ella que era incapaz de concentrarse en otra cosa que no fuera detener su respiración agitada para poder continuar y terminar lo empezado—. Ahora que eres tan buena psiquiatra entenderás que no estoy precisamente alegre por regresar a Mogrovejo, ni por volver a verte, ni por volver a veros.

—Oye, oye, oye —respondió Martín levantándose del asiento delantero e inmiscuyéndose sin pedir permiso—.

¿No dirás eso también por mí? Yo creo que no estás siendo justa, querida abogada.

—Y yo creo que te estás metiendo donde no te llaman —le respondió Lucía con el aplauso directo de Diego, que cogió del brazo a Martín y de un estirón hizo que se sentara.

—Pero ¿qué haces? —se quejó Martín.

—Siéntate y deja que hablen, que la vida no va siempre contigo, Martín, y esta conversación mucho menos.

Diego lo había sujetado y lo había obligado a quedarse sentado a su lado y a dejar a la pareja.

De nuevo, el silencio. Mucho más denso, pesado. A Lucía le ardía la piel, estaba furiosa con Belén, furiosa con todo, con ella misma por no atreverse a seguir vomitando pensamientos anquilosados. No era justo. No había sido justo tanto silencio. Sentía su corazón como un tambor desacompasado, incapaz de mantener el ritmo. Cerró los ojos buscando la contención y, casi sin percatarse, comenzó a contar para recuperar el equilibrio.

—¿Estás bien? —Belén se lo preguntó en un susurro al tiempo que rozaba los dedos de la mano esquiva de Lucía.

—No, pero no lo empeores simulando que te importa.

A Belén le hubiera gustado seguir con la conversación. Responder a Lucía, contarle los motivos de su desaparición. Su necesidad de dejar atrás y luego no saber encontrar el camino de vuelta. A veces llegamos tarde y no hay ningún otro tren que nos lleve al destino deseado. Comprendía su rabia enquistada, solo que no esperaba encontrarse con su resentimiento tan de frente y de modo tan directo. No reconocía tanta acritud concentrada, pero el rencor es capaz de teñir incluso los cielos claros hasta soltar tormentas.

Miró a Lucía soportando su indiferencia desde el propio reflejo del cristal de la ventanilla. Los años habían engrosado el valor de esta para plantarle cara a la frustración. Belén sintió un pellizco de orgullo al verla tomando al fin las riendas de sus deseos, de sus palabras, de su desilusión. Comprendió su necesidad. Supo ver que la conversación había terminado por el momento y abrió de nuevo el libro para simular leer. Ese era su refugio cuando no quería ser molestada o necesitaba ausentarse en compañía. Hacer que leía, aunque fuera incapaz de comprender dos palabras seguidas. Sabía reconocer muy bien cuándo su cabeza pedía permiso para volar y escapar. Aquella mañana quiso también volver al lugar seguro que había sido su infancia.

—¿Quieres jugar?

Adrián había sido el primero en fijarse en Lucía. Era un día de playa. De arena caliente, de castillos y clicks en la orilla del mar. Belén y Adrián bañados en crema protectora por la obsesión de su madre con los efectos de la exposición al sol que ella soportaba bajo la sombrilla con refrescos y un libro.

Belén miró a Lucía por primera vez. Sentada a medio metro de su hermano y de ella, la niña llevaba un buen rato encantada, con los ojos redondos, las rodillas rebozadas de arena y los pies remojados en la espuma del mar, observando el imaginario que los hermanos Guerrero construían a espaldas del mundo, de su madre y de los bañistas que entraban y salían del mar.

Lucía se decidió al fin. Se acercó arrastrando su cuerpo por la arena hasta alcanzar el soldado click que Adrián le había ofrecido para que se incorporara al juego. Tardaron unas horas en presentarse, pero mucho menos en reconocer su amistad sin ponerse nombres. Belén era la más alta de los tres, la menos juguetona y la más observadora. No solía aceptar las nuevas compañías a las que su hermano insistía en invitar todos los días de playa.

—¿Quieres jugar? —solía decir a todo niño que se acercara a ver el planeta de los clicks que construían ambos.

Lo hacía ofreciéndoles siempre un pequeño muñeco, como había hecho con Lucía. La mayoría se unían, aunque algunas veces se encontraba con la extraña negativa de una niña tan fugitiva de las compañías como Belén.

Aquella mañana, Belén experimentó por primera vez los celos. Era demasiado cría para ser consciente de que había colocado el primer ladrillo de una pared que terminaría separando las dos formas tan opuestas de afrontar la vida de ambos hermanos. La pequeña intrusa recibió de inmediato la atención de Adrián, como solía pasar con los recién llegados. Pero a diferencia de lo que había sucedido con los otros, con Lucía, Belén no pudo resistirlo y abandonó el juego para refugiarse bajo el parasol con su madre. Adrián no se percató de su ausencia. Estaba abducido por el poder creador de su nueva amiga, que se había puesto activamente a mover clicks, construir puentes, montañas y embalses imaginarios para el ganado. Belén observaba con los brazos cruzados y el ceño fruncido la escena. A aquella pecosa de cuerpo diminuto le habían bastado pocos minutos para suplantarla. Se resistió a ver su atractivo. El valor que su hermano había reconocido al instante ella lo negó y, deseosa de terminar lo más rápido posible con el encuentro, buscó el modo —a lo Guerrero— de terminarlo.

—Mamá, ¿nos podemos ir ya? Me duele la cabeza. No me encuentro bien... Creo que me ha dado mucho el sol.

—¿Estás bien, cariño? A ver si vas a tener una insolación.

Fue una perversa y perfecta simulación de Belén de uno de los grandes miedos de su madre. La exposición al sol tuvo el resultado previsto. El día de arena, castillos y clicks había concluido. Sin embargo, nadie es dueño de los afectos: ni pueden ser suplantados ni extirpados. Fue algo que Belén también aprendió, aunque unos días más tarde.

Era una tarde cualquiera de aquel verano. El timbre de la casa sonó y Belén echó una carrera con Adrián para ver quién llegaba antes a abrir la puerta. Belén se quedó a medio metro y frenó en seco al descubrir a la pequeña Lucía, vestida con unas bermudas amarillas y una camiseta blanca, en la puerta de su casa.

—¡Hola! ¿Traes los clicks? —preguntó su hermano sin disimular la emoción.

Lucía sonrió luciendo una enorme dentadura desajustada y, con la emoción de la recién estrenada amistad, abrió la cremallera de su mochila para sacar una colección que maravilló a Adrián y que conectó a Belén de nuevo con aquel sentimiento desconocido. Uno que le hacía cruzar de inmediato los brazos y fruncir el ceño.

—¿Has visto los clicks que tiene? —soltó con alegría Adrián—. ¡Son chulísimos!

Adrián y Lucía subieron con precipitación la escalera para meterse en el cuarto de juegos donde los hermanos Guerrero construían sus países imaginarios con todo lo que tenían, piezas de Tente, muñecos, ropa, pero con solo unos habitantes: los clicks. Fueron muchas tardes las que pasaron en aquella habitación, contándose sueños a través de la voz de los muñecos; refugiándose de las estrictas reglas de su padre y de un mundo que no casaba con ellos, sobre todo con Adrián.

—Belén, ¿no vienes a jugar con nosotros?

En aquella ocasión, Adrián había bajado a buscarla. Había sentido su ausencia y deseaba compartir con su hermana a su nueva amiga y su colección de clicks.

—No, Adrián, tengo que practicar, si no papá se enfadará...

Otra mentira para ahuyentar el nuevo sentimiento o, por lo menos, para disimularlo ante él. Belén se puso a tocar el piano en el salón, a golpear las teclas con una rabia solitaria. No había aceptado la invitación para jugar los tres juntos. Puede que aquella negativa fuera una premonición de que no aceptaría los tríos en su vida.

—Lo siento, no quería ser tan desagradable.

Las palabras de Lucía sacaron a Belén del refugio de su memoria. Del lugar al que solía acudir para sentir paz. Se miraron a través del cristal. A Belén le hubiera gustado arrancarse a explicarle el porqué de su silencio, el porqué de sus desplantes a tantas invitaciones de Adrián, pero el tiempo perdido es como las olas del mar, que nunca vuelven y terminan por olvidarse porque nunca son las mismas. Nunca somos los mismos a pesar de los recuerdos y de los olvidos. Nunca somos los mismos.

Ninguno de ellos era aficionado al senderismo, mucho menos a la montaña. Habían recibido la escapada a Mogrovejo con desigual entusiasmo, pero todos se habían rendido a vivir la experiencia conjunta porque, aun con sus diferencias, comenzaba a brotar la semilla de pertenencia; de grupo. Solo cuatro días de convivencia. Los vínculos entre ellos surgían despacio, invisibles, ante la necesidad de búsqueda de refugio, de aliados, de consejeros...

A vista de pájaro, aquel grupo que empezaba a sentirse desde dentro era de una riqueza heterogénea capaz de destacar en cualquier entorno. Sin ser demasiado conscientes, los diez habían creado su singular ecosistema. Solo la mitad se habían elegido en épocas tempranas; al resto, el destino los había colocado en aquel pequeño pueblo perdido de Cantabria, al pie de las montañas.

—¿Es necesario todo este equipamiento?

Era la primera vez, y estaba convencido de que también sería la última, que Sebas usaría unos palos para caminar por senderos llenos de piedras. Intentó prescindir de ellos.

—¿No crees que inutilizar las manos a alguien como yo es un poco peligroso?

Ni Elvira ni el resto respondieron.

Llevaban media hora equipándose con gorras, palos y unas mochilas con un pequeño avituallamiento, para evitar riesgos innecesarios. Quizá algo exagerado para una excursión sin peligro y para principiantes, pero Elvira había preferido el exceso y aguantar las quejas de Sebas a sufrir cualquier accidente que desestabilizara más si cabe la convivencia.

—Y ahora, ¿a qué esperamos? —dijo Martín con la emoción impresa en el rostro y el cuerpo en actitud de comenzar la ruta.

—A que llegue la guía —respondió la secretaria—. Calculo que en diez minutos.

A Lorena, Guada y Cris no les importó aquella pequeña demora en el paseo; mientras, examinaban complacidas cualquier detalle de las asombrosas vistas de aquel recóndito lugar ubicado en el valle de Liébana. Vestidas de montañeras urbanas, con gorras, gafas de sol, zapatillas de deporte y poco monte, se apoyaban en los palos gozando del silencio de aquel lugar; de la paz que transpiraba más allá del invasivo verde de la pradera, de la historia escrita en las pequeñas casonas de paredes de piedra añeja y desdentada que alineaban en desajustada armonía los caminos del paraje.

—¿Te acuerdas de cuando quisimos entrar en la torre? —dijo Martín golpeando con el codo a Lucía—. ¡Qué miedo pasé con aquel pastor! ¡Menudo susto nos dio!

Logró sacarle una sonrisa a la abogada a golpe de recuerdo rescatado. Un fogonazo directo a ese pasado de sonrisa amplia. Mogrovejo había sido la primera excursión del grupo en solitario; habían experimentado los aleteos de una adolescencia tardía que comenzaba a florecer con aventuras más allá de Ajo y Bareyo.

—¡Qué mala leche tenía el condenado! —comentó Diego uniéndose al recuerdo—. Si no llego a subirme a aquel árbol —dijo señalando con uno de los palos a un robusto roble—, uno de los perros me hubiera mordido hasta los huevos.

Los cinco habían terminado subidos a los muros de piedra vieja y madera que separaban el complejo de las ruinas de una gran casona del linaje de los Mogrovejo erigida en el siglo XVI. Quedaba poco más que una misteriosa torre, un lugar ideal para los juegos inventados de los cinco que fueron interrumpidos por los gritos de enfado y alerta de un pastor que, a la carrera, intentaba impedir la invasión de las ruinas sagradas del pueblo.

—¿Y si nos metemos aquí y buscamos algo para el recuerdo? —Siempre era Adrián quien proponía coleccionar objetos—. Así todos sabremos que fue nuestra primera excursión juntos.

Una de las tradiciones de Adrián era recolectar recuerdos, cosas de la infancia, para depositarlos algún día bajo tierra, en una cápsula del tiempo para que otros, en un futuro lejano, la encontraran y se fascinaran con lo que los cinco habían vivido.

—¿Sabéis que nosotros formaremos parte de los privilegiados que han vivido en dos milenios? —comentó aquella tarde en Mogrovejo—. Pronto el siglo XX será olvidado por la mayoría de la gente.

Diego, Lucía, Martín y Belén se quedaron con la sonrisa perdida, impresa en la memoria de volver a aquel lugar sin Adrián y sin ninguna cápsula del tiempo que desenterrar. El benjamín del grupo se había quedado a las puertas del nuevo milenio.

Aquella tarde en Mogrovejo, el pastor con sus perros había impedido que recogieran cualquier piedra, fósil o hallazgo para su colección particular. Con un estallido en el corazón por el susto y las risas contagiosas por la aventura, terminaron la gesta abandonando aquel lugar que, como otros, les había dado para imaginar historias de leyendas ocultas, de caballeros, de afrentas y rescates, de tesoros escondidos.

—Ya tengo claro mi deseo —soltó Martín interrumpiendo cualquier pensamiento perdido en el tiempo.

Diego, Lucía y Belén lo miraron con pocas esperanzas de que lo que fuera a salir de su boca se tratara de una buena idea. Sin embargo, prefirieron escuchar a adelantar reacciones.

—Vamos a hacer nuestra propia cápsula del tiempo y a enterrarla. ¿Qué os parece?

—¡Pues una chorrada! —Sebas no pudo evitar contestarle—. La gracia era hacerla siendo jóvenes y estando Adrián vivo, ¿no te parece?

Estaba subido sobre la misma pared de piedra que les había servido de refugio para librarse de los mordiscos del perro del pastor. Cada minuto que Sebas pasaba sin confesarle a Lorena lo que su marido había perpetrado a sus espaldas para evitar cualquier riesgo de embarazo, aumentaba su ira incontrolable hacia Martín.

—¡No hay problema, Sebas! —le respondió este con agilidad—. Tengo todas las cosas que quería meter Adrián. ¿No sería cumplir un buen deseo hacerlo nosotros?

Belén lo miró con detenimiento para descubrir si aquella revelación formaba parte de otra de sus ficciones o si verdaderamente había sido capaz de conservar durante tantos años cosas sin importancia ni valor para el mundo, pero las elegidas por Adrián para su famosa cápsula del tiempo.

El expolítico también se había subido al muro. Con el cuerpo hinchado de satisfacción e imitando a un equilibrista, caminó despacio en dirección a Sebas, saboreando su victoria y captando la atención de todos. Diego colocó sobre el muro uno de los palos de senderismo y le cortó el paso. Le hubiera encantado golpearle las piernas con la fuerza suficiente como para terminar con su pantomima de pavo real extendiendo sus plumas. Pero intentó usar la palabra y dejar de lado la violencia.

—¡No me trago una mentira más de las tuyas! —le soltó.

—¿Quién ha dicho que sea mentira? ¡Puedo demostrarlo!

Saltó por encima del palo sin caer en la cuenta de que a Diego le quedaba otro con el que impedirle el paso de nuevo.

—Pues será mejor que empieces o este palo va directo

a tus bonitas piernas en un perfecto *swing*. —Diego lo había intentado, pero los deseos de golpear a Martín superaban su voluntad.

—¡Diego! —Cris no soportaba los modales de pandillero de su marido. Ni siquiera hacia alguien tan despreciable como el expolítico.

—Déjalo, a ver por dónde sale ahora —le susurró Lorena con el rencor todavía escondido hacia su marido y las ganas de ver cómo atrapaban al pez por tener la boca demasiado grande.

Los únicos que no reparaban en la escena eran Guada y Edu, que se habían apartado del grupo para conversar sobre sus propias mentiras o verdades. Lucía era la única que sentía la ausencia de ambos con un fogonazo de angustia por lo que pudieran estar hablando, pero decidió ignorarlo y volver al espectáculo de Martín.

—Adrián guardó él mismo su propia caja con todas sus cosas dentro, y os aseguro que está intacta, tal y como la dejó él.

—¿Y dónde está esa caja? —preguntó la abogada.

—No me lo digas, que lo sé... ¡En una caja fuerte! —respondió Sebas buscando el aplauso del resto, que, lejos de reaccionar, esperaron con verdadera atención la respuesta a la pregunta de Lucía.

—En Villa Constanza —indicó alzando al cielo uno de los palos de Diego, que le arrebató para proseguir su paso y dejar al grupo tiempo para reaccionar.

Martín llevaba veinticinco años sin pronunciar el nombre con el que su padre había bautizado la casa familiar de Ajo, Villa Constanza. Por ese motivo, Belén supo con certeza que Martín no mentía. Desde que la familia Salgado había sido desterrada a la fuerza de aquella mansión de Sorrozuela, la mejor urbanización del norte de España, Martín no había vuelto a referirse a ella como Villa Constanza, sino como «la casa». Su padre, de origen aragonés y enamorado de la historia de España, se lo había puesto en homenaje a Constanza, la reina olvidada de Aragón que se había enfrentado a tres poderes de la Edad Media.

—De haber nacido en aquella época, me hubiera enamorado de la reina Constanza II de Sicilia.

Pronunciar el verdadero nombre de su casa de Ajo no fue fácil para Martín. Ni siquiera fue algo premeditado. Le salió de dentro, como si hubiera expiado con ello un viejo demonio. Un frío ardor recorrió su pecho hasta provocar ese temblor reconocible en sus piernas que, de pequeño, terminaba en una gran mancha de orín en los pantalones. De la impotencia, del miedo, de los reproches de su padre y luego de su madre. Tardó mucho en poder contener su vejiga. No fue un niño feliz, aunque así se lo pareciera al resto. No fue un niño deseado, y llevaba el rechazo materno tatuado en forma de resentimiento.

—Días antes de que... mi padre perdiera la casa —se detuvo unos instantes para recuperar el equilibrio—, enterramos bajo la gran encina del jardín la caja de Adrián. Sé que sigue allí y que nadie la ha tocado. Aquella caja tenía la misión de ser un prototipo de nuestra futura cápsula del tiempo.

Martín había dejado su papel de equilibrista y, por primera vez, hablaba sin sobreactuar, con la mirada suplicante para que creyeran sus palabras y aceptaran ir al rescate de esos recuerdos escondidos.

—¿Y por qué ninguno de nosotros sabía nada? —lo interpeló Lucía de nuevo.

—No lo sé... Supongo que iba a ser otra de las sorpresas de Adrián, ¿no?

Sebas se bajó de la pared de piedra antes de que Martín llegara a su lado. Nunca había oído hablar de cápsulas del tiempo, ni de Villa Constanza, pero la posibilidad de recuperar fragmentos reales y desconocidos de Adrián lo había removido. Él lo había conocido con dieciséis años, solo tres antes de su muerte. Tres años que significaron una vida para Sebas y para Adrián. Sebas había perdido la cuenta de las veces que, en la soledad del llanto quebrado por la ausencia, había deseado recorrer la infancia de Adrián. Echar la vista atrás y poder vivir todas las aventuras de los cinco que su amigo del alma, su alma gemela, no dejaba de contarle, como una la exaltación de la amistad, casi cada fin de fiesta y madrugada. Cuando murió, ambos eran todavía unos críos que jugaban a ser adultos y miraban hacia atrás sin miedo a sentir el vértigo de los agujeros negros de la vida: los espacios de la memoria dinamitados por el deseo de olvidar.

Cris se acercó a Sebas, que no había podido evitar derrumbarse en medio del camino. Se había sentado en el suelo con las piernas y los brazos recogidos y la cabeza gacha. Hecho un ovillo. Bloqueado por los recuerdos y por ese deseo intenso que se le resistía demasiado tiempo: olvidar.

—Estoy bien, estoy bien... Solo necesitaba... sentir bajo mi culo esta tierra de la que tanto me había hablado Adrián.

Cris no pudo evitar reírse. Era igual de bruta que él y, por eso, al contrario que Diego, siempre había sentido cierta ternura por Sebas.

—¿Y qué propones? ¿Que asaltemos una propiedad privada? —continuó Diego—. No es que vaya a ser una buena publicidad para la reputada doctora...

Martín había logrado su objetivo: captar la atención del grupo y disponer de sus voluntades para su propio fin. Belén seguía observando la escena, incapaz de salir del mutismo ante aquel descubrimiento que desajustaba su algoritmo. Algo fuera de su control.

—La casa hace mucho tiempo que no está habitada —soltó Martín haciendo una nueva revelación—. Creo que nadie ha logrado vivir en ella, debe de estar maldita.

—¡Mira! ¡Otro que cree en los fantasmas! —le dijo Sebas a Cris con complicidad interrumpiendo al expolítico.

—La única manera de recuperarlas es entrando en la finca. No es algo que no hayamos hecho ya, ¿no? —prosiguió Martín, que buscaba la aprobación de los demás enarbolando la bandera de los tiempos pasados—. Además, la caja está enterrada en el jardín, no habría ni que irrumpir en la casa.

—¿Y te podrás resistir a ver lo que queda de tu Villa Constanza? —De nuevo, Sebas no lo pudo evitar.

—Eso es algo que no te incumbe... —Martín aprovechó para clavarle a Sebas la astilla de la venganza—. Creo que él no tendría que venir con nosotros a desenterrar la caja. Al fin y al cabo, no existía todavía en la vida de Adrián.

—¡Serás cabronazo! Hijo de la gran...

Martín el equilibrista terminó mordiendo el suelo al intentar esquivar a Sebas, que había resurgido de sus cenizas para atizarle. Cris, junto con Diego y Lucía, evitaron la pelea de gallos sujetando a Sebas, que no dejaba de blasfemar.

—Es mi regalo para Adrián y creo que es de recibo que sea yo quien ponga las normas.

Martín se sacudió los pantalones para quitarse el polvo, recogió el palo y se lo tendió a Diego como si se tratara de un guante. Ahora eran los demás quienes debían pronunciarse ante la afrenta.

—Lo mejor es someterlo a votación. Debe ser una decisión del grupo —indicó Belén rompiendo su silencio.

—Sebas, tienes mi sí. —Cris levantó su palo al cielo mostrándole a Diego el camino a seguir.

—Yo estoy con mi mujer —respondió este sin tardar ni medio segundo en apoyarla—. Todos hemos decidido aceptar esta locura, sea lo que sea. Y si tenemos que desenterrar una caja vieja, mejor estar todos.

—Si Sebas está aquí, es porque fue muy importante para Adrián. Igual que tú, Martín, o más —opinó Lucía con cierto hastío por las rencillas de machirulos incapaces de mantener a raya su testosterona—. Lo digo también por ti, Diego. No me parece justo que ataquemos a Sebas por lo mismo ¿Y qué, si no era uno de los amigos de la infancia de Adrián? ¿De qué nos ha servido al resto si tampoco nos hablamos?

Diego no respondió. Sebas agradeció el gesto acariciando el amuleto vikingo y sonriendo al cielo. Martín extendió su brazo aceptando con fisuras la decisión. Sebas y él se estrecharon la mano simulando haber alcanzado una *entente cordiale.*

—O lo hacemos todos o no se hace —confirmó el expolítico.

Se miraron sin hablar. Nada había terminado para ellos. Lo sabían. Mucho más Sebas, que había decidido clavar el aguijón de escorpión, pero sin morir matando. No había encontrado mejor ni más efectiva ocurrencia que hacer correr la voz para que el secreto de Martín llegara a oídos de Lorena. Sonrió, pero esa vez sin pensar en Adrián. Él no lo hubiera aprobado.

—¡Por fin está aquí vuestra guía! —dijo Elvira irrumpiendo en la escena.

Todos miraron a la mujer que la acompañaba. Ninguno de ellos reparó en ese momento, pero sintieron la misma punzada en el estómago que cuando se produce una conexión en el subconsciente. El brillo en los ojos de aquella mujer. Ese modo familiar de sonreírles. Un sutil gesto al moverse... Pequeñas señales imperceptibles para los ojos ajenos a los recuerdos que no fueron suficientes para reconocerla. No hasta oír su nombre, la llave mágica que suele abrir las memorias olvidadas.

—Os presento a Monte —dijo Belén—. Aunque creo que muchos ya la conocéis.

La joven menuda de mirada chisposa y sonrisa afilada que había enamorado a Adrián y promovido el primer viaje de los cinco estaba de nuevo frente a ellos, casi con el mismo aspecto de campo, frescura y desparpajo de entonces. Monte, la hija de la pareja de hippies que había llegado de Europa por casualidad a Mogrovejo y que había decidido asentarse allí, no se había movido de aquella esquina del mundo. Lejos de heredar la vida nómada de sus padres, había cultivado el deseo de enraizarse para siempre en aquella tierra y convertido su gran afición por la montaña en su modo de vida.

—¿Monti? —preguntó Lucía acercándose a ella con los ojos bien abiertos—. ¿Eres tú?

No dio tiempo al verbo como respuesta porque ambas se fundieron en un gran abrazo. No habían vuelto a verse desde antes del accidente. Desde antes del final de todo. Monte no había acudido al funeral de Adrián. No era su credo. Se había despedido de él a su modo. Plantando un árbol en su nombre, dedicándole un amanecer y la primera luna llena tras su muerte. Monte había sido su primer amor. La chica distinta de la que se enamora el chico distinto en secreto y con la complicidad de su hermana mayor.

—¿Por qué te llamas Monte? ¡Es un nombre un poco raro!

Era un día de playa, pero no de castillos ni de clicks. Los hermanos Guerrero habían crecido y ahora eran ellos los que se refugiaban bajo la sombrilla y organizaban pícnics de arena, refrescos y primeros cigarros con los amigos. Adrián tenía doce años y Belén estaba a punto de cumplir los diecisiete. Era el verano del noventa y todos estaban excitados por celebrar esa nueva década en la que alcanzarían la mayoría de edad y en la que al fin perderían la virginidad. Entre ellos, Adrián, que andaba con la urgencia de sentir la primera efervescencia de la locura de amor.

—Me pusieron ese nombre mis padres.

Belén había perdido a Adrián a medio camino del punto de encuentro con el grupo en la playa de Antuerta. Andaba distraída y con el ansia hecha prisa para encontrarse con Markus, un surfero holandés que prometía ser el amor de ese verano. Los pies de su hermano se habían parado antes de pisar la arena, frente a un pequeño puesto de pulseras de colores y nudos. Su mirada se había detenido como el tiempo en la pelirroja que le sonreía con los ojos detrás del mostrador. Llevaba unos pantalones cortos, una camiseta desteñida, decenas de pulseras en los brazos y diminutas estrellas de purpurina en las mejillas.

—¿Al final te quedas con todas? —le preguntó a Adrián con dulzura—. Te hago una rebaja si eso...

Adrián había cogido cinco pulseras. Una para cada

uno del grupo. Una por cada minuto que llevaba al lado de la chica más extraña que había visto nunca. Aquella mañana comprobó que el amor era el descubrimiento de un nuevo color, de un olor intenso que lo impregnaba todo... El amor despierta las almas dormidas para que bailen al son de la melodía que solo los locos y los enamorados escuchan.

—¡Con todas! ¿Vas a estar todo el día aquí? Si te animas en un descanso a darte un baño, te puedes unir a mí y a mis amigos.

La sonrisa de un enamorado abre las puertas de una nueva frecuencia, de otro latido, de los nuevos poetas. Adrián era incapaz de despegar la vista de aquella chica de pelo rojo y mirada de mar. Llevaba más de media hora surfeando en ella.

Belén hizo el camino de vuelta para encontrar a Adrián y solo precisó unos segundos para darse cuenta de que su hermano pequeño se acababa de enamorar. Se detuvo unos metros atrás para observar la escena. Solo el amor es capaz de pintar de luz de amanecer las miradas, de hacer que hablen por encima de las nubes, del tiempo y del mundo. Sonrió con la nostalgia de su primera vez. Había ocurrido unos veranos atrás.

—¿Se te ha perdido algo? —lo interrumpió con complicidad.

—¡Mira! ¡Un regalo! ¡Para ti! —exclamó él señalando una de las cinco pulseras—. ¡He comprado una para cada uno! Pero si no te gusta, puedes elegir cualquiera de las que tiene... ¡Monti!

—¿Monti? —Belén sonrió extrañada observando las pulseras y a la chica del puesto.

—Monte, es Monte, no Monti.

Adrián se rascó la cabeza despeinándose al tiempo que

el rubor le subía por las mejillas. Sonrió con la felicidad extendida.

—Ella es mi hermana Belén. —La cogió por el hombro, nervioso, reclamando la ayuda de su hermana mayor.

—¡Encantada! Son muy bonitas las pulseras. No eres de aquí, ¿verdad?

—No, he venido con mis padres, vivimos en Mogrovejo.

—¿Mogrovejo? —soltó Adrián con ganas de seguir conversando—. Menudos nombres más raros los tuyos. ¿Y dónde está eso?

Adrián no podía dejar de sonreír, ni de mirarla, ni de moverse. Estaba excitado, revuelto de amor, deseoso de alargar el tiempo al lado de la recién conocida.

—Es un pueblo pequeñito de montaña, ¿verdad? —preguntó Belén.

Hablaron un poco mientras Adrián la miraba y sentía los latigazos eléctricos de la atracción, del deseo, del primer amor. Belén hizo lo posible por continuar charlando con la chica de las pulseras, pero se le agotaron las preguntas. Los padres de Monti llegaron entonces con unos cafés; igual de extraños, igual de sonrientes.

—¡Si te animas, estamos en las rocas con dos sombrillas azules!

Belén logró llevarse a su hermano de allí a rastras. Se le habían quedado los pies enraizados frente al puestecillo de pulseras. También medio corazón y unos cuantos kilos de suspiros. Durante el trayecto, no dejó de dar brincos en círculo alrededor de Belén hasta que ella se comprometió a lograr, de un modo u otro, que Monti —para ellos se llamaría así— se les uniera aquella mañana. Belén aceptó divertida. Encantada. Feliz por el bautizo de su hermano con el amor. No sintió celos en aquella ocasión. Hacía ya un tiempo que había dejado de rebelarse contra sus juegos e invitaciones de playa. Gracias a él, se habían conocido los cinco. Gracias a su entusiasmo. Belén se sentía feliz con su grupo de amigos: cómplices, distintos, felices de pertenecer. De formar parte de un conjunto que cada verano creaba su propio mundo a espaldas de los adultos, de la vida que todavía no comprendían, pero creían conocer. La infancia es inocente, y la juventud, insolente.

Belén consiguió convencer a Monti y a sus padres para darse un baño, que se convirtió en tres o cuatro hasta el atardecer. Aquel verano del noventa Adrián se enamoró con la complicidad del resto. El pequeño, al que todos querían, se había echado novia.

—¡Iremos a verte un día a *Mogroviejo*!

—Mogrovejo —lo corrigió Monti divertida—. ¿Siempre cambias los nombres?

Adrián no dejaba de sonreír, no podía parar de anunciarle al mundo que iba a explotar de felicidad. Rozó el cielo cuando Monti le dio un beso en la mejilla para despedirse. También besó a los demás, pero a él se le tatuó más allá de la piel.

—Vamos a ir a verla, ¿verdad? ¿Verdad? —les suplicó Adrián.

Una nueva aventura para los cinco. Ir en busca del primer beso de amor de Adrián. No cabía duda. Todos sabían lo que era. Tocar el cielo antes de caer en el infierno más profundo del desamor. El tiovivo llamado amor. Ninguno se lo contó. No se atrevieron a advertirle. No hubiera servido de nada. No había quien detuviera al pequeño saltamontes.

—¡Me acabo de enamorar! ¡Estoy enamorado!

Aquella tarde salió brincando hacia el mar, alzando los brazos, sintiendo la fortuna llamada deseo en su interior.

Monti se convirtió en su primer beso, en sus primeras caricias, en su despertar al amor; lo que nadie sabía, ni siquiera él, era que no terminaría de conocer el amor. Se necesita más de una vida, solo unos pocos privilegiados logran atraparlo en una.

—Me alegro mucho de verte. —Diego también se había acercado a saludar a Monti—. ¡Estás igual de guapa que entonces!

Para los cinco siempre había sido Monti. La chica distinta que se había enamorado del benjamín del grupo. Tan alegre como él, tan fusionada con la naturaleza, con el viento, con la libertad. La primera novia de Adrián. Dos veranos y medio y llegó el desamor. Pronto descubrieron que él se había enamorado más del amor que de ella. De la vida intensa, del laberinto de emociones, de vivir al límite y sin límites. Se convirtió en el más aventajado cazador de amores pequeños, furtivos, intensos... Los quiso a todos por igual.

—Yo también me alegro mucho de veros. Cuando Belén me propuso participar en este homenaje a Adrián..., ni me lo pensé.

Guada y Edu se habían reunido al fin con el grupo. Tenían la vista perdida, confusa, desnortada. Habían emprendido, sin poder evitarlo, el descenso de forma precipitada. Lucía buscó un cruce de miradas con ellos sin lograrlo. Ambos estaban metidos en sus adentros, tratando de interpretar su estado después de un final confesado. Acababan de romper. De dejar de engañarse. No gastaron revelaciones en exceso. No hizo falta. Las palabras a veces llegan demasiado tarde. Ese era también su caso.

—Bueno, ¿estáis preparados? —dijo Monti con energía—. Tenemos unas cinco horas de camino. ¡Os va a encantar!

Monti comenzó a caminar con el entusiasmo en el cuerpo. Todos la siguieron. Cada uno a su ritmo, experimentando con los palos y las conversaciones a medias.

—¿Estás bien? —Belén se había acercado a Hugo, que llevaba toda la mañana ausente.

—Bueno, no me encuentro demasiado bien. Creo que es el estómago. —No se atrevía a mirarla a los ojos—. ¿Te importa si me quedo con Elvira? Los apretones y el campo a través no son muy compatibles.

Hugo mentía. Sus problemas no eran digestivos, sino de mente. Belén lo sabía, pero prefirió no indagar. Además, tenía el rostro apagado. Se le hacía más difícil de lo esperado estar con ellos y simular que sus vísceras no se activaban. Su problema no era solo Belén, sino también Martín, Diego y Lucía. Dudaba de si había ido demasiado lejos provocando otro cruce de destino con ellos. Quería sanarse, sacar lo que los años habían convertido en rencor. Comenzaba a pensar que había sido un error participar en aquel reencuentro.

—Espero que te mejores. ¡Te dejo en buenas manos!

Se despidió de Elvira y de Hugo y aceleró el paso para alcanzar al grupo. No se giró para despedirse de nuevo. Continuó firme, ascendiendo los primeros tramos del camino frente a las montañas, que estremecían a cualquiera que las mirara. Cada vez se sentía más Belén, la hermana mayor; la amiga de sus amigos. Respiraba un aire olvidado. Se detuvo para contemplar el cielo un segundo y siguió andando hasta rebasarlos y ponerse junto a Monti a la cabeza.

Adentrarse en la naturaleza significa rendirse a ella sin oponer resistencia. Estar dispuesto a recibir sus propios latidos, sus constantes vitales y sentir cómo, poco a poco, paso a paso, transforma tus pensamientos.

Llevaban más de hora y media de ruta. Elvira no les había mentido y Monti tampoco. No era un sendero hostil ni con excesiva pendiente. Caminos de tierra perfectamente dibujados abriéndose a los prados pintados en dorados, carmesíes, almizcles y pardos; tan extensos como recogidos por las majestuosas montañas de la cordillera cantábrica, que aparecían a vista de todos como catedrales de la tierra. Cualquier vestigio de construcción humana había quedado atrás. En la lejanía, apenas se podía avistar alguna casona lebaniega perdida en un pequeño desfiladero repleto de bosques que descendían salvajes por las laderas; cercada por castaños deseosos de soltar su fruto, todavía verde.

El silencio de los pastos contagiaba al grupo, que recorría el lugar sin hablar. Parecían serenos, concentrados en la mecánica labor de levantar primero un palo y luego el otro, clavarlos después en la tierra, sentir cada pisada, oler el campo, llenarse los pulmones y vaciarlos de nuevo.

Edu se había quedado atrás, distanciado del resto. Necesitaba estar en soledad para digerir su propio aislamiento. Guada y él habían roto. En cuanto terminaran la ruta, volvería a Madrid. Era una decisión del pensamiento que debía llevar a la acción. No era fácil decir adiós. Pero no encontraba motivos ni para quedarse en casa de una desconocida ni para permanecer junto a Guada. Solo se precisa un segundo para que la vida que uno lleva pueda resultar ridícula. La sencilla sincronía de la vida corre el riesgo de, como los latidos, desacompasarse y sufrir de arritmia.

Lucía se había parado para esperar a Edu. Necesitaba saber cómo estaba. Hablar con él. Algo se había quebrado entre ellos, pero todos practicamos el *kintsugi* con nuestras propias heridas del alma y con la gente a quien queremos. Somos jarrones rotos unidos por un barniz dorado que nos recuerda la belleza de las heridas. Lucía no quería perder a Edu. Era su amigo, su refugio en muchas noches de tormenta.

—Parece que nos hemos levantado todos con la cara larga.

Edu la miró cabizbajo. Se sentía avergonzado por presentir al descubierto sus sentimientos. No estaba listo para hablar porque nunca se había permitido verbalizar su amor por ella. Había aceptado libremente no ser correspondido en la medida que hubiera deseado. Había consentido vivir su amor compartido y al mismo tiempo secreto. Era su amigo, se había convertido en su mejor amigo. La amistad como traje para pertenecer. Durante todos esos años, esa amistad le había parecido el mejor disfraz para su amor secreto.

—¿Te ha contado ya Guada? —dijo al fin clavando con firmeza los palos en la tierra.

Lucía negó con la cabeza temiéndose lo peor. Las rupturas, como el amor, se reconocen por el brillo de la mirada. Como los anillos que cambian de color según el estado de ánimo, los rostros se iluminan de forma distinta con el amor y con el desamor. La tristeza también brilla en el desierto llamado desconsuelo.

—Hemos roto —soltó Edu con la vista perdida en las montañas—. Al final del día me voy.

—Pero vamos a dormir al aire libre... No volvemos esta noche a la casa...

No aceptar. Lucía, con su respuesta, había elegido la

negación antes que escuchar nada relacionado con un fin. Se sentía responsable y necesitaba encontrar el modo de resolverlo. De sellar las heridas y seguir perteneciendo a ellos y con ellos.

—No importa. Hablaré con la guía, seguro que hay una solución.

—Edu... Debéis respirar y tranquilizaros... Esto no es más que otra discusión.

Lucía quiso creer, deseó que fuera así: otra discusión más. Edu la contempló con el desgarro en los ojos, con la súplica de no ponérselo más difícil. Hacía demasiado tiempo que sostenían la mentira en equilibrio. Todos habían sido cómplices de aquel estado alterado de amor no correspondido. Guada no era correspondida por Edu; él no lo era por Lucía; y Lucía... Lucía hacía años que había extirpado el amor de su vida y lo había cambiado por compañía, por una amistad llamada Edu.

—Lo siento mucho, Edu.

Al fin, Lucía se rindió a la evidencia y se sentó en una pequeña roca. Lloró con egoísmo. Perdía su refugio, su trío de amor liviano que entretenía su vida y camuflaba los odiosos silencios llamados soledad.

—Guada te quiere mucho —le confesó a Edu—. Está enamorada de ti, aunque dice que es un alma libre. Pero yo sé lo que te quiere.

—Lucía, sabes que ese no es el problema...

Edu reemprendió la marcha intentando huir de la conversación. Lucía fue tras él, aunque tampoco deseaba seguir hablando. Se sentía agitada. Con la armadura invisible de nuevo aprisionando su pecho. Le costaba respirar. Se agarró al auxilio de contar piedras para sortear el pánico que asomaba en la hiperventilación.

—Estoy enamorado de ti. —La confesión de Edu

resonó como las ondas de una piedra que se lanza al agua.

—Doce, trece, catorce, quince... —Lucía no levantó la cabeza, y su mente no dejó de contar.

—Lo estoy desde que te vi por primera vez —continuó—. Estoy locamente enamorado de ti. Y he hecho locuras para estar junto a ti, para tenerte entre mis brazos, para sentirte... Locuras como estar con Guada. Ser su pareja y compartirte cuando, en realidad, a la que siempre he querido es a ti.

—Treinta y cuatro, treinta y cinco, treinta y seis... —La cabeza de Lucía no podía parar. Intentó activar sus acúfenos para no oír a Edu. No era el momento correcto para ese tipo de confesiones. Ni ella la persona adecuada para recibir aquella declaración de amor que cualquier guionista de una película romántica hubiera comprado. Pero Lucía sabía que no existía tiempo de concordia para las revelaciones del corazón—. Cincuenta y ocho, cincuenta y nueve, sesenta.

—No quiero mentirnos más. No quiero volver a mirarte disimulando mis sentimientos. Te quiero y me gustaría no tener que compartirte con nadie más.

Edu se acababa de declarar. En medio de la pradera, entre gargantas de roca abierta, guardianas de secretos peregrinos. Lucía hubiera preferido leer un «te quiero» en el dorso de un posavasos anónimo, en la oscuridad de una noche confusa que le permitiera escapar de las osadías del corazón. Pero nadie elige cuándo estalla el amor para librarse de la reclusión llamada silencio. Cuándo decide salir a flote y recuperar su libertad indómita.

—¡Por favor, para, Edu! —soltó Lucía—. ¡Para! ¡Para!

Silencio. No era modo de responder a una declaración de amor. Sentía palpitar su cerebro, deseaba salir corriendo. Su cuerpo temblaba en una débil vibración acompasada con el roce del aire helado que atravesaba su garganta para entrar y volver a salir. Miró al cielo con rápidos pestañeos hasta ser capaz de regresar a la Tierra y posar sus ojos en él. En Edu. Su amigo, su confidente, su compañero de aventuras. Tenía la mirada quebrada que confirmaba el final.

—Lo siento. Lo siento mucho... —Lucía se cubrió la cara con las manos para contener el llanto. No era ella quien debía llorar. Se sentía mal por ello y por no tener qué decir... No estaba reaccionando a la altura, como una mujer madura, sino como una adolescente que no desea que pase lo que acababa de ocurrir. Señalar a alguien el camino del desamor era para valientes, no para Lucía. No existen palabras tiernas para amortiguar la caída, la rotura del velo, el fin del espejismo—. Te quiero, Edu, te quiero mucho —dijo al fin revelándose a él—, pero no del modo que esperas.

Como si un huracán lo atizara hasta desaparecer. Como si una granada hubiera explosionado bajo sus pies. Edu contempló a Lucía. Guardó silencio y, como si la tierra se abriera entre ellos, despertó a la realidad escondida. No había amor. Nunca lo había habido. No era culpa de nadie. Tampoco Edu se lo había reclamado hasta aquel día.

—No te preocupes —respondió buscando consuelo a su aflicción—. Siempre lo supe, pero ignoraba cómo dejar de soñar con que algún día me amaras.

Lucía quiso abrazarlo. Edu se lo impidió con las manos. Con delicadeza. Con la suavidad del vencido. Las armaduras de cada uno se habían desprendido del peso de tener que esconder la verdad.

—Creo que me voy a ir. Será lo mejor. —Edu dio una vuelta sobre sí mismo. Sintió el vómito reprimido. Se acaricić la garganta y tragó saliva antes de volver a hablar—. ¿Podrás despedirme de todos?

—Pero ¿cómo te vas a ir así? ¿Quién te llevará a la casa?

—Por favor, mándame el teléfono de Elvira. Es una mujer que se dedica a resolverlo todo. Estoy seguro de que encontrará el modo.

—¿Y Guada? —Lucía intentó inútilmente retenerlo. Sabía que no podía, pero debía intentarlo. ¿Cómo habían llegado a eso? Nadie sabe cuándo ni cómo suceden los finales. Tampoco el primer beso. Pero debemos rendirnos a ellos del mismo modo: sin resistencia.

Lucía soltó la mano de Edu, que estiraba el brazo para comenzar el descenso, la retirada. Ella permaneció inmóvil observando cómo su silueta se diluía entre las hayas y los robledales hasta desaparecer en la curva. Se sentó hasta dejar de ver borroso.

—¡¡Lucía!!

Eran los gritos de Diego en la lejanía. Llevaba un buen rato llamándola. En la primera parada que había hecho el grupo para hidratarse y contemplar las vistas de un acantilado, se dieron cuenta de que habían perdido a dos de ellos. Monti, junto con Diego, habían salido al rescate. Lucía no respondía al teléfono. Edu tampoco.

—Puede que no estemos llamando —dijo Monti—. Aquí la cobertura es muy débil.

Estaba habituada a situaciones como aquella y sabía que debía desactivar la alarma de cualquier asomo de desgracia imaginada.

—¡¡Lucía!!

Diego seguía gritándole mientras corría hacia ella. Había reconocido el color rojo de su plumas escondido entre los árboles. Inmóvil y confuso. Esprintó en dirección a la mancha roja, que poco a poco fue convirtiéndose en la silueta de Lucía recogida sobre ella misma y recostada sobre un enorme dolmen.

—¿Estás bien? —le preguntó mientras recuperaba el aliento—. ¿Qué ha pasado?

Lucía no reaccionaba. Estaba demasiado metida en sus pensamientos. En la espiral de culpa de la que era incapaz de salir.

—Lucía, ¿me oyes? ¿Qué ocurre?

Sus ojos al fin lograron mirar a Diego y despertaron despacio a la realidad. Reconoció al chico regordete que velaba en todo momento por ella y que era capaz de golpear a quien fuera que se atreviese a hacerle daño. Había llegado de nuevo su escudero para salvarla. Porque Diego y Lucía se rescataban mutuamente. Nada había cambiado.

—Edu se ha ido.

Como pocas veces, Lucía agradeció que él no dijera nada. Diego la levantó con ternura, la abrazó cómplice y, cuando ella estuvo dispuesta, echaron a andar. Monti se unió a ellos sin preguntar. En aquella ocasión, dejaron que fueran las voces internas las que hablaran. Tampoco preguntó por Edu. Para comprender, muchas veces hay que recorrer una travesía llamada paciencia.

De nuevo, el silencio que hasta las aves reconocían desde lo alto del cielo. La vida se vuelve más pequeña desde su perspectiva, y la Tierra, mucho más poderosa que el hombre. Desde el cielo, cualquier infierno se queda pequeño, asombrado por la belleza. Los humanos perdemos temprano el vuelo de la esperanza, incapaces de recordar que no es otra cosa que la belleza lo que repara.

La excursión discurría con la armonía propia de la naturaleza del lugar. La única que comenzaba a emitir señales acústicas de flaqueza era Lorena. Le dolían los pies; no llevaba un calzado adecuado para la montaña y con solo pensar en pasar la noche a la intemperie la asaltaban todas las fobias. No era una mujer de campo ni había pasado los veranos de su infancia en un pueblo, sino en el asfalto de la gran ciudad, con esporádicas salidas a las pozas de los pueblos de la sierra de Madrid. En su casa no había dinero para vacaciones junto al mar. Ni para una segunda casa. Se había criado en la austeridad de quien termina el mes con números rojos y vive con la incertidumbre de si el futuro será más oscuro que el invierno.

—¿No puedes convencer a tus amigos de que no es necesario dormir al raso? —Martín estaba de acuerdo con Lorena. De no tener un pacto de apoyo incondicional suscrito con Belén, habría sido el primero en oponerse a la idea de Lucía de pasar la noche fuera—. ¿Tampoco vas a hacer nada o al menos intentarlo?

Lorena caminaba con la fatiga a cuestas increpando a su marido. No le apetecía mostrarse exhausta en medio de desconocidos que parecían estar disfrutando de la naturaleza y la compañía. Tenía los pulmones saturados, y no por el aire puro de la montaña, que, según la mayoría, era salud. Le angustiaba sentir su asfixia. No le encontraba sentido a andar sin más objeto que contemplar prados y montes que a los veinte minutos de trayecto ya le resultaban tan confusos como idénticos.

—Cariño, ya sabes que yo pienso igual, pero era un deseo de Adrián...

Martín también estaba cansado y, si bien sus veranos habían sido mucho más de *boy scout*, tampoco soportaba el senderismo. Aunque ella no lo creyera, su mente llevaba un rato planeando el modo de convencer al resto para dar media vuelta y dormir cómodamente en casa. Ya no eran chavales, y cuando lo eran, él siempre encontraba una excusa para perderse las noches al raso. No había razón para que en esa ocasión no ocurriera lo mismo. Solo debía dar con el pretexto perfecto.

—Martín, ¡no hagas que me solidarice con un muerto! —le dijo su mujer en un amago de perder la paciencia—. Creo que obligarme a pasar la noche en el campo no tiene nada que ver con lo pactado. ¡Yo me voy!

Se había contagiado de las bajas de Hugo y Edu y deseaba ser la tercera en abandonar la locura de montar cuatro tiendas de campaña y compartir saco con desconocidos.

—Lo sé, lo sé... —respondió él intentando calmarla—, pero ha sido idea de Lucía y... no es fácil que cambie de opinión.

—¿Y si lo hacéis solo los amiguitos? —insistió ella buscando una alternativa—. Para lo que tenemos entre manos, no me va bien tanto esfuerzo.

—¿A qué te refieres?

Lorena frenó en seco y lo miró con deseos de golpearle en el bajo vientre. Con aquel comentario volvía a recordarle que estaba sola en la aventura de quedarse embarazada. Sin un apoyo de su marido más allá de soltar su esperma los días verdes. Aquella mañana no había tenido sexo por placer con él, sino por su obsesión. Por necesidad y probabilidad. Llevaba así demasiado tiempo y comenzaba a resultarle insostenible.

—¿De verdad me lo preguntas? —preguntó masticando incredulidad. Martín lo había vuelto a hacer. Olvidarse. Hablar antes de pensar. Las disculpas ya no eran expiatorias. Lo sabía. Ella sentía un profundo hastío cada vez que él y su condenada memoria obviaban el tema—. Me duelen mucho los pies —dijo por último desviando una conversación que daba por terminada—. ¿¿Cuánto falta?? ¡¡Holaaaa!!

Lorena alzó la voz para que Monti, que estaba a la cabeza del grupo junto con Belén, la oyera. Había decidido cortar abruptamente la charla. Las discusiones en medio de la naturaleza, lejos de ser más íntimas, resultaban más sonoras, y ella deseaba silencio. Lo necesitaba porque sentía de nuevo cómo la bola del mecano del resentimiento se activaba en su interior. Sabía que, si le respondía, nada podría detenerla. No era feliz, hacía tiempo que no era feliz, pero se había agarrado al peligroso ideal de formar una familia como si fuera una solución para los dos y no una necesidad solo de ella.

—Estamos atravesando, si no me fallan los cálculos, el ecuador de la ruta.

—¿Y si paramos un poco en esta explanada con hermosos terneritos? A lo mejor, nos encontramos a Heidi —soltó Sebas—. No creo que el deseo de Adrián fuese vernos morir uno a uno en estas montañas...

Confabulado con Lorena, clavó los palos en la tierra con intención de forzar un descanso. Sentía las gotas de sudor recorriendo su espalda. En Mogrovejo se había rodado, hacía unos años, una película sobre Heidi que, extrañamente, nunca había llegado a ver la luz, pero que había dejado un enorme cartel en la entrada de la imprenta del pueblo y una pequeña excursión para mostrar la que había servido de cabaña del abuelo de la protagonista.

—¿Quién hace alarde de una película que no se ha estrenado?

Cris le había contado a Sebas, durante el camino, la divertida ocurrencia de los habitantes de aquel pequeño pueblo de Cantabria.

—«Mogrovejo: un pueblo de película», pero ¿qué película? No se ha estrenado y me ha dicho Monti que no se estrenará jamás. ¿No te parece surrealista?

El grupo detuvo finalmente la marcha ante la petición de Sebas y las quejas de Lorena. El cielo seguía luciendo despejado y el sol gobernaba en lo alto desprendiendo el calor propio del mediodía en la montaña.

—A medio kilómetro, hay una explanada mejor y puede que veas alguna cabra. Recuerdas que lo de Heidi eran las cabras y no los terneros, ¿verdad? —Sebas lo recordaba. Recogió con gracia la respuesta de Monti, que lo miraba con complicidad—. Te prometo que es un lugar fantástico para descansar y comer.

Monti lo miró suplicante para que reemprendiera el paso con la promesa de un buen pícnic. Cris cogió del brazo a Sebas para animarlo a seguir. Estaba disfrutando de la excursión, del aire puro, de sentirse libre como hacía tiempo que no se sentía. Estar rodeada de naturaleza, al contrario que a Lorena, le había recordado que la vida no puede significar nunca un paso atrás; abandonar bonanzas y desdibujarse en los grises de las conversaciones perdidas. Cris había arrastrado hasta allí a Diego para conocer a una de las mujeres que más admiraba: la afamada doctora Collet. Apenas había hablado con ella. La devoción parecía haberse evaporado. ¿Qué había sido de esta? Se dio cuenta de que, como todos, la afamada psiquiatra tenía su lado humano, vulnerable, que la alejaba del ser invencible que aparecía en los medios con sus libros y sus conferencias.

—¿Sabes que ella me ha ayudado mucho sin saberlo? —le confesó Cris a Sebas—. Pero, ahora que la conozco como la amiga de mi marido, la veo distinta.

—Todos somos de cristal, cariño, aunque nos empeñemos en disimularlo con disfraces a medida.

—Tú, por ejemplo —contestó ella—. Creo que deberías ir cambiándote el de hijo de perra.

—¿Alguna sugerencia, cariño? —le preguntó él con complicidad—. Me estoy quedando sin trajes.

Ambos siguieron caminando como el resto. A Cris no se le olvidaba el modo en que, poco a poco, desaparecía su interés por la doctora Collet y aumentaba el que sentía por Belén.

—Siempre tuvo el poder de hacernos sentir especiales sin necesidad de verbalizarlo. Adrián era el ímpetu; Belén, el sosiego y la inteligencia. Por eso, cuando recibíamos su atención, cualquiera de nosotros se sentía bendecido.

—Pero ¿por qué perdisteis el contacto? —le había preguntado Cris esa misma mañana a Diego.

—No puede resumirse en una frase. La vida, cariño, avanza por encima de la razón y nosotros siempre conectamos con eso, incluso para separarnos.

La pareja también había compartido confidencias durante el camino. Se habían rozado las manos, buscado con la mirada sin esquivarse. Sus corazones habían entrado en una tregua de gruñidos, de reproches de memoria blanca donde se entierran las expectativas no colmadas. Sin embargo, Cris no había logrado arrancarle a su marido el motivo del foso común que había terminado por separarlos.

—Puede que Adrián fuera el que nos unió a todos y el

que nos mantenía unidos, y cuando él desapareció, todo dejó de tener sentido. No sé...

Diego veía cómo, por la brecha abierta de los recuerdos, se atrevía a mantener conversaciones inimaginables con su mujer. Reencontrarse con ellos había sido como reencontrarse con la parte del niño que fue y que había abandonado. De nobleza matemática y sensibilidad robusta, él era el compacto del grupo; su fragilidad solo la había visto Lucía. Con ella también había tenido tiempo de compartir camino y complicidades.

—¿Y cómo es Lucas? ¿Se parece al padre o la madre? —le había preguntado Lucía.

El monte expande el tiempo y alarga las conversaciones. Ninguno había perdido la ocasión para cruzarse, mezclarse, serpentear diálogos que el pasado común provocaba, pero que el presente, muy escondido, deseaba.

—Físicamente, es igual que su madre. De carácter..., una mezcla. Pero es lo mejor que me ha pasado en la vida.

—No pareces tan tosco cuando hablas de él...

Lucía y Diego habían conectado traspasando la delgada línea que separa los tiempos. Habían logrado viajar a aquel lugar perdido en la memoria en la que eran cómplices y se lo confesaban todo. O casi todo. Nunca habían hablado de Belén, más allá de los besos furtivos de él.

—¿Y tú? —interrumpió Diego el interrogatorio—. ¿No se te ha pasado nunca por la cabeza?

—¿El qué? —respondió ella.

—Ser madre.

Los deseos de la infancia pueden marchitarse en el camino hacia la madurez, en el rodillo de la vida... Lucía niña, hija única, en más de una ocasión se había imaginado como madre. El resto no. Ella sí.

—Yo creo que voy a ser madre de un niño adoptado.

—Pero ¿por qué dices eso? —le había preguntado Diego en alguna ocasión perdida en el tiempo.

—Porque hay mucha gente en el mundo y demasiados críos que no tienen el cariño que deberían tener... Así que cuando sea mayor, adoptaré uno.

Lucía recordó aquella conversación repescando un deseo olvidado. Su vida no había resultado como imaginaba. Apenas era capaz de cuidar de sí misma. Nadie en su sano juicio le daría un niño en adopción a una mujer solitaria, llena de manías, que se refugiaba del mundo en el cine y era incapaz de mantener una relación.

—No, no... No es para mí... —respondió tratando de espantar fantasmas.

Diego la miró sin decir nada. A él le gustaría tener otro hijo, pero a pesar de la insistencia de Cris no se atrevía a dar el paso. Había tardado demasiado en apreciar las bondades de la paternidad y no se perdonaba haber dejado a su mujer prácticamente sola durante los primeros meses de Lucas.

—Yo creía que sería un mal padre y me equivoqué. Es de lo que estoy más orgulloso porque mi hijo saca lo mejor de mí. Lo que nadie es capaz de sacar...

Un hilo de envidia recorrió el cuerpo de Lucía y terminó saliendo en forma de abrazo espontáneo a su amigo. Quería cortar la conversación. Le dolía no haber sido capaz. De niña era fuerte, pero de mayor se había llenado de miedos y no le apetecía compartir más su interior frustrado.

—Me alegro mucho por ti. Estoy segura de que eres un buen padre —le susurró al oído, todavía agarrada a él, buscando el cariño olvidado, el soporte de aquel amigo que una noche le había desvelado el secreto de las estrellas y les había puesto nombre por primera vez.

—¿Sabes que mueren como nosotros? ¿Y que las que brillan con más fuerza son más grandes que el Sol? Pero un día dejan de brillar y mueren... Aunque a ti eso no te va a pasar.

—¿Por qué?

—Porque nunca vas a dejar de brillar.

Todos habían olvidado el lenguaje sanador de los niños. Lucía sonrió al recordar aquellas palabras de Diego. Cerró los ojos para viajar al porche de la casa de los Guerrero. Estaban tapados con una manta, bebiendo chocolate caliente mientras él le señalaba la Osa Mayor y la Menor. La magia de la vida entonces era tan poderosa e infinita como un cielo estrellado. Todo era posible, grande y digno de celebrar. La vida en aquellos años había sido para ella la mejor de las películas. Pero hacía tiempo que no brillaba. Después de ellos, no había vuelto a tener un grupo de amigos. No había encontrado el sostén para multiplicar las rarezas que Diego siempre había considerado golpes de ingenio. Seguía siendo distinta, pero aprovechaba su cabeza para salvar a quienes podía, para que no perdieran el tren de la vida como ella. Una abogada de modos extravagantes, pero respetada en el gremio.

Lucía seguía abrazada a esos recuerdos y a Diego, suspendida en el no tiempo que se convierte en eternidad. No quería soltarse. No quería volver al presente bañado de melancolía y ausencia de magia.

—¿Me puedes explicar por qué demonios se dejaron de hablar?

Cris contemplaba desde lejos el abrazo de Lucía y Diego. Solo veía el rostro de su marido y, aunque no reconocía la ternura que desprendía, sabía leer lo que significaba: estar en paz. Algo que escasas veces había visto en él; siempre en lucha con la vida, con el mundo, con quien se le pusiera por delante.

—Yo vengo casi tan de invitado como tú a este entierro, querida.

Sebas los había conocido poco, pero lo suficiente como para saber que la muerte de Adrián y la posterior ruptura les había robado mucho más que unos veranos en Ajo.

—Pero ¿por qué se separaron? —Cris volvió a intentar encontrar una respuesta—. ¿Acaso tuvieron la culpa de que ese chico muriera?

—Querida, mejor dejar esa noche como cada uno la recordamos. La mierda, ya sabes lo que no hay que hacer con ella, ¿verdad?

Volvían a ponerle el freno. Por qué ninguno quería hablar de aquello. El dolor atraviesa los años, pero compartido puede convertirse en una nube en el cielo: siempre presente, a veces blanca, a veces negra, a veces tan fugaz como el rastro de un avión...

—No me trates como si fuera una de tus clientas famosas que con cualquier comentario se dan por satisfechas —le soltó ella propinándole un pequeño empujón—. ¿Puedes decirme una razón por la que ninguno queráis hablar de esa noche?

Dicho esto, clavó los palos con fuerza y aumentó el ritmo con el nervio de quien necesita saber, comprender los años de silencio y aquella falta de perdón. No lo hacía por ella, sino porque presentía que a Diego le haría bien. Tan solo llevaban un día en aquel singular reencuentro, pero parecía que todas las piezas del puzle del desconcierto que había acumulado durante todos aquellos años de matrimonio con él comenzaban a cobrar sentido. ¿Qué había ocurrido la noche en la que había muerto Adrián? ¿Por qué terminó con su amistad? ¿Qué necesidad tenía Belén de juntarlos a todos otra vez?

—Mira, Cris, me caes muy bien, de verdad —dijo al fin Sebas—, pero no existe la razón que tú buscas. Simplemente, creo que con su muerte la vida nos pasó por encima a todos.

Había mentido para dejar de hablar de la maldita noche en la que había perdido a Adrián. Él tampoco quería confesarse ni ante ella ni ante nadie. Siempre había tenido sus motivos, pero ninguno compartido y todos en forma de culpa, imposibles de sostener en grupo. Su dolor había quedado sellado hacía mucho tiempo y no estaba dispuesto a volver a él.

—¿Y qué me dices de Belén? —insistió ella, sin darse por vencida—. ¿Te crees que solo os ha reunido para celebrar el cumpleaños de su hermano muerto? Porque a mí lo de la fiesta me suena a excusa...

Ambos continuaron caminando, intentando llegar a alguna conclusión. Ninguno sabía si Belén escondía un motivo, pero la razón por la que había decidido juntarlos era genuinamente esa: celebrar el cuarenta cumpleaños de Adrián, y eso era con lo que deseaba quedarse Sebas.

—¡Puede que la doctora Collet nos esté sometiendo a un extraño experimento psicológico!

—No me hace ninguna gracia, Sebas.

—¿Por qué no se lo preguntas directamente a ella?

Cris buscó con la mirada a Belén, que iba a la cabeza del grupo, mientras reflexionaba sobre esta propuesta. No le faltaba razón. Una pregunta directa, sencilla, podía ser la mejor opción.

—No creo que sea menos esquiva que vosotros.

Belén había sido la que antes había perdido el contacto con el grupo. Al morir Adrián, como un buen truco de Copperfield, desapareció del mapa. No hubo forma de localizarla.

—Belén está bien. Solo necesita recuperarse.

La misma respuesta cada vez que alguien llamaba a casa de los Guerrero para interesarse por ella. Ni un solo tono daba su Nokia 6110 antes de que saltara el contestador.

«Hola, soy Belén, dime qué quieres y te llamo. Prohibido dejar guarradas.»

El mismo mensaje de siempre. No lo había cambiado. Al escucharlo, cualquiera podía pensar que todo seguía igual. Que el tsunami de la desgracia no había aparecido para dejar sus vidas anegadas.

Ninguno de ellos fue capaz de localizarla. De hablar con ella. De saber cómo estaba. De compartir tristeza. Había huido literalmente de todo, incluso intentó hacerlo de la vida propia. Poco a poco, el grupo dejó de verse, de hablarse, y la vida, como le dijo Sebas a Cris, les pasó por encima. Renunciaron a buscarla y, cuando menos lo esperaban, se encontraron con la doctora Collet en la televisión, en los carteles de los autobuses, del metro... El único que le escribió un mensaje fue Martín. Solo para cabalgar junto al éxito y buscar el modo de aprovechar la ocasión para ser reconocido como el amigo que había sido. El resto decidió seguirla desde la distancia y con distancia. Poco quedaba de la Belén que recordaban.

—¿Tanto ha cambiado? —preguntó Lorena incorporándose a la conversación de Sebas y Cris.

—Todos hemos cambiado. Si apareciera mi yo de aquellos años, seguro que saldría corriendo al verme. —Sebas trataba quitar el foco de su amiga.

—¿Y Martín? —aprovechó Lorena—. ¿Cómo era antes de que ocurriera todo?

Sebas y Cris se miraron comprendiendo sin hablar que, de todos, este era el que menos había cambiado. Desde pequeño había entendido las relaciones como meras transacciones a su favor, y así seguía siendo. Incluso su mujer era consciente de ello, lo era, pero estaba demasiado ciega o engañada como para verlo.

La noche del accidente Martín también estaba, pero al entrar en coma tuvo, a diferencia del resto, el alivio del superviviente inconsciente.

—Él es el hombre de las mil caras, querida... ¡Como Maquiavelo, pero sin tanta cabeza!

Sebas no deseaba seguir hablando sobre el expolítico, y menos con Lorena y después de las revelaciones de madrugada. El campo le estaba cambiando la piel y comenzaba a sentir remordimientos por revelar la mierda ajena, aunque fuera la de un malnacido como su marido.

—¿Qué quieres decir? No te entiendo —respondió ella, contrariada por el comentario despectivo de Sebas.

—Pues que fue, es y será un tramposo.

Lorena lo miró con desagrado y desconcertada al mismo tiempo. No era rápida respondiendo, y mucho menos para defender a su pareja en ese momento.

—No te pases, Sebas... Se nota que no te cae bien. —Cris salió en defensa de ella—. Martín tiene, como todos, sus cosas buenas...

—No me había dado cuenta de que estábamos jugando a ser hipócritas.

Sebas las dejó atrás. No quería seguir, no fuera que se

le calentara la lengua y hablara de más. Dio un acelerón hasta alcanzar a las cabezas de grupo: Monti y Belén.

—Engañar a un pobre maquillador, ignorante en senderos, no ha sido bonito.

Ambas sonrieron al ver llegar a Sebas medio asfixiado. Más allá de sus pequeñas quejas, estaba resultando una buena excursión, mucho mejor de lo esperado. Nadie se había peleado. Todos ellos sentían sus pulmones más libres y sus ojos comenzaban a brillar como entonces. Solo que todavía no eran conscientes. Ni siquiera Sebas.

—¿Vale mentir para guardar un secreto? —dijo Belén incorporándolo a la conversación.

—Soy todo oídos.

—No vamos a dormir al raso, sino en un precioso hotel llamado Áliva.

Belén había optado finalmente por el plan B y había avisado a Elvira para que lo tuvieran todo preparado. Quedaba aún la mitad del trayecto, pero merecía la pena hacer el esfuerzo para dormir en uno de los lugares con mayor encanto al pie de la majestuosa pared de Peña Vieja, la cota más alta de Cantabria, en plenos Picos de Europa.

—¿Habrá vino, doctora? —le preguntó Sebas frotándose las manos.

—Un Viña Tondonia para celebrar tu bautismo como montañero.

Belén sonrió. Volvió a hacerlo junto a Sebas, que comprobaba su semblante, distinto al de todos aquellos años. Había soltado el ancla y decidido dejarse llevar. Era el camino de vuelta. Emerger de las profundidades y salir por fin dispuesta. Puede que no fuera solo ella la que lucía diferente, pensó su amigo, sino también todos. Se giró unos segundos para contemplar al grupo. Quizá, sin saberlo, habían decidido dar aliento a la compasión. Mirarse de otro modo o mirarse sin más, como cuando se es niño.

—Por cierto, ¿cómo lo sabías? —le preguntó Sebas tocándose el amuleto vikingo.

—¿Te ha gustado? —De nuevo, ella esquivando respuestas.

—Doctora, debería saber que, para tal exquisitez, utilizar el verbo «gustar» no deja de ser una grosería.

A Sebas aquel regalo lo había emocionado en lo más profundo. Le había devuelto una parte de él que creía perdida: la alegría más inocente sin las manchas de amargura que acumulaba. Podía ser que aquel fuera un talismán de verdad y que por eso comenzaba a sentir que su vida marchaba en la dirección correcta. No sabía el motivo, pero desde que lo llevaba colgado tenía ganas de reír, de compartir bromas, incluso de dar cariño sin sentirse perdido.

—¡Hora de parar y de comer! —dijo al fin Monti—. ¿No os parece una belleza de lugar?

Dejó a Sebas y a Belén en su intimidad mientras esperaba al grupo para organizar el descanso y el pícnic. Había sido un trecho un poco más largo de lo prometido, pero la majestuosa inmensidad de la naturaleza embriagaba cualquier queja, incluso las de Lorena, que se había detenido embelesada a disfrutar de las vistas.

—Gracias, Belén —le dijo Sebas en un impulso de sinceridad—. Este encuentro es lo mejor que me ha pasado en mucho tiempo.

La psiquiatra observó cómo la honesta fragilidad asomaba en él, convirtiéndolo en un niño grande que tampoco se había perdonado. El amor y la culpa se escapan del control de nuestros pensamientos y, aunque no sabía cómo terminaría todo aquello, veía en su amigo, igual que en el resto, incluso en ella misma, un amago de intentar hacer las paces con los fantasmas. Miró al cielo y lo agradeció.

—Fue Adrián quien me lo sugirió... —contestó señalando hacia arriba con el índice y sonriéndole cómplice.

Sebas pudo ver cómo su mirada se enrojecía con la emoción retenida; una forma de certeza innecesariamente explicable. No pudo alzar la cabeza para mostrarle su complicidad a Belén, pero le gustó la sensación de compartir una enajenación similar con la afamada doctora Collet: seguir hablando con Adrián. Se sintió feliz con la necesidad de expandir aquel aire puro en su interior. Notar cómo aquella tierna alegría abría sus costillas y destensaba sus agarrotados músculos. Comprobó en los aleteos del amor perdido que la mariposa invisible deseaba volver a volar. Solo fueron unos segundos de bello espejismo. Un soplo de viento en la cara, un beso lejano, un te quiero rescatado de la memoria. Suficiente para acariciar la felicidad olvidada.

—No sé por qué demonios nos has reunido, doctora, pero Adrián no deja de decirme que ni se me ocurra abandonar antes de tiempo.

Belén y él se miraron con suavidad. A flor de piel, repletos de recuerdos que, como pétalos, se abrían a una nueva primavera. Sebas le tendió la mano y ella se la cogió para sentir la vibración. La vida sucede más allá de lo que vemos, de las palabras, de los sentidos.

—Gracias por contar conmigo —musitó mientras se dirigían hacia el grupo, que preparaba con entusiasmo la comida sobre aquel prado de verdes, castaños y robledales.

Todos habían cargado en sus mochilas con una parte del manjar que iban a compartir. La comida sabe mucho mejor después de un esfuerzo, de recorrer caminos y sentir la fuerza más allá de lo deseado. Todos colaboraron en perfecta armonía para colocarlo todo y disfrutar de aquel momento inesperado en sus vidas. Lo mejor de la existencia se concentra en lo inadvertido, en los recovecos que la mente no explora. Al pie de las montañas, reunidos de nuevo, con la vida exfoliada de recuerdos de infancia. Un tiempo de pausa suspendida en el propio tiempo, de descanso, de tregua en medio de la nada llamada belleza.

—¡No pienso subirme!

Lorena nunca había ascendido por encima de las nubes más que para ir a Londres en el viaje de fin de curso del colegio. No había vuelto a coger un avión. No lo había necesitado ni deseado. El mundo nunca había sido un lugar que le generara curiosidad para explorar. Y así seguía siendo.

—He dicho que no subiré...

Estaba sufriendo un ataque de pánico al imaginarse montada en aquel rudimentario teleférico de alta montaña.

—¡Vamos, Lorena! —Cris intentaba convencerla de que aquella era una aventura que no debía perderse—. ¡Son solo tres minutos y medio! Eso no es nada para ti y va a ser ¡increíble!

Ella, por el contrario, estaba deseosa de ir en el teleférico de Fuente Dé y viajar como un pájaro por entre la bruma. Mientras, Lorena se había sentado en una esquina, recostada en una pared caliza, sin la más mínima intención de salir de allí. Ni Cris ni nadie había podido convencerla de que aquella experiencia era más que segura y de que no iba a sufrir ningún percance.

—¡Estoy cansada de ver montañas! —Lorena estaba a

punto de abandonar—. No se me ha perdido nada aquí y no voy a subirme a un cubo suspendido por un solo cable.

Sebas no había abierto la boca, alejado de lo que sucedía en la cola del grupo. Había llegado el primero junto a Monti y llevaba varios minutos extasiado en aquel balcón con vistas a los Picos de Europa. La vida se vuelve minúscula en un lugar como ese, donde la naturaleza se impone sobre el hombre. Monti lo había llevado al mirador exterior, donde existía un lugar a prueba de vértigo. Ambos estaban suspendidos en un balcón de metal y rejilla, incluida la propia base, que ofrecía la sensación de que uno permanecía sobre la nada. Los dos abrieron los brazos y se dejaron llevar. Primero fue Monti la que gritó a pleno pulmón. Sebas se unió en una descarga de adrenalina que echaba de menos. La miró y volvió a gritar, cada vez más fuerte. Cris se unió a la carrera. Ella también necesitaba soltar, dejar atrás lo que ni siquiera sabía.

El resto contempló sonriente la escena, menos Lorena, que seguía en sus propias caborias vencida por sus miedos.

—Cariño, no va a pasar nada, de verdad. —Martín no era bueno consolando—. No hace falta que mires... ¿No querías dormir en una casa? Pues allí vamos...

Se había sentado a su lado. Le había traído una infusión de tila para tratar de apaciguar sus nervios. No era una aventurera. Nunca había sentido deseos de volar como un pájaro. A ella le gustaba lo que para los demás era un aburrimiento: la rutina de los paseos, tardes de sofá y comidas de domingo. En ese momento estaba superada y no había modo de convencerla. Belén le pidió a Martín que la dejara a solas con ella. Se sentó en el mismo banco con un café entre las manos. Lo hizo en silencio, permitiendo que su respiración agitada llenara el ambiente. Ambas podían ver al grupo disfrutando de las vistas, del goce privilegiado de contemplar las montañas de cerca. Lucía, abrazada a Diego, como cuando eran niños, sonriendo a los que seguían gritándole a la montaña.

—Lo siento, pero no me veo capaz —dijo Lorena con la cabeza perdida—. No puedo hacerlo.

Belén siguió presente, pero sin hablar. Escuchó sus mil quejas, los argumentos que acumulaba su cabeza para no subirse al teleférico; sus deseos de abandonar aquel lugar y la experiencia. Solo escuchaba. Tan solo era cuestión de tiempo; de dejar que descargara todas las excusas que llevaba dentro hasta quedarse con la verdad desnuda. Aquello que la atormentaba mucho más que las alturas.

—Creo que me estoy volviendo loca...

Después de varios minutos, Lorena se abrió paso a la confesión. Se permitió verbalizar su obsesión por quedarse embarazada, su necesidad de ser madre, su falta de apoyo y cómo necesitaba tener a Martín de su lado.

—Sé que vosotros lo despreciáis, pero es un hombre que tiene un buen corazón. A mí me lo ha demostrado en este tiempo, pero...

—¿Pero...? —preguntó al fin Belén.

—No sé... Sabía que venir aquí no iba a ser bueno y..., no sé..., estoy viendo a un Martín desconocido para mí; lejano, frío y... Tengo miedo, ¿sabes? Tengo miedo de perderlo todo.

Suspenderse en el aire, aunque solo sea durante cuatro minutos, produce vértigo y una amalgama de sensaciones relacionadas con perder el control; con abandonar el suelo ficticio sobre el que transitar que todos dibujamos. Pequeñas mentiras sin importancia para subsistir cuando la existencia nos regala reveses inesperados.

—Cuando murió Adrián, dejé de tener miedo a perder.

Lorena se quedó en silencio y miró por primera vez a Belén. Aquella confesión la había pillado desprevenida.

—Te puedo contar cómo se vive desde la locura, desde la desesperación enajenada, desde el infierno de las pérdidas..., pero de nada te serviría, ¿sabes por qué? —Lorena la escuchaba con una mezcla de admiración y curiosidad. Se sentía especial porque hubiera decidido abrirse ante ella. Belén seguía consiguiendo eso: hacer sentir mejor a quien recibía su atención—. Porque no podemos pedirle a la vida que nos ahorre las pérdidas... No funciona. De haber sabido que Adrián moriría tan joven, no me hubiera despegado de su lado para que sus diecinueve se convirtieran en ochenta. Pero tampoco funciona así... No sabemos cuándo se va a acabar, y eso da mucho miedo. —Lorena parecía haber encontrado el suelo firme sobre el que volver a pisar. Oyendo a Belén había abandonado la desesperación ciega para aceptar con la serenidad que se aleja del lamento—. La vida da vértigo y cada día hay que atreverse... ¡Ser valiente! Esa es la magia.

Al fin, sonrió con ternura mientras bebía un poco de la infusión. Se había quedado pequeña, con los ojos entumecidos y las palabras escondidas tras confesar sus verdades. El miedo la había paralizado. Ella era la que no se reconocía y le daba pavor admitirlo.

—¡Vamos a hacerlo juntas! —le sugirió Belén—. ¡Será terroríficamente divertido!

Volvió a sonreír, confirmando que había cambiado de opinión, pero sin atreverse todavía a verbalizarlo. La psiquiatra había logrado convencerla.

—¡Vamos todos juntos en el siguiente! ¿Preparados? —dijo cogida de la mano de Lorena.

El miedo y el amor se unen en tiempos de cólera, de guerras abiertas y corazones marchitos. Todos ellos podían acariciar sus temores instantes antes de que el teleférico comenzara su descenso sobre el vacío. En esa ocasión, Monti no había engañado en cuanto al tiempo: tres minutos y cuarenta segundos de bajada. Tiempo de silencio. De suspiros en el recorrido de más de setecientos metros a una velocidad de diez metros por segundo en pleno corazón del Parque Nacional de los Picos de Europa. Y de sinceridad más allá de las nubes.

—Martín engaña a Lorena —le susurró Sebas a Cris.

—¿Qué quieres decir? —le preguntó ella casi sin voz ante la revelación que acababa de escuchar.

—Que no se va a quedar nunca embarazada. —Cris se olvidó del paisaje y del descenso. Necesitaba más detalles para completar el rompecabezas. No entendía a qué se refería—. Se ha hecho una vasectomía. —Sebas la ayudó.

—Será hijo de...

Martín y Lorena estaban frente a ellos. Abrazados, contemplando las impresionantes vistas de las calizas, las praderas inmensas... Era la primera vez que ella se sentía feliz en aquel viaje. Lo estaba logrando. Estar por encima de su obsesión. Sentirse más viva que nunca. Suspendida entre montañas y con el vértigo golpeándole la sien, pero viva como no recordaba haberse sentido nunca. Buscó a Belén con la mirada y sin necesidad de decirse nada se comprendieron en el vértigo propio de la existencia. Lorena conseguía por fin darle protagonismo a su propio valor. Más allá de Martín, más allá del mundo.

Una gran mesa de madera presidía el salón, frente a una chimenea de mármol encendida. Hugo era el único que había bajado puntual para la cena. Elvira los había citado a todos a las ocho y media, tiempo suficiente para reposar y asearse. Él apenas había hablado con Belén. Se había negado a acompañarla a la habitación compartida. Ni siquiera el tiempo de espera en aquel hotel de montaña le había revelado qué hacer con la cantidad de pensamientos que se le acumulaban desde que se había cruzado con ella y con los demás.

—¿Estás bien? —le preguntó Belén nada más verlo—. ¿Te encuentras mejor?

—Sí, sí..., ya bien... Solo que...

Le pesaba seguir disimulando, incluso daba pequeñas muestras de querer abandonar.

—¿Y a ti qué te ha pasado esta mañana? ¿No estarás pensando en dejar esto?

Al llegar al refugio, Sebas no había perdido ocasión para preguntarle por sus intenciones a Hugo. No pretendía ser paternalista, pero era él quien le había presentado a Belén y no deseaba quedar en mal lugar por el capricho de un actor que salía de escena antes de tiempo.

—Creo que no tiene sentido que yo esté aquí —le contestó con la mirada esquiva, buscando un modo de abandonar aquella aventura—. ¿Por qué quiere hacer ver que tiene novio? No lo entiendo.

—¿Y por qué tendrías que entenderlo? ¿A ti qué más te da? Es un trabajo, nene, y te recuerdo que muy bien pagado.

—¡Déjalo, Sebas! ¡No comprendes nada!

Hugo no podía contar con él. En realidad, con ninguno de ellos. Desde que había llegado a aquella reunión se había propuesto quedarse hasta que terminara. Pero nadie tenía un motivo, nadie excepto él parecía tener uno más allá de la celebración del cumpleaños de Adrián, y ellos, aunque se resistían a aceptar que les apetecía quedarse, no despreciaban ninguna de las propuestas que surgían, como pasar la noche en aquel antiguo refugio de montaña adaptado exclusivamente para el grupo y con una cena que cualquiera consideraría de gala.

—Esto, cariño, solo se consigue con dinero —afirmó Martín con entusiasmo—. ¿No querías dormir calentita? ¡Cualquiera diría que estamos en un refugio de Aspen!

—¿Aspen? —le preguntó Lorena con cierto desinterés mientras terminaba de subir con esfuerzo la escalera para llegar a su habitación. Solo necesitaba una buena ducha de agua caliente y descansar.

—Querida, el refugio de esquí de los famosos en Estados Unidos. Donde Luis Miguel y Mariah Carey empezaron su historia de amor.

Había dejado de escucharlo. Lo lograba solo cuando estaba demasiado cansada, y ese era uno de esos momentos. Después de casi seis horas de camino y de haber superado el vértigo suspendida entre las montañas, su cabeza solo se permitía atender a las necesidades más primarias, como colocarse debajo del agua y tirarse sobre la cama.

—¿Te has dado cuenta de que la abundancia está llamando a nuestra puerta? Todo lo que se fue volverá y te aseguro que multiplicado por dos porque me lo deben... La vida me lo debe...

Diego y Cris habían sido los primeros en meterse en su habitación. De madera vista, sin lujos, con camas separadas y con las paredes llenas de fotografías antiguas en blanco y negro del valle de Liébana. Sencilla, acogedora, pero con la estridencia de una desarmonía decorativa suficiente como para haber echado para atrás a la pareja en otro momento. Sin embargo, cualquier cosa era mejor que dormir al raso. Todos estaban de acuerdo.

—¿Por qué tanta prisa en meternos en la habitación? Ni siquiera me ha dado tiempo para encontrar dos copas y una buena botella de vino.

—¿Eres consciente de que estás en un refugio de montaña y no en un hotel de cinco estrellas, Diego? —le contestó ella mientras esperaba pegada a la puerta a que pasaran por delante Martín y Lorena. Había oído sus voces y sabía, por Elvira, que eran sus vecinos.

—¿Con quién compartiremos pared? Lo digo solo porque algunos de noche son más ruidosos que otros —le había preguntado.

—Con Lorena y Martín. Son las únicas habitaciones dobles, además de la de Belén y Hugo.

Cris había mentido. Lo único que deseaba era no tenerlos a ellos al lado, pero tampoco supo qué inventar para pedir un cambio.

—¿Se puede saber qué haces ahí en la puerta? —quiso saber Diego, extrañado por el comportamiento de su mujer desde que habían pisado aquel refugio.

Ella le tomó la mano sin responder y se lo llevó al baño. Cerró la puerta y se sentó sin mirarlo en el retrete. Él se apoyó en la pared esperando a que su mujer le contara de qué iba todo aquello.

—¡Menudo hijo de puta! Menudo cabronazo.

Cris comenzó a lanzar improperios sin control. Llevaba conteniéndose desde que Sebas le había revelado el secreto de Martín en el teleférico. Sin poder hablar con Lorena, sin desear cruzarse con Martín y, sobre todo, sin encontrar el modo de compartirlo con Diego.

—¡Cómo se puede ser tan ruin! ¡Hay que estar enfermo!

Lo decía a media voz y sin levantar la vista del suelo. Con las manos apoyadas en la cara y los codos en las rodillas. Hubiera gritado a todo pulmón de haber estado segura de que sus vecinos no la iban a oír... Diego supo leer a Cris. Siempre lo hacía. Y lejos de interrumpirla, la observó con detalle. Le gustaba hacerlo cada vez que su mujer necesitaba insultar al cielo para descargar. Era tan desagradable como extrañamente irresistible para él. Fue en una escena parecida a aquella cuando se dio cuenta de que se había enamorado de Cris. Era la primera vez que le ocurría: observar lo más grotesco de alguien y no salir corriendo. La señal irrefutable de que el amor finalmente lo había cazado. Todos los años que había pasado rehuyendo relaciones para demostrar que se podía vivir sin amor habían quedado en la nada. Ella había sido la elegida. ¿Acaso se elige? Nunca lo sabría Diego, tampoco el resto. Puede que ese sea el contenido del famoso santo grial. Cada vez que él contemplaba a su mujer en una incontinencia verbal de insultos, percibía la misma certeza, el mismo bombeo acelerado que reconocía como amor. Siempre había sido bruto para todo, incluso para la poesía del corazón.

—¿Y ahora qué?

Cris llegaba a la misma pregunta, el mismo ritual para salir del bucle de los improperios y compartir con Diego lo que le sacudía las tripas. Él la miró esperando y se dejó caer en el suelo para sentarse delante de ella. Se encendió un cigarrillo mientras escudriñaba con la mirada las paredes para localizar el detector de humo.

—Sebas me ha contado que Martín engaña a Lorena.

Diego casi se atraganta con el humo al escucharlo. No por la sorpresa del comentario, sino por todo lo contrario, por la evidencia de los hechos. Un mentiroso compulsivo como el expolítico de lo que era incapaz era de mantenerse en la verdad, en la realidad común. Y si algo había sido Martín desde que lo conocía era un auténtico inventor, un pintor de situaciones para exonerarse.

—¿Y ahora te das cuenta? —soltó él—. ¡Joder, pensaba que era algo más gordo!

—Lo es, Diego, lo es. Es la mentira de un verdadero hijo de perra. ¡Créeme!

Todos conocían a Martín. Todos se conocían. La vida cambia matices, tonos, pero nuestra esencia, fuera de accidentes, permanece, y quien te miró en la infancia te reconoce. Por ello, Diego seguía sin entender el impacto en su mujer de su última artimaña. Ninguno podía esperar que se moviera en los límites de la legalidad y de la ética. No se puede ganar siempre sin trampa. Y Martín, aunque la vida había terminado cazándolo, quería ganar siempre.

—¿Y qué es eso tan grave que ha hecho?

—Una vasectomía.

Diego volvió a atragantarse con el humo por la sorpresa y las ganas de reír. Su reacción desató la indignación de ella.

—No sé de qué te ríes, Diego, no tiene gracia. Se la ha hecho a espaldas de Lorena. ¡El muy cabrón! Se la ha hecho para que no se quede embarazada porque él no quiere volver a ser padre, ¿sabes? ¿Cómo se puede ser así? ¡Y la pobre creyendo que tiene un problema!

Se le fue cortando la risa a medida que Cris hablaba y entendía la profunda gravedad del asunto. La madrugada anterior le parecía haber captado la confesión de Martín ante Sebas, pero había decidido obviarla. Dejarla lo más alejada de la memoria para evitar dar con ella al día siguiente. Él tenía facilidad para desactivar pensamientos peligrosos, y ese lo era sin duda.

—¿Y eso a nosotros qué nos incumbe? —manifestó sereno y mirando fijamente a Cris, que se quedó completamente paralizada ante su pregunta.

Desconcertada, pensó cómo podía ser tan insensible. Pero no lo era, y ella lo sabía. Lo conocía muy bien, y también su mala costumbre de quitarse los problemas de encima.

—Bueno..., no he llegado a pensar en eso todavía, ¿sabes? Estoy intentando digerir esta mierda que me ha soltado Sebas porque ha sido incapaz de guardársela para él.

Diego encendió otro cigarrillo, pero esa vez decidió compartirlo. Otro ritual entre ellos. Un símbolo de tomar las decisiones conjuntas, compartiendo pitillo. Se ahorró decirle que él también lo intuía o que había llegado a la conclusión de madrugada, mientras repetían sexo.

—Lo único que sé es que no voy a callarme esto. ¡Digas lo que digas, estamos en el ajo!

Él tenía perdida la batalla. Cris estaba indignada y había conectado con Lorena de un modo inconsciente que la llevaba a protegerla. Diego lo había percibido porque a su mujer solía ocurrirle con cualquier ser al que viera desvalido. Así habían llegado dos perros a su casa, a los que habían adoptado bajo nueva amenaza de divorcio.

—Contigo, cariño, nunca se sabe. ¡Un día traerás a un mendigo para que lo alojemos!

—Y a ti no se te ocurrirá negarle cobijo ni comida si eso ocurre.

Tan distintos y tan complementarios. Ella era el espíritu de la Navidad y él el *grinch* de la vida: egoísta y alejado de la compasión.

—¿Y qué piensas hacer? ¿Contárselo a Lorena?

—¿No te parece que debe saberlo?

Diego apuró el cigarrillo sintiéndose atrapado en una hoja de ruta condenada al infierno. Necesitaba frenar a su mujer, pero no se le ocurría el modo de hacerlo, de que aceptase una prórroga para evitar que la granada les explotara en la cara.

—¿Adónde vas? ¿Qué haces?

Tras levantarse, Diego le pidió a Cris que lo esperara en el baño. Necesitaba pensar. Fue a por unas copas de vino para ver si su mente era capaz, en ese tiempo, de encontrar una vía alternativa.

—Date una ducha. ¡Vuelvo en cinco minutos! Cariño, he de pensar un poco... Yo me acabo de enterar ahora mismo de esto y necesito un poco de tiempo antes de responderte. ¿Puedes comprenderlo?

Diego había mentido para huir con el permiso de Cris. Salió de la habitación con las orejas enrojecidas. No le gustaba meterse en la vida de nadie, mucho menos en la de gente a la que había dejado en el pasado, en el olvido.

—¿No crees que podrías haberlo convencido para que se quedara por lo menos para hablar conmigo?

Guada estaba furiosa. No daba crédito a que Edu se hubiera largado. Desde que habían recuperado la cobertura en el refugio, no había dejado de llamarlo. Su teléfono estaba fuera de servicio. Había pensado que se lo encontraría allí, un poco más calmado y con deseos de hablar y arreglarlo todo. No entendía cómo había desaparecido sin más.

—¿Qué ha pasado entre vosotros? ¿Qué le has dicho? ¿Qué te ha dicho? ¿Entiendes que no pueda aceptar un «se ha ido» sin más?

Lucía intentaba calmarla sin conseguirlo. Nunca había sido un buen hombro en el que cobijarse, y menos en aquellas circunstancias.

—No ha pasado nada que no sepamos... Se ha ido, Guada... Necesita su tiempo... Yo solo espero que dé señales y hable contigo...

Procuraba consolar al desconsuelo. Sin éxito. Sin que la escuchara. Guada estaba desbordada. Recorría en bucle la habitación, tratando de enfocar su mente, en pleno desequilibrio emocional. No daba crédito. No podía aceptar un final sin despedida. Un entierro sin cadáver.

—¿Qué narices ha pasado, Lucía? ¿Vas a contarme qué ha ocurrido allá arriba para que Edu se vaya sin avisar?

Lucía buscaba llegar a buen puerto, pero su amiga necesitaba una respuesta mayor que la evidencia de una despedida fantasma después de una bronca que precipitaba el final de su relación.

—Lo siento, Guada, yo... Creo que Edu solo necesita tiempo, ¿sabes?

—Pero ¿tiempo para qué?

A ella también se le había caído el mundo. El pedacito de realidad que la hacía sentirse cuerda en el océano de su locura. El deseo, los cuerpos desnudos, el éxtasis de un orgasmo la llevaba a tierra. A ser una mujer deseada y no la guardiana de los miedos que le impedían desde hacía años vivir. Hay seres que un día se rompen y no vuelven a unirse. Viven rotos, perdidos, alejados de cada fragmento que ofrece la unidad de ser.

—Para aceptar que no lo quiero.

Guada dejó el medio pensamiento en el aire y el lamento aspirado por el silencio. Frenó en seco el movimiento de sus pies, como si una fuerza invisible la impidiera seguir. El mundo se le congeló, la vida se detuvo, el corazón se le paró. Las verdades del amor nos matan lo mismo que nos resucitan. Aquella breve frase de Lucía esfumó cualquier reproche, ira, excusa o esperanza. Obtuvo con ella la certeza ignorada como un disparo de escopeta recortada directo a explosionar en su corazón. No había explicación porque nunca había habido partida. Ni siquiera para la derrota.

Lucía se levantó y sin pensarlo la abrazó. Fue como hacerlo con un cadáver: frío y tieso. Durante un tiempo que corrió distinto a las horas de los relojes, su amiga viajó al infierno, a la muerte, a la pérdida, a la decepción, al vacío más absoluto.

Se despertó sintiendo su abrazo, comprobando que seguía viva, aunque sus latidos fueran débiles, lentos...

Las dos se sentaron en silencio en la cama sin ser capaces de mirarse ni saber qué decirse.

—Creo que lo mejor será que yo también me vaya.

Su voz era serena, tan reposada como las certezas del corazón. Guada sabía que la fantasía de Edu, ella y Lucía, se había esfumado. Nunca habían sido un trío, como tampoco una pareja. Al amor no se le puede engañar porque es como el agua, siempre termina encontrando un recoveco para seguir fluyendo.

—No sé qué decirte —repuso Lucía con un hilo de voz—. Lo siento, yo no quería, pero Edu...

—No te preocupes, todos decidimos jugar a este juego y todos hemos perdido.

Guada se echó a llorar. Necesitaba hacerlo. Soltar aceptando que todo había terminado e intentar que el choque con la realidad no la hiciera sentirse demasiado ridícula. La mujer fuerte, segura y libre en el amor se había evaporado. No quiso que Lucía la volviera a abrazar. Le dolía la piel herida de recuerdos precipitados que llegaban a su mente sin control. Hubiera dado lo que fuera para seguir reteniendo a Edu, para sostener un poco más no ser la más amada, pero continuar pegada a él simulando indiferencia. El amor nos roba la libertad y nos convierte en frágiles lacayos de su reinado. Estaba hundida. Sentía cómo las paredes y el suelo de la habitación se deformaban, ondulando la realidad que producía el dolor. La perspectiva cae, lo mismo que cualquier credo o defensa.

Lucía se levantó. Comprendía que el desamor merecía la misma intimidad. Se marchó cerrando suavemente la puerta. Se sentía culpable sin serlo y quería arreglar las cosas, aunque los cristales de la ventana ya se hubieran roto.

—Edu, necesito hablar contigo. Llámame, por favor, cuando escuches el mensaje.

Edu seguía con el teléfono apagado, sin dar señal. Lucía no sabía qué había pasado con él después de que volviera a Mogrovejo. Nadie conocía el plan del refugio, excepto Elvira y Hugo, que habían sido los únicos que habían llegado en coche.

—Me da que alguien necesita una copa de vino...

Lucía había vuelto al gran salón, todavía con la ropa de montaña y sin ducharse. Hugo seguía frente a la chimenea, disfrutando de la soledad y de las imponentes vistas del valle de Liébana. Había aprovechado para hablar con su madre, que llevaba llamándolo insistentemente desde la mañana.

—¿Y qué haces en los Picos de Europa, hijo? ¿Con quién estás? ¿Estás bien? No sé, llevas unas semanas muy raro. No me asustes, que ya sabes que no me gusta nada cuando te callas...

Demasiadas preguntas para responder y todas imposibles de hacerlo con la verdad y sin causar daño. Hugo no le contó nada a su madre: no le habló de Belén, ni del cumpleaños de Adrián, ni de los demás. El día que había logrado su objetivo, conocer a Belén, tampoco había querido compartirlo con ella. Ahora que llevaban un par de días de convivencia sentía el vacío tras la expectativa. Belén no era como había imaginado, y el resto tampoco.

—¿Estás bien? No quiero meterme donde no me llaman, pero por tu cara parece que has visto un fantasma.

—Bueno... No es mi mejor momento.

Lucía dio un trago al vino intentando recuperar la compostura después de estar con Guada. Su reacción la había dejado descolocada; siempre le ocurría cuando veía a alguien desmembrado por amor. No estaba segura de si sufría por envidia o por incapacidad para comprender su sufrimiento.

—¿Te has enamorado alguna vez? —le preguntó a Hugo.

—Bueno, de Belén...

—No mientas, por favor. Cualquiera puede ver que lo tuyo con ella es otra cosa, pero no amor.

Se quedó petrificado ante esa rápida y contundente afirmación. No esperaba tal reacción. Tampoco su pregunta, ni la visita adelantada al salón comedor del refugio.

—Una vez —dijo al fin—, pero me dejaron tirado demasiado rápido. María, una compañera de la escuela de interpretación. Un ángel al que la vida y el éxito convirtieron en el demonio conocido como indiferencia. —Hugo no había recibido ninguna explicación. María había dejado de llamar, de hablarle... El resto había tenido que construirlo él mismo para darle un sentido a su duelo. A su dolor—. ¿Y tú? —le preguntó.

Lucía no había vuelto a pensar en ello hasta aquellos días. No se había permitido recorrer aquel sentimiento que siempre había llevado un nombre que nunca le había pertenecido.

—¿Qué te ha dicho Edu antes de irse?

En lugar de responder a la pregunta de Hugo, Lucía había preferido indagar. Intentar averiguar si la marcha de Edu era definitiva o necesaria para que reflexionara y volviera con Guada. Ella había tomado la decisión de apartarse.

—Estaba mal y quería irse. Elvira y yo hemos procurado convencerlo, pero... no ha habido manera. —Hugo hacía lo mismo que Lucía. No contestar y mantener la conversación con Edu en la intimidad de dos extraños que se confiesan sin proponérselo. No había salida, ni solución, aunque Lucía se empeñara en buscarla—. Déjalo ir —dijo al fin, provocando que ella lo mirara fijamente—. Sabes que no hay nada por lo que tenga que volver.

La abogada estaba sentada en un sofá. Con los pies y las rodillas juntos. Sin apenas sentir su cuerpo, con el peso de los remordimientos. Trataba de encontrar un alivio para Guada, para ella misma también.

—Guada quiere irse. Venir aquí ha sido un despropósito.

Hugo se sentó a su lado sin querer interrumpirla. La comprendía más de lo que ella imaginaba, pues él llevaba todo el día con la misma sensación. Le hubiera gustado contarle la verdad: que no era el novio de Belén y que su presencia en esa celebración tampoco era una casualidad.

—¿Te puedo hacer una pregunta? —Lucía consintió casi sin prestarle atención. Estaba demasiado ocupada con el ruido de sus propios pensamientos—. La noche del accidente, ¿quién conducía el coche?

Después de escuchar a Hugo, Lucía tardó unos segundos en recomponerse. Se había quedado asombrada y con un temblor seco en el estómago. ¿A qué venía aquello? Lo miró en silencio sin responder. Trataba de entender la pregunta y las intenciones. Estaba segura de que Belén no había hablado con él de aquella noche, si no él no habría lanzado aquello...

—¿Por qué lo quieres saber?

Un nuevo interrogante como respuesta. Ella era la mejor desviando encrucijadas, y en aquella situación, su olfato le decía que había más hilo en la madeja del que parecía.

—Solo curiosidad... Debió de ser un golpe para todos y me extraña que no habléis casi de ello.

—¿Lo has hablado con Belén? —Lucía seguía mirándolo.

—Apenas... Perdona si te he molestado. No creí que fuera a...

—Voy a ducharme, no quiero llegar tarde a la cena. Voy a ver si convenzo a Guada para que no abandone el hotel.

Lucía se levantó sin querer darle importancia al comentario de Hugo, pero no podía quitárselo de la cabeza. Sobre todo porque no entendía qué podía haber detrás. ¿Curiosidad? Como abogada acostumbrada a leer más allá de las palabras, no le había parecido un comentario inofensivo. La perfecta careta de galán de Hugo la llevaba desconcertando desde el principio, pero no había reparado en ello hasta ese momento.

—Siento haberte molestado, de verdad que no era mi intención.

Lucía se giró ante sus nuevas disculpas. Lo observó tratando de leer si sus palabras transmitían verdad y, sobre todo, sinceridad.

—No te preocupes. Pero creo que es algo que deberías preguntarle a Belén.

Lo dejó al pie de la escalera con la copa en la mano, los zapatos lustrosos y el pelo hacia atrás, como un pretendiente que espera a su amada. Elegante pero frío. Con la mirada opaca y las verdaderas intenciones escondidas.

En el camino de vuelta a la habitación, Lucía se cruzó con Belén. Se sonrieron tímidamente desde lejos. Recorrieron el pasillo frenando la velocidad del paso sin saber si lo hacían por alargar el encuentro o por disfrutar un poco más de contemplarse en la distancia. Las dos habían crecido, pero seguían reconociéndose en los pequeños gestos de las adolescentes aprendices de besos. Su amiga iba con un jersey negro de cuello vuelto, unos vaqueros desgastados y unas botas. Se había pintado los ojos y puesto carmín en los labios.

—¿A por un poco de vino antes de la ducha?

Lucía se dio cuenta, por el comentario de Belén, de que seguía con la copa en la mano. Un comentario de cortesía que revelaba la realidad, que se habían convertido en dos extrañas con un pasado común que habían querido olvidar.

—Sí, me había quedado con frío después de la excursión...

—¿Todo bien? —le preguntó Belén.

Lucía sabía que le había leído su preocupación, el descoloque ante la pregunta de Hugo, y le iba a resultar difícil esquivar la respuesta sincera. Con ella siempre lo había sido.

—¿Qué le has contado a Hugo de la noche del accidente?

—¿A Hugo? —repitió con un repunte de desconcierto que sorprendió también a Lucía—. Nada. ¿Qué ha pasado?

—Me ha preguntado quién conducía el coche.

Belén la contempló con asombro mientras intentaba encontrar una respuesta rápida al repentino interés. Lucía llevaba el pelo revuelto y la mirada tan distraída como esquiva.

—Hugo es así de impredecible. Le habrá dado por ahí. No le des importancia.

Lo malo de dos viejas conocidas es que las mentiras no se pueden esconder aunque se camuflen como verdades. Lucía asintió sin insistir. Hugo no era su problema. Tampoco Belén ni la noche en la que Adrián murió. Todos habían pagado ya el precio, pero no le apetecía que nadie más, y menos un desconocido impredecible, hurgara en la herida por diversión o curiosidad.

—Pues dile que hay temas que es mejor dejarlos. ¿No te parece un poco desconsiderado que tú no seas capaz de hablar de ello y que tu novio vaya preguntando por ahí?

Belén sintió la estocada, pero la aceptó sin réplica. Lucía la había dejado sin derecho a ella. No había podido evitar dejarse llevar por la rabia inconsciente que sentía cuando estaba cerca de su amiga. No controlaba sus palabras. Tampoco sus emociones, pero comenzaba a no importarle. Hugo se había equivocado, algo que no debía volver a repetirse si querían que la convivencia siguiera en la extraña armonía que habían logrado.

Ya frente a la puerta de su habitación, Lucía llamó varias veces. Necesitaba una ducha. Asearse y ponerse a contar para detener la ansiedad que comenzaba a asomar.

Habría parecido una cena propia del día de Nochebuena, si no fuera por la falta de adornos, del árbol y de una batería de villancicos de fondo ambientando la sala y a los comensales. El resto, la tensión, los encuentros más forzados que deseados y las pocas ganas de reunión, cumplía a la perfección con el espíritu de Santa Claus.

Martín era el único que parecía estar a gusto en esas fiestas y en Aspen. Él mismo se había encargado de que fuera Mariah Carey la que los acompañara en la velada. Seguía pletórico, sin atender a las pequeñas fisuras que aquel encuentro comenzaba a evidenciar.

—No vuelvas a atreverte a contarme nada que esté condenada a callar —le soltó Cris a Sebas.

Había llegado sola. Sin Diego. Aunque lo habían intentado, finalmente la habían tenido. Ella llevaba mal la contención. No poder explosionar la cena confesando la mentira de Martín a Lorena era, para Cris, como haber engullido una granada sin anilla.

—Querida, en este encuentro, todos somos cómplices de lo que ocurre. Hace años me prometí que no me tragaría ninguna mierda de nadie, y mucho menos yo solo.

—Diego me ha pedido que no nos metamos. Que lo dejemos correr.

Sebas no se sorprendió de su reacción. En realidad, diciéndoselo a Cris le había pasado la patata caliente porque él no era capaz de decidir qué era preferible: si esconder la cabeza como había sugerido Diego o provocar que explotara la granada, que era lo que parecía querer hacer Cris.

—¿Y no crees que es lo mejor? ¿Por qué crees que Martín me lo ha confesado?

—¿Qué quieres decir? —Cris bebió contemplando cómo el aludido se movía al compás de Mariah Carey mientras animaba a Lorena a unirse a él—. ¡Dios! No puedo ni mirarlo. ¡Qué asco!

—Que Martín nunca hace nada sin sacar tajada... ¿No crees que puede querer que Lorena se entere?

Sebas sabía que era una reflexión alejada de la realidad, pero necesitaba calmar a Cris, que había llegado a la cena dispuesta a soltarlo todo.

Lucía y Guada fueron las últimas en incorporarse. A Lucía le había costado convencer a su amiga para que bajara a cenar y tratara de distraerse. No era fácil seguir allí. Tampoco mirar a aquel grupo de extraños sabedores del desplante de Edu y, seguramente, los motivos.

—¡Me alegro de verte! Creí que habías sido la siguiente en abandonar el barco...

Hugo llegó al rescate de Lucía, interesándose por Guada. La miró con ojos de seductor y amplia sonrisa, dispuesto a ser el guardián de su disfrute.

—¿Una copa de champán? Será mejor seguir brindando por la vida, ¿no te parece?

Guada aceptó la propuesta y el brindis y decidió en ese preciso instante que no iba a llorar penas ni a mendigar amor a nadie más. Lucía los dejó solos, escabulléndose de la escena y buscando cobijo en Diego, que, tan pronto como la vio, la cogió del brazo y la llevó a un aparte.

—¿Cómo estás? Veo que tu... compañera no se ha ido.

No le gustó su comentario, y menos aún la intención que escondía debajo.

—¿A qué viene esto, Diego? —le preguntó Lucía sin entender el comportamiento de quien había sido hasta el momento su mayor aliado allí.

Diego la miró sin ganas de responder con honestidad porque, en realidad, ni él mismo tenía la respuesta. Había tomado unas copas de más y la situación de estar encerrado en aquel refugio, con aquella gente, volvía a explotarle en la cara. La discusión con Cris había reventado la burbuja de romanticismo de pareja y lo había devuelto a ese encuentro indeseado con su pasado y con sus antiguos amigos.

—¡Vamos, Lucía, ser tan mojigata no te pega! En este grupo todos tenemos nuestros secretos y tú el tuyo...

Se puso el dedo índice sobre la boca ocultando media sonrisa y esperando la respuesta de Lucía, quien, lejos de contestar, terminó por huir de aquella situación que la había incomodado sobremanera. Lo dejó solo delante del gran ventanal del salón, de espaldas a la gran mesa rectangular dispuesta con todo lujo de detalles, incluso con los nombres escritos sobre los platos para distribuir a los asistentes.

—¿Has visto esto? —le dijo Martín a Lorena mientras cogía el nombre de Guada, colocado al lado del suyo, y lo cambiaba por el de Lucía.

—¿Qué haces? ¡Van a darse cuenta! —le advirtió ella.

Martín ignoró a su mujer. No era la primera vez que hacía trampas en una mesa con la adjudicación previa del lugar de los comensales. En su otra vida, la de político, estaba acostumbrado a hacerlo. La sutil diferencia era que no lo hacía él directamente, sino alguien en su nombre. Estaba seguro de que habría quien percibiera el cambio, pero era poco probable que requiriera el orden establecido en la mesa.

—¿Podemos sentarnos ya?

Belén se había acercado a la cocina para agradecer en persona el esfuerzo a Nicola, su chef, y a todo su equipo, que se había trasladado hasta allí expresamente para la ocasión. Iba acompañada de Monti, que desde que se habían encontrado se había convertido en su sombra.

—Todo está listo. Cuando quieras, podéis ir a la mesa.

Nicola y su equipo, manteniendo la tradición, dedicaron un gran aplauso a Belén después de sus palabras de agradecimiento. Cocinar, en aquel lugar no acondicionado, una cena de primera como las que ellos acostumbraban a servir había sido una gesta que se debía valorar. Nicola era su hombre de confianza, al que recurría cuando organizaba algún acto benéfico o de trabajo. Nunca hasta ese momento lo había solicitado para uno personal.

—Te diría que es el evento más importante para mí. Tómatelo como si fuera el reencuentro de una gran familia.

Ellos no formaban parte de su familia, pero eran lo más parecido a una que había tenido en años. Belén gozaba de poca vida social, y cada vez era más solitaria, menos de alta cocina y más de purés de verdura y sándwiches de pollo y mayonesa. Aquella cena era especial para ella. Nicola lo sabía, como también estaba al tanto de que debía serlo para el grupo. La última cena antes de que Adrián cumpliera cuarenta.

—¡Todo tiene una pinta estupenda! —señaló Monti paseándose con toda libertad por la cocina bajo la mirada atenta de Elvira, a la que parecía que no le hacían demasiada gracia las confianzas de la guía.

—¡Gracias, Nicola, de veras! También gracias a ti, Elvira, por coordinar todo esto con tan escrupuloso detalle.

Elvira recogió el inesperado halago con una tenue sonrisa. En todos los años que llevaba trabajando para Belén, podía contar con los dedos las palabras de agradecimiento que había recibido de su parte. No las necesitaba, pero le gustaba como a cualquiera saber que su trabajo era valorado. En ese momento de debilidad, aprovechó para pedirle a Belén, con un sutil gesto, un aparte alejada de Monti, que se había hecho la dueña de la cocina, compartiendo con el chef y su equipo divertidos comentarios.

—¡Guada me ha pedido irse esta misma noche! ¡Después de que su chico se marchara, no quiere seguir aquí!

A Belén no le sorprendió la noticia, pero, por algún extraño motivo que su secretaria desconocía, le pidió que tratara de convencerla para que se quedara una noche más.

—¿Seguro? Había previsto acompañarla yo misma al terminar la cena y que Ramón la llevara esta misma noche a Madrid.

—Gracias de nuevo, Elvira, pero me gustaría impedir una nueva huida. No creo que sea bueno para el grupo. Parecía que comenzábamos a estar unidos y lo de ese chico ha supuesto un retroceso...

Volvió a insistir y al mismo tiempo a agradecerle a Elvira su buen trabajo. Ella asintió con la cabeza, aunque no era tan optimista como Belén respecto a la buena cohesión del grupo. Aquella reunión le seguía pareciendo una olla exprés a punto de estallar y nada resultaba suficiente para evitar la inmolación grupal.

—¿Estás segura? —repitió tenuemente.

—Del todo. Puedes decirle a Ramón que se vaya a descansar. Hasta mañana no lo necesitaremos.

Ella no dudaba como Elvira. Puede que porque deseaba que aquello reventara y al fin se pusieran sobre la mesa los reproches enquistados de cada uno de ellos. O puede que porque su regreso al pasado le había atrofiado el olfato para descifrar realidades antes de que ocurrieran. Elvira se quedó en la cocina con Nicola y su equipo, que, como una orquesta, funcionaban sin un acorde fuera de lugar. Abrió la botella de Dom Pérignon, también siguiendo la tradición, y sirvió dos copas.

—Querido, espero que esté a la altura de tus platos.

—*Salute, cara mía!*

Los dos eran ya viejos amigos que habían danzado en bailes más complejos que aquel. Siempre bajo la batuta de Belén, que sabía llevarla muy bien, manteniendo las distancias, guareciéndose de las emociones propias y de las ajenas. Renunciando a la vida, que nos hace imperfectos. Desde que había comenzado a organizar aquella reunión con el pasado, Elvira se había dado cuenta de que su jefa, de forma premeditada o inconsciente, empezaba a romper el cascarón.

—¿Cómo me ves? —le preguntó Belén antes de encontrarse con sus invitados. De las primeras veces que traspasaba los límites de lo profesional.

—Bien, como siempre.

Elvira prefirió seguir en la línea conocida. No hablar con Belén, sino con la doctora Collet. Intimar con sus superiores le había traído malas experiencias de excesos de confianza mal entendidos en todos los sentidos. Ella llevaba una vida a la antigua, parecida a la de las amas de llaves del siglo pasado. Vivía sola, en un pequeño apartamento, sin gato, ni pareja, ni demasiados amigos. Rodeada de libros y de los vinilos de Frank Sinatra que su padre escuchaba cuando era pequeña. Era joven, treinta y pocos, pero nunca se había sentido así. Ni siquiera con veinte. Le gustaba sentirse productiva, ejecutora de los deseos de los otros. Belén se había fijado en ella porque había reconocido su falta. Su necesidad de huir de sí misma, como también ella había hecho. La fidelidad incondicional al trabajo solo se logra cuando los deseos propios son inexistentes. Cuando vives con la bolsa vacía y precisas que otros te la llenen.

Así era Belén con su trabajo, igual que Elvira.

La realidad era que Elvira no la veía como siempre y puede que tampoco la viera bien. Desde el otro lado del cristal de la puerta, la observó entrar en el gran salón sin el temple de su pisada. Levemente más pausada. ¿Insegura?

Belén no estaba insegura, pero sí distinta. Volvía a acariciar a la niña que se había esfumado con la muerte de Adrián, con la desaparición de su padre, con el fallecimiento de su madre. Nada había sido igual desde entonces. Ella tampoco.

Fue la primera en sentarse a la mesa. Lo hizo en una de las cabeceras, presidiéndola. A cada lado, cuatro comensales, y frente a ella, su supuesta pareja, Hugo. Sebas había imaginado una distribución más al estilo de la última cena, con Jesucristo en el centro y los apóstoles rodeándolo, incluido un Judas cuyo nombre podría ser Martín. Cris había logrado cabrearlo un poco más, pero verse situado a un lado de Belén le otorgó a Sebas un privilegio inesperado que cambió su estado de ánimo.

—¡Habrá que felicitar a Elvira! ¡Menuda mesa!

Delante de él, se sentó Diego, que, por el contrario, no estaba demasiado satisfecho con el puesto de honor concedido. Martín sintió el pinchazo de la envidia al contemplar la escena y no haber pensado en intercambiar su nombre por el de Sebas.

—Puede que el protocolo de posiciones, viéndote a ti, esté equivocado, ¿no crees?

—Te cedo mi lugar —respondió en seguida Diego— si así vas a estar más adorable.

De inmediato, Belén puso su mano sobre la de Diego para impedir el cambio. Miró a Martín inquisitivamente y este comprendió con rapidez y declinó la invitación de su amigo. No le gustaba quedarse en segundo lugar. Relegado a filas.

—¿No te apetece mi compañía?

Lucía también hubiera preferido estar junto a ella, pero no le sorprendió ocupar segundas filas. Tenía enfrente a Guada, que no le había dirigido la palabra desde que habían llegado al salón. Martín, entre tanto, miraba con desprecio clasista a Monti, a quien tenía delante. Nunca había entendido ni considerado a la gente de montaña, tan apegada a la tierra y crítica con la avaricia del poder. Si no hubiera sido por su mujer, habría cambiado su nombre por cualquier otro. Hugo observó a Belén intentando dilucidar si su lugar como cabeza de mesa también se debía al protocolo bien aplicado o a la distancia real que había entre ambos desde la conversación de la noche anterior. A sus lados, Lorena y Cris.

De todos, la que peor llevaba la distribución era Cris. Sentada frente a Lorena y al lado de quien no quería ni debía estar si la velada tenía que terminar bien: Martín. ¿A quién se le había ocurrido colocarla a su lado? Cris fusiló a Sebas con la mirada. Este sabía a la perfección qué clase de pensamientos ocupaban su cabeza. Levantó su copa y brindó con ella en la distancia. A veces el destino gasta bromas pesadas como la de sentar a Martín junto a su peor enemiga en aquella cena.

Un par de camareros aparecieron con bandejas llenas de marisco para marcar el inicio de una cena de gala en un entorno rústico. Sebas comenzó a aplaudir la sincronía de los jóvenes que desfilaban hasta llegar a la mesa. El resto lo imitó sin demasiado entusiasmo.

—¡Bravo! ¡Bravo! Querida, qué gusto has tenido siempre para elegir camareros.

—Son camareros, no gigolós a tu servicio.

Diego no había podido evitar cortar el recorrido de la mirada de Sebas hacia cada uno de los jóvenes que distribuían, a buen ritmo y en cada plato, el marisco.

—Cariño, no infravalores a tanto adonis suelto. Apuesto a que esta noche mi colchón sufrirá en exceso —comentó justo cuando el más bajito le colocaba delante un plato con cuatro ostras servidas con hielo picado y un par de gajos de limón—. ¡Gracias, rey! —añadió guiñándole cómplice un ojo—. Con estas exquisiteces me vuelven reminiscencias de mi lejano pasado heterosexual. ¿Gustas, querido, o demasiado empacho para ti? —le preguntó a Diego ofreciéndole las ostras.

—No sabes lo que te pierdes.

—¡Al menos yo lo he probado para poder rechazarlo! Ya sabes que siempre he estado dispuesto para tu primera vez. ¿O sería la segunda?

Diego dejó el langostino sobre el plato al recibir aquel comentario de Sebas. Sabía que se estaba refiriendo a Wes, el hombre que lo había apadrinado, enseñado el oficio y dejado en herencia el Paradís.

—Como te atrevas a traspasar esa línea, el que no va a poder dormir en ese colchón esta noche vas a ser tú.

—¡No sé si me excita más la ostra o tus ganas de golpearme!

—Los años, lejos de deteriorar vuestro amor, lo han intensificado. ¿Brindamos?

Belén se levantó alzando su copa para invitar al resto a unirse. No tenía nada preparado. No sabía muy bien por qué se había decidido por empezar con un brindis. No quería comenzar hablando de Adrián, aunque no pudo evitar mirar al cielo para rescatarlo de nuevo de sus pensamientos.

—Quiero agradeceros vuestra paciencia. Sé que no está siendo fácil resistir la tentación de salir corriendo como hemos hecho todos estos años. Tampoco está resultando sencillo para mí teneros de nuevo aquí, pero, aunque os sorprenda, me está gustando más de lo que había imaginado.

Aquellas palabras y la emoción en los ojos de Belén acallaron cualquier comentario o conversación paralela.

—Quiero agradecer a Lucía que haya cedido y nos haya permitido dormir aquí y no al raso. Has completado tu deseo a medias, pero estoy convencida de que, a estas alturas, Adrián lo hubiera aprobado.

Lucía sintió el rubor en sus mejillas. No recordaba la sensación que solía atravesarla cuando ella y Belén se miraban durante un tiempo prolongado. Metió el cuello y la barbilla hacia dentro en un intento de desaparecer. Guada observó su reacción, resolviendo finalmente el interrogante: el amor de Lucía por Belén seguía intacto, por mucho que se hubiera esforzado por enterrarlo. Sintió envidia. Una maldad desconocida recorrió su cuerpo y deseó hacer explotar la burbuja. Bajó la copa. Fue la única. Fue la manera de que Belén apartara la mirada de Lucía, y todos, de Belén.

—Lo siento, es que se me carga el brazo si lo tengo tanto tiempo levantado.

Sospechas. Nadie se creyó demasiado sus palabras. Era evidente que mentía. Una mirada fugaz y reveladora a Lucía. La envidia se le había despertado en forma de ola destructora. Necesitaba hacer daño. Rasgar lo más preciado de su amiga: Belén. Ella había perdido a Edu sin posibilidad de despedirse. Ofensa. Las espadas en el corazón nunca sabes dónde terminan y a quién le serán devueltas. Guada sí que lo sabía: a Lucía y a Belén. Lo decidió esa misma noche.

—Espero que esta cena sea de vuestro agrado —prosiguió la anfitriona—. Mi querido Nicola la ha preparado con todo el amor y el talento que tiene. Gracias de nuevo por estar, por resistir, por aguantar un día más.

Llegó el brindis. Todos bebieron. Cada uno con su pensamiento. Lorena se fijó en la mirada envenenada de Cris a Martín y en cómo le retiraba su copa, para sorpresa de él, al contrario que Sebas y Diego, que decidieron juntar las suyas, puede que por primera vez en años. Hugo lo hizo en la distancia con Belén. Le había gustado la desconocida sencillez que ella había mostrado en sus palabras. La verdad suele ser humilde. Él también sentía un revoltijo de emociones. Inesperadas. La vida se impone y termina cogiendo el timón. Guada brindó con él. Sintió emerger un deseo en su bajo vientre. ¿Hugo? Le guiñó un ojo y mostró una radiante sonrisa. La gata en celo había despertado. Nunca se había entretenido en leer los prospectos de los medicamentos, tampoco los de la ética del bien y del mal. Guada estaba soltera, herida y con deseos de venganza.

—¡Por los corazones solitarios!

Lo dijo con descaro. Las copas de Hugo y Guada resonaron con fuerza. Como el instinto animal. Como si estuvieran solos. Con la burbuja del deseo que nos inhibe de cualquier lugar, situación o pareja. A ella no le importaba que Hugo estuviera con Belén. Quizá esa noche podría empezar otro trío y, en ese caso, ser ella la amante, y Lucía, la que recibiera la estocada y la muerte.

Todos se volvieron a sentar para seguir con el festín. Belén sintió la aguja afilada de la ausencia. Perdió su mirada a través del gran ventanal. Todo estaba oscuro fuera. La oscuridad de la vida que tanto nos cuesta ver y reconocer. Miró de soslayo a Lucía. Y luego a Hugo. Y luego a ella misma. Ninguno somos lo que parecemos.

—¿Estás bien? —le preguntó Diego—. ¿No comes marisco?

—No, últimamente me sienta mal. Pero estoy bien, gracias. Solo que estos días el dolor aparece con una intensidad olvidada...

«¿No era lo que querías reuniéndonos a todos?», pensó Diego, pero no se lo dijo. Había enterrado el hacha de guerra. No comprendía ni quizá compartía la necesidad de aquel maldito encuentro con el pasado, pero incomprensiblemente decidió que necesitaba seguir viviéndolo. Desde la honestidad. Con rencor y amor a partes iguales. Como los latidos del corazón.

—¿Cómo se besa a una mujer? —le había preguntado Adrián a Diego antes de su segundo encuentro con la joven Monti.

Diego había sonreído y lo había abrazado despeinándolo al mismo tiempo. Se había sentido como un hermano mayor. Responsable, protector y orgulloso de él.

Miró a Belén y volvió en sí. Contempló sus labios, recordando que habían sido sus primeros besos, y se quedó demasiado rato en ellos sin ser descubierto.

—¿Le ocurre algo a mi boca? —le preguntó Belén con la sonora carcajada cómplice de Sebas, que esperaba con gusto la respuesta de Diego.

—No. Le ocurre algo a mi cabeza, que tampoco cesa de viajar al pasado. ¿Sabías que Adrián me pidió consejo antes de besar a Monti por primera vez?

A veces, hay comentarios en una mesa llena de gente que logran silenciar conversaciones y que todo el mundo se prepare para la escucha. Aquel fue uno de esos. Puede que fuera porque alguien, por primera vez, se atrevía a hablar de Adrián y a compartir algún recuerdo vivido.

—Yo tampoco es que por entonces hubiera besado a muchas chicas...

—¿No eras un destripador de corazones todavía? —preguntó divertido Sebas.

—No, pero si lo hubiera sido, no le habría dado un mejor consejo.

—¿Y cuál fue? —preguntó Cris desde la otra punta de la mesa.

Deseaba seguir escuchando a su marido. Contemplar cómo en su rostro aparecía un brillo perdido. Los recuerdos, lejos de hacernos viejos, nos devuelven juventud.

—Deja que te bese ella. Siente su deseo en tus labios. No trates de demostrar nada. No pienses en lo que ocurre más abajo, sino en sus besos. En cómo quiere más... Concéntrate en el movimiento de los labios, de las lenguas y... ¡disfruta!

Diego evocaba, mientras respondía, los ojos encendidos de Adrián. Su boca abierta, concentrado en retener cada detalle de las instrucciones de Diego. Estaba muy nervioso. Sonrió frotándose el pelo y bajando la mirada.

—No te preocupes, que apuntas maneras...

—¿De qué?

—De convertirte en un experto besador.

Diego lo había abrazado otra vez revolviéndole de nuevo el cabello y retándolo a una carrera para soltar adrenalina. Nervios antes del encuentro.

—Y así fue —interrumpió Monti—. El beso más maravilloso que me han dado jamás. Adrián me escondió en la esquina de una de las callecitas del pueblo. Al lado de una pequeña fuente. Nos sentamos en el bordillo y me miró con esos ojos que te hechizaban y te dejaban sin aliento. Se fue acercando despacio, sin dejar de mirarme, hasta que rozó mis labios y esperó paciente mi reacción. No sé cuánto tiempo duró, pero con aquel beso me ganó para siempre.

Monti estaba llorando. El recuerdo la había embargado de emoción. Todos sintieron las mariposas en el estómago. La ternura de Adrián. La belleza de la escena. La inocencia de aquel primer beso. El despertar a la vida, al amor, al sexo..., a la piel erizada, a los escalofríos del alma, al perfume del otro...

Belén cogió la mano de Diego con fuerza y comprobó que le temblaba. Lo mismo que sus labios y su barbilla. Bajó la cabeza. No quería llorar. Respiró entrecortadamente. Carraspeó un par de veces buscando un modo de salir de allí.

—Pues ya podrías haberme ilustrado, Diego, porque no creo que nadie recuerde mi primer beso así —dijo Martín.

—Y el último me da que tampoco —le respondió Cris con una brusquedad que, lejos de molestar a Lorena, le provocó la risa.

Llevaba razón, pero no podía confesarlo si quería hacer amago de complicidad. Por esa misma razón no podía dejar de reír. Cris se le unió y poco después el resto, ante la incredulidad y sentimiento de ofensa de Martín, al que nuevamente se le habían escapado las sutilezas de la vida que viajan en una frecuencia distinta a la de la ambición.

—¡Por los primeros besos, joder!

Sebas fue el que se levantó ofreciéndose a brindar de nuevo con Diego. Belén y Lucía volvieron a cruzar sus miradas echando de nuevo el colibrí a volar. Guada y Hugo se rozaron con la mirada, sin atreverse a mantenerla. Cris le lanzó un beso a Diego, que lo recogió con los ojos brillantes y una pequeña sonrisa.

—¡Y por el maestro! Al César lo que es del César.

Diego juntó su copa con las de Sebas y Belén. El resto volvió a levantarse para brindar de nuevo. El más molesto, Martín, que seguía indignado con el comentario de Cris y la reacción de su mujer. Lo que ignoraba era que eso sería solo el principio de lo que estaba por llegar. Cris había decidido emprender una cruzada contra él mientras Diego no le permitiera confesar su mentira. Sebas alzó su copa mirándola y ella hizo lo propio. Los dos se habían entendido. Los dos habían determinado lo mismo: si no podía ser muerte, sería susto.

Tras la cena, ninguno se retiró. Ni siquiera Guada, que había descartado definitivamente abandonar la aventura.

—Me alegro de que te quedes —le dijo Lorena.

—¿De verdad? —preguntó ella medio extrañada medio divertida por el comentario complaciente, pero vacío de contenido.

—Bueno, es cierto que no nos conocemos mucho, pero que vaya desapareciendo la gente según pasan las horas me inquieta un poco... Así que me alegro de que hayas decidido seguir.

Las dos chocaron sus copas de *gin-tonic.* Al igual que había sucedido con la cena, como por arte de magia, Elvira y Nicola habían instalado discretamente un completo mueble bar con todo tipo de bebidas y lo necesario para continuar la noche.

Todavía no era el cumpleaños de Adrián, pero sí la antesala de la celebración. La cena había transcurrido con más tranquilidad de la esperada. Cris había optado por dejar las pullas a Martín para cuando estuvieran a solas. Estar frente a Lorena le complicaba las cosas y, por el momento, no deseaba una nueva crisis con Diego, pero cuanto más lo observaba, más rechazo le producía. ¿Cómo podían haber sido amigos de aquel semejante espécimen?

Martín llevaba unos minutos llenando el escenario con sus bailes desacompasados, repletos de movimientos molestos a la vista. De nuevo, había conectado con el chaval desencajado con la vida. El mismo que, en los veranos en Ajo, espantaba a todos de la pista de baile de la cueva. Pocas cosas habían cambiado dentro de él. Seguía sin importarle no ser acompañado, ser criticado o detestado, por sus nulas dotes para el baile. Su percepción estaba a varias galaxias de la del resto de la gente y las evidencias se evaporaban. Bailaba cada uno de los éxitos de los noventa de una lista de Spotify que había preparado para la ocasión. Los demás no se movían, pero con cada tema, lo quisieran o no, el espíritu de aquellos años se apoderaba del ambiente como esa niebla que, sin que te des cuenta, te rodea y no te deja ver más allá.

—¿Has dicho la verdad antes? —le preguntó Sebas a Monti—. ¿El primer beso de Adrián fue tu mejor beso?

Monti y Sebas contemplaban cómplices la dantesca escena de Martín sentados en uno de los sofás del salón. Cada uno con su copa. Distintos. Con la seguridad de que, de haberse cruzado en otro momento de la vida, se habrían ignorado. Ella de campo, él de asfalto y satén. Ella honesta, él cínico. Ella sencilla, él de lujo barroco. Monti era un par de años mayor que Sebas, pero los años en ella corrían como en los perros, se multiplicaban por siete. Tenía la piel ajada, el pelo cortado sin forma —puede que por ella misma, pensó Sebas en un vistazo rápido y nada disimulado—, con las canas al aire, no por modernidad, reivindicación o rebeldía, sino por...

«¡Por *flow*! ¿No lo llamáis así los modernos?», le habría contestado Monti si leyera sus pensamientos.

Hay gente que piensa en voz alta y Sebas era de todo menos discreto, hasta para sus cavilaciones internas.

—Sí. —Monti prefirió responder a la pregunta sobre el beso de Adrián—. Después de ese ha habido muchos más, pero he dicho la verdad. Fue mi mejor beso.

Sebas la miró con la sonrisa caída y la satisfacción disimulada de encontrarse con alguien sin miedo a exponerse.

—¿Tienes novio ahora?

—Bueno, no podría llamarlo así.

Comenzaba a interesarse por la vida sentimental de aquella mujer rústica que, según creía, escondía más excelencias de las que procesaba la evidencia de su desafortunado vestuario.

—Soy la amante de un buen hombre de familia de campo y, aunque vivo en la sencillez y en comunión con la naturaleza, no me apetece seguir mucho tiempo así. ¿Y tú?

Sebas no había podido cerrar la boca ante semejante explicación. Los bailes de Martín habían quedado relegados al olvido ante la explosiva vida sexual de la mujer de montaña. ¿En los pueblos los cuernos gozaban de otro color? Él era un ignorante de la vida rural, pero le producía curiosidad las similitudes de las intimidades que se sucedían en el interior de las alcobas.

—Yo una vez me acosté con un camionero.

—¡Menuda gilipollez!

Monti y él se miraron antes de estallar en una risa sin fin. De fondo sonaba el tema *Sweet dreams* de Eurythmics. La complicidad había sorprendido a ambos. Sebas estaba de acuerdo en que, en un intento de simbiosis experiencial, había soltado la mayor estupidez de los últimos años. Observó a Monti. No imaginaba que pudieran ser tan iguales y tan distintos al mismo tiempo.

—¿De dónde has salido tú? —le preguntó con un tono bañado en verdad.

A continuación, brindó su whisky con la copa de Monti. ¿Un *bloody mary*? Una sofisticación que contrastaba con su apariencia descuidada, pensó. Ella era una incógnita. Tenía carácter, un ingenio sagaz y un pensamiento que, como el de él, corría a la velocidad de la luz. Pudieron comprobarlo describiendo los detalles escondidos de aquella noche y sintiendo que ninguno se quedaba atrás en cada observación. Los lados opuestos, igual que se repelen, se atraen hasta sentir un amor tan singular como inolvidable.

—¿Te interesa una confesión de un payaso como yo?

Monti se quedó callada, reconociendo con su silencio los momentos que, en medio de la estridencia, se abren a las verdades más recónditas del alma. Él se acarició el pelo y se palpó los labios con el índice y corazón de su mano derecha. No sabía si seguir callado o compartir el viejo tormento. Su mirada se perdió.

Una y media de la madrugada del 12 de diciembre de 1997.

Adrián y Sebas en medio de un tumulto de jóvenes con el torso desnudo o con camiseta blanca ajustada a los músculos. El sudor en la frente, el cuerpo y las mandíbulas algo desencajadas. Los dos moviéndose al compás de la música *house* y del ritmo de los gogós que amenizaban los rincones de la inmensa discoteca.

—¿Sabes que este lugar forma parte de los anales de Madrid?

Sebas, ya de joven, era una enciclopedia de la historia del papel cuché de España y, al descender la famosa escalera de la mítica sala, se sintió a la altura de Frank Sinatra,

Ava Gardner o Lola Flores. Una estrella rodeada de diversión y perversión a partes iguales. Él y Adrián acababan de compartir medio éxtasis antes de entrar. ¡Al fin allí! Lo habían logrado después de que un conocido de Sebas los pusiera en lista. Aquello era el edén soñado para él y una aventura más para Adrián.

—¡Esto es la hostia! —le respondió Adrián con la mirada fija y la sonrisa congelada—. ¿Cómo se llamaba el sitio?

—Pasapoga.

Aquella fue la primera noche para los dos en una de las discotecas más famosas del moderneo de Madrid, pero también la última para Adrián. Cinco días después estaría muerto. Si la vida los hubiera avisado, puede que nada de lo que vivieron hubiese ocurrido. Disfrutaron creyendo que la vida comenzaba a sonreírles.

—¿Quieres venirte a vivir conmigo? —le preguntó Sebas en medio del colocón y la fiesta.

—¡Qué dices! ¿Estás loco? No tengo pasta para pagarte nada.

—Bueno, el piso es de mi abuela. ¡Siempre puedes ser camarero los fines de semana!

No pudo contenerse. El éxtasis comenzaba a hacerle demasiado efecto y no podía retener las ganas de amar a toda costa y de concederle todo a Adrián. Este, lejos de rechazar la propuesta, comenzó a gritar y a saltar con la euforia metida en la piel mientras Sebas reía sin parar y el resto silbaba celebrando la explosión de felicidad. La noche de drogas compartidas en una sala de colores dejaba los negros del alma para la soledad. Adrián estaba feliz, se sentía un ser afortunado por tener un amigo como Sebas y la energía de poder con todo lo que la vida le pusiera por delante. Contagiado por el ritmo, el calor y el ambiente, se quitó la camiseta y se quedó con el torso desnudo originando una pequeña ovación en los clientes de al lado, que seguían la escena sin olvidarse de marcar el ritmo de la música con el cuerpo. Nada se detenía en aquella noche de éxtasis. Todo funcionaba como en una ensoñación de mentes jóvenes dispuestas a descorchar la vida y perderse en la espuma. Sebas saltaba también; sonreía y movía su cuerpo con ligeros espasmos. Estaba contento. Su mejor amigo le había confirmado que vivirían juntos.

Nunca llegó a ocurrir y, con los años, Sebas reconoció que habría sido el mayor error de su vida. Por aquel entonces todavía creía que se le podía ganar la batalla al amor y desviar la evidencia de la flecha que el caprichoso Cupido clavaba en lo más profundo del corazón.

Adrián, dejándose llevar por la fiesta, el ambiente y la euforia por el giro que estaba a punto de dar su vida, se abalanzó sobre Sebas y pegó su torso al de su amigo provocando una descarga eléctrica inolvidable. Los dos se mantuvieron abrazados, bailando uno contra el otro, sonriéndose, celebrando todo lo que tenían y lo que creían que estaba por llegar. En aquel éxtasis de sensaciones, Adrián lo besó. Lo hizo con la pasión, con la droga, con el alma rebosante de felicidad. El deseo recorrió cada poro de sus cuerpos, que se perdieron en una de las esquinas de la mítica sala que había acogido tantas otras historias furtivas impregnadas en aquellas paredes de terciopelo.

Una cadena de besos, de caricias, de tocamientos impulsivos, calientes, gozosos. Todo estaba bien. No había nada que temer, todo estaba por vivir. Sebas y Adrián se enrollaron aquella noche. Fue la primera y la única vez. Pero lo disfrutaron con la complicidad de quien no quiere que nada acabe y sí que todo dure para siempre. Incluso la vida. Aquella noche compartieron besos y amantes. Se dejaron querer por cuantos quisieron jugar con ellos, pero sin dejar de besarse entre ellos. Sebas siguió a Adrián, que parecía desear, como Ava Gardner, beberse la vida aquella noche. No vieron amanecer en el Retiro, sino dentro de un antro cuyo nombre y localización Sebas todavía, veinte años después, es incapaz de recordar.

No se acostaron. La noche terminó con cada uno con un amante. En el caso de Adrián, una joven que apareció en el último momento en el *after* y eclipsó cualquier posibilidad de que los amigos acabaran juntos en la cama. Sebas, como buen estratega, ya conocía la importancia de una retirada a tiempo. Besó al primero que se le presentó.

—Querido, creo que me voy a quedar con este para rematar, si no te molesta.

No quería sufrir ni confesarle nada a su futuro compañero de piso. Adrián le propinó un buen cachete en el culo. Cómplice, divertido, pero con la mirada puesta ya en la chica vestida de negro y pelo despeinado a lo Madonna en *Buscando a Susan desesperadamente.* Se dieron por despedidos. Cada uno por su lado. Así eran. Así querían seguir. Amigos. Cómplices.

—Nadie ha podido superar aquellos besos.

Al fin, Sebas se había atrevido a confesarlo. Era una evidencia para muchos, pero uno no toca tierra firme hasta que la pisa con sus propios pies, y eso era exactamente lo que acababa de hacer al declararle a Monti su amor por Adrián.

—Ese día supe que era el amor de mi vida y... vivo con la pena de no habérselo podido decir.

Dio un gran sorbo hasta terminar el whisky. Se levantó para disimular la emoción en sus ojos, el temblor de piernas y la fragilidad del momento. No esperó ninguna respuesta, no quería compasión ni más compañía.

—Voy a por otro. ¿Quieres?

—No, todavía sigo dándole a este —respondió ella señalando su copa y captando al vuelo la necesidad de intimidad de Sebas.

Ninguno estamos blindados a los golpes del amor, aunque muchos como Sebas decidan vivir como si lo hubieran logrado.

—¿Un cigarro? —le dijo Diego, interrumpiendo su huida campo a través por la noche abierta.

Él también había salido a respirar. Estaba acostumbrado a trabajar durante la noche y no a vivirla de fiesta. Había bebido deprisa y estaba borracho. De haber podido, habría consumido cocaína para que se le bajara el pedo, pero desde la muerte de Adrián no había vuelto a probarla. Una promesa más que, hasta el momento, había cumplido.

Sebas aceptó el cigarro. Estaba hundido en los recuerdos de la noche más maravillosa de su vida y al mismo tiempo su peor pesadilla. Nada ni nadie habían podido ayudarlo a superar aquello. Lo peor era que sabía que ni siquiera lo que recordaba era real, sino producto del desenfoque del éxtasis y de la mitificación que produce en cualquiera una muerte repentina.

—El muy cabrón en unas horas hubiera cumplido cuarenta años.

Se sorprendió por la referencia directa de Diego al cumpleaños de Adrián. En ninguno de sus encuentros de noche de todos aquellos años lo habían mencionado. A Sebas no le salían las palabras. Solo podía seguir fumando y contemplando las estrellas sentado en un viejo banco de madera en el porche del refugio.

—¡Qué silencio! ¿Verdad? —Diego, al contrario que Sebas, necesitaba hablar—. Desde que murió, cada día me levanto pensando en si será el último.

—Yo durante años me pregunté por qué tuvo que ser él y no otro quien muriera.

Diego, que estaba apoyado en la barandilla de madera, se giró para mirar a Sebas. No le había molestado el comentario porque él también lo había pensado durante un tiempo. Seguramente todos.

—¿Un poco de ron para entrar en calor? —le ofreció Diego, y él aceptó de buen grado.

A esa hora, con el frío y con la conversación que amanecía entre ellos, cualquier bebida era bienvenida.

—Me duele estar con vosotros —soltó Sebas—. Sigo enfadado, ¿sabes? No era su momento, teníamos muchos planes... ¡Se iba a venir a vivir conmigo!

—Lo sé —le confesó Diego, lo que hizo callar a Sebas y que levantara la cabeza del suelo—. No dejó de decírnoslo durante toda la noche. Estaba feliz porque el cachorro de la pandilla se independizaba al fin.

Hubo un silencio. Los dos, inconscientemente, se trasladaron a aquella noche. Uno por querer saber más y el otro por haberse quedado en el borde del abismo donde la vida se les había roto en mil pedazos.

Solo habían empezado a sonar los primeros compases y Adrián ya se había subido a uno de los escenarios del Paradís para dar rienda suelta a su momento exhibicionista. No podía evitar sentirse el ser más deseado del planeta y ponerse a tiro cada vez que el amor loco de The Cardigans estallaba. *Lovefool* llevaba unos meses petándolo y se había convertido en su himno. Su cuerpo serpenteaba con cada acorde, pidiendo amor, pasión y seducción.

Diego lo miraba sonriendo mientras comprobaba el increíble poder de imantación de Adrián sobre cualquiera que estuviera cerca. En menos de los tres minutos que duraba la canción, había logrado captar la atención de unas cuantas... y de unos cuantos. El Paradís era un lugar confuso, también para definirse, y ese era parte de su encanto y de su éxito. Abiertamente moderno, abiertamente loco. Todo lo que cualquiera pudiera imaginar ocurría allí dentro. La fiesta estaba asegurada. Eran los años de la segunda movida, de la llegada del nuevo milenio, del supuesto final del mundo. Adrián lo sentía así, lo que no sabía era que se equivocaba unos grados en su percepción: era su final el que estaba próximo. Al mundo todavía le quedaba...

—¡Otra vez! ¡Otra vez! ¡Joder, qué corta es!

No se cansaba de escucharla, de bailarla, de sentirla como si fuera él mismo quien la hubiera escrito.

—¿Un chupito? ¡Venga, que la vida es joven!

Se acercó a la barra donde estaba Diego y también la camarera, que no había dejado de contemplarlo durante su exhibición. Le sonrió. Se sonrieron. Sentía cómo el éxtasis llenaba sus venas de deseo de gozo.

—¿Controlas, verdad? —le dijo Diego mientras chocaban sus vasos de chupito.

No podía dejar de actuar como un hermano mayor y sabía que Adrián no tenía fin, tampoco con las drogas.

—Tranquilo, Diego, estoy súper a gusto. Lo que pasa es que esta noche me gustan demasiadas y ¡no sé qué hacer!

Se abrazaron y rieron mirando a la camarera, que lo había escuchado. Le guiñó un ojo y siguió atendiendo la barra. Adrián alzó los brazos y dio dos saltos pequeños sobre sí mismo. Un gesto muy de él, lo hacía desde que era pequeño y celebraba con Belén su última ola del día. Era su modo de mostrar al mundo que disfrutaba de la vida; que se sentía terriblemente vivo.

—¡Este lugar es la hostia, Diego! Y tú eres el puto amo.

—No, solo soy el relaciones públicas, Adri, pero gracias por verme así.

—Escúchame bien, Diego. ¡Un día tú serás el puto amo y romperás la pana! ¡Te lo digo yo! ¡El puto amooo!

Adrián se fue de nuevo alzando los brazos y dando pequeños saltos hasta fundirse con la gente en la pista de baile al ritmo de *Missing*, de Everything but de Girl. Otra de sus canciones, de las canciones de todos. Esa era la preferida de Belén. Adrián corrió hasta ella para abrazarla y moverse juntos al ritmo de la música. Todos, llamados por la canción, fueron llegando poco a poco, también Diego, que no pudo resistirse. Era su canción de grupo del año, el momento de reivindicarse y recordar que la amistad estaba por encima de todo... Habían creado su propia tribu y habían pasado de ser los cinco a ser los Intocables.

—¿Dónde está Lucía? ¡Lucíaaa!

Adrián le gritó para que corriera hacia ellos. Volvía del baño y, nada más oír la canción, empezó a subir la escalera de dos en dos para bailarla. Se abrió paso entre la gente mientras su cuerpo palpitaba y su boca se movía recorriendo la letra sin perderse. Belén, Diego, Martín y Adrián levantaron los brazos y se entrelazaron para recibir a su amiga, que, al llegar, se unió para cerrar el círculo y terminar de bailarla. Eran felices, estaban juntos, nada presagiaba que habían llegado al pico de la noche y que solo les quedaba descender..., descender a los infiernos.

—En el fondo, Adrián siempre fue un visionario —comentó Sebas—, a mí siempre me dijo que mi mejor pareja sería yo mismo.

—¿Entramos? —lo cortó Diego—. Me estoy helando.

Diego y Sebas, como si de dos viejos amigos se tratara, volvieron a la fiesta, que seguía en alto. Ninguno deseaba dormir. Ninguno deseaba que llegara el día.

—Igual que yo, Adrián tiene dos aniversarios: el de su nacimiento y el de su muerte.

Lucía se lo contaba a Cris mientras observaba de reojo a Belén hablando con Hugo. Parecían discutir, aunque eso en Belén era algo muy medido. ¿Qué ocurría entre ellos?

—¿Te gusta Hugo? —inquirió Cris cogiéndola desprevenida.

—No sé, ¿a ti? —contestó ella a su vez intentando evadir la respuesta.

—No termino de creérmelo. Me da la sensación de que está haciendo un papel... ¡Será porque es actor! No sé, pero no me pega nada con Belén.

—¿Por qué? —preguntó Lucía simulando desinterés.

—Pues porque no me los imagino follando.

Lucía no pudo evitar sonreír ante lo que acababa de escuchar. No sabía si ella llevaba razón en su teoría de que si era incapaz de imaginarse a una pareja en la cama, era una pareja muerta, pero Hugo no le parecía trigo limpio tampoco. No podía dejar de pensar en lo que hacía apenas unas horas le había preguntado: ¿quién conducía el coche la noche del accidente? ¿Qué interés podía tener en aquello?

—Por ejemplo —Cris siguió desarrollando su teoría—, me imagino más follando a Hugo y a Guada... o a Hugo y a Lorena... ¡A ver si la deja embarazada y jode al cabrón de Martín!

La abogada la miró sin saber cómo reaccionar. Cris se tapó la boca y bajó la vista buscando la manera de salir como fuera de allí. No había podido evitar que la rabia saliera por algún lado. Martín seguía en su mundo particular dando saltos y bailando como un orangután sin que nadie le hiciera ni caso. Con cada baile, ella se sentía más a punto de estallar.

—¡Perdona! ¡A veces soy un poco bruta!

Tenía a quien parecerse, y fue precisamente él quien la salvó de meter más la pata. Diego se acercó por detrás y la besó en el cuello como hacía tiempo que no lo hacía. Era su modo de buscar una reconciliación antes de regresar a la habitación. Deseaba seguir con las noches de amantes y sexo más que de matrimonio y broncas. Le pasó la mano por la espalda suavemente hasta posarla en el culo, que acercó a su cuerpo antes de volverla a besar en el cuello.

—Cariño... ¿Se te olvida que no estamos solos? —lo interrumpió Cris—. ¿Un poco de agua?

—¿Lo dices por Lucía? Ella me ha visto en situaciones menos... elegantes, ¿verdad? —Su amiga sonrió afirmando con la cabeza.

—Ya, pero con veinte años, no con cuarenta y cinco. Hay una pequeña diferencia de veinticinco años. Lo que justificábamos antes no lo hacemos ahora.

Fue así como Cris logró quitarse de encima a su marido, que estaba con el deseo encendido. Los recuerdos de la última noche con Adrián no lo abandonaban y necesitaba beber más alcohol y hacer las paces con su mujer para ser consolado.

—¿Qué hace la doctora? —preguntó Diego observando a Belén—. ¿Pidiéndole sexo al niño?

Lucía y Cris no pudieron evitar reír ante el comentario. Cada uno percibía lo suyo en las conversaciones ajenas; pero Diego era el que más equivocado andaba con la pareja.

—¿Por qué no bebes nunca? —le preguntó Hugo a Belén con un mar de fondo escondido—. ¿Algo relacionado con tu pasado?

—No creo que sea una información relevante para tu trabajo —respondió ella seca—. Por cierto, ya me han dicho que te dedicas a interrogar a mis invitados.

Hugo desvió la mirada de inmediato hacia Lucía y se encontró con la de ella. Aunque seguía hablando con Cris y Diego, no podía dejar de observarlo, de observarlos. Sentía una mezcla de celos y desconfianza que le impedía desconectar.

—¿Lo dices por ella? —dijo señalando sin disimulo a la abogada—. Creo que está obsesionada contigo. No deja de mirarte cada vez que puede. ¿No te das cuenta o...?

—No es asunto tuyo tampoco —lo interrumpió Belén.

—Oye, ¡mi trabajo es que esta gente crea que somos novios y creo que de momento nadie ha protestado! —Belén lo cogió por el brazo para impedir que se marchara todavía de su lado. La cosa entre ellos estaba empezando a perderse por lugares no deseados—. ¿Por qué coño quieres que piensen que tienes pareja? ¿Y por qué yo? ¿No había otro?

Hugo estaba borracho y era difícil conversar con él. Lo estaba siendo desde la noche anterior, cuando su cabeza, inconscientemente, había dado con la respuesta. ¿Qué había sido primero, el huevo o la gallina? ¿Quién lo había traído hasta allí? ¿Él mismo o la propia Belén? Estaba enfadado y confuso. Estaba a punto de reventar, de joder la fiesta y al personal.

—No tienes ni idea de lo que puedo llegar a hacer, doctora.

—Ya te dije que el sexo no entraba en el puesto —soltó ella para desviar la conversación y disimular que sabía perfectamente de lo que él hablaba.

—¿Sexo contigo? Perdiste la oportunidad... No tienes dinero para pagar una noche conmigo.

Sebas vio desde lejos los ademanes de Hugo. Lo conocía muy bien y también sus problemas con el alcohol, uno de los motivos por los que había perdido las dos oportunidades de su vida: dos *castings* a los que llegó sin haber dormido y con un hedor revelador.

—¿Quién quiere un chupito? ¡Venga! ¡Como en los noventa!

Tras agarrar del brazo a Lorena y a Guada, Sebas las llevó en dirección al mueble bar, justo a medio metro de Hugo y Belén.

Al fin Martín había dejado la pista de baile. Se le había pasado la borrachera de la cena y comenzaba a volver en sí. Se sentó en uno de los sofás. Estaba vacío. Como su vaso de ron. Su respiración agitada le presionaba el pecho. Las gafas estaban enteladas por la hiperventilación. Su pelo engominado estaba despeinado y trataba de recolocárselo con el sudor del baile.

Cris se sentó a su lado. Martín la recibió con las gafas todavía llenas de vaho, sin apreciar apenas quién se instalaba junto a él.

—¿Serías tan amable de ponerme otro ron? ¿Te importa? Tanto baile me ha dejado incapaz de dar un paso más.

Esta agarró el vaso con furia y lo detestó una vez más aquella noche. Pero se levantó y fue a por otra copa.

—¡Guárdame el sitio! Me apetece charlar contigo.

Martín sonrió tomándose el comentario como un cumplido. Le gustaba Cris. Alguna vez se había corrido pensando en ella. Era voluptuosa y descarada. Sexi e imprevisible. Nada sumisa. Perfecta para follársela, pero insoportable para tenerla todos los días en casa. Reflexionaba sobre todo eso mientras se limpiaba las gafas y seguía su silueta desenfocada con media sonrisa. Aquella noche se lo estaba pasando en grande. En un instante de culpabilidad obscena, buscó a su mujer. Lorena estaba con Guada y Hugo. No tenía remedio, se dijo. Ella siempre se juntaba con los perdedores de la fiesta. Los que ofrecían poco y de los que nada se podía sacar. No le gustaba su poca ambición, pero sabía que contribuía a que lo viera como a un dios en muchas cosas. Al menos, hasta el momento. Aquella experiencia estaba cambiando muchas percepciones, también la de Lorena acerca de su marido, aunque él no se estuviera dando cuenta de ello. Ni de tantas cosas que sucedían a su alrededor.

—¡Su ron! ¡Bien cargado y con el hielo justo!

—Tu pasado como camarera te hace más irresistible —le soltó Martín—. ¡Está al punto!

Cris buscó con la mirada a Diego, que andaba distraído hablando con Lucía y Belén. Arañó el viejo tapizado del sofá como una gata a punto de saltar sobre su presa. ¿Cómo podía estar Lorena con semejante gilipollas?, pensó. Físicamente, se había quedado antiguo, como salido de una película de Berlanga. Chaqueta de punto semiabierta, pantalón de pinzas de la tienda de barrio, pelo engominado y gafas de pasta demasiado grandes para su poca nariz. Martín no dejaba de recolocárselas, un gesto que ella detestaba. Como todos los suyos, pero ese le parecía igual de desagradable que un niño sorbiéndose los mocos.

—¿Y qué tal? ¿Bien? Hace tiempo que no hablamos los dos.

Lo había hecho. Sin querer. Sin poder evitarlo. Iniciar una conversación con el enemigo que no podía llevar a otro lugar que no fuera el desastre.

—¡Espectacular! ¡Estoy imparable! Este viaje me está sentando de maravilla. ¡Vuelvo a sentirme otra vez el Martín de siempre!

No la miró ni un segundo. Era cierto que se sentía pletórico y no necesitaba a nadie para ello. Volvía a tener dinero y un puesto de trabajo a la altura de sus pretensiones. No dejaba de sonreír al compartir con Cris el futuro que le esperaba, con más pompas que jabón. Ella, en cambio, torció el gesto ante la respuesta de Martín y bebió de su copa para tragarse la rabia.

—¿Y tú? Nunca te lo he dicho, pero no sé cómo te las apañaste para pillar a Diego. ¡Fue un buen braguetazo por tu parte!

Una reacción inconsciente. Una defensa a la ofensa. Menos de un segundo necesitó Cris para lanzar su *gin-tonic* recién servido sobre él. Con fuerza. Con toda la ira contenida. Menos de un segundo para que los cubitos de hielo le golpearan el cuerpo. De haber tenido una recortada, la hubiera descargado sin compasión sobre él. Pero le bastó menos de un segundo para saltar y casi partirle el vaso en la cabeza por su comentario.

—¡Serás cabronazo! ¿Quién cojones te crees que eres tú, pedazo de mierda con patas? Escoria de la vida.

Cuatro pasos fueron suficientes para que Diego detuviera el primer gancho de su mujer directo a la mandíbula de Martín, que apenas había reaccionado a la agresión. El letargo de la borrachera y no entender el agravio de su compañera de sofá lo habían dejado imposibilitado para armar la guardia para una buena defensa. Recibió varios golpes de Cris, pero Diego evitó el mayor.

—Pero ¿qué demonios te pasa? —soltó él—. ¿Qué te ocurre?

—Pregúntale al gilipollas de tu amigo, que se cree que todas las mujeres somos unas putas.

Martín seguía sentado en el sofá con los brazos alzados y medio cruzados para guarecerse de los golpes de Cris y de los que pudieran llegar de otros. Diego lo miró sin entender, pero comprendiendo que había soltado alguna de las suyas.

—¿Qué ha pasado? —preguntó Lorena acercándose preocupada.

—¡Tu querida nueva amiguita me ha empapado!

Cris se había largado a la otra punta. A cualquier lado para evitar hablar. Estaba de espaldas a Martín. Despotricando a murmullos, como si rezara un padrenuestro.

—¿Se lo has dicho? —Sebas se acercó por la espalda.

Ella lo ignoró continuando con la cadena de improperios para calmar su furia —«¡Pedazo de cabrón! ¡Rata de cloaca! ¡Patán!»—. Sebas se mantuvo a su lado disfrutando del alarde de insultos bien propinados e hilados. «¡Pringado de mierda! ¡Don nadie! ¡Aprovechado!»

—No te parto la cara por respeto al resto, pero sea lo que sea lo que le has dicho a mi mujer... ¡Te aviso! Que sea la última vez, Martín, que la ofendes. ¡La última!

El expolítico asentía con la cabeza casi sin atender. No entendía la sensibilidad de mujeres como Cris, que no permitían ofensas y creían que las suyas hacia los demás eran de terciopelo.

—¡Escúchame bien! Estoy defendiéndote, Martín. Una más y ¡suelto la cuerda! ¿Me oyes? Una jodida más y te dejo con el culo al aire, ¿me has oído?

Martín sorbió de su vaso mirándolo. Estaba encendido y en sus palabras parecía lanzar una amenaza inesperada.

—¿De qué hablas? Soltar la cuerda, ¿qué cuerda? —Martín no quería quedar como un cobarde delante de su mujer, que miraba la escena molesta con todo—. Será mejor que la uses para atar en corto a tu esposa, que hace contigo lo que le da la gana mientras tú —dijo tapándose los ojos con las manos— ¡estás ciego! ¡Ciego!

Diego dio dos pasos hacia atrás sintiendo el peligro de sus puños cerrados. Le habría golpeado en la mandíbula de no ser por Lorena y por la fiesta. Tantos años en la noche le habían enseñado a retener sus emociones más bajas hasta pasarlas por el filtro de la mente. La violencia física es un agujero negro en el que es mejor no entrar nunca. Martín lo sabía y por eso se permitió hablarle a Diego de aquel modo delante de Lorena.

—Quedas avisado, Martín, deja de provocar porque tú tienes las de perder.

—¿Me pones otra copa, cariño? —Martín se dirigió a su mujer desviando la atención e ignorando a Diego.

—¿No te parece que ya has bebido bastante?

—¿No te parece que no soy un niño y que decidiré yo mismo cuándo es bastante?

Lorena se calló y lo miró. Diego ya se había marchado. Después de varios intentos, Martín logró levantarse del sofá. Sin mirar a su mujer, se fue a por la bebida él mismo. La dejó sola, con el corazón encogido y una sensación amarga en el vientre.

—¡Sube la música, Hugo! ¡Que siga la fiesta!

Guada y Hugo alzaron los brazos, cómplices de Martín y de cualquiera que deseara continuar en lo más alto. Monti había sido la primera en desaparecer. El resto seguían, por el momento, en pie. Atreviéndose a ir un poco más allá en sus asuntos pendientes, en los recuerdos y las heridas que nunca terminaron de cerrarse.

Los tres comenzaron a moverse al ritmo de *Barbie girl*, otro de los éxitos del 97 que Martín había recogido en su lista de Spotify interminable. Una canción que venía al pelo en ese momento. A él le divirtió el tema sobremanera. Cris podría haber golpeado el altavoz hasta destrozarlo para que dejara de sonar.

—¡Te juro que lo mato como siga jodiéndome de esa manera!

Diego se había acercado a ella para tranquilizarla, pero por Sebas supo que poco se podía hacer más que esperar a que terminara de insultar a Martín. Sebas y él se miraron cómplices. De nuevo. Sin rechazos ni comentarios hirientes. Se habían aproximado. Habían comprendido y aquella situación con Martín los mantenía alejados de ellos mismos, colaboradores de su silencio.

—¿No crees que merece que se sepa su mierda?

El comentario de Sebas fue el abracadabra para que Cris dejara su ataque de improperios y escuchara la respuesta de Diego.

—No me voy a ir de esta mierda de convivencia sin que ese capullo pruebe su medicina.

Cris miró a su marido con los ojos enrojecidos. Se los palpó para contener el rímel mientras les sonreía con placer.

—¡Joder, cariño! Ya era hora de que te decidieras. ¡Y yo sin copa para brindar!

Sebas le ofreció la suya, que ella no rechazó. También se aceptaba cualquier bebida para una ocasión como esa.

—¿Y cuándo lo soltamos? ¿Qué tal ahora?

—Cariño, no te preocupes, ya encontraremos el momento para joder a ese cabrón.

Los tres miraron a Martín, que seguía disfrutando de sus bailes, ahora junto a Guada y Hugo. Ya no estaba solo en la pista, aunque con sus expansivos movimientos dejaba poco espacio para los otros dos, a los que no les importaba tener que bailar cerca, casi rozándose por obligación. Guada y Hugo no se habían soltado en toda la noche. Ella necesitaba un refuerzo para su autoestima y él había decidido saltarse las normas y dejar que el cuerpo gobernase. Los dos, al contrario que Martín, sabían moverse. Sentían la música e improvisaban movimientos cada vez más sensuales para exhibirse frente al otro. Guada no dejaba de morderse el labio y sonreír. Desde que había visto a Hugo, este le había parecido un *enfant terrible* enjaulado en oro. Aburrido de llevar una vida que no le pertenecía y que tampoco le gustaba. No se equivocaba, salvo en que a Hugo sí que le gustaban el dinero y el lujo que Belén podía ofrecerle. Ser un actor fracasado le había llevado por el camino de la prostitución: citas con mujeres a cambio de dinero. Puede que se hubiera equivocado de profesión: de ser actor porno, estaba convencido de que habría trabajado más y ganado el doble. Al principio, no lo hizo por su madre; luego; simplemente dejó de pensar en ello como posibilidad.

—¿Estás mejor? —le preguntó Hugo sin dejar de bailar.

—Ahora mismo estoy casi en la gloria —respondió ella mirándolo fijamente.

—¿Casi? —le susurró al oído.

—Casi.

El lenguaje de la seducción va más allá de las palabras. Es química activa. Feromonas en danza. Deseo en movimiento. Cruzar una línea sin retorno. Ambos bailaban de espaldas a Martín y a todos, nadie parecía percatarse de lo que ocurría entre ellos. Todos menos Lucía, que al final se acercó a Belén.

—¿Puedo?

Esta estaba sentada en el sofá observando a Hugo, decidiendo qué hacer con él y con ganas de retirarse ya a descansar. Se notaba las piernas hinchadas y quería tener algo de energía para sentir a solas a Adrián. Faltaba un día para su cumpleaños. ¿Y después de la celebración? Un gran vacío llamado nueva vida. Un soltarle definitivamente para permitirse construir sin huir.

Belén golpeó varias veces el sofá con la mano izquierda animando a Lucía a que se uniera. Pensó en la de veces que habían estado sentadas las dos en un sofá confesándose la vida, los miedos y mirándose como luego dejaron de hacerlo.

—¿Estás bien? —le preguntó Lucía con deseos de iniciar una conversación.

Las distancias del tiempo pueden llegar a recorrer varias vidas hasta encontrarse. Hacía mucho tiempo que ellas no eran amigas. Puede que nunca lo hubieran sido. Hay relaciones que toman el disfraz de otras para existir; como la de Edu y Lucía. O la de Guada y Edu. Todo puede llegar a ser muy confuso más allá de dos y muy real dentro de cada pareja. No hay palabras para explicarlo, solo el lenguaje universal llamado amor.

—Sí, un poco cansada de todo el día y... de lo que viene.

Lucía bajó la cabeza. Sabía a lo que se refería. ¿Quién iba a soplar las velas de Adrián? Preguntas tan absurdas como esa se le pasaban por la cabeza, pero no se atrevía a compartirlas.

—Quiero decirte algo —comentó Lucía sin saber cómo seguir, pero sintiendo que debía hacerlo.

Belén la miró con suave interés. Estaban demasiado cerca y al mismo tiempo tan lejos... Lucía ya no era esa niña de trenzas y sonrisa metálica que la abrazaba siempre que tenía ocasión. Ahora era una mujer con aire melancólico que guardaba las distancias y contaba a escondidas para calmarse. Observándola, Belén se había dado cuenta de su TOC y de su todavía bella fragilidad. No sabía qué iba a decirle. Demasiados años de silencio. Demasiada vida por contar.

—Te perdono —soltó al fin sosteniéndole la mirada unos segundos. Belén sintió un remolino eléctrico subiéndole en espiral desde el sacro hasta la coronilla. No esperaba aquello ni la verdad que había en esas dos palabras. Tampoco había sabido que lo necesitaba hasta que Lucía lo dijo en voz baja pero rotunda—. Te perdono.

Mientras trataba de recomponerse, sus dedos sintieron el leve tacto de otros dedos —los de Lucía— rozándola sin pedir permiso. Queriendo decir sin decir. Se dejó acariciar la mano sin abrirse al juego; sin poder mirarla. Su amiga había bebido lo suficiente como para aventurarse a jugar al amor sin inventarse cursos de besos o tener que escribir «Te quiero» en el dorso de un posavasos y salir corriendo.

Belén quería sentir lo mismo que Lucía, librarse del viejo rencor escondido, pero durante todos aquellos años no había sido capaz de olvidar. Sus dedos seguían inmóviles, cada vez más fríos. Tensos como los de un cadáver.

Aquella maldita noche en el Paradís. Aquella urgencia por vivir y experimentar saltándose todas las normas, sintiendo que no había límites. Tampoco en el amor inconfesado. Demasiadas drogas, demasiado alcohol. Esa excusa no le había servido, como tampoco el pasarse la vida jugando al amor e ignorando la mayor: al propio amor.

Aquella noche de diciembre de 1997, Belén se sentía un poco mareada y decidió bajar al servicio a echarse agua en la cara. No le gustaba sentir que perdía el control, y mucho menos que el resto la viera así. Había bebido de más y tomado lo que no acostumbraba. Tenía la boca seca y el fuego en el cuerpo. La cola del baño de mujeres, como de costumbre, llegaba unos metros más allá de la puerta. Sin embargo, el lavabo de los hombres estaba libre. Entró sin dudarlo, como otras veces había hecho. Refrescarse, beber agua y ¡lista!

Pero nunca sabes cuándo vivirás algo que perforará tu alma. Para Belén fue aquella noche y en aquel baño. Los dos amores de su vida juntos. Adrián y Lucía metidos en uno de los cubículos. Belén reconoció a través del espejo los zapatos de Lucía, primero, y los de su hermano, después. Con el grifo abierto se dio la vuelta y se apoyó en el lavabo, sin darse cuenta siquiera de que se estaba mojando. Aquella noche comprobó que los besos no son silenciosos. Que las bocas y las lenguas entrelazadas con el deseo hablan al resto, y más si se atiende como lo hacía ella. Risas y gemidos que poco a poco fueron convirtiéndose en jadeos acompasados por el golpear de la puerta. Belén sintió un dolor muy fuerte en el estómago, como si las vísceras se le hubieran roto, como si un agujero inmenso se le hubiera formado dentro. Cuando pudo despegar sus manos, aferradas a los bordes del lavabo, estaba completamente empapada de agua.

Adrián y Lucía juntos. Él poseyendo a la mujer a la que desde pequeña había querido, aunque siempre lo había disimulado con un juego de adolescentes; luego, de adulta, no supo cómo recuperarlo, ni aceptarlo, ni olvidarlo.

Aquella noche, saliendo del baño con el cuerpo mojado y el alma entumecida, se dio cuenta de que amaba y odiaba a partes iguales a su amiga. No podía entender cómo había podido ir tan lejos: follar con Adrián. La desgracia posterior necrosó el asunto y convirtió a Lucía en la última persona que lo había besado, tocado, acariciado... El dolor se hizo vacío y silencio para Belén. No podía odiar a su hermano, así que todo quedó para Lucía. La rabia, la tristeza, la imposibilidad de confesarlo y la indiferencia para superarlo.

—Te perdono.

Las palabras de Lucía la habían dejado tan fría como aquella noche en aquel baño. Belén, aunque quería, no podía decir lo mismo. No sabía dónde había quedado el perdón para ella, igual que el amor. Hay heridas que no se reparan nunca.

—Gracias...

No podía mirarla ni decirle nada más aquella noche. Apartó levemente su mano de la de Lucía. No quería contarle, no pensaba confesarse con ella. ¿Qué sentido tenía? Hugo tendría que haber servido de parapeto para que algo así no ocurriera. No estaba en el programa. Una vez más, la vida transcurría fuera de cualquier plan.

—¿Qué, parejita? ¿No os animáis a bailar?

Martín había tocado la campana sin saberlo para alivio de Belén, que aprovechó la ocasión para retirarse y provocar, sin esperarlo, la ira de Lucía.

—¿No avisas a tu novio? Me da que está un poco desatado esta noche.

Belén la miró con la ternura olvidada, apercibiendo con sutil gusto los celos que hacían que se la llevaran los demonios. No estaba preparada para recogerlos tampoco, pero no podía evitar sentirse extrañamente reconfortada.

—Lucía, ya no somos niños —respondió—. ¡Que cada uno haga lo que crea! Buenas noches, nos vemos mañana.

No se despidió de nadie más. No podía articular palabra. Había aguantado la compostura para no romperse ante Lucía. Seguía fracturada, partida por el recuerdo de aquella noche, de aquel baño, de aquellos pies entrelazados tras una puerta que habría tirado abajo si hubiera tenido el valor suficiente para confesar lo que de verdad sentía.

Subió la escalera deseando tumbarse y liberar lo acumulado. Lucía, lejos de lo que había creído, no se había evaporado con el olvido, porque incluso allí la había recordado demasiado. Igual que a Adrián. La diferencia era que él no había regresado y a ella la había hecho volver.

Se estiró vestida sobre la cama sin quitarse los zapatos, boca abajo y conteniendo la respiración. Practicar una hipoxia intermitente era el método más cercano a la muerte al que había recurrido Belén para soportar las crisis agudas de ansiedad que la acompañaron durante años. Entonces lo hacía para sobrevivir, ahora como práctica habitual para sentirse en calma. Aquella noche desistió y, antes de alcanzar el estado deseado, se dio media vuelta para abrazar la almohada como cuando era niña y tenía miedo. Como cuando era adolescente y estaba furiosa con su padre.

—¿Puedo ser tu almohada?

Fueron decenas de veces las que Adrián entró de ese modo en su habitación. Desde la puerta e imitando el vuelo de Supermán, se lanzaba sobre la cama para que Belén lo acogiera en su regazo. Le gustaba. La quería. También sabía que sufría en exceso por tomarse la vida demasiado en serio. Incluido a su padre.

—Odio a papá y sus malditas normas. —En esa ocasión, la había castigado sin salir por llegar tarde a la comida—. ¿Por cinco minutos? ¿Cinco? ¡De verdad! ¡Harta estoy de él!

Belén lo había hecho a propósito, desafiarlo para alejarse de él. Nadie lo sabía. Ni siquiera Adrián. Pero no solo se reconocía físicamente en el doctor Guerrero, sino también en la rectitud de mente. ¿Cómo rechazar tu propio reflejo? Todavía le quedaban unos años y muchas horas de terapia para llegar a entenderlo.

—No lo soporto. A partir de ahora lo llamaré general y no doctor... ¡Esto es el ejército y no una familia!

Adrián la escuchaba con media sonrisa. Le divertían sus enfados y que desconociera que al enemigo hay que atacarlo por la retaguardia, nunca por delante. Pero Belén estaba obsesionada por vencerlo de frente para no perderse la primera mirada del vencido.

—Yo te cubro —soltó él sorprendiéndola—. Dormiré en tu habitación y papá creerá que eres tú. ¡Todo arreglado!

No fue ni la primera ni la única vez que Adrián se las ingeniaba para saltarse los castigos del doctor Guerrero. Pero aquella vez Belén no quiso hacerlo. Prefirió quedarse y seguir abrazando a su hermano en vez de a su almohada. Seguir apurando el tiempo con él, como si en un golpe premonitorio supiera que más pronto que tarde dejaría de poder hacerlo.

Le gustaba acariciarle el pelo, buscar sus remolinos..., perderse en ellos.

—¿Complejo fraterno? ¿Y eso qué quiere decir?

Litvan fue quien le había puesto nombre a los contradictorios sentimientos que, desde pequeña, Belén sentía por Adrián. Amor y odio encadenados a una misma persona a la que admiraba y de la que dependía al mismo tiempo. Más pequeño que ella, más risueño, más ingenioso, más sociable, más querido, más feliz, más, más...

Belén no había sabido nombrar esa envidia mezclada con devoción que había reconocido por primera vez un día cuando era pequeña. Tuvo que ser Litvan quien lo hiciera; quien aterrizara la complejidad de haberlo odiado y querido a partes iguales. Le costó comprenderlo, asimilar la lucha interna con su único hermano.

Abrazada a la almohada del refugio recordó su sonrisa, su pelo revuelto y sus planes de evasión frente a los castigos de su padre. También su necesidad de ser amado por ella, que lo apartaba y lo requería indistintamente.

Miró el reloj. Casi las dos de la madrugada. Cerró los ojos y apagó la luz aprovechando el reflejo de Adrián en su memoria, tan vivo que podría haberlo dibujado en la pared. Con el pelo despeinado, los ojos medio entornados y su sonrisa eterna.

Noche oscura para Belén, pero para otros, como Sebas, todavía luminosa y líquida. Seguía incombustible y sin ganas de irse a dormir.

—¿La penúltima, querida?

Tomó del brazo a Lorena sin ánimo de dejarla escapar. Era la víctima de Martín, pero también la gran desconocida. Hizo que se sentara en el sofá, sin derecho a negarse a la copa y a la charla. Martín otra vez solo en la pista y Hugo y Guada desaparecidos. Evaporados en la noche obscena. Igual que Lucía. La diferencia era que Sebas imaginaba el paradero de esta, pero no el de ellos.

—¿Crees que se han ido a follar?

—¿Quiénes? —le preguntó Lorena con un hilo de voz y mirando de reojo a Martín, como si le diera vergüenza el comentario tan directo de Sebas.

—¡Quiénes van a ser! Hugo y Guada, no han dejado de manosearse en toda la noche, ¿o no te has enterado?

Lorena contemplaba a Sebas con la voluntad de no seguir con la conversación y dar por terminada la noche, pero él no estaba dispuesto a quedarse con la soledad de nuevo como compañía. Martín y sus bailes eran una opción peor.

Se lanzó sobre el sofá buscando su complicidad para retenerla. No era fácil. Su cara indicaba retirada inmediata por sueño y falta de interés.

—¿Crees que tu marido te quiere?

No se lo pensó dos veces. Sebas lanzó la pregunta que, sabía, desactivaría cualquier idea de Lorena de dar la noche por concluida. No fue la cuestión en sí la que la sedujo, sino el modo en el que Sebas se la había planteado. En los años que llevaba con Martín, no recordaba la de gente que había cuestionado su relación, incluso lo que él sentía por ella. Se había acostumbrado a no dar tregua y tampoco importancia a la opinión ajena. Pero esa noche con Sebas era distinto.

No se atrevía a responderle. No sabía si se trataba de una pregunta introductoria a una explicación detallada sobre lo que intuía: una verdad revelada.

Sebas miró su copa. Jugó con ella. Se la acercó a la cara y miró a través como si fuera un caleidoscopio apuntando a Martín.

—No sé qué esperas que responda, pero desde luego no creo que vaya a convencerte de nada. —Lorena estaba completamente recogida sobre sí misma. Cruzada de brazos y enroscada de piernas. También miraba a Martín y la inagotable noche de bailes que llevaba—. Si lo dices porque lleva toda la noche bailando, creo que no hay nada de malo por dejarse ir...

Lorena lo había hecho sin querer. Comenzar a justificarse. Buscar un modo de convencer a Sebas de que su marido podía resultar excesivo y prepotente, pero la quería. Se querían con el poso de los años y su irremediable desgaste. Ella ya no lo idolatraba. Él añoraba su otro yo, alejado de ella.

Sebas bebió tomándose tiempo para decidir si prefería la soledad a la estocada como precio a la compañía. «¿Qué habrías hecho tú?», le preguntó a Adrián, que desde la conversación con Diego en el porche no lo había abandonado. «De algo hay que morir, ¿no?», se respondió a sí mismo en aquel diálogo interno, en un brindis invisible por todas las noches que habían decidido morir como metáfora de vivir con todas las consecuencias.

—¿Quieres vivir o morir? —le preguntó al final Sebas.

—¿Cómo? No entiendo la pregunta.

Antes de explosionar la granada, Sebas quería comprender a Lorena. Que fuera ella misma quien decidiera tirar de la anilla, aunque desconociera la onda expansiva. Lorena estaba confundida. Más bebida de lo habitual y al lado de un confesor que, igual que su marido, no contaba con buena fama.

—¿Qué es lo que más deseas en esta vida? —Sebas volvía a utilizar su copa a modo de caleidoscopio, pero esta vez apuntándola a ella.

—Que la gente deje de meterse en mi vida, como estás haciendo tú ahora mismo.

Dado su intento por abandonar y retirarse, Sebas no tuvo más remedio que tirar él mismo de la anilla y esperar la reacción.

—Tu marido te engaña.

Lorena dejó caer todo el peso de su cuerpo sobre el sofá. Todo el impulso de huida lo empleó en la rendición tras las palabras de Sebas. En apenas unos segundos, el mundo se le vino abajo; se sintió enferma, con ganas de vomitar. Los ojos parecían salírsele de las órbitas en un salvaje símil de no desear ver. No estaba preparada. No podía respirar. Se sentía morir. Era un golpe inevitable que llegaba demasiado pronto.

—Cariño, yo creo que ya no me queda energía más que para un último baile. ¿Nos retiramos ya?

Solía hacerlo, Martín. Interrumpir en el momento preciso. Como si un sexto sentido le dijera que estaba a punto de ser herido de muerte. Con esa fortuna se había librado de muchas, pero en esa ocasión quizá fuera demasiado tarde.

—Yo prefiero acabarme la copa. Si no te importa, subo en un rato.

—El tiempo, cariño, en estos casos sabes que es oro...

Martín lo dijo con la voz vacilante y la intención puesta en la entrepierna. Le apetecía sexo. Unas cuantas sacudidas, correrse y caer inconsciente.

—Lo sé, pero estoy en medio de una conversación con Sebas y... me parece de mala educación terminar así.

Martín miró a Sebas sin sospechar y sin más pretensión que lo apoyara en aquella pequeña disparidad de deseos con su mujer.

—Cariño, tú siempre tan correcta... Seguro que él entiende que hay cosas más importantes...

Sebas habría vomitado sobre Martín todo el alcohol que llevaba. Con cada palabra suya, sus arcadas iban en aumento. Sabía reconocer el egoísmo ajeno porque él lo practicaba a diario, pero, al lado del expolítico, era todavía un aprendiz.

—Querido, tu mujer me está prefiriendo a mí que a tu necesidad de levantar a la pequeña.

Lorena no pudo evitar reírse al escuchar a Sebas, que acompañó sus palabras con un leve movimiento del dedo meñique mientras enviaba a Martín a la cama con un sarcástico buenas noches. Martín se marchó tambaleándose después de dar por perdida la partida.

—¡Tú te lo pierdes, cariño! Luego no digas que es por mi...

Sebas le habría saltado a la yugular tras el último comentario, cargado de mala intención y mentiras. Martín sabía apuntar a la culpa de su mujer, que, a pesar de haber recibido la noticia de que su marido la engañaba, no había podido evitar sentirse extraña por no acompañarlo a la habitación y dejarlo por un desconocido.

—¿Quieres irte con él? —dijo Sebas fingiendo—. Lo comprendería si quisieras marcharte.

—¿Después de lo que me has dicho? ¿O es que crees que ya lo sabía? Porque desde luego me acabo de enterar por ti de que mi marido me está siendo infiel.

Sebas se levantó del sofá nada más escuchar esa interpretación sobre sus palabras. Estaba indeciso y no sabía si seguir tirando del hilo y romper el acuerdo que tenía con Cris y Diego.

«No me voy a ir de esta mierda de convivencia sin que ese capullo pruebe su medicina.» Sebas recordó las palabras de Diego y se dio cuenta de que al confesárselo a ella no estaba incumpliendo nada. Habían pactado venganza, no revelación. Y para lograrlo debían convencer a Lorena para que fuera cómplice y no más víctima de Martín.

—Escúchame, querida. Escúchame atentamente porque estás muy equivocada en tus suposiciones. No he dicho que tu marido te engañe con otra, lo que desconozco, he dicho que tu marido es un mentiroso. —Lorena se mantuvo callada intentando comprender de qué iba todo aquello. Sebas necesitó varios minutos para prepararla. Para saber que contarían con ella y que el camino no sería la huida, sino la revancha—. Me estoy metiendo donde no me llaman, pero necesito que me prometas que no vas a salir huyendo y aplastada como una colilla tras un mal polvo.

—No sé de qué me estás hablando... No puedo prometer nada...

—Entonces esta conversación termina aquí. No voy a ser yo el brazo ejecutor de tu propio fusilamiento.

—Pero ¿de qué estás hablando? ¿Qué fusilamiento?

La cabeza de Sebas iba demasiado rápido en comparación con la de ella, que se iba llenando de confusión. Ambos sabían que no había marcha atrás, pero habían empezado el terrible juego del gato y el ratón.

—Diego, Cris y yo queremos escarmentar a tu marido. Todavía no hemos decidido cómo, pero ¡no se va a ir de aquí sin que lo jodamos un poco!

Lorena se levantó con intención de irse a la cama. Involucrar a Cris y a Diego le parecía un sinsentido. Comenzaba a pensar que todo era fruto de un desvarío de Sebas, o eso era lo que deseaba que fuera. No había acudido a aquel encuentro para que arruinaran su matrimonio y tampoco para que organizaran un aquelarre contra su marido.

—Yo no voy a ser cómplice de nada en contra de Martín. Creo que te equivocas de persona. Y os recomiendo que dejéis el pasado a un lado de una vez. Os está destrozando a todos.

Lo dijo con cierto temblor en la voz y con el deseo de dar por concluida la noche. Estaba medio convencida de que todo formaba parte de las diferencias del pasado entre ellos y de que nada tenía que ver con su matrimonio ni con ella. Se habría ido si la granada no le hubiera estallado en la cara.

—Nunca vas a tener hijos con Martín porque se ha hecho una vasectomía a tus espaldas.

La noche había terminado. La vida también. Lorena sufrió un fundido a negro que se prolongó durante unas horas. No subió a la habitación. No durmió. Se refugió en Sebas, un extraño que la invitó a no rendirse, a no venirse abajo y a vengarse.

DÍA 3

Belén abrió los ojos una hora y cinco minutos antes de la hora que Adrián habría cumplido cuarenta años. Había programado la alarma para las siete de la mañana. Se levantó sin sueño, pero con el cuerpo ambiguo, flotante. Entró en la ducha, abrió el agua y metió la cabeza debajo con los ojos cerrados. Se resistía a despertar. Se vistió con el ánimo bajo: vaqueros, jersey negro y botas de montaña también negras. Con el pelo todavía húmedo y como si la vida le pidiera paso, salió de la habitación deseando no encontrarse con nadie.

Por el ojo de buey de cristal de la puerta de la cocina, Elvira la vio pasar. Belén llevaba puestas las gafas de sol, pero la tristeza cabalga más allá de las apariencias y raras veces se puede disimular. Es un perfume que reconocemos, sobre todo en las heridas.

Salió del refugio con la velocidad de quien llega tarde a un encuentro. Caminó por el monte precipitadamente, pero sin rumbo, huyendo de sus propios pensamientos. Sus pasos eran firmes, rápidos, acelerados. El corazón le bombeaba con fuerza. Desde que se había levantado, no se había atrevido a mirar el reloj. No quería.

El día había amanecido claro, sin apenas nubes y con el frío justo. Belén miraba el paisaje sin verlo, con la atención puesta en sus pisadas, en el ruido de sus botas sobre la grava. Estaba sola, contenida, intentando con esa huida a ninguna parte que la vida se detuviera unos segundos.

La imagen de Adrián corriendo por la playa la perseguía desde la noche anterior. Con el torso desnudo y el bañador empapado. Con los labios morados y temblorosos, a toda velocidad por la orilla, hacia ella. Con el viento de cara, con el pelo revuelto, con la vida en el cuerpo terso, con la piel erizada. Belén comenzó a correr. Correr para salir de sus pensamientos, para escapar de ella, de Adrián, para evitar la llegada de la hora en la que su contador se pondría a cero después de tantos años.

Y tras su cumpleaños, ¿qué?

Demasiado tiempo viviendo con el peso de un muerto, con la mochila cargada...

Roberto, el chófer, la vio pasar a lo lejos a través del cristal de la Van. Una milésima de segundo antes de tocar el claxon se detuvo. Hay hechos que no tienen explicación y sí sentimientos. Pasó de largo aminorando la marcha para no interrumpir la carrera de Belén. Cualquiera podía apreciar la intimidad del momento.

Había llegado al fin el 10 de febrero y faltaban solo unos minutos para las ocho y cinco de la mañana.

Todos lo sabían, pero no cómo resultaría aquel día. Celebrar el cumpleaños de un muerto no es común, pero no hay mayor respeto que el que muestra cada uno a sus muertos.

Belén seguía desfilando colina arriba, sintiendo cómo poco a poco la asfixia la retrasaba, cómo el cansancio la hacía aminorar, cómo el llanto la detenía. Adrián no había dejado de perseguirla desde la arena del cielo, ganándole una vez más la carrera. Quieta y doblada sobre sí misma, respiró con las piernas arqueadas y las manos apoyadas en las rodillas, recuperándose del esprint. Giró con los dedos entrelazados en el cabello, intentando sentir el empuje que le faltaba aquella mañana. Se acordó de su madre, de su sonrisa triste. De su padre lanzando al suelo la escultura del Discóbolo que tenía en la mesa de su despacho. Ella con los brazos encogidos, incapaz de llorar, de extirpar la tristeza por la muerte de Adrián. Una cadena de imágenes superpuestas a toda velocidad nublaba su cordura: su mente estaba ocupada con destellos de recuerdos de la mañana siguiente al accidente. La muerte y la vida siempre unidas por un invisible filamento que se manifiesta cuando una vela se apaga, un barco naufraga o un coche da varias vueltas de campana.

Su reloj comenzó a vibrar en su muñeca. Belén se dejó caer por el peso de la evidencia: la de la vida es que el reloj nunca deja de correr. Se sentó en el suelo. Vencida. Había permanecido al lado de su hermano en todos y cada uno de sus diecinueve cumpleaños. Junto a él en cada soplido de velas; cada año con más fuerza y con la alegría desbordada. Así era él: el viento que acaricia, el sol que despierta..., el despuntar del día que araña las penas y te llena de esperanza.

Desde el suelo, dejó que el recuerdo de Adrián terminara. Cerró los ojos para ver con más fuerza su correteo por la playa hacia ella, con los brazos en alto y la sonrisa eterna. A medio metro, dio un gran salto para abalanzarse encima de ella y tirarla sobre la arena caliente para rebozarse juntos, grano a grano, en un gigantesco abrazo contagiado de risas.

—¿Qué haces? ¡Adrián! ¡Suéltame!

Belén no podía desprenderse de él, que se agarraba a

ella sin intención de soltarla. Un remolino de dos cuerpos en una leve batalla. Finalmente, Adrián logró inmovilizar a su hermana sujetándole los brazos. Se colocó sobre ella sonriente, con la mirada iluminada, y se lo soltó.

—Pero ¿qué te pasa? ¿Qué quieres?

—¡Enhorabuena, hermanita! ¡Te han cogido! ¡Vas a ser la mejor doctora del mundo!

Belén abrió mucho los ojos antes de darse cuenta de que la alegría de Adrián tenía que ver con ella y con haber superado la nota de corte para entrar en la facultad de Medicina. Había bajado desde la gran casa a la carrera, lleno de fervor, de admiración, de júbilo por ser él quien le daría la buena nueva.

—Futura doctora Guerrero, ¿algo que decirle a su hermano?

Un momento inolvidable y rebosante de complicidad que decía muchas más cosas que las palabras. Belén abrazó a Adrián para compartir el gozo de comenzar un nuevo ciclo de su vida. Se atrevió a soñar cerrando los ojos. Convertirse en psiquiatra como su padre y... ¡superarlo!

—Serás mucho mejor que papá, te lo aseguro —le había dicho Adrián, como si le hubiera leído el pensamiento. Lleno de orgullo y convencimiento.

—¡No digas tonterías!

Había sido el primero en creer en ella, por encima de un padre, que nunca la apoyó, tan narcisista que no deseaba que su hija fuera como él por la amenaza de que pudiera llegar a ser mejor. Lo fue. Belén no solo había obtenido mayor fama, sino también una mejor posición y prestigio. Adrián no se equivocó, aunque no llegó a comprobarlo...

—Felicidades, mi querido hermanito. ¡Tus cuarenta han llegado! Y aquí estoy, dispuesta a celebrarlo como querías.

Se levantó con la mirada perdida. Emocionada. Llena de consuelo por los recuerdos que la acompañaban. El cielo permanecía abierto para ellos. Ni una sola nube asomaba y un sol radiante iluminaba la paleta de verdes del paisaje. Aire puro y fresco. Se sacudió los pantalones como si se quitara la arena de la playa que seguía impregnada en su piel. Los recuerdos no se extirpan, ni emergen a nuestra voluntad. Es el precio de vivir y de sentir.

El regreso al refugio fue sereno y contemplativo. Los Picos de Europa al fondo, el camino de tierra despejado y la gran casa, forrada en piedra y con los singulares tejados color verde que hacían reconocible el lugar, en medio de la explanada, entre grandes rocas y una extensión de prado. La llanura y la alta montaña.

Belén se percató de que las dos van que los llevarían de regreso a Ajo habían llegado y estaban aparcadas junto a cuatro vehículos más.

Entró en silencio, aún metida en su evocación de Adrián y del centenar de cosas que juntos habían celebrado. Desde que él había muerto, les había perdido el paso a los festejos, pero sabía que había llegado el momento de darle la vuelta al vaso. Lo sabía, llevaba tiempo pensándolo y debía comenzar a aplicarlo.

—¿Un café?

Como si la hubiera olido, Elvira se lo ofreció saliéndole prácticamente al paso: solo, con una nube de leche y sin azúcar. Belén lo cogió con un leve gesto de agradecimiento.

—Están en los bancos del porche, desayunando.

Todos menos Martín, que continuaba durmiendo, alejado de lo que le esperaba. Cris, Diego, Sebas y Lorena estaban sentados en el último banco, lejos de Hugo y de Guada, que habían llegado por separado disimulando lo evidente.

—¡Buenos días! ¿Compartimos mesa?

Lucía apareció radiante por detrás de Belén. Llevaba también un café y un plato con un par de tostadas. Belén volvió a hacer un gesto silencioso para responder y la siguió sin más. Las dos se sentaron en un banco, más allá de Hugo y Guada.

—¡Buenos días! —soltó Hugo sin saber qué más decir.

A nadie parecía importarle demasiado que pudiera haberse acostado con Guada.

Lucía observó la reacción de Belén y confirmó la evidencia: algo había ocurrido entre Guada y Hugo. Esta no había pasado la noche en la habitación. Su cama estaba intacta y, por su comportamiento esquivo por la mañana, sospechaba que había traspasado los límites con Hugo. No había querido sacar el tema. Tampoco tenía tanta confianza con Belén como para que esta se lo confirmara y compartieran problemas de pareja.

—Puede que tengan una relación abierta —dijo Sebas sin perder detalle de la escena—. ¡Sería lo más inteligente!

Lorena lo miró atravesándolo con los ojos. No había dormido, pero después de una larga charla con él había acordado quedarse. Soportar enfrentarse a Martín. Disimular su tristeza. Sus deseos de dejarlo para siempre. De volver al barrio sola. De reconstruir su vida, lejos de él. De volar más allá de sus sueños, que hasta aquella noche habían sido demasiado pequeños. No lo perdonaba, no se lo perdonaría jamás.

Cris le cogió la mano con fuerza. No podía hablar. Estaba tan o más afectada que Lorena por lo ocurrido. Llena de rabia y con sed de venganza. Debían pensar deprisa, se dijo a sí misma. Quedaba apenas día y medio para que se separaran y Martín tenía que llevarse su merecido.

—No quiero que nadie más lo sepa —soltó Lorena clavando su mirada en el resto del grupo.

—Como quieras —dijo Cris de inmediato buscando la complicidad de Diego y Sebas.

Los dos se contemplaron comprendiendo que era una de esas promesas hechas para incumplirse. Una buena venganza, como un buen estallido de fuegos artificiales, alcanza a ser vista o sabida a varios kilómetros.

Diego encendió un cigarro y echó a andar para evitar ahumar al resto, que bebían aún los posos de la resaca de la noche. Una nueva excusa para evadirse y seguir la estela de Adrián acariciando las dos canicas de su bolsillo. A él tampoco lo habían abandonado los recuerdos.

—¿Cuál es el plan? —le preguntó finalmente Lucía a Belén para desviar sus pensamientos.

—Hay que ir a buscar la cápsula de tiempo a la antigua casa de los Salgado. Comeremos en casa, no demasiado, y luego nos prepararemos para el surf, ¿te acuerdas? He mirado las olas y a primera hora de la tarde están perfectas.

—¿Surf? ¿De verdad? ¿Quieres hacerlo? ¿Estás segura? —Lucía no dejaba de preguntar medio divertida e incrédula—. ¿Con todos? Nos vamos a matar, ¿lo sabes?

Belén también sonreía por el atrevimiento y la locura. Adrián acababa de cumplir cuarenta años y aquel día debía ser el más intenso de todos.

—Los que no quieran, se quedarán decorando la casa con Elvira. —Y suspirando profundo lo soltó—: ¡Por fin ha llegado el gran día!

Ninguna supo qué decir después. La abogada tampoco sabía cómo afrontar aquella celebración. Se le escapó media risa nerviosa que escondió tras la taza de café. Desde allí contempló con complicidad y al mismo tiempo temerosa a su amiga. En realidad, no sabía de ella más de lo que había leído en los periódicos y lo poco que le había contado: que tenía un novio, Hugo, que le acababa de poner los cuernos aquella misma noche.

—¿Cómo estás? —se interesó con un hilo de voz, como un pensamiento descortés que sale sin pedir permiso.

Belén oía a Lucía con la mirada puesta en las montañas, sabiéndose acompañada por Adrián, que le agarraba la mano y la llenaba de coraje para seguir adelante con el plan.

—Me he levantado con la necesidad de huir —dijo al fin—. ¡De pronto, todo me ha parecido una insensatez!

—¿Hubieras sido capaz de dejarnos aquí tirados?

—Ya sabes que sí —respondió Belén mirándola de reojo—. He hecho cosas peores.

—Y también mejores.

Sorbieron el café permitiendo que lo invisible les ofreciera pequeñas descargas eléctricas que recorrieron en espiral sus cuerpos.

—¡La bella durmiente a punto de entrar en escena!

Sebas, en el papel de portavoz de la corte, anunció la llegada de Martín. Lorena sintió una bola de fuego en el pecho. No estaba preparada para verlo y hacer como si nada.

—¿Y qué le digo cuando me pregunte dónde he dormido?

—Nada. Solo que te quedaste dormida en el sofá y que te has despertado esta mañana —le soltó Cris mientras observaba cómo Martín se acercaba con paso aletargado—. Has entrado temprano en la habitación sin hacer ruido y te has cambiado. No querías molestarlo.

Como si se abriera el mar, se hizo el silencio con la llegada de Martín, que, lejos de ir a saludar a su mujer, se acercó a Lucía y a Belén.

—Buenos días. ¡Al fin ha llegado el día! —No se refería al cumpleaños de Adrián. Era el único que no había pensado en ello—. ¿Cuándo se producirá el allanamiento de morada?

—A última hora de la mañana. Después de dejar las cosas en Ajo.

—¿Vamos a ir todos? —preguntó insinuante hacia Sebas.

—Quien lo desee, Martín. Aquí todos son bienvenidos a todo.

Martín se rascó la cabeza e hizo un gesto de desagrado. No hubo más. No debía. Estaba excitado con la posibilidad de regresar a su casa. Se había levantado con un terrible dolor de cabeza, pero con el sueño de volver a recorrer los jardines de una vida que fue y que todavía ansiaba recuperar.

—¿Tenéis algo para la resaca? Tengo un nubarrón en la cabeza... ¿Dónde se ha metido mi mujer?

La saludó desde la distancia. Iba tan bebido cuando se había metido en la cama que no se percató de que Lorena no estaba allí. No recordaba lo ocurrido desde sus últimos bailes. Amnesia por exceso de alcohol. La besó sin más y le acarició el cuello, como solía. Ella se dejó hacer bajando la mirada, reprimiéndose.

—Tú también de resaca, ¿eh, diablilla? Y luego dirás que no te gusta beber... Ayer nos pusimos morados todos.

Cris arqueó una ceja y subió medio labio evidenciando el asco tremendo que sentía por él. Disimuló peor que Lorena y, de no ser por Diego, que se la llevó de la mesa, le hubiera soltado cualquiera de los insultos que tenía a punto de disparo.

—Será cabrón... Pero ¿tú lo has visto?

—Cariño, creo que es bueno que vayamos a dar un paseo... ¿No te parece?

—Diego, no me voy de aquí sin joderlo, pero bien, ¡así que piensa qué podemos hacer!

Diego sabía que no tenía escapatoria. Ella se lo había dejado claro esa mañana y también en el coche de vuelta a Ajo.

—¿Y si le hacemos vudú para que no vuelva a levantar cabeza? —Sebas hizo como que se clavaba una aguja en el corazón.

—No hay tiempo para contratar a una bruja —respondió Cris sin entender la broma y muy concentrada en encontrar el modo de que Lorena se vengara—. ¡Pobrecilla! Me da una rabia...

Tras la noche en vela, Lorena se había quedado dormida en la parte de atrás de la Van, igual que Martín, aunque separados. Los dos, gracias a la complicidad de Belén, viajaban en furgonetas distintas.

—¿Puedes hacer que Lorena y Martín no viajen juntos? Evitaremos un incendio de pareja.

Sebas se lo había pedido a Belén y ella había accedido sin más. Guada también aprovechó el viaje para dormir. Hugo, en cambio, simulaba que lo hacía, pero no despegaba el oído de las conversaciones de Belén con Lucía y Elvira.

—¿Todo en orden? —preguntó la anfitriona sin demasiado énfasis.

—Nicola se ha ido al mercado temprano. Y he hablado con el Mojado y tiene las tablas enceradas para todos.

Elvira, sentada en el asiento del copiloto, observaba a su jefa por el retrovisor. Seguía velando por ella, pero no se había atrevido a preguntar en voz alta cuándo deseaba pasarse por el cementerio. Era algo previsto para ese día, pero no estaba anotado en el *planning*. Había hablado con el párroco de Santa María de Bareyo. Los pueblos no tienen paredes y todos sabían que la doctora Collet iba a homenajear a su hermano muerto con sus amigos de juventud. Los mismos que viajaban con él en el coche cuando perdió la vida.

—Me ha gustado ver a Monti. Está feliz.

Lucía conversaba con menos pudor aquella mañana. Haberle confesado a Belén su perdón la había liberado. Era un discurso que no había previsto; no sabía que acumulaba tanto rencor ni que perdonarla le haría soltar el aire del globo que llevaba llenando durante todos aquellos años de silencio.

—Es la que está mejor de todos, ¿no crees?

Elvira miró a Belén a través del espejo. No pudo evitar espiar su reacción al comentario de Lucía. Monti no había vivido el accidente como ellos ni la pérdida en sus brazos. Había sido un viento pasajero en la vida de Adrián. Ellos, los pilares. Había sustanciales diferencias entre Monti y ellos que les habían marcado el destino. Belén lo sabía y Lucía también.

—La naturaleza —respondió al fin— tiene un poder que no le reconocemos. Termina sanando.

La abogada se fijó en la mano de Belén. A dos centímetros de la suya. Apoyada en su asiento. Inmóvil. Estuvo tentada de abrir la palma y rozar sus dedos. Probar suerte de nuevo. Desde la noche anterior no podía evitar aquellos pensamientos. Miró a través de la ventana para distraerse y evitar la tentación. A los lejos, el Pico del Molino sobre la ría de Ajo y el valle del Meruelo. Estaban llegando a la casa.

—¿Vendrás al allanamiento o prefieres quedarte preparando... la fiesta? —le preguntó Belén.

—No me lo perdería por nada del mundo. Me muero por saber qué metió Adrián en el ¿prototipo de cápsula del tiempo? —La miró con extrañeza—. Algo así solo se le ocurriría a él.

Las dos volvieron a sonreír. Hugo reparó en su complicidad sin sospechar nada más allá. Sus pensamientos estaban ocupados en su propio enredo interior. No se sentía bien por haberse dejado llevar con Guada. Necesitaba hablar con Belén, pero durante el desayuno le había sido imposible. Ella lo había esquivado todo el tiempo. Apenas lo miraba, y él estaba seguro de que, al llegar a la casa, Elvira tendría su maleta preparada. No había cumplido con su encargo. Lo sabía él y lo sabían todos. No había soportado la presión de estar con aquella gente y simular la nada. Se sentía furioso consigo mismo. No podía irse sin saber quién conducía aquella noche el coche. Había descartado a Martín, que, en varias ocasiones, le había contado que iba en la parte de atrás, que se había quedado en coma y a punto había estado de morir.

—¿Y quién conducía?

—Y qué más da quien lo hiciera. Todos fuimos igual de culpables... ¿Para qué quieres saberlo? Lo único que importa es que Adrián murió y que yo casi la palmo también.

Hugo recordaba la conversación que habían mantenido la noche anterior. Martín tampoco se lo había dicho. ¿Cuál era la razón? ¿Por qué nadie hablaba del otro coche, si había sido un choque frontal? ¿Se protegían entre ellos? ¿Acaso no se acordaban de que había habido otro muerto?

Hugo no dejaba de preguntarse todo aquello con los ojos cerrados y la mente funcionando a fogonazos, a latigazos de estrés. Ir allí había sido una equivocación. Sentía cómo las emociones arañaban su interior en permanente conflicto. Lejos de lo que creía, formar parte de aquella reunión le había traído demasiados recuerdos perdidos, difíciles de sostener.

Era demasiado temprano para que alguien tocara el timbre de la casa. Pero aquella mañana del 18 de diciembre de 1997, como recuerda Hugo, comenzó a sonar de forma insistente. Nadie respondía, así que no le quedó otra que levantarse a regañadientes de la cama para atenderlo. No entendía que sus padres no se hubieran despertado con el atronador ruido.

—¿Sí? ¿Diga? —preguntó mirando por la mirilla.

—Buenos días, somos agentes municipales de Madrid, ¿nos puede abrir?

Hugo lo hizo sin responder. Descalzo. En pijama. Con el pelo revuelto y maldiciendo a su padre por no haber pagado alguna multa o por haberse metido en algún pequeño lío. No imaginaba ninguna otra razón por la que los dos agentes uniformados se hubieran presentado tan temprano. Él lo había visto salir la noche anterior dando un portazo después de gritarle a su madre. Nada que no fuera habitual. No se llevaban bien. Discutían demasiado. No había cariño entre ellos.

—Buenos días —lo saludó con voz suave el agente más alto y de fino bigote.

Su compañero, más bajito, tomó aire mientras lo observaba con cierta impresión e iniciaba la conversación.

—¿Estás tú solo en casa?

—No, están mis padres... —los agentes bajaron la cabeza—, pero duermen. ¿Qué hora es?

—Las 7.10 de la mañana. ¿Podrías despertar... a alguno? —carraspeó el más bajito—. Necesitamos hablar con... un adulto.

Hugo los miró intentando averiguar qué ocurría. Los dos policías se comportaban sospechosamente amables con él.

—¿Pasa algo? —quiso saber, sintiendo cierta presión en el pecho.

—Hijo, será mejor que hagas lo que te ha dicho mi compañero —se adelantó el agente interrumpiendo la conversación.

Hugo entró en la habitación de sus padres. En la cama solo vio a su madre, que seguía profundamente dormida. Las pastillas que tomaba las noches que discutía con su marido la dejaban inconsciente. No recordaba con claridad cómo la había despertado, ni lo que le había dicho, ni qué había ocurrido después. Él se había quedado en medio del pasillo. Paralizado por los gritos de ella. Uno de los agentes la abrazó, sosteniéndola para que no se cayera al suelo. El más alto le dirigió una mirada compasiva mientras se quitaba la gorra. Varios minutos debieron de pasar hasta que los agentes desaparecieron. Hugo tampoco se acordaba del tiempo que él y su madre estuvieron en el suelo llorando, perdidos, incrédulos... Aquella mañana sus vidas se fracturaron de modo irreparable. Su padre había muerto en un accidente de coche. Los detalles los ignoraban, en ese momento nada más importaba. Ya habría tiempo para saber qué había ocurrido, igual que para encajar que él no volvería a ver nunca más a su padre.

Todo lo que recordaba era que, durante días, no se había separado de su madre. Todo lo demás se convirtió en un enorme agujero negro que los engulló durante años.

—¡Malditos hijos de perra! ¿No les va a pasar nada a los que mataron a tu padre?

El rencor es una defensa, un parapeto ante los miedos más profundos. Esa era la frase que Hugo había escuchado decir a su madre todos los días, durante meses. Se le había grabado a fuego, no como a ella, que, después de un tiempo, la había dejado atrás. Él no había sanado la herida. No había podido superar el dolor causado por el fallecimiento de su padre por culpa de unos jóvenes borrachos que volvían de fiesta. Sobrevivir o morir no siempre implica una actuación correcta. Su madre necesitó demonizar a otros para superar la culpa de una discusión antes de una muerte. Disimular la verdad con mentiras. Su padre no tenía turno de noche aquel día, como le contó a su hijo. Se había ido de casa con amenaza de no regresar. ¡Para qué contarle a un niño los detalles!, pensó con la intención de evitar más sufrimiento y de que un adolescente perdiera la admiración por su padre recién fallecido.

Los ojos de Hugo seguían cerrados ante el riesgo de inundarse de lágrimas. No soportaba llorar más por la muerte de su padre. Cuando ocurría, reconocía al chico que había quedado quebrado y no lo resistía. Había pasado demasiado tiempo y se había cansado de ser el pobre niño que había perdido a su padre en un accidente de coche. No quería lastimar a nadie. No pretendía... No sabía qué necesitaba el día que todo había coincidido para que pudiera conocerlos, estar con aquellos que habían terminado con la vida de su padre. ¿Venganza? Ganas no le faltaban, pero ¿qué podía hacer él que no fuera encontrar respuestas? Saber cómo había ocurrido más allá de los escasos detalles que le había dado su madre. Puede que así lograra perdonar y cerrar la herida.

Cogió el móvil. Volvió a recorrer el álbum de fotografías hasta dar con aquella: él y su padre en uno de los momentos más felices que recordaba. Uno de los pocos que la memoria consiguió rescatar. Ofreciéndole un chupachups, dándole una caricia, brindándole atención a aquel niño solitario que había fantaseado con una vida mucho mejor que la que había tenido debido al accidente. La fantasía, el refugio de los vencidos.

La furgoneta proseguía por los caminos de tierra y curvas, perdida por los prados de Bareyo. Apenas había tráfico aquella mañana. Todo estaba demasiado tranquilo, una calma premonitoria del estallido.

—Necesito que me acompañes a un sitio. ¿Podrás? —le preguntó Lorena a Cris mientras el resto dormía.

Se había despertado con la idea sobrevenida de haber encontrado el modo de vengarse de Martín.

—¿Cuándo?

—Nada más llegar. Es importante. Además, no se me ha perdido nada en la maldita casa que perdió el padre de Martín. No creo que pueda soportar uno más de sus comentarios...

A Cris tampoco le apetecía participar en el allanamiento de morada, mucho menos de la antigua casa de la familia de Martín, así que le pareció una buena idea desaparecer y evitar la tentación de saltarle a la yugular.

—Prefiero que vayamos solo las dos. No sé qué me voy a encontrar.

Aceptó la propuesta y también acordó no decirles nada ni a Diego ni a Sebas. Se lo tomó como una aventura de chicas, lo que despertó su excitación. ¿En qué estaría pensando Lorena? Miró a Diego, estaba dormido. No solía tener la oportunidad de contemplarlo así. Tranquilo, inofensivo...

—¿Sigues enamorada? —le preguntó Lorena.

—El enamoramiento pasó como un vendaval. ¡Fue tremendamente loco y divertido! Ahora lo amo y muchas veces lo odio.

Se sentaron juntas para ultimar los detalles de su excursión. Lorena no quiso decirle cuál era el destino y ella lo respetó, lo que supuso un esfuerzo para su impaciente carácter. Eran muy distintas, pero había nacido entre ellas un sentimiento de fidelidad que solo brota en la grandes amistades. Cris tenía muchas amigas, la mayoría de postureo, de charlas sobre cremas y copas nocturnas. Pocas confidentes, casi ninguna de fiar. Lorena le gustaba y, todavía sin saberlo, había decidido que la quería como amiga fuera de allí. Ocurriera lo que ocurriera entre Martín y ella, Cris estaría a su lado.

La llegada a la casa fue algo extraña. Llevaban fuera un día y parecía que hubieran estado juntos toda una semana. Las dos furgonetas se detuvieron en el jardín, al pie del porche principal. El día seguía despejado y sin viento. El mar, en calma.

—Creo que lo mejor es que yo también me vaya.

Nada más bajar, Guada quiso hablar con Lucía, que la siguió hasta el borde del acantilado. Estaba más tranquila tras la huida de Edu y todo lo arrepentida que se permitía por haberse dejado llevar con Hugo. Nunca es una salida buscar cobijo en extraños cuando tienes enfermo el corazón. Con las olas rompiendo en las rocas y sus pies casi recibiendo la espuma rebelde, ambas se fundieron en un abrazo. Los buenos finales no precisan excusas ni gastar palabras.

—¿Estás bien? —le preguntó a Lucía con brillo en los ojos.

—Sí, bueno... —repuso esta mientras Guada le secaba una lágrima—. Te echaré de menos.

—Ha sido bonito...

Lucía volvió a abrazarla Necesitaba sentirla de nuevo cerca, como cuando sus cuerpos desnudos se rozaban en la penumbra. Como cuando sus miradas cómplices buscaban el capricho de los besos. Como cuando ella le enseñaba que los límites del amor se deshacen con cada caricia, con cada beso, con cada roce y cada grito. Con esa intimidad se abrazaron, reconociéndose.

—¿Qué vas a hacer? —soltó Lucía recomponiéndose.

—No lo sé. ¿Viajar? Me ha dado mucha envidia Monte. ¡Ella es libre y, aunque yo voy de maestra, no me lo he permitido nunca!

Guada hablaba con la voz temblorosa mientras contemplaba el empuje de cada ola para llegar a las rocas. Mujer salvaje, imposible de domar, que se había quedado atrapada en las fauces del amor insensato. Enamorada de un hombre que estaba perdidamente enamorado de otra mujer. Los tríos nunca habían sido lo suyo, como tampoco pertenecer a nadie.

—Tengo que recoger mis cosas. Me llevan a Madrid y no quiero hacerles esperar demasiado. ¿Estarás bien?

Lucía sonrió asintiendo con la cabeza y frotándose las manos. Reprimió un nuevo abrazo y las ganas de compartir la fragilidad por quedarse sola.

—Lo siento mucho, Guada —dijo al fin—. Ojalá todo hubiera sido diferente.

Guada la besó en los labios tomándole la cara con las manos. Le besó la frente. Le acarició el pelo. Le cogió la mano y se la apretó fuerte. El riesgo de amar radica en saber que un día tendrás que dejar ir o que te dejarán. El riesgo de vivir radica en no terminar de aprender nunca y saber que ni los finales ni los principios son lo que cuentan.

—Ojalá seas muy feliz, cariño. ¡Eres preciosa! ¡Créetelo!

Guada se alejó de Lucía lentamente hasta darle la espalda. Sin girarse, siguió caminando hasta la casa. Ella la acompañó con la mirada en silencio, con las manos abrazando su cuerpo y las piernas temblando. Antes de romper a llorar, se dio la vuelta para que solo la viera el Cantábrico. Mar testigo de batallas y alianzas épicas, de centenares de despedidas; cobijo de millones de lágrimas.

Sebas la observaba desde una de las ventanas del salón de la primera planta. Lucía siempre le había parecido de una belleza tan singular como la de un colibrí. Nada era común en ella: ni la forma de vestir, ni la de mirar, tampoco la de comportarse. Su inteligencia y su sensibilidad iban a la par. Igual que el colibrí, él creía que Lucía tenía la capacidad de volar hacia atrás y, por ello, era la única de todos con la oportunidad de remendar el pasado.

Sorbió su café y la contempló con afecto. Resultaba algo insólito que, el día en que el amor de su vida debería cumplir cuarenta años, él se sentía más vivo que nunca. Miró al cielo y sonrió. Parecía que volvía a los veinte, cuando la vida se le había roto. Palpó el amuleto vikingo, que seguía intacto colgado de su cuello, y deseó por primera vez en mucho tiempo perfumarse en felicidad. De un modo extraño, aquellos días se sentía querido; arropado por desconocidos que lograban llegar a un Sebas olvidado.

Por el reflejo de la ventana y por el sutil ruido de las pisadas sobre la madera, se dio cuenta de que no estaba solo. Hugo acababa de entrar y se había quedado a unos metros de él, dubitativo sobre si interrumpirle el momento.

—¿No vendrás a explicarme los detalles acerca de tu noche de pasión con la mujer equivocada?

Hugo se apoyó en uno de los sillones con postura de derrota. Los hombros bajos, el cuerpo arrastrado y la cara pálida. Belén seguía sin querer hablar con él y, al revés de lo que había pensado, Elvira no le tenía preparado el finiquito para pedirle que se fuera cuanto antes. Hugo seguía en la partida sin saber demasiado bien en qué posición jugaba ya.

—¿Vendrás al allanamiento?

Sebas se acercó al calor de la chimenea, que seguía encendida. Estaba disgustado con él, pero lo entendía porque gozaba del mismo carácter canalla. Nunca se había resistido a un buen polvo. «La ética para las matemáticas. Para el sexo, *rock and roll.*» Durante años, aquella había sido su frase favorita. La excusa perfecta para saltarse todas las normas y terminar en cualquier cama.

—Creo que será mejor dejarle un poco de espacio —contestó Hugo refiriéndose a Belén— y ayudarla con los preparativos del cumpleaños.

Sebas dejó caer su cuerpo en el otro sofá. Seguía sintiéndose extraño cada vez que alguien hablaba del cumpleaños. Estaba cansado para otra fiesta, sobre todo para otra sin la presencia física del protagonista.

—¿Y quién soplará las velas?

—¿Cómo? —preguntó Hugo.

—Casi te cargas el trabajo —repuso su amigo, precipitándose a desviar la conversación—. Si yo fuera Belén, ya no estarías aquí.

—Yo tampoco lo entiendo.

Él estaba tan desconcertado como Sebas, sobre todo porque Belén no había querido hablar con él, pero tampoco despedirlo. Podría haber aprovechado el viaje a Madrid de Guada para regresar a casa, aunque seguramente habría sido con los bolsillos vacíos y sin ningún dato más sobre la fatídica noche.

—Tengo que hablar con ella. —Hugo miró a Sebas con semblante serio—. Necesito que me ayudes.

Sebas lo contempló con incredulidad. En pocas horas, ya eran dos las personas que habían solicitado su ayuda. Primero Lorena y ahora él. Era algo a lo que no estaba acostumbrado ni solía aceptar. Ayudar correspondía a las almas caritativas, y él siempre había preferido ser un miserable.

—Ya lo hice hablándole de ti; ahora, apáñatelas tú.

—Habría venido igual sin tu ayuda. Ella quería que yo estuviera aquí. ¿No te lo dijo la doctora? Puede que forme parte de un experimento psiquiátrico... No tengo ni idea...

Sebas lo observó con extrañeza, como si se le hubieran perdido dos piezas del mecano, pero reconoció al mismo tiempo que por fin todo ese sinsentido le encajaba. Belén podría haber llamado a una agencia de escorts para contratar a un novio. ¿Por qué le había pedido ayuda? Nunca lo había hecho, y él no era el más adecuado, dada su dudosa fama de vender a cualquiera. Un secreto como ese en su poder era igual de peligroso que una cerilla encendida en un bosque. Él lo sabía, pero hasta ese momento no había encontrado una explicación al exceso de riesgo innecesario que había asumido Belén. A no ser que hubiera un motivo oculto...

—¿Qué cojones pretendías viniendo aquí? —Sebas, excitado, se levantó para cerrar los portones del salón y evitar que los oyeran—. Pero ¿estás loco?

Hugo le acababa de contar que su padre conducía el coche que había chocado frontalmente aquella noche contra el de ellos. En el accidente, había habido dos fallecidos. Eso Sebas lo recordaba, pero suele ocurrir que los muertos ajenos pocas veces tienen nombre y se quedan colgados en el olvido. A Sebas le había pasado con el padre de Hugo. No había vuelto a pensar en él hasta aquel preciso momento.

—¿Cómo se llamaba tu padre?

—Emilio.

—¿Emilio? —repitió Sebas como si el efecto de la reverberación lograra despertar la memoria.

—Sí, Emilio Jaén.

Sebas podía decírselo, pero prefirió callarse; no lo recordaba. Su nombre le resultaba totalmente insignificante. Tantos años metido en el luto por haber perdido a un amigo y no había reparado ni unos minutos en la otra vida que se había apagado aquella madrugada. Podemos transitar por la vida por autopistas paralelas y no ser conscientes del dolor de quien tenemos enfrente. Aquella mañana, Sebas miró a Hugo de otro modo, con el conocimiento de lo que es perder a alguien y que se te caiga la vida. Siempre lo había tenido como a un alma perdida y ahora albergaba la certeza de que, igual que él, lo era, y desde el mismo instante: el 18 de diciembre de 1997 a las 5.50 de la madrugada.

—¿Qué mierda de juego del diablo es este? ¿Por qué narices querría Belén que estuvieras aquí?

Sebas recorría el salón buscando una luz para entender la revelación de Hugo. Belén nunca había tenido necesidad de simular tener una pareja. Durante años, la prensa le había adjudicado decenas de novios y ella jamás se había preocupado de desmentirlo o afirmarlo. No le importaba. Organizar un reencuentro veinte años después y gestarlo con una mentira no era un buen principio. Así lo había creído Sebas, pero, de todo, quizá le había parecido el detalle menos significativo. Al fin y al cabo, se había acostumbrado a permitir las mentiras de la gente como método para sobrevivir a la vida cuando se camina cuesta arriba.

Debía procesar aquella información. Había sido utilizado por ambos. A Hugo lo había conocido una noche en el Paradís y no se había despegado de él hasta entonces. Todo el mundo, incluido Sebas, necesita recurrir a alguien cuando no encuentra ni un rayo de luz en la oscuridad. Hugo siempre respondía a sus llamadas, fuese la hora que fuese. Esa incondicionalidad fue haciendo mella en él, hasta que decidió adoptarlo: preocuparse por su amigo, pagarle algunos meses el alquiler y cuidarlo algún día de descerebrada resaca.

—¿Todo lo nuestro ha sido una mentira para acercarte a Belén?

Sebas acariciaba el amuleto mientras contemplaba desde la ventana el acantilado. En realidad, no deseaba saber la verdad; casi le hubiera suplicado a Hugo que le mintiera.

—Lo fue al principio. Luego no... Me has ayudado mucho, ¿sabes? Además, pensé que jamás llegaría a verme con ella hasta que...

—¿Hasta qué? —preguntó Sebas.

—Apareciste con la oferta de trabajo: hacer de novio de Belén Guerrero.

Sebas bajó la cabeza al confirmar que había sido utilizado por los dos lados. Sonrió aceptando aquello como una lección de la vida, una por tantas veces que él había hecho lo mismo con otros. Se había creído el protagonista de la historia y, en realidad, solo era una miserable herramienta. Un puente entre dos. Entre Hugo y Belén.

—No te prometo nada —dijo al fin Sebas—. Belén no ha contado conmigo para esto, así que no creo que pueda influir en su decisión de no querer hablar contigo.

—Prefiero no abordarla yo... Además, haberme acostado con Guada...

Alzando el brazo derecho, Sebas abrió la mano mostrando la palma para que Hugo dejara la comedia para otro. Nunca había sido un gran actor en el escenario, menos en la vida.

—Hablaré con ella. Ya te lo he dicho. Pero no te prometo nada.

Luego le rozó el hombro sin mirarlo. Se sentía traicionado, y esos días tenía el corazón más abierto, tanto como para que le doliera todo aquello. Belén y él no habían intimado nunca, pero siempre se había sentido especial; respetado y querido en la distancia por el nexo que tenían en común: Adrián.

Abandonó el salón sin decir nada más. Pensativo. Inseguro. Vulnerable como no le gustaba sentirse.

Al final del pasillo se encontró a Lucía, que había subido la escalera apresurada para ir en su busca. Ella y Diego llevaban unos minutos buscándolo.

—Pero ¿dónde te habías metido? Nos vamos ya a la casa.

Se esforzó para cambiar su expresión mientras bajaba con Lucía al jardín. No creía que fuera necesario que él participara de la aventura. Al fin y al cabo, durante todos aquellos años no habían dejado de recordarle que no formaba parte de los cinco. Que era más bien un agregado. Un infiltrado en el grupo al que respetaban por Adrián y, muerto él, por Belén.

—Chicos, creo que será mejor que yo me quede para preparar la fiesta. No pinto nada desenterrando una cápsula de los cinco.

Diego, que estaba apoyado en un árbol con una cuerda enrollada en el hombro, fue el primero en reaccionar.

—Carga la caja de herramientas y ¡déjate de chorradas de última hora!

Dicho esto, soltó la caja de metal a los pies de Sebas. Belén, Martín y Lucía miraban la escena. En aquellos días, todos lo habían aceptado como a Adrián le hubiera gustado. Ya era uno más y no era momento de echarse atrás. Diego había sido el portavoz del grupo, pero todos pensaban igual.

—Bueno, si no le apetece..., tampoco vamos a retrasarnos por él, ¿no? —dijo Martín, al que solo le importaba una cosa: volver a pisar su antigua casa.

—O vamos todos o ¡se acaba el plan! —dijo Lucía presionando a Sebas.

Este los miró sorprendido por su comportamiento, pero reconfortado por el respaldo. Lo necesitaba después de la conversación con Hugo y de haberse dado cuenta de que todos cargamos con nuestros muertos, con nuestras mentiras y con la necesidad de pertenecer para no sentirnos más perdidos de lo que estamos.

Cogió la caja de herramientas haciendo estallar la risa del resto del grupo porque apenas podía con ella.

—¡Pero ¿qué llevamos aquí dentro?! ¿Una caja fuerte para que nadie nos robe la maldita cápsula?

—Trae, anda, que no quiero que te mueras, al menos no antes del amanecer.

Diego enrolló la cuerda en el cuerpo de Sebas y cogió la caja de herramientas. Los cinco echaron a andar. Atravesaron el jardín de la casa hasta llegar a la gran puerta, que Belén abrió sin dudar.

No tenía la certeza de que la cápsula del tiempo no fuera otra de las mentiras de Martín para lograr sus objetivos, pero merecía la pena descubrirlo. Encontrar algo de su hermano congelado en el tiempo podía ser el mejor de los regalos para aquel día.

Subieron colina arriba sin hablar entre ellos durante un buen rato. Todos se habían despertado con el aliento de Adrián en la memoria, pero seguían resistiéndose a compartirlo. A consolarse o refugiarse en los recuerdos de una época que habían sentido como la más feliz de sus vidas.

Un kilómetro y medio andando. Apenas veinte minutos a pie para resucitar los días perdidos. Las calles de aquella urbanización permanecían intactas al paso del tiempo. Los coches aparcados marcaban la diferencia. Poco más. Seguía siendo tan poco transitada como antes.

—¿No podíamos haber cogido el coche para llegar más rápido? —Martín estaba impaciente. Se había imaginado decenas de veces volviendo a su casa, puede que no de ese modo, pero estaba feliz de pisarla de nuevo—. Y si hay alguien, ¿qué hacemos? ¿Nos vamos o le pedimos que nos deje entrar?

Él era el único que hablaba. El resto escuchaba solo su respiración y sus pensamientos. La casa de los Salgado no había sido nunca, como la de los Guerrero, el campamento base de los cinco, el lugar donde planear las aventuras, el garaje donde jugar al Risk o al Monopoly. Martín no era de invitar y todos sabían por qué: desde pequeño, había comprendido que las apariencias maquillan grises realidades como la suya. Su padre había ido perdiendo poco a poco su poder adquisitivo y, con él, habían desaparecido los lujos en la casa: el servicio, el jardinero... Todo podía ocultarse manteniendo las apariencias. Él lo había aprendido de pequeño y seguía practicándolo más allá de las evidencias.

—Tranquilo, Martín, no nos iremos sin la puñetera cápsula del tiempo y sin ver lo que Adrián nos tiene preparado —respondió Diego, y provocó que el resto se detuviera.

Llevaba razón: aquello era una señal del destino. El último tesoro de los cinco en su reencuentro. Habría sido un buen argumento para una de las novelas que Adrián soñaba con escribir. En la vida, todo forma parte de una buena historia, solo hay que saber por dónde empezar a tirar del hilo.

—¿Te acordarás de dónde la enterramos? —Martín recordó cómo le había insistido Adrián, sin que él le prestara demasiada atención. No le confesó al grupo sus miedos porque eso pondría en riesgo su vuelta a la casa y no había nada más importante en ese momento para él que pisarla de nuevo. Pero caminaba con la angustia de aquella certeza en forma de pregunta que Adrián le había planteado en varias ocasiones—. Te vas a acordar, ¿verdad?

No podía dejar de buscar en su mente el punto exacto donde habían enterrado la cápsula. Los había engañado. No había cambiado su *modus operandi.* Les había mentido para convencerlos para allanar la casa.

Adrián y él nunca habían escondido la cápsula debajo del gran árbol del jardín. Había sido su primera idea, pero Adrián la había descartado por ser demasiado evidente.

—Cualquiera que quisiera encontrar el tesoro cavaría aquí primero. ¡Debemos buscar un sitio que solo conozcamos nosotros!

La memoria puede ser tan prodigiosa como descuidada. En su caso era lo segundo, porque seguía incapaz de dar con el recuerdo que señalara el lugar donde habían decidido enterrar el tesoro. No le había dado importancia. No quiso compartirlo; confiaba en que, en cuanto pisara el jardín, sabría dónde cavar. Como la equis de los helipuertos vista desde el cielo, invadir su antigua casa lo llevaría de inmediato al sitio donde Adrián y él habían ocultado la cápsula.

A cincuenta metros de la gran verja de la casa, a Martín se le paró el corazón. Sus pies dejaron de andar. Estaba paralizado. En *shock*, reviviendo un recuerdo de su vida pasada.

Él, sin aliento frente a la mansión, montado en su Orbea de color verde. Había subido la cuesta a toda velocidad después de enterarse de que les habían quitado la casa y de que ya no podría volver a entrar allí. Dejó la bicicleta y siguió corriendo hasta la verja; la sacudió con rabia y con impotencia agarrado a los barrotes. Apoyó su cara sobre ellos y sintió el frío en su rostro. Dejó que las lágrimas se ocultaran entre los hierros. Nadie lo había tenido en cuenta. Nadie le había avisado. Era solo un niño y los niños no sienten dolor, o al menos eso era lo que algunos adultos, como su padre, creían. Martín no pudo volver a entrar. La casa ya estaba precintada, con sus juguetes y con una parte de su vida dentro. Con los mofletes aplastados contra los barrotes y bañados en lágrimas, se prometió que un día la recuperaría.

Puede que aquella aventura de grupo veintiún años después fuera el primer paso para cumplir su propia promesa.

Belleza marchita. Igual que una flor seca, que un mueble roído, que un jardín olvidado. La casa de los Salgado, abandonada en el incomprensible olvido, era también un espectacular monumento a la belleza marchita. El paso del tiempo había construido sobre la gran mansión un paisaje tan escalofriante que hacía saltar la imaginación de cualquiera que la contemplara.

Apenas tardaron veinte minutos en llegar a la gran verja. Ninguno era ya un niño. Todos sobrepasaban el metro y medio de estatura. Ayudándose unos a otros, haciendo con sus manos pequeños peldaños, lograron agarrarse a la punta de los barrotes para trepar y saltar la vieja verja sin demasiada dificultad. Diego, rememorando sus tiempos de prácticas en rocódromos, fue el único que pudo hacerlo sin ayuda. Seguía ágil, aunque su capacidad pulmonar se resentía.

Caminaron unos metros en silencio por el jardín abandonado. Las ramas caídas, los árboles torcidos y las plantas silvestres habían cubierto los baldosines del sendero que llevaba hasta la gran casa evidenciando la fragilidad de la vida y la fuerza del olvido que, como un huracán, borra cualquier huella de lo que fuimos. Sin pisadas no hay conquistas. Todos sintieron la necesidad de acercarse a contemplar la mansión antes de comenzar con la búsqueda del tesoro. El primero, Martín.

Andaba como un espectro, quebrado por aquel lugar

que había sido su vida, ya transformado en un sitio inhóspito y marchito. Ningún vestigio del esplendor vivido había sobrevivido al paso del tiempo. Todos percibieron aquella decadencia, pero ninguno se atrevió a compartirlo. Aquella casa había sido un lugar de poder, de fiestas, de recepción de autoridades y de pactos, seguramente con el propio diablo, que terminaron por condenarla a un destierro similar al que habían vivido Martín y su familia.

—Seguro que Norman Bates estaría encantado de comprar esta casa. ¿Podemos empezar a cavar? Más que escalofríos, me dan espasmos...

Sebas no pudo soportar la contemplación grupal en escrupuloso silencio de aquel pequeño palacete indiano de tres alturas con una impresionante doble galería central que tenía varios cristales rotos sobre la puerta de acceso. Los dos balcones laterales con barandilla de hierro ornamentado tintaban un poco más el carácter regio de la casa. Del tejado en punta sobresalía una caseta de teja ya vieja y desconchada con un gran balcón de piedra. Tejas partidas, perdidas o llenas de moho casaban con una fachada desteñida y agrietada.

—¿Estás bien? —le preguntó Lucía a Martín.

Había empalidecido. Sentía una mezcla compleja de sensaciones que culminaban en esa rabia conocida de haber consentido que su hogar se convirtiera en un lugar propio de una película de terror. Sebas llevaba razón, pensó Martín sin compartirlo, siguiendo la costumbre de guardar silencio y aparentar. Como cuando se quedó sin niñera, ni servicio en la casa, ni paga para invitar a sus amigos a helado y a chucherías. Había aprendido entonces a mentir. Lo obligaron a ello. Puede que de ahí naciera su mitomanía como respuesta a su incapacidad para digerir las miserias, el fracaso o las pérdidas.

—Sí, sí..., ya sabía que estaba así —respondió.

Mintió. Una más para sobrevivir. Para disfrazar el dolor. Echó a andar alrededor de la casa alejándose de Lucía, apartando con el pie ramas, hojarasca y la suciedad acumulada sobre las baldosas. Ganaba tiempo para inventarse algo que retrasara el momento en que debería indicar dónde cavar. Miraba con aflicción aquel lugar agreste, incapaz de sacarle a su mente un solo recuerdo feliz. ¿Cómo era posible que su vida soñada durante años se hubiera desvanecido? Inexplicablemente, nada más pisar el sitio al que había pertenecido y al que tanto había ansiado regresar, había comenzado el olvido. Mientras, caminaba en círculos, cabizbajo, sin encontrar la huella deseada de la memoria. No quedaba ni rastro de la época más esponjosa de su vida, ni una mota de felicidad en seis mil metros de tierra. Toda aquella nada llenó la cabeza de Martín de desazón y de la suficiente distracción como para impedirle concentrarse en la búsqueda de la cápsula de Adrián. Tampoco lo compartió. Siguió disimulando.

—¿Vamos a dejar mucho tiempo a su aire al buscador de tesoros de tercera?

Sebas no dejaba de tocarse el amuleto desde que habían cruzado la verja. No le gustaba estar allí, tenía el vello erizado y, aunque no se confesaba del credo de los espíritus y las energías, evitaba cualquier lugar que le produjera escalofríos.

—¿Alguien necesita un pañal?

Diego se acercó con la broma a Sebas mientras Lucía y Belén esperaban a apenas un metro de la gran puerta de la mansión, un portalón de madera enmarcado en mármol.

—¡Belén! —gritó Sebas sin hacer caso al comentario de Diego—. No os acerquéis más a la casa. ¡Venga! ¿Podemos empezar a cavar en algún lado?

Lucía y Belén observaban el deterioro con la misma nostalgia con la que recordaban juntas la última vez que habían cruzado aquella puerta.

Les abrió doña Cintia, la madre de Martín. Fuera la hora que fuera, siempre vestía impecable, lista para recibir en cualquier momento a un embajador. Su elegancia y porte contrastaban con su expresión severa, rotunda. Era una mujer arisca, de pocas palabras y mirada autoritaria. A los cinco les parecía poco afable; poco madre y muy institutriz.

—Doña Cintia, en realidad, era la institutriz de la casa —inventaba Adrián—, pero mató a la madre de Martín y se quedó con todo.

—No digas esas cosas, Adrián, que no está bien.

Él estaba convencido de que aquella mujer no era la madre de su amigo y así se lo recordaba al grupo cada vez que tenía ocasión. Le daba miedo y por eso aquella tarde declinó acompañar a Lucía y a Belén a la casa de los Salgado.

—¡Venimos a ver a Martín! Traemos la merienda —dijo Lucía con una escasa sonrisa enseñando un pequeño zurrón lleno de magdalenas caseras y un bizcocho de limón y almendras que había estado preparando con su tía durante toda la mañana.

Doña Cintia arqueó una de las cejas mostrando un mínimo de perplejidad ante la inesperada visita. Belén y Lucía habían incumplido con una de las normas de aquella casa al presentarse sin avisar, pero la urgencia y la preocupación por saber de Martín habían hecho que se olvidaran. Su amigo llevaba cuatro días sin dar señales de vida después de haberse roto la pierna intentando hacer el salto de la grulla encima de la roca grande del jardín de la casa de los Guerrero.

—¿Cómo se le ha ocurrido hacerlo? ¡Era una broma!

Belén y Lucía se sentían mal por haberlo obligado. No podían evitar de vez en cuando meterse con él por bocazas e insensible. A veces se la jugaban para equilibrar el karma. Aunque entonces no supieran lo que era la justicia divina, necesitaban vengarse con alguna jugarreta por todas las veces que soportaban sus torpezas. Sin embargo, aquella se les había ido de madre. Demasiado para un cuerpo como el de Martín, nulo en coordinación.

—Si se llega a dar en la cabeza, se hubiera muerto, y no me lo habría perdonado nunca.

No podían dejar de darle vueltas a la travesura. Le habían dicho a Martín que todos habían hecho el salto de la grulla sobre la piedra menos él y que, si no lo hacía, no podría quedarse de acampada aquella noche en casa de los Guerrero. Martín no soportaba estar por debajo de nadie, y mucho menos perderse nada de lo que ocurriera en casa de Belén y Adrián.

Llevaban todo el verano practicando el salto de *Karate Kid* en la playa, sobre la arena, compitiendo unos con otros, decenas de veces. Luego corrían al agua rebozados y tostados por el sol. Aquel año, esa era su película favorita, y repitieron hasta la saciedad la frase «Dar cera, pulir cera», imitando el momento en que el señor Miyagi se lo decía a Daniel San. Los días seguían pasando sin prisa, ni con la consciencia de que el tiempo, como la ropa, se nos encoge al crecer. Los días dejan de ser horizontes infinitos a la aventura y se convierten en pequeñas estructuras de tiempo encapsulado en tareas. La presión por existir y cumplir con lo que debe ser vivir encadena la libertad de continuar soñando y de creernos invencibles por ello. En aquellos veranos, ninguno imaginó que llegar a adulto se trataba de eso. Hacerse mayor todavía era un valor.

Lucía y Belén sostenían la merienda mientras esperaban a que doña Cintia las dejara pasar para ver a Martín y pedirle perdón por haber ido tan lejos con la broma.

—¿Para qué vais a ir a verlo? Siempre está metiendo mierda. ¡Se lo merece!

Diego tampoco había querido acompañarlas, y mucho menos pedirle perdón a quien siempre andaba en líos para sacar un beneficio. Pero ellas seguían creyendo en él, y sobre todo en el poder del grupo, en la lealtad por pertenecer. No querían que Martín, fuese como fuese, se sintiera fuera, traicionado y solo.

—¿Podemos entrar? —insistió Lucía, nerviosa ante la no respuesta de doña Cintia, que ni siquiera había abierto del todo la puerta de la casa.

—Veréis, la verdad es que no. Os agradezco mucho la visita —respondió la madre cogiendo el hatillo con las magdalenas y el bizcocho—, pero Martín está ahora dormido y no quiero molestarlo. Necesita reposo después de la caída. Lo siento de veras, pero prefiero no disturbar su descanso.

No hubo más agradecimiento. Ni siquiera el ofrecimiento de una limonada para compartir aquellos dulces que tanto trabajo le había costado preparar a Lucía. Doña Cintia cerró la puerta antes de recibir cualquier réplica. Lucía y Belén habían pensado en infinidad de posibilidades de bienvenida, pero encontrarse frente a frente con ella no entraba en ninguno de sus planes.

—Bueno, al menos sabrá que nos acordamos de él.

Belén se dio por vencida y emprendió el camino de vuelta. Lucía se quedó pensativa, con los brazos en jarras, observando la gran fachada de la casa. No había encajado el prohibido paso de doña Cintia. En ese recorrido de sus ojos por la fachada, reparó en la sombra que había tras la ventana del balcón de piedra del último piso. Vio perfectamente la silueta de Martín de pie sosteniéndose con unas muletas. Él se dejó ver y lo hizo con la tristeza desnuda. Doña Cintia había mentido. Lucía frunció el ceño, deseosa de volver a llamar al timbre. En lugar de eso, le mandó un beso a Martín y se dio la vuelta a la carrera para alcanzar a su amiga, que ya estaba cruzando la gran verja. No se lo contó. No sabía por qué no había compartido con ella que doña Cintia les había mentido y que su amigo no estaba durmiendo. Puede que fuera aquella mirada de Martín tras el cristal la que había convertido el engaño en un secreto piadoso. Con aquel recuerdo y años después, resurgió en Lucía la compasión olvidada hacia Martín.

—Yo creo que esta casa fue una cárcel para él, aunque siempre dijera lo contrario.

—¿Y eso? ¿Te ha poseído el fantasma de mi hermano?

Belén sonrió a Lucía por su comentario, muy propio de Adrián y de sus conjeturas sobre la casa encantada y la institutriz malvada que era doña Cintia.

—No lo justifico, pero ¿no te parece un pobre infeliz?

Las dos dirigieron la mirada hacia Martín, que seguía perdido por la arboleda, simulando la búsqueda de la equis para comenzar a cavar. Se había hecho mayor, como el resto, pero si achicaban los ojos, ambas podían ver a aquel niño que había perdido todo lo que quería de un plumazo, excepto el cariño de su madre, que nunca llegó a tener.

—Hace tiempo que dejé de creer en las víctimas, Lucía. Martín siempre eligió su camino.

—Como todos, Belén —repuso ella mirándola fijamente—. ¿Y no te parece que hemos pagado un precio demasiado alto?

—Siempre existe la oportunidad de cambiar —contestó Belén sosteniéndole la mirada—. Solo hay una cosa que nos lo impide: la muerte. Hasta entonces, podemos aprender y... elegir mejor.

Igual que había hecho la última vez que habían estado juntas en aquella casa, Belén se dio la vuelta y caminó de espaldas a la fachada dejando sola a Lucía, que intentaba recuperarse de los latigazos de la memoria sensorial. Sin poder evitarlo, reprodujo la misma postura: los brazos en jarras para tomar aire y reponerse tras aquel cruce de palabras y miradas.

—¡Chicas! ¡¡Comienza la aventura!!

Sebas gritó emocionado alzando la pala al cielo en respuesta a la señal de Martín de haber localizado al fin el lugar. Todos fueron corriendo a su encuentro, galopantes de emoción por estar más cerca del hallazgo. Diego descargó la caja de herramientas bajo la enorme copa del viejo castaño y esperó a que llegara el resto. Luego, siguiendo la dirección del brazo de Martín, dio el primer palazo y empezó a cavar. Durante unos minutos, el silencio solo roto por los golpes de viento acarició las esperanzas; las de todos menos las de Martín, que sabía que bajo aquel inmemorial árbol no se escondía ningún tesoro. Había mentido. Una artimaña más para seguir ganando tiempo y ver si era capaz de recobrar la memoria de aquel día.

Sin que el resto reparara en él, Martín se acercó a la casa. Aunque había evitado hacerlo, de allí emergía un poderoso imán que lo llevó hasta la puerta. Como cuando era niño y tocaba la vieja campanilla para que cualquiera del servicio le abriera. Todo era distinto, menos la campana, que permanecía intacta colgada en la pared. Estuvo tentado de tirar de ella, pero prefirió no llamar la atención del grupo y seguir con la tarea de traspasar el olvido. Se aproximó un poco más al portón, como si tratara de captar los olores de entonces. Empujó con fuerza una de las hojas de la puerta, que parecía atrancada. No estaba del todo cerrada. Volvió a empujarla. En el nulo intento de abrirla, le surgió la imperiosa necesidad de entrar. Oteó las posibilidades de conseguirlo sin romperse de nuevo una pierna. Había riesgo, pero quiso correrlo. Trepó por uno de los canalones de agua hasta llegar a uno de los ventanales sin cristal, pero tapiado con dos maderas cruzadas en forma de equis.

Lo había logrado. No recordaba nada que le hubiera resultado tan fácil. Había llegado hasta allí, estaba apenas a un metro de volver a entrar en su casa. La fortuna seguía sonriéndole; los juegos de perspectiva lo habían engañado haciéndole creer que no podría colarse por uno de los huecos de las maderas. Pero lo hizo. Encogió su cuerpo como si volviera a ser niño, como si estuviera atravesando una compuerta mágica del tiempo, y penetró en el gran salón por el que tantas veces había correteado escuchando los gritos de la niñera, que le ordenaba que se quitara los zapatos y dejara de comportarse como un salvaje. Dibujó en su mente a su padre leyendo el periódico frente a la gran chimenea, siempre encendida. Una gran librería presidiendo el lugar; las mesitas siempre con flores frescas en los jarrones de porcelana que coleccionaba doña Cintia. Su madre tan ausente como presente en todas y cada una de las reglas de la casa.

Martín se miró los zapatos, se colocó bien las gafas y contempló con la melancolía en la piel lo que quedaba entre aquellas paredes despobladas. Cubiertas de humedades y manchas de olvido. Sintió el cuerpo anquilosado, incapaz de dar un paso. Sus ojos se llenaron de lágrimas imposibles de contener. Trataba de descifrar para quién se había pasado la vida cubriendo de mentiras su verdadero pesar. La vida no era como se la habían contado en casa, pero él se había pasado los años intentando encontrar el camino de las baldosas amarillas para volver a sentir la felicidad que durante un tiempo tuvo de almohada. Mentiras. También eran mentiras las que doña Cintia contaba a su hijo para que se quedara dormido y no supiera de más.

Se secó las lágrimas e hizo el esfuerzo de levantar un pie para colocarlo de nuevo sobre el suelo desvencijado. Su mente permanecía enrocada, inservible para desbloquear la galaxia de escenas del pasado que se acumulaban sin ser entendidas. Avanzó acariciando con los dedos las paredes desconchadas, ensuciándose de un polvo que otrora había sido aire, buscando inconscientemente las fotografías que antaño colgaban de las paredes del salón, inventándose una vida que, poco a poco, se había hecho invisible porque solo los Salgado la vivían encerrados en aquel castillo quebrado.

El resto del grupo seguía bajo el castaño con la mirada puesta en Diego, la pala y el agujero, que comenzaba a ser profundo, pero que no hacía amago de desvelar ningún tesoro. Sin embargo, no había un solo pensamiento que no albergara la esperanza de encontrar la cápsula del tiempo. Todos estaban abducidos, concentrados en la búsqueda. Todos menos Belén, que había seguido a Martín y observado desde lejos cómo trepaba y se colaba dentro de la casa. Al principio, aquella huida no le pareció extraña. Gobernada por la ilusión de desenterrar algo que había pertenecido a su hermano y que la vida estaba a punto de devolverle, se distrajo de lo importante. Martín los había dejado trabajando sin mostrar el menor interés. Tras casi una hora sin éxito, Belén comenzó a encajar las piezas sin perder de vista a Diego, la pala y el movimiento de tierra bajo el castaño. Entonces cayó en la cuenta sin albergar duda alguna.

—¡No caves más, Diego! ¡Para! ¡Déjalo! Aquí no hay nada.

Diego la miró esperando una explicación a su firmeza. No la había. No la tenía. Como tantas otras veces en las que habían creído las mentiras de Martín y se habían percatado antes de que la propia evidencia lo demostrara, en aquella ocasión tampoco existía una prueba de que Adrián no hubiera enterrado allí el prototipo de cápsula del tiempo. Pero tanto Diego como Lucía supieron que Belén estaba en lo cierto.

—¿Cómo que deje de cavar? Pero si ya estamos cerca... ¡Seguro! ¡Vamos, Diego! Sigue un poco más.

Sebas era el único que no lo había entendido. Las señales invisibles del pasado indicaban que habían vuelto a caer en una de las trampas de Martín.

Sin hacer caso a Belén, cogió él mismo la pala y tomó el relevo de Diego, que se sacudía los pantalones de polvo y sonreía dándose por vencido.

—Adrián nunca enterró la cápsula en esta casa. ¡Odiaba esta casa! Y estoy segura de que Martín nos lo ha hecho creer para poder entrar aquí.

Una vez más, el expolítico lo había logrado: salirse con la suya y regresar a aquel lugar cuya pérdida le había partido la vida. Sebas apoyó la pala para recuperar el aliento y reflexionar sobre lo que Belén decía. Sabía que tenía sentido, pero se negaba a abandonar la esperanza de hallar el tesoro olvidado de su amigo. Hacía muchos años que no lo embriagaba la ilusión y aquella confortable sensación había durado demasiado poco. Retomó el trabajo. Volvió a cavar para sorpresa del resto. Con fuerza. Rápido, como si quisiera demostrarles que su teoría era errónea y que Martín, como pocas veces en su vida, había dicho la verdad.

—Sebas...

—¡Cabrón! ¡Pedazo de cabronazo! —insultaba mientras seguía cavando—. ¡Venga! ¡Vamos!

—Sebas...

Diego se acercó hasta tocarle el hombro para que dejara de cavar y se rindiera a la evidencia. No importaba si Martín había dicho la verdad, era muy difícil, si no imposible, que más de veinte años después encontraran lo que dos niños habían enterrado en aquel jardín desterrado del tiempo.

—Adrián jamás escondió la cápsula del tiempo —afirmó Belén.

—Eso nunca lo sabremos —soltó Lucía—, pero si así fuera, Martín habría estado aquí el primero, y ha sido el primero en largarse.

—¿Adónde narices ha ido? —quiso saber Sebas.

—Se ha metido en la casa —respondió Belén.

—¿Ha entrado? —preguntó Lucía.

Belén no tardó en confirmarlo con la cabeza.

—Este sabe dónde está el tesoro y nos ha mentido. ¡Está en la casa!

Sebas soltó la pala y corrió en dirección a la mansión. Una nueva posibilidad se abría para todos. ¿Podía ser que la cápsula del tiempo de Adrián estuviera dentro? Lucía, Belén y Diego se miraron antes de ir tras Sebas.

—¿Y si ha querido encontrarla él primero para ocultarnos algo? —apuntó Diego.

Ninguno había pensado en aquella opción, pero todo podía esperarse de él. Todo menos la verdad.

—Te juro que como sea así... no sale vivo de aquí.

Los tres se apresuraron hacia la casa, dejando la pala y el hoyo atrás. Cualquier extraño hubiera descartado ya toda posibilidad, por improbable y por loca. Pero ellos resucitaron la esperanza de hallar, el día que Adrián cumpliría cuarenta años, una caja con objetos de una vida que el Adrián niño habría guardado para sus yoes futuros. Otra chifladura de adolescencia que pocos adultos habrían validado, pero en la que ellos creyeron con una fe recobrada. Aquella fantasía los mantenía unidos, como lo habían estado. Un sentimiento reconfortante que los ligaba a un tiempo y un lugar donde se sentían seguros.

Sebas se paró frente a la mansión. No se atrevía a trepar. Nunca había destacado por su agilidad y, aunque era el que menos valoraba su vida, su sentido del ridículo le impidió hacer cualquier intento. No hizo falta. Diego empujó con todo su cuerpo la gran puerta, que cedió al envite y terminó por abrirse causando un gran estruendo.

—¡Martín! ¡¡Martín!!

Diego había perdido la paciencia y entró sin santiguarse en la antigua residencia de los Salgado. Pisando con la prisa de encontrar a Martín y hacerle confesar o lanzarlo por el balcón. El resto dudó unos instantes antes de mancillar las ruinas. Ni un solo mueble, como si la hubieran desvalijado por dentro, solo quedaba el esqueleto fracturado de sus paredes agrietadas.

—¿Vas a pasar o te vas a quedar en la puerta de guardián?

Sebas se había parado bajo el dintel. Volvía a sentir escalofríos y a tener la piel erizada. Lucía tiró de su brazo obligándolo a entrar a pesar de su resistencia a permanecer bajo aquel techo descolorido y, según su parecer, maldito.

Apenas fueron cinco minutos en coche. Lorena se había equivocado en la distancia. Estaban mucho más cerca de lo que había calculado su mente. Poco más de cinco kilómetros separaban Ajo de la localidad de Isla. Ni Cris ni Lorena habían estado nunca allí. Otro pueblo con encanto de la costa cantábrica donde cualquiera desearía perderse un verano para disfrutar de las aguas frías, las carnes de los verdes pastos, los tradicionales pimientos y unas buenas brasas con pescados recién capturados.

Cris se bajó del coche muda, observando la inesperada determinación de Lorena tras el varapalo de la mentira de Martín. Había aparcado a la primera, sin dudar, como si no llevara quince años sin conducir. Luego, tras salir del vehículo, echó a andar con toda la intención. Sus pisadas bordeaban con prisa la costa cantábrica por un paseo de adoquines y barandillas de cemento pintado de blanco propio de los años setenta y ochenta. Isla. Otro lugar detenido en el tiempo. Caduco. Hermoso por brillar en un pasado convertido en nostalgia para tantos. De primeras chancletas, baños y toples.

—Es aquí. —Lorena señaló un edificio blanco de cuatro plantas erigido frente a la costa—. No me voy a ir sin respuestas.

Cris la cogió del brazo para detenerla. Su paciencia se había agotado al ver que, sin darle ninguna explicación, Lorena estaba a punto de cometer una locura.

—¿Puedes decirme qué se nos ha perdido en el geriátrico De La Hoz?

Fue en ese momento cuando Lorena, al observar la

cara de asombro de Cris al leer el cartel de esa residencia frente al mar perdida en un pueblo de Santoña, cayó en la cuenta de que no había compartido con ella un solo pensamiento de los que había tenido. Todo lo había hecho por un impulso, incluso robarle las llaves del nuevo coche a Martín y conducir después de tantos años sin hacerlo, con el riesgo de tener un accidente. Necesitaba devolverle a su marido todo el dolor que supuraba de sus entrañas y que era incapaz de calcular. Deseaba vengarse de la peor forma; sacar a la desalmada que llevaba dentro y extirpar definitivamente a la buena samaritana que había cuidado de él con una enorme venda en los ojos. ¿Qué clase de persona era Martín? Había sido el hombre al que más había querido, admirado y consentido, y él le pagaba su amor con aquella moneda. Lorena había permanecido en un ovillo de confusión desde que había descubierto su treta para evitar que se quedara embarazada. Una nueva mentira que había ido demasiado lejos. Le había amputado la posibilidad de decidir si dejarlo o continuar con él.

—No lo conozco, Cris. Me he dado cuenta de que no conozco a mi marido. Puede que todo lo que sé de él sea una mentira y necesito comprobarlo.

—Lo entiendo, cariño, todo esto es muy desagradable y decepcionante, pero ¿me puedes explicar qué tiene que ver todo eso con este geriátrico?

Seguía sin entender los planes de Lorena, pero compartía con ella más que nadie que Martín era un auténtico miserable que hubiera merecido la quema en la Edad Media y el portazo en las narices en el siglo XXI.

—Quiero hablar con su madre. Por eso estamos aquí. Lleva años viviendo en esta residencia.

Cris la miró con asombro. Se apoyó en la barandilla y contempló el mar, arremolinado en las rocas salientes que brillaban con el sol y el salitre. Su respuesta la había pillado desprevenida y no fue capaz de reaccionar ni de discernir si se trataba de una locura o de la iluminación de alguien desesperado. No entraba dentro de sus planes de venganza molestar a una mujer octogenaria de la que nunca había oído hablar. Tampoco tenía demasiados deseos de conocerla.

—¿No crees que deberíamos haber avisado de la visita?

—Lo hice, llamé desde el refugio. Doña Cintia nos está esperando... ¿Todavía quieres acompañarme?

Cris no pensaba dejarla sola. No se le pasaba por la cabeza abandonar la misión, pero precisaba de algún dato más para alcanzar a comprender qué podía sacar de aquella visita, además de una conversación repleta de pasado, infancia y soledad.

—No podemos demorarnos mucho. Doña Cintia ha aceptado verme por ser quien soy y no quiero que se eche atrás.

—Pero ¿qué quieres de ella?

—Su ayuda.

Lorena subió la escalera del edificio sin esperar la respuesta de Cris. Necesitaba seguir adelante con un plan que ni ella misma tenía claro y evitar responder a más preguntas que pudieran debilitar su firmeza. Había seguido un instinto, una flecha invisible lanzada al cielo con la posible venganza, con la imagen de doña Cinta: la madre autoritaria que había repudiado a su hijo y de la que, aun en la distancia, Martín seguía subyugado. Solo aquella mujer conocía su debilidad, sabía cómo causar el dolor que Lorena buscaba. Eso no era una intuición, sino una certeza. Cualquier madre sabe dónde está la herida de su hijo; la diferencia era que doña Cintia, en vez de protegerla, podía dejarla al descubierto ante cualquiera que deseara lastimarlo. Aunque eso todavía tendrían que comprobarlo Cris y Lorena.

—¿Por qué tienes tan claro que nos puede ayudar? —le preguntó Cris ya en el pasillo, camino de la sala de juegos de la residencia.

—Porque lo odia tanto como yo.

Cris se detuvo un segundo para digerir la respuesta de Lorena. Una traición puede convertir al ser más inofensivo en el más despiadado. A ella había pocas cosas que le merecieran respeto, y una de ellas era hablar con padres o madres ancianos que residieran en lugares como aquel geriátrico, a su modo de ver, esperando la muerte a espaldas de lo que tuvieron o amaron. No le gustaba estar allí; puede que, de haberlo sabido, se hubiera resistido a ir. Había tenido que pisar muchos días la residencia donde habían ingresado a su abuela materna. El olor de aquel pasillo le recordaba sus tardes de parchís sin poder sostenerle la mirada a su abuela, que jamás entendió aquel encierro, o destierro, como lo llamaba ella. Aquel lugar le sacudía el alma y la dejaba desnuda, con los sentimientos a flor de piel, perdida en cada uno de aquellos ancianos que las saludaban con simpatía al verlas llegar.

—Doña Cintia ha preferido recibirlas en su habitación.

Unos metros más para observar el lugar. Limpio. Aseado. Pero con un halo de tristeza que no tenía nada que ver con el servicio, sino con las emociones que hervían en los deseos de cada uno de sus residentes.

Al llegar a la habitación 23, la enfermera dio varios golpecitos en la puerta para avisar a doña Cintia de la visita. Esta no se levantó para recibirlas. Permaneció sentada en un sillón, en la esquina de la amplia habitación. Les dio la bienvenida levantando la mirada del libro que sostenía entre las manos. La enfermera sugirió a Lorena y a Cris que se sentaran en las dos sillas que, improvisadamente, habían dispuesto frente al sillón.

Sin tan siquiera quitarse el abrigo, Lorena se sentó y observó a doña Cintia. Una piel desbordada de pliegues que formaban pequeñas olas de epidermis a la mínima expresión; el pelo blanco pulidamente recogido en un moño y una mirada severa y penetrante que había traspasado los años. Una mujer de porte elegante. De otra época. Vestida con un jersey de cuello de cisne negro adornado con un collar de perlas, rebeca de cachemir y unos pantalones rectos también negros.

Doña Cintia permanecía impávida en el sillón, con las piernas juntas y las manos sobre el libro, sin mover un músculo de su cuerpo. Paciente pese a no saber el motivo de la visita. Llevaba cerca de diez años sin hablar con Martín. De haber sido él quien la hubiera llamado, no lo habría recibido. En aquel lugar nadie sabía que ella tenía un hijo. Hacía tiempo que lo había repudiado. Allí solamente era una viuda con una buena herencia y un comportamiento señorial que los demás percibían como una extravagancia de quien comienza a perder la cabeza. Lejos de eso, doña Cintia se mantenía en perfectas condiciones mentales, tanto que consentía que la tomaran por demente para así ser tratada con los modales deseados.

Cris miró a Lorena y le puso la mano en la pierna como señal para que comenzara la conversación. No deseaba que se alargara demasiado la visita, y fue el modo en que logró que Lorena saliera del ensimismamiento y empezara a hablar.

—Doña Cintia, le agradecemos mucho que nos haya recibido con tan poca antelación. No pretendemos molestarla mucho tiempo...

—El tiempo ha dejado de ser un problema para mí.

Doña Cintia se recolocó las gafas redondas de metal, cerró el libro y dirigió la mirada hacia la ventana, que permanecía con la persiana semibajada. Lorena y Cris callaron.

—¿Cómo está? —preguntó la anciana refiriéndose a Martín.

—Bien —respondió dudosa Lorena, que comenzaba a pensar que acudir allí había sido un error.

—Ahora seguramente estará en su antigua casa, entrando como un ladrón y tratando de desenterrar una caja de la infancia. Un tesoro de niños.

Cris provocó que doña Cintia abriera sorprendida los ojos y arqueara una de las cejas. Ninguna de las dos mujeres intuía que hacía tiempo que doña Cintia deseaba aquella visita.

—Nunca lo superó. —Hizo una pausa inesperada y volvió a desviar la vista—. ¿A qué habéis venido? ¿Qué queréis de mí?

Lorena miró a Cris buscando qué decir. En realidad, no sabía a qué había ido. Esperaba encontrar respuestas en aquel encuentro con doña Cintia, pero estaba siendo desesperadamente poco ilustrativo.

—¿Por qué dejó de hablarse con su hijo? —preguntó Cris, mucho más dispuesta que Lorena a averiguar los secretos de Martín.

—Hizo lo mismo que su padre. Arruinarse y robarme. Alguien así no merece llevar mis apellidos.

Doña Cintia contó sin extenderse en exceso los motivos por los que había repudiado a Martín. No soportaba ver de nuevo cómo lo perdían todo, pero, además, que su hijo replicara los engaños y las malas tretas de su padre fue algo imperdonable para ella.

—Yo siempre he tenido buena imagen y prestigio en la

zona. Me costó mucho que las gentes de aquí perdonaran lo que hizo mi marido. Creí en Martín. Pensé que se había labrado un futuro, pero lo hizo a base de estafas y engaños. No podía permitirme caer con él. Así que lo repudié públicamente.

Desde entonces, ella no había vuelto a verlo. No había respondido a ninguna de sus llamadas. Tampoco había aceptado sus visitas. Al principio, él había intentado verla. Había insistido para poder pedirle perdón, contarle que lo había perdido todo, incluidos sus hijos y su mujer, y encontrar su consuelo. Martín se había equivocado. A doña Cintia nada le conmovió lo suficiente como para volver a hablar con él. No podía perdonarlo.

—Es igual que su padre. Solo se importan ellos. Supongo que va en sus genes. Desde luego, no en los míos.

—Llevo dos años procurando quedarme embarazada de su hijo —Lorena se arrancó al fin a hablar—, luchando día a día con mis deseos frustrados de ser madre, tragándome el dolor de sentirme marchita, de pensar que algo en mi interior no funciona...

Cris volvió a ponerle la mano en la rodilla. Lorena se había quedado atrancada por la emoción. Sin poder seguir. Sin atreverse a confesarle a doña Cintia lo que su hijo era capaz de hacer.

—Continúa. Soy demasiado anciana para sentir dolor. —Doña Cintia no había pronunciado el nombre de su hijo en ningún momento.

—Ayer me enteré de que hace dos años se sometió a una vasectomía a mis espaldas. No quiere ser padre de nuevo, pero ha dejado que yo casi enloquezca en el intento.

La anciana miró a Lorena con fijeza. Cualquiera hubiera hecho el esfuerzo por mostrar un ápice de ternura.

Lejos de eso, bajó la vista y la escondió para sí. Había llegado el momento de hablar.

—La casa es mía. La compró mi padre cuando salió a subasta. Me enteré al cabo de los años y se lo oculté a mi marido. Dejé que las deudas lo ahogaran y lo terminaran matando. Tampoco se lo dije a Martín. —Era la primera vez que decía su nombre—. Era menor todavía y creí que lo mejor para él era olvidarse de lo que habíamos sido. Pero él, al contrario, creció obsesionado con aquella casa. Cada año que pasaba sin que se vendiera, aumentaba su esperanza de recuperarla algún día... El tiempo esconde verdades que quizá merecieran ser descubiertas. No fue mi decisión. Jamás le confesé a Martín la razón por la que no se vendía la casa. La gente empezó a pensar que estaba maldita y yo... dejé crecer la leyenda en mi favor. Luego llegó su estafa y su utilización de mis cuentas sin mi consentimiento. No lo denuncié porque lleva mi sangre. Evitó la cárcel, pero me perdió a mí, mis bienes y... la posibilidad de recuperar la maldita casa.

—¿Por qué me cuenta todo eso? —le preguntó Lorena.

—Una mentira solo se vence con otra. Mi hijo lleva años desheredado por los motivos que acabo de exponer. Él lo sabe desde hace tiempo y estoy segura de que jamás lo ha compartido contigo. Mi abogado le hizo llegar la notificación pertinente. Pero desconoce lo de la casa. Y creo que es momento de que lo sepa...

—No creo que yo sea la indicada —dijo Lorena intentando expulsarse la responsabilidad, pero doña Cintia la interrumpió.

—Querida, hace mucho más tiempo del que crees que sé que existes. Aquí dispongo de mucho tiempo libre y que haya repudiado a mi hijo no implica que no sepa nada de él. Yo ya soy mayor y cuento los días para echar a volar a otro mundo mejor...

—De verdad se lo agradezco, pero no creo que yo deba meterme en eso.

—Estás más metida de lo que crees. —Lorena miró a doña Cintia, que, con algo de esfuerzo, logró levantarse del sofá para ir a buscar en una antigua cajonera unos papeles mientras les contaba la razón de tanto misterio—. He sido una mujer de valores, pero no religiosa, y el dinero que poseo no quiero dejárselo ni a la Iglesia ni a la beneficencia. Mi alma no es tan pura. Por eso, desde que te casaste con mi hijo, te hice heredera principal de mis bienes. Que lo repudiara no significa que no me preocupe por él. No confío en él, pero sí en ti.

Doña Cintia le entregó una copia de su último testamento, en el que ella aparecía como la mayor beneficiaria de la herencia —«Puedes quedarte la copia, tal vez te sirva»—. Los hijos de Martín obtenían un par de pisos en Santander y algo de dinero para repartir, pero la propiedad de la casa de Ajo era íntegramente para Lorena. Al ver su nombre en aquel documento, Lorena quiso de inmediato que lo cambiara. Nada de aquello le pertenecía.

—Entonces, creo que es momento de que rectifique su testamento de nuevo. Voy a divorciarme de Martín.

—Me defraudarías si no lo hicieras —soltó la anciana—. Pero la casa es para ti cuando yo muera. Si quieres darla a la beneficencia, será tu deseo, no el mío.

—¿Y cuál es el suyo?

—Que la vendas y te permitas una vida mejor que la que tienes y... que la que te ha dado mi hijo. Es mi forma de agradecer que lo hayas soportado tanto tiempo. Sigo siendo madre a pesar de todo.

Lorena volvió a sentarse. Cris seguía con la boca abierta, incapaz de procesar lo que acababa de escuchar. Le parecía una maravilla del destino aquel *match point* para su amiga. La madre de Martín regalándole la casa de su infancia y de sus sueños dorados de un futuro mejor. Aquella era la mejor venganza, pensó. Nada podía superarlo, pero dudaba que Lorena lo aceptara.

—¿Por qué nunca la vendió? —preguntó esta.

—Porque yo, igual que Martín, viví aferrada al pasado. En aquella casa fui la más feliz y la más infeliz. Antes de que mi hijo me fallara, quise contarle la verdad y ofrecérsela, pero hace tiempo que descarté la idea.

Lorena salió de la habitación sin darle un abrazo a la mujer que le acababa de ofrecer un futuro inesperado. Se despidió con la misma frialdad que profesaba doña Cintia.

Cris y ella permanecieron calladas el tiempo que duró el recorrido desde la residencia hasta el coche. Lorena arrancó y, solo antes de ponerse en movimiento, reaccionó.

—Ni se te ocurra pedirme que acepte el deseo de esa mujer. ¡Es de locos! ¡Esto hundiría a Martín!

—Es de locos, sí, pero jodidamente perfecto. ¡Es lo que buscábamos! Es un jaque mate, ¿no lo ves?

No estaba de acuerdo con Cris. Aquello se les estaba yendo de las manos. Ella no quería esa casa. No deseaba nada de Martín. Solo desaparecer de su vida y empezar una nueva lejos de la persona a la que más había amado.

—¡Son una familia de chalados! ¿Cómo pudo ocultarle su madre lo de la casa? ¡Lo destrozaría si se enterara!

—¿No me digas que vas a convertirlo ahora en mártir?

Cris no comprendía las justificaciones de Lorena. Aquello era demasiado fuerte e inesperado como para digerirlo en unos minutos. Ella tampoco sabría qué hacer en su lugar, pero desde luego no despreciaría de inmediato aquel ofrecimiento.

—No puedes rechazarlo —dijo tajante—. ¿No entiendes que todo tiene sentido?

—No, Cris, no entiendo nada. Y no pienso aceptar una casa de una extraña.

—Por lo menos tendrás que contárselo a Martín, si no, estarás ocultando una verdad.

Lorena comenzó a recorrer kilómetros sin rumbo. No deseaba regresar a Ajo, no quería encontrarse con Martín sin haber tomado una decisión. ¿En qué momento se le había ocurrido visitar a doña Cintia? No quería la casa, pero Cris llevaba razón: tenía que decírselo a Martín, aunque fuera el ser más despreciable del planeta. Ella no era como él y no deseaba convertirse ni por asomo en alguien parecido.

—Esta noche se lo cuento. Lo de la casa y que le dejo.

—Pero vas a renunciar...

—Está decidido, Cris. No podría llevarme lo que tanto ha ansiado la persona a la que más he querido... Puede que no lo entiendas, pero eso, para mí, sería robarle.

Cris la comprendía, pero no se daba por vencida para tratar de convencerla de que cambiara de opinión. Aquello era suficientemente grande como para tomarse un poco más de tiempo. Dejó de insistir porque había logrado el primer objetivo: que Martín lo supiera por boca de Lorena y se retorciera de dolor.

—No pretendo hacerle daño. Creo que ya me da igual Martín.

—Pero se lo vas a contar...

—Sí, ya te lo he dicho. Esta noche.

Cris miró a través de la ventana y sonrió al destino. Solo deseaba llegar a Ajo para contárselo a Diego y a Sebas. Era la mejor venganza que podían haber imaginado: la traición de su madre y la humillación de que le revelaran que aquella casa nunca había dejado de ser de los Salgado. Contempló a Lorena de reojo. Esperaba que no se echara atrás y que decidiera abandonar a Martín sin contárselo antes. Sin que lo supiera parte del grupo, la ley vikinga del ojo por ojo estaba a punto de cumplirse y solo Lorena podía evitarlo.

Como el niño que recordaban, encontraron a Martín de rodillas, lleno de polvo, sosteniendo una caja redonda de metal. Era de galletas surtidas. Las danesas. Las preferidas de él y de su madre. Las solían sacar para las visitas con el té. Entonces Martín aprovechaba algún despiste para robar unas cuantas y llevárselas, sin que nadie se diera cuenta, a su habitación. Su madre las guardaba en un armario que cerraba con llave, junto con la tableta de chocolate y algunos caramelos que también ofrecía a los invitados.

Martín no se percató de la llegada del resto del grupo. La había encontrado él. Aquella huella de su vida había permanecido guarecida en su escondrijo secreto sin que nadie la descubriera durante media vida. Tras el hueco de una de las baldosas del baño. Su escondite. El lugar donde guardaba todo aquello que no quería que sus padres vieran. Sus tesoros.

—¡La encontraste, cabrón! —soltó Sebas sin poder reprimirse al verlo abrazando la caja.

Martín abrió los ojos y se dio cuenta de que todo resultaba confuso. Ninguno iba a creer que aquello era suyo y no la cápsula del tiempo que Adrián había dejado en su casa.

—¿Ya la has abierto? —preguntó Lucía.

Negó con la cabeza sin saber cómo salir de aquel embrollo. Vio las caras de alegría de todos, de esperanza por haber dado con la huella inesperada de Adrián. Dudó si decir la verdad. Ni siquiera le había dado tiempo a abrirla. No sabía qué podía contener, pero decidió arriesgarse. Una nueva mentira. Podría ser el héroe por un tiempo. Quien había logrado lo que había prometido.

—No. He preferido esperar y que lo hiciéramos juntos.

Belén lo observó dudosa. No podía creer que aquella caja fuera la de su hermano, pero al mismo tiempo deseaba que así fuera.

—¿Y por qué has entrado solo en la casa sin avisarnos? —inquirió de nuevo Sebas.

Los tres esperaron la respuesta de pie, en el marco de la puerta de la que había sido la habitación de Martín.

—Albergaba dudas sobre el lugar, debajo del castaño o en el escondite del baño, y preferí comprobarlo yo solo.

Mintió. Ninguno creyó sus explicaciones, pero poco importaba porque todos querían saber qué contenía aquella vieja caja que había aparecido de la nada.

—Pues es el momento de abrirla —soltó Sebas—. Pero me gustaría que no fuera en esta casa. ¡Me sigue dando escalofríos!

Deseaba salir de allí cuanto antes. No le parecía una buena idea destapar la cápsula del tiempo en un lugar tan desabrigado, tan castigado. No era un buen augurio, ni le hubiera gustado a Adrián.

—Estoy con Sebas —intervino Lucía—. No es el lugar ni el momento. Si es la cápsula de Adrián, hay que abrirla como se merece.

—De acuerdo, pero seré yo quien la custodie.

Belén obtuvo la aprobación de todos menos de Martín, que se resistía a entregársela. Aunque lo intentaba, no recordaba qué había guardado. Era un niño cuando se fue de aquella casa y el tiempo había borrado la mayoría de los recuerdos. Examinó a Belén buscando alguna excusa para retenerla y esquivar las miradas para poder abrirla él antes que los demás. Pero estaba atrapado.

—No podríamos haber elegido mejor guardiana del tiempo.

Martín se levantó y se la dio simulando que no le importaba, sino todo lo contrario. Fue el primero en salir de la habitación, como si aquellas paredes no fueran con él. Se dirigió directo hacia el balcón, pero Sebas lo cogió del brazo y se lo llevó por la escalera.

—No es necesario que te suicides todavía. Ni así lograrías darme pena. Sé que ocultas algo en esa caja. ¿No vamos a registrarle los bolsillos? —comentó—. Puede que la haya abierto ya y nos esté mintiendo.

Diego, Belén y Lucía pensaron en la propuesta de Sebas, pero decidieron evitar más conflictos. De haber abierto la caja, Martín se habría llevado cualquier chiquillada sin importancia que prefirieron no descubrir. Solo ellos conocían cómo se las gastaba de pequeño y optaron por elegir trato en lugar de truco.

Durante el camino de vuelta, Belén acariciaba la caja albergando el deseo de que aquella fuera la verdadera cápsula de Adrián. Tenía dudas, puede que todas, pero quería creerlo y esperar a ver lo que había dentro. Lucía la sostuvo unos instantes y la movió cerca del oído para escuchar los ruidos.

—Parece que hay varias cosas —indicó con cierta excitación.

Diego sonrió también. Estaba feliz de haber encontrado algo que lo llevaba a los veranos de Ajo, cuando la vida se reducía a estar con los amigos y huir de la heladería de su padre. Se quedó unos metros atrás para contemplar al grupo. No estaba Adrián, pero salían de aquella casa con la misma emoción que cuando los cinco vivían cualquier aventura. Martín se giró varias veces para mirarla. La habría estado recorriendo mucho más tiempo. A solas. Sin ellos. Solo a él le pertenecía lo vivido ahí dentro. Se alejó como el resto y sin perder de vista la caja. Temía ser descubierto en cuanto se abriera. Desconocía que, inconscientemente, todos habían decidido que, fuera lo que fuera lo que contuviera, era su tesoro, y regresaban felices por saber que la huella de Adrián los acompañaba.

Nada era lo que parecía, eso lo habían aprendido con los años, y muchas veces lo que no parecía podía convertirse en la mejor opción. Así fue para ellos aquella mañana. Ninguno creyó a Martín, pero prefirieron creer en lo que no parecía: que aquella antigua caja de galletas era la verdadera cápsula del tiempo de Adrián. Solo cabía confiar en que el contenido no echara por tierra sus fantasías.

—Quiere marcharse. No ha salido de su habitación desde que llegamos.

—¿Le has dicho que si se va no hay dinero?

—Sí..., y no le importa.

Belén hablaba con Elvira mientras el resto aprovechaba la llegada a la casa para descansar, disfrutar de la piscina cubierta o darse una ducha antes de la comida y el surf. La anfitriona se había refugiado en la habitación secreta para esconder la vieja caja de galletas hasta que decidieran el mejor modo de abrirla. La había puesto sobre la mesa y la contemplaba, tentada de romper el pacto y ver ella primero lo que había dentro. Lo hubiera terminado haciendo para ahorrarse sorpresas de última hora de no haber sido por Elvira. Nadie solía molestarla allí dentro si no se trataba de una emergencia. Hugo había hecho su maleta y aguardaba para verla y poner punto final a aquella experiencia que, según él, nunca tendría que haber empezado.

—¿Crees que Sebas podría retenerlo? —preguntó Belén.

Elvira negó con la cabeza. Ambas sabían que la suya era una decisión firme, pero se resistían a aceptarla. Belén no esperaba que Hugo tirara la toalla y abandonara el barco antes de llegar a puerto. Le habría gustado que se quedara hasta el final, pero había examinado su cabeza y entraba dentro de las posibilidades que no pudiera con ello. Los fantasmas del pasado no son fáciles de domar, y cuando llaman a la puerta, no suelen irse con facilidad.

—Dile a Sebas que hable con él igualmente.

—No va a quedarse... —respondió Elvira, que no entendía demasiado su empeño por aguantar a alguien que había incumplido las reglas acostándose con Guada a la vista de todos.

Hugo no le había gustado desde el principio y creía que quitárselo de encima en una jornada como esa era un buen augurio. No era trigo limpio, había llegado con la intención de escarbar en un pasado que Belén deseaba dar por zanjado. Elvira temía que a su jefa, que creía adelantarse a cualquiera, se le escapara algo y que Hugo aprovechara para convertir el cumpleaños en un nuevo funeral.

—No tengas miedo —soltó Belén leyéndole la mente—. No es peligroso. Está igual de perdido que todos nosotros. Solo busca respuestas.

Belén sabía los motivos de Hugo: encontrarse cara a cara con el asesino o asesina de su padre y ver si así la ira acumulada se le extinguía como una llama. También era el objetivo de Belén. Exactamente el mismo. Conectar con el otro lado. Con la otra vida truncada aquella noche y que durante todos aquellos años había quedado en la sombra para los cinco, pero que, de igual modo, formaba parte de su pasado.

—Con Sebas solo vas a ganar tiempo. Nada más. Belén, lo tiene decidido.

Elvira se lo advirtió antes de abandonar la habitación. No esperó respuesta porque no la había. Sabía que en cuestión de minutos Hugo se presentaría en la habitación. No se equivocaba.

Belén miró de nuevo la caja y se acercó a la librería, en la que había un pequeño marco con una fotografía de Adrián aguantando orgulloso una caña de pescar. Sonrió bajando la cabeza llena de recuerdos. Había sido su primer pez, tan pequeño como él en aquella imagen. Con la sonrisa tan amplia como desdentada. Sacando pecho, con el pelo revuelto y jugoso por el salitre. Sintiéndose ganador por haber sido el primero de todos en lograr que mordieran su anzuelo. Belén nunca había podido coger un gusano de entre el serrín para atravesarlo con el gancho. Entonces le parecía la mayor salvajada. Seguía viéndolo así, aunque sin el enfado de aquella tarde. Fue la primera excursión de pesca para los cinco. Adrián ganó y se pasó horas recordándoles su nueva victoria.

Solía ser el que más triunfos se llevaba. Puede que tuviera que acumular los que la muerte temprana le impediría conseguir. Belén reflexionaba mientras seguía contemplando la imagen de Adrián. El tiempo hace que cada fotografía se convierta en la llave mágica que abre los recuerdos que creíamos olvidados. Tanto tiempo considerándolo el afortunado, el talismán de los cinco, para tener que tragarse todas las medallas de una vez. De los cinco que iban aquella noche en el coche, fue el único que murió. Prácticamente en el acto. No hubo opciones ni esperanzas. Tras el choque, cuando Belén fue consciente de lo ocurrido, él ya estaba muerto. Había volado a otro lugar. Las decisiones, pequeñas o grandes, terminan marcando nuestra vida. Entonces ninguno reparaba en ellas; Belén estaba segura de que todos lo hacían después del accidente.

Diez segundos antes del impacto, Adrián se había precipitado sobre el radiocasete del vehículo para poner un cedé, algo que solía hacer cuando el copiloto se negaba a cambiar la música. Tenía esa mala costumbre, pero nunca pensaron que sería la causa de su muerte. Martín iba de copiloto y estaba demasiado borracho como para mover un brazo o enfocar la mirada y atender a las demandas de Adrián. Todo había ocurrido demasiado rápido. Adrián acababa de llamar a Sebas, estaba nervioso. Cabreado por no haber conseguido que a su amigo se le pasara el enfado. Se había soltado el cinturón y se disponía a cambiar de música. Había terminado una de sus canciones favoritas, *Virtual insanity,* de Jamiroquay. Deseaba seguir con la fiesta y llevaba en su mochila el cedé de una de sus musas: Mónica Naranjo. Quería escucharla. Estaba pesado. Llevaba parte del trayecto pidiéndoles que le dejaran pinchar sus temas. Ninguno conocía entonces a aquella mujer extravagante de pelo bicolor recién llegada de México que estaba a punto de convertirse en uno de los fenómenos musicales de 1997. Solo él. Le encantaba ella, su fuerza y el lugar al que lo transportaban sus canciones. Había sido un regalo de Sebas, y aquella noche, como otras, sentía la imperiosa necesidad de oírla. Fue por ese motivo, y seguramente por otros muchos, por el que Adrián se abalanzó sobre el frontal del coche.

Ese era el último recuerdo de Belén de su hermano. El último deseo de Adrián. El único que había salido disparado y que había atravesado el cristal delantero del coche.

Durante años, no solo Belén, todos habían repasado, casi secuenciado, cada segundo de los últimos minutos en aquel automóvil comprobando los efectos de la memoria quebradiza y cómo los traumas deciden pintar surcos inesperados para sortear el dolor extremo.

Ninguno recordaba con seguridad nada de lo ocurrido, pero todos habían sacado sus propias conclusiones en un cruce de acusaciones. Cuando alguien muere en un accidente, todos los implicados tratan, de un modo u otro, de completar un puzle imposible. Se tardan años en comprender que hay piezas perdidas, irrecuperables... La lógica es una brújula que no siempre funciona. Sobre todo en el fallecimiento de alguien y en la búsqueda de la lista interminable de supuestos que podrían haberlo evitado.

Belén había permanecido inmóvil recordando de nuevo aquellos últimos momentos y todo lo que le había quedado por decirle a Adrián.

—¿Te pasa algo, hermanita? ¿No hemos triunfado esta noche?

Era lo último que su hermano le había dicho antes del fatal suceso. Belén no había respondido a aquella provocación y se había metido en el coche. Estaba furiosa con él. Lo había pillado con Lucía en una bacanal de sexo en uno de los baños. Tampoco le dedicó una sola mirada a través del retrovisor durante todo el trayecto. Estaba muy enfadada. Solo quería llegar a casa cuanto antes y tirarse sobre el colchón para tratar de entenderse a sí misma. Nunca había querido abiertamente a Lucía. Siempre había jugado al despiste y a evitar un campo demasiado libre para su personalidad tan poco permisiva. Lo último que le había ofrecido a su hermano fue algo parecido al odio, pero sin mencionarlo. Invisible.

Durante el viaje no habló con nadie. Se dedicó a repasar las decenas de veces en las que Adrián había salido vencedor y ella se había quedado a la sombra. Incluso aquella vez que había sentido en la playa el germen de la envidia. Esa noche, dentro del coche, Belén se sintió como aquella niña pequeña que se comía las palabras y que no tenía para los demás, ni por asomo, el encanto de su hermano. De seguir vivo Adrián, seguiría siendo así. La diferencia era que ella había podido crecer y había tenido tiempo para aceptarse, para no desear ser otro. Habían sido años de terapia, de culpa y de no perdonarse que llevaron a Belén a vivir su propio destierro emocional y físico. Aquella última noche le había resultado insostenible, asfixiante para poder vivir sin dolor. Por eso necesitó romper con todo lazo que la uniera a aquel lugar al que no quería retornar.

Su móvil comenzó a vibrar en el bolsillo trasero del pantalón. La vuelta al presente. El modo de desactivar los pensamientos que la llevaban a aquel triángulo de las bermudas de la intensa melancolía del que le costaba salir, y mucho más en aquellos días.

—Si no hay modo de convencerlo, dile que en diez minutos hablaré con él.

Sebas no había logrado que Hugo se quedara. Tampoco había puesto demasiado empeño en ello. El chaval lo había decepcionado y le había dejado claro en su última conversación que tenía razones para estar allí más importantes que un trabajo bien pagado.

—¿Y te va a pagar?

—No lo sé... No me han dicho nada, pero entendería que no lo hiciera.

Sebas no gozaba de la empatía ni la paciencia para comprender qué le estaba ocurriendo a Hugo. En el fondo, a él también le parecía bien que se fuera y que dejara la comedia de seguir aparentando ser el novio de Belén.

—Nadie ha descubierto la mentira. Solo piensan que eres un cabronazo que se tira a más de una a espaldas de Belén.

Hugo agradeció el gesto de Sebas. Sabía que, a pesar de todo, le tenía cariño y deseaba ayudarlo para que recibiera el dinero pactado. Lo necesitaba, pero creía que no se lo merecía.

—No he cumplido, Sebas. No lo he hecho desde el momento en que acepté venir aquí mintiendo. —Hugo cerró su maleta y se sentó en el borde de la cama, vencido. Agotado por todo lo que había sentido allí y que no se había atrevido a compartir todavía abiertamente.

—Todos mentimos. No te flageles —respondió su amigo tajante—. Acepta el dinero si te lo da, que lo necesitas.

Sebas no quería entrar en confesiones. Y menos en aquellas que amenazaban con resquebrajar un poco más el cumpleaños de Adrián. Salió de la habitación de Hugo después de darle un corto pero tierno abrazo. Suficiente para mostrar cariño, pero breve para saber que, en el arco del afecto, Hugo y él no llegaban ni a una amistad sincera.

Hugo comprendió y aceptó su fuga. No esperaba otra cosa de él. Tampoco estaba seguro de si era con él con quien debía descorchar el tapón de sus angustias.

Permaneció un tiempo allí sentado, dejando pasar los minutos mientras aguardaba para hablar con Belén. La vida pasa muy despacio en las esperas.

—Siento el retraso. Es que... Hugo se va.

Sebas entró en la habitación de Diego y de Cris. Habían quedado los cuatro para hablar de Martín. Lorena también estaba. Sentada en una esquina, sin mirar a nadie. Metida en sus pensamientos.

—¿Por qué? —preguntó Cris.

Sebas no había pensado antes de hablar y su pregunta lo cogió con el pie cambiado. No podía contar el verdadero motivo y revelar la mentira de Belén y Hugo, pero tampoco conocía las razones ficticias de la marcha del novio de la anfitriona.

—No me lo han dicho —respondió con agilidad—, cosas de pareja.

Lorena no reaccionó a la noticia de una nueva ausencia. Le había dejado de importar que fuera el tercero en abandonar y seguir con la teoría que al principio la acompañaba. De nuevo, tenía ganas de salir de allí. De desaparecer con tal de evitar a Martín y las decisiones de doña Cintia.

—¿Qué le pasa? —preguntó Sebas en un susurro mientras entraba en el baño para robarle un cigarro a Diego, que estaba estirado en el suelo fumando.

Le había cogido el gusto a volver a fumar a escondidas, otro modo de conectar con su adolescencia y con los veranos de Ajo.

—Ni idea. Mi mujer no suelta prenda. Querían esperar a que vinieras, pero desde que ha llegado a la habitación no ha abierto la boca.

Sebas se sentó en el inodoro y le dio otra calada al cigarro antes de devolvérselo. De algún modo, él también había retornado a la primera juventud. Llevaba todos aquellos días sumergido en el pasado, en un presente confuso, diluido por la delgada línea de la cordura de los vivos y los muertos.

—¿Qué crees que habrá en la caja? —inquirió.

—No lo sé. Cualquier cosa de críos.

A Diego le había afectado más de la cuenta pisar la casa de los Salgado. Se había percatado al regresar y quedarse solo. No sabía qué le ocurría, pero se le había formado un nudo en el estómago que le apretaba las entrañas. Se sentía sobrepasado por todos los sentimientos que estaba rescatando de aquellos veranos y... de la noche del accidente.

—¿Estás bien? —le preguntó Sebas.

—¿De qué hablasteis en el coche Adrián y tú?

Sebas se quedó unos segundos perdido. Había escuchado la pregunta de Diego, pero su mente tardó un tiempo en procesarla por inesperada y dolorosa. Nunca habían hablado de aquella noche, y mucho menos de las llamadas de Adrián. Él no lo había creído necesario, y los demás tampoco. ¿A qué venía aquello entonces?

—No lo recuerdo... De salir, de chorradas...

Diego levantó la mirada hacia él. Tenía los ojos rojos de haber llorado. Lo había hecho a escondidas de su mujer, en ese baño. Lo había hecho sin encontrar una causa concreta más allá de la tristeza que se nos enquista cuando perdemos a alguien.

—¡No digas chorradas, Sebas! A ninguno se nos ha olvidado esa noche.

Sebas cogió otro cigarro de la cajetilla de tabaco que Diego había dejado sobre el lavabo, junto al mechero. Se dio su tiempo para encajar la atronadora verdad de Diego: él no había olvidado una coma de su última conversación con Adrián, pero se resistía a compartirla en voz alta.

—¿Para qué quieres saberlo?

—Porque en todo este tiempo me lo he preguntado cientos de veces. Todas las que mi cabeza ha necesitado recorrer aquel momento, me he preguntado de qué hablaste con Adrián para que decidiera cambiar el cedé por el de Mónica Naranjo.

Sebas se levantó por el impacto de las palabras de Diego. No estaba dispuesto a cargar con la culpa de ser quien lo había incitado a cambiar la música. No pensaba que nadie lo hubiera creído así, pero se acababa de dar cuenta de que podía ser que todos lo hubieran considerado durante aquellos años.

—¿Crees que yo fui el culpable de su muerte?

Diego no levantó la cabeza. No podía. No quería mostrarle que estaba llorando. Nunca es demasiado tiempo para el rencor, y Diego, de un modo u otro, lo había responsabilizado del fallecimiento de Adrián. De entre la infinidad de variables que su mente había barajado para evitar el desastre, estaba la conversación con Sebas y la imaginada directriz que le habría dado a Adrián para que escuchara a Mónica Naranjo. Todos necesitamos un saco para golpear el dolor, y no importa con qué material lo construyamos.

—Necesito que respondas a la pregunta: ¿qué le dijiste a Adrián en esa llamada?

Diego no quería dejar pasar la ocasión para aclarar aquello que durante tanto tiempo lo había atormentado. Uno de los principales motivos de que sintiera repulsión hacia Sebas había sido ese: hacerle cargar con el peso de la muerte de su amigo. Pero aquella convivencia inesperada —Diego no sabía que se encontraría allí con Sebas—, pasar tiempo con él, le había generado un conflicto interior que necesitaba resolver.

Cris golpeó la puerta del baño, impaciente por saber cuándo saldrían de la *smoking room* improvisada. Lorena había abandonado por fin su trance y estaba dispuesta a contarles lo ocurrido en la residencia De La Hoz con doña Cintia.

—Cinco minutos... ¡Lo que dura un cigarro!

Diego necesitaba una respuesta. Sebas se había vuelto a sentar, incapaz de mirarlo, y no se daba cuenta del estado de desesperación en que este le hablaba. Belén nunca le había mencionado que hubiera una mínima sospecha de aquello. Jamás le había preguntado por aquella conversación telefónica.

—Por favor, es preciso que sepa la verdad...

Sebas estaba hundido. No esperaba que Diego soltara aquella bomba en aquel momento, metidos los dos en el baño. Le dolía profundamente, pero al mismo tiempo lo comprendía. Él también había pasado por lo mismo. Había necesitado recorrer cada segundo de aquel trayecto. Conocer lo que había ocurrido dentro de aquel coche antes del accidente. No lo había logrado del todo y lo atormentaba todavía algunas noches no saber con exactitud lo que había pasado.

—Habíamos discutido por la tarde —comenzó a narrar Sebas con un hilo de voz—, nada grave. Tonterías que entonces eran suficientes para colgarle el teléfono y dejarle de hablar durante unas horas. Le dije que aquella noche me quedaba en casa. Él había quedado con vosotros. Tú te estrenabas como relaciones públicas en el Paradís y los habías invitado. Adrián estaba encantado de figurar por primera vez en la lista vip de una de las discotecas de moda en la que cualquiera se cortaba la coleta para poder entrar.

—¿Te vas a perder entrar en el Paradís a lo grande?

Adrián no entendía la cabezonería de Sebas y cómo

podía llegar a cerrarse en banda de aquel modo por una discusión que tenía poco recorrido. Lo que ignoraría para siempre Adrián era que nunca encontraría la lógica del comportamiento de Sebas en la propia discusión, sino detrás, en lo que este sentía por él y no era capaz de compartir.

—Me insistió toda la tarde, pero decidí quedarme en casa. A los últimos mensajes ya ni le contesté.

Sebas tenía la voz quebrada, no esperaba despertar a los fantasmas de aquel modo, y mucho menos compartirlos con Diego.

Todos fueron al Paradís menos él. Diego no lo había invitado, y tampoco lo esperaba. Ni siquiera sabía si Adrián deseaba que fuera. Él estaba ocupado en mostrar a sus amigos que lo había logrado: ascender y colocarse en la noche de Madrid. Se había arrimado a Wes, el dueño del Paradís, y había logrado que este fuera confiando cada vez más en él hasta nombrarlo su relaciones públicas. Con el tiempo, pasaría a ser jefe de Comunicación, hombre de confianza y uno de los herederos de su fortuna. Sebas sabía lo que le había costado a Diego llegar, los enemigos que se había ganado por acercarse a Wes y las sospechas de haber compartido, en más de una ocasión, cama con él para alcanzar la cima.

—Cuando me peleaba con Adrián, no podía hacer otra cosa que maltratarme —siguió Sebas—. Aquella noche me quedé en casa. Bebí y me fumé varios porros... Cuando me llamó Adrián, no oí el teléfono. No llegué a cogerlo, pero al rato escuché su mensaje y cedí, tarde, pero accedí a encontrarme con él para terminar la noche y ver amanecer en el Retiro.

—Entonces... ¿no llegasteis a hablar? —preguntó sorprendido Diego.

Sebas negó con la cabeza, tenía la mirada perdida.

—Saltó el buzón de voz y Adrián me dejó un mensaje.

Tras un trauma, se llegan a fijar como válidos en la memoria sucesos que ni siquiera tuvieron lugar en la realidad. Le había ocurrido a Diego, como seguramente a todos con algún momento concreto. Era la primera vez que los dos hablaban del accidente y acababan de descubrir el primer blanco de la memoria.

—Le devolví la llamada a las 4.47 minutos de la madrugada. Quería unirme a vosotros, saber por dónde andabais, y... nadie respondió. Esperé hasta que saltó el contestador. No le dejé ningún mensaje. El maldito orgullo todavía me pisaba los talones, aunque... ya había llegado tarde. Me quedé durmiendo la mona. A la mañana siguiente, me desperté ya en el infierno, y creo que desde entonces no he sabido cómo salir de allí.

Diego escuchó atentamente a Sebas. Creyó su versión. La dio por válida y comprendió que durante todos aquellos años su cabeza había encontrado el refugio para aliviar la culpa en aquella llamada y en lo que Sebas le había dicho para que cambiara de música.

—Para mí era como mi hermano pequeño... —dijo al fin— y puede que haya necesitado encontrar a otro culpable, además de mí, para soportar la carga de haberlo perdido.

Sebas lo miró. Por primera vez se percató de sus lágrimas. El resentimiento suele ser la perfecta anestesia para no reconocer el dolor propio o ajeno. Se dejó caer al suelo, a su lado, y se quedó allí escuchando su llanto como si fuera el suyo propio y esperando a que la ola de tristeza pasara. Cualquiera que haya probado las mieles de la desesperación reconoce que, como la intensa alegría, todo pasa.

Fueron unos minutos de silencio necesarios para que Diego se soltara y se recompusiera. Dejó de llorar, se secó las lágrimas y se quedó también callado al lado de Sebas.

—Lo siento. No he sido justo contigo todo este tiempo. Muchas veces has sido un gilipollas, pero no tanto como para que te hiciera responsable de la muerte de Adrián. Lo siento de verdad.

Sebas no pudo resistirse y abrazó a Diego, a quien cogió desprevenido. Su cuerpo se tensó, incapaz de reaccionar a aquel gesto de cercanía y cariño inusual en ellos. Pero lejos de apartarse, se dejó abrazar. No se encontraba cómodo, pero en el fondo lo necesitaba. Había pasado media vida huyendo de lo que realmente era. De lo que echaba de menos, de lo que le hacía feliz... Lo había hecho para protegerse del dolor que había sentido con la muerte de Adrián.

—¿Algo que contarme, cariño? —dijo Cris al abrir la puerta del baño y encontrarse con la escena.

Sebas y Diego se levantaron y se echaron a reír, cómplices, balbuceando para evitar dar más explicaciones de lo ocurrido allí dentro. A ella no le importaba, sino todo lo contrario, le alegraba ver cómo su marido había ido limando su coraza hasta permitir un abrazo de alguien a quien durante años no había soportado.

—¿Y bien? ¿Podemos saber cuál es el plan? —Sebas se lanzó sobre la cama de Cris y de Diego acercándose a Lorena, que seguía sentada en la silla donde la había encontrado al entrar en la habitación—. Me gustaría saberlo antes de decidir que prefiero que una ola mate a tu todavía marido.

Diego consultó el reloj. Se le había olvidado el surf. Habían acordado salir a las cinco de la tarde para surfear en Cuberris. Él, Lucía, Belén y Martín debían hacerlo para cumplir con uno de los deseos de Adrián. Comerían algo liviano y se prepararían para la gesta. Ninguno surfeaba ya, pero hay prácticas que no se olvidan, y todos ellos habían nacido con una tabla bajo el brazo.

Lorena y Cris les contaron la visita a doña Cintia, dejándolos en un estado de excitación inesperado. Estaban con Cris en que era una venganza que superaba la propia treta de Martín.

—¿Y estás decidida a no aceptar la casa? —le preguntó Diego.

—Sí, lo estoy, pero quiero contarle la verdad. Ya ni siquiera sé si por venganza. Creo que lo mejor será que se lo diga después del surf y de que abráis la cápsula del tiempo. No quiero que esto empañe el cumpleaños. No sería justo.

Todos respetaron los tiempos de Lorena y decidieron apoyarla en lo que precisara. Nadie hablaría con Martín sobre aquello, ni sobre su mentira, ni sobre la crisis de Lorena.

—¿Y qué vamos a hacer nosotros mientras ellos se matan sobre el mar?

—Pues yo comer bien y beberme un *gin-tonic* bien frío —soltó Cris antes de meterse en el baño—. Por cierto, ¿podéis dejarme a solas con mi marido para que me folle antes de enfrentarse con la muerte?

Sebas y Lorena salieron compartiendo risas. A los dos les encantaba la claridad de Cris. Lorena le agarró fuerte el brazo y le suplicó que no se fuera de su lado hasta haber hablado con Martín. No confiaba en poder contener su rabia contra él si se quedaban a solas.

—Cariño, a partir de ahora soy tu sombra. Será un placer que tu marido me odie.

Bajaron a la primera planta y pasaron por delante de la habitación de Martín y Lorena, por la de Sebas y por la de

Lucía. No se detuvieron en el salón librería ni tampoco a saludar a Elvira, que andaba ajetreada con los preparativos de la cena.

Todo estaba ya acordado, solo era preciso proteger el plan y, para ello, debían evitar a toda costa encontrarse con Martín.

—¿Se puede? —dijo Hugo tras golpear levemente la puerta.

—Sí, claro, entra —le respondió Belén de espaldas a él, aún delante de la librería—. Siéntate, por favor. En seguida estoy contigo.

Cargada con un par de álbumes, Belén se sentó tras su mesa de despacho, frente a Hugo, que se entretenía haciendo girar una moneda de dos euros sobre la mesa.

—¿Lo echamos a suertes? —comentó Belén cogiéndolo desprevenido.

—¿El qué?

—Quién empieza a contar. Me pido cara.

Hugo no esperaba aquel principio, pero le pareció sugerente para romper el hielo. Lanzó la moneda, la cogió al vuelo y la colocó sobre el dorso de su mano derecha.

—Cruz —dijo Belén—. Empiezas.

Hugo hubiera preferido que le hubiese tocado a ella. Tenerla cerca y estar a solas con ella le ponía nervioso y le hacía perder el hilo de lo que deseaba decirle antes de irse. Llevaba años esperando aquella conversación. Demasiado tiempo obsesionado con la muerte de su padre y con poder hablar un día con los responsables. No quería quedar como un demente. Si lo hubiera compartido con su madre, ella misma lo habría pensado. Quería respuestas; en realidad, mucho más que respuestas, pero aquellos días se había deshinchado cualquier idea extraña de venganza que su mente, en momentos de intensa desesperación, había ideado.

—¿Quieres matarme? —le preguntó Belén saltándose el turno de Hugo y, de nuevo, sorprendiéndolo.

Él la miró como un niño al que acaban de explotarle un globo. Era cierto que algunas noches se había dormido imaginando que la asfixiaba colocando una almohada sobre su cara. Que la sostenía con fuerza, sin rendirse a sus zarandeos para librarse. Que sacudía la almohada con pequeños golpes secos contra su rostro hasta que dejaba de moverse. De respirar. Lo había visto en varias películas y siempre le había despertado un extraño placer. Sin embargo, nunca había pensado en llevarlo a cabo, en sacarlo de su imaginario para planear matar a nadie; ni siquiera a los responsables del fallecimiento de su padre.

—Ya lo habría hecho de haber querido —respondió al fin desafiante.

Había recobrado el tono de seguridad que había perdido hacía días. Las cartas al fin comenzaban a aparecer sobre la mesa. No había motivo para esconderse ni para simular más. Belén se dio cuenta de ello por su mirada: directa, oscura, retadora.

—¿Me vas a pagar?

—¿Ese es el motivo por el que querías hablar conmigo?

—No, pero es un comienzo —contestó Hugo sin dejar de jugar con la moneda.

—No creo que haya suficientes monedas en el mundo para devolverte a tu padre, ni a mí a mi hermano.

Belén acababa de manifestar los pensamientos de Hugo y había vuelto a redirigir la conversación hacia donde debía. Ambos sabían que el juego de simular ser pareja no había funcionado para el resto ni para ellos mismos, que, claramente, tenían razones distintas para desear estar juntos.

—¿Por qué me contrataste? No me digas que porque necesitabas mostrarte ante tus amigos como una mujer con pareja porque no me lo creo.

Belén estaba recostada sobre la silla de su despacho observando la inquietud de Hugo, el juego delirante con la moneda, cómo la hacía girar sin parar sobre sí misma encima de la mesa.

—Nunca has sido discreto, ni en tus deslealtades con las mujeres, ni en tu forma de intentar acercarte a mí. No me fue difícil saber quién eras. Sé que desde hace tiempo andas rondándome. También al resto.

—Nunca me he puesto en contacto contigo directamente —respondió Hugo.

—Hay muchas formas de hacer ruido, incluso caminando descalzo.

Belén no quería herir a Hugo. No era su intención, pero las espadas estaban demasiado en alto y no le iba a resultar complicado llegar a él y conocer los motivos de su obsesión. Decidió dejar los preámbulos e ir al grano.

—Te has pasado todos estos días preguntando quién conducía el coche aquella noche... —Belén se detuvo y observó a Hugo, que había cogido la moneda y cerrado el puño—. Era yo.

—¡Lo sabía! ¡Estaba seguro, joder! Maldita hija de puta. ¿Tienes algo más que decir o te vas a quedar callada mirándome?

Belén permaneció en silencio aguantando la descarga de Hugo. Le sorprendía cómo su mente, eludiendo responsabilidades, había decidido cargar todo el peso de aquella noche sobre quién conducía. Ella comprendía más que nadie que todos necesitamos sostener un delirio obsesivo que oxigene el dolor, pero a Hugo le bastaría con conocer los detalles del accidente para darse cuenta de que su rencor iba en una dirección equivocada.

—¿Qué sabes de aquella noche, Hugo? —le preguntó Belén con voz serena.

—Lo suficiente como para poder llamarte hija de puta a la cara.

Belén no se inmutó. Dejó que él explotara y sacara lo que llevaba dentro. Ella lo había necesitado y la herida aún no estaba cerrada.

—Todo este tiempo cerca de Sebas, presentándote a algún congreso mío... ¿Ha sido solo para saber esto?

Hugo volvió a hacer rodar la moneda, a mirarla sin poder controlar la furia de sus pensamientos, que escupían un dolor incontrolable que lo trasladaba a aquella mañana en que el timbre de la puerta lo despertó y vio a aquella pareja de guardias. Recordó cómo su madre había caído al suelo y cómo sus vidas se habían fundido a negro. Nada había vuelto a ser. Hugo se había convertido en adulto y había pasado a cuidar de su madre.

—Todos lo hemos pasado mal, Hugo... Entiendo tu dolor, pero no que me culpes por ello.

Hugo levantó la vista, perdida, confusa, rota. Aplastó la moneda contra la mesa con la palma de la mano. No comprendía cómo Belén podía hablarle de aquel modo después de haber roto su vida y la de su madre.

—Mataste a mi padre y eso no te lo voy a perdonar en la vida.

—¿Estás seguro? —le preguntó Belén con suavidad.

Comenzaba a creer que alguien se había perdido algún detalle de aquella noche.

—Drogas, alcohol... ¿Te parece suficiente para joder la

vida de alguien que volvía de trabajar para estar con su familia?

Hugo no sabía la verdad y Belén se dio cuenta en aquel instante. No sería fácil contarle lo contrario. Cambiar la historia y que encajara que había sido su padre quien había incumplido las normas saltándose un semáforo en rojo y provocando un choque brutal que había terminado con su propia vida y con la de Adrián. De haber sobrevivido, ella lo habría odiado durante mucho tiempo y le hubiera deseado incluso una muerte temprana. Por ese motivo, comprendía que Hugo se comportara con aquella rabia enquistada. Se levantó y fue de nuevo hasta la librería. Dejó que él siguiera responsabilizándola de lo ocurrido aquella noche. Del fallecimiento de su hermano y de la de su padre. No le dolía demasiado porque, aunque los hechos no respondieran a esa interpretación, durante años ella misma se había culpado de la muerte de Adrián. Si hubiera sido más rápida..., si hubiera dado un volantazo para evitar el choque..., o tomado otra calle, o salido unos minutos más tarde... Si tan solo hubiera contestado al comentario jocoso de su hermano antes de entrar en el coche... No estaba enfadada con Hugo, entendía su necesidad de buscar culpables, de señalar desesperadamente a otros; a cualquiera con tal de que el dolor por la pérdida de su padre aflojara...

—¿No tienes nada que decirme?

Belén cogió un archivador de la librería y, en silencio, ignorando a Hugo, comenzó a buscar hasta dar con la vieja resolución. Cuando muere un familiar, terminas guardando todo documento, fotografía o sombra que te lleve a este.

—¿Qué es? —preguntó él ante los papeles que Belén le ofrecía.

—Un acuerdo de resolución de las compañías aseguradoras. Tu madre demandó y perdió... —Hugo cogió los documentos sin dejar que ella acabara la frase. Nadie le había enseñado aquello. Desconocía que se había producido un juicio por homicidio culposo. Su madre nunca se lo contó—. Tu padre doblaba la tasa de alcoholemia permitida. Se saltó un semáforo y chocó contra nosotros. Ojalá yo hubiera podido reaccionar. Ojalá que nada de aquello hubiera pasado... —Él seguía metido en aquellos documentos intentando encontrar un resquicio de verdad en lo que durante todos esos años había creído—. Mis padres decidieron no demandar. Tu madre se había quedado viuda y con un hijo menor. Ellos habían perdido a su hijo y nada cambiaría aquello. Con el tiempo, creo que fue la mejor decisión que tomó mi padre en su vida.

Hugo estaba desencajado. No podía apartar su mirada de aquel par de folios. Los releía una y otra vez buscando la verdad que siempre había creído, que su madre le había contado, y no la encontraba por ninguna parte. Belén se había sentado de nuevo frente a él. Aguardaba a que reaccionara al terrible impacto que su mente acababa de recibir. Pero él estaba desconcertado y al mismo tiempo avergonzado. No entendía las mentiras de su madre, la necesidad de culpar a inocentes.

—No sé qué decir... No entiendo..., no entiendo...

No era capaz de hablar con claridad. Se atusó el pelo y se frotó la cara con las manos para intentar despertar de aquella pesadilla. Belén seguía en silencio. Respetando sus tiempos. Conocía muy bien el estado en el que se hallaba. Tras coger el móvil, nervioso, Hugo marcó el número de su madre sin previo aviso. Necesitaba una confirmación.

—Mamá, soy yo —dijo con la voz quebrada—. ¿Papá

fue el culpable del accidente? No me mientas, por favor, dime la verdad, no me mientas, mamá...

Hugo estaba llorando. Necesitaba oírlo de boca de su madre. Necesitaba saber de inmediato si había sido él quien había provocado la muerte de un chaval de diecinueve años por ir bebido y saltarse un semáforo. Al cabo de unos segundos, colgó el teléfono. Se quedó encogido sobre sí mismo, temblando, con el cuerpo sacudido. A su madre solo le había dado tiempo a afirmar antes de que él colgara. Con rabia, con la imposibilidad de comprender el porqué de aquella mentira. Se tomó varios minutos para recomponerse y regresar a aquella habitación con Belén. Durante ese tiempo se sintió de nuevo capaz de recorrer su vida, condicionada por un engaño, pero incapaz de odiar a su madre. Ni siquiera a su padre. Recordaba todas las veces en las que ella le había insistido que pasara página; para que se olvidara de aquella noche y la asumiera sin rencor. Pero nadie podía pedirle a un niño que dejara de odiar a aquellos que le habían arrancado la vida; que le habían arrebatado una de las cosas que más quería. ¿Cómo perdonarse? ¿Cómo perdonarla por tantos años de mentiras?

—Lo siento mucho —dijo al fin Belén.

Hugo lo recibió con una mueca nerviosa mientras intentaba secarse las lágrimas, que no dejaban de salir. Todavía no podía pensar con claridad, pero la situación le parecía ridícula. Una de las víctimas de su padre consolándolo a él veinte años después. ¿Qué sentido tenía aquello?

—No, el que tengo que pedir perdón soy yo, ¿vale? Perdón por mi padre y por mí. Lo siento de veras... No tenía ni idea de que había sido él...

Estaba arrepentido y tremendamente descolocado. No conseguía recomponerse, mirar a Belén y abandonar aquella casa, como su cabeza deseaba. El cuerpo no le respondía. Estaba vencido, debilitado de tal modo que no podía mover un solo músculo sin sentir abatimiento. En apenas unos segundos, media vida se le había caído invalidando no solo sus pensamientos, sino también los recuerdos de una adolescencia marcada por aquel accidente de coche.

—¿Por qué demonios me contrataste si sabías la verdad?

Hugo cayó en la cuenta de que quería saber la razón que había llevado a Belén a desear que él estuviera en el cuarenta cumpleaños de su hermano. Necesitaba salir de aquella casa con la verdad para poder sanar y comenzar a vivir sin rencor, para no vivir más contra sí mismo.

Belén cogió los dos tomos que había dejado en la mesa nada más llegar Hugo. Dos álbumes de fotografías antiguas. Abrió uno y le mostró viejas fotos de Adrián, de ella con Adrián, de los veranos en Ajo, de su madre, de todos juntos... Fue pasando despacio por cada una de ellas, en silencio, compartiéndolas sin pronunciar palabra. Esperó hasta que a él se le cortó el llanto y alzó la vista para contemplar con ella las fotografías.

—Me pasé años sin poder ver una sola imagen de mi hermano —explicó al fin—, no podía soportarme. Yo llevaba el coche, Hugo, y aquella noche estaba terriblemente enfadada con él. Por eso durante años viví en la miseria más absoluta; viví en la culpa y en el dolor. Me alejé de todos y tardé mucho tiempo en recuperar una parte de mí, la que sobrevivió al accidente, y en comprender que otra se había quedado para siempre allí. —Belén levantó la mirada de las fotografías y buscó la de Hugo, que seguía perdido en el álbum, incapaz todavía de mirarla a los ojos—. Logré remontar, pero construí la mejor coraza que se puede tener: el éxito. Durante muchos años pensé que triunfar en lo profesional me había salvado, pero, en realidad, solo había elevado un gigantesco muro entre la vida y yo. No lo supe hasta que sufrí otro revés inesperado y me di cuenta de que debía cerrar las heridas si quería comenzar de nuevo.

Hugo la escuchaba mientras poco a poco se recomponía. Comprendía a Belén y a cualquiera que hubiera pasado por aquello. Ella, igual que él, había tratado de sobrevivir al desastre, y cada uno lo había hecho con las cartas que había encontrado y como había sabido. Estaba arrepentido por todo, pero seguía sin entender por qué lo había contratado.

—¿Y yo qué tengo que ver con el cumpleaños de tu hermano?

—Puede que no lo entiendas, pero tenía que conocerte también. Sé que es difícil de encajar ahora mismo para ti, pero necesitaba reconciliarme con el otro lado..., y tú, sin saberlo, apareciste y te pusiste en mi camino.

—¿Y por qué no me lo dijiste directamente en vez de ofrecerme el trabajo?

—Porque no sabía cómo te lo tomarías, qué harías, y si el resto aceptaría.

Belén y Hugo se miraron. Conectaron por primera vez desde la herida abierta. Ya no buscaban culpables, sino curarse de las secuelas de haber pasado por un trauma que todavía no habían dejado atrás.

—¿Estás bien? —le preguntó él, todavía extrañado y con la sensación de que ella escondía algo.

—Sí, ahora estoy bien. Necesitaba hablar contigo y reconciliarme de algún modo con tu padre —le contestó con la voz quebrada por primera vez.

—Al final, la que me ha utilizado has sido tú —repuso él con media sonrisa, intentando averiguar si había algo más en todo aquello.

Belén abrió un cajón de la mesa y le extendió un sobre con dinero.

—Aunque me has sido infiel, has cumplido con lo pactado. Creo que es justo que recibas lo acordado.

—No sé si debo aceptarlo. —Hugo se pronunció por orgullo, pero sin la intención real de rechazar el dinero. No estaba en condiciones de hacerlo. Ella lo sabía y por ese motivo no dudó en insistir para que cogiera el sobre.

—¿Qué vas a hacer con tu madre? —le preguntó antes de despedirse.

—Ahora mismo necesito centrarme en mí y dejar de pensar en ella. Creo que lo he hecho durante demasiado tiempo. ¿Te las arreglarás sin mí esta noche o necesitas que me quede?

Hugo se sentía mal por haberse comportado como un necio aquellos días. No había sido fácil para él convivir con quienes durante tantos años había creído que habían matado a su padre. Una necedad o el acto de un demente para quien no ha pasado por algo así. No tenía excusas para su comportamiento, pero tampoco se arrepentía de nada.

—Me las apañaré, estoy convencida.

Se dieron un abrazo. Sintieron que estaban en paz. Que parte de un enorme círculo empezaba a cerrarse y que ellos podían comenzar a hacer otra cosa que no fuera huir de lo ocurrido, buscar culpables o poner excusas cuando sentían sus vidas vacías. Hugo estaba perdido, llevaba mucho tiempo así y sabía que había llegado la hora de enfrentarse a sí mismo. Sus carencias, su dificultad para encontrar trabajo o pareja... Dejar definitivamente atrás el pasado y las culpas podía ser un buen principio.

—Espero que te vaya bien —le dijo Hugo a Belén—. Creo que te lo mereces..., además de generosa...

Belén lo había sido con él. Había necesitado serlo sin cuestionarse el porqué. Hay veces que existen múltiples respuestas a una sola pregunta y todas son válidas, y ella ya no deseaba perder el tiempo averiguando cuál era la más indicada. Ya no importaba, como la mayoría de los pensamientos que durante años habían ocupado y atormentado su mente. Adrián no estaba ni estaría. Su madre tampoco. Pero ella sí, y deseaba vivir con la liviandad que no se había permitido hasta el momento.

Todo había cambiado cuando la vida la había sacudido de nuevo y, sin saber muy bien cómo había ocurrido, se enteró de que estaba embarazada. Belén se tocó la tripa nada más irse Hugo. Ese era el motivo real para organizar la fiesta para Adrián, para volver a reunirlos a todos. Para reconciliarse con lo que había sido y tratar de resetear el contador de su vida. Elvira no lo sabía. Ella no se lo había dicho a nadie. Era su gran secreto y al mismo tiempo su motor de cambio. Había estado a punto de confesárselo a Hugo, pero le había dado vértigo. Contárselo a un desconocido que, además, era el hijo del responsable de la muerte de su hermano. Demasiado karma para un no nacido cuando deseaba limpiar el suyo.

Quedaba poco tiempo para la celebración. Para la fecha acordada en la que les explicaría a todos la verdad, y, ahora que se acercaba, sentía náuseas por el propio desfallecimiento que le producía confesar su secreto. Sería la ficha que cerraría definitivamente el círculo. Celebrar una nueva vida y aceptar de una vez una muerte que los había cambiado a todos para siempre.

No quería adelantarse. No deseaba pensar demasiado en aquello. La libreta de los deseos todavía estaba abierta. Miró el reloj. Menos de una hora para cazar olas como le gustaba a Adrián, pero encima de una tabla. Para ella no habría tabla ni surf, pero debía acompañarlos y convencerlos sin que descubrieran todavía su verdadera razón oculta.

La tarde seguía despejada, con la humedad y el viento necesarios. Belén, Martín, Diego y Lucía, vestidos con el neopreno de invierno, miraban el mar erizado desde la orilla de la playa de Somo. A última hora, debido al rumbo de las olas, habían decidido olvidarse de Antuerta y acercarse al lugar que, años atrás, ellos mismos habían bautizado como la octava maravilla del mundo: doce kilómetros de arena, de fuerte y feroz oleaje que parecía marcar las horas del tiempo en aquel rincón del Cantábrico, la cuna del surf en España desde los años sesenta. Atardeceres de arenas desnudas, de gente rendida a la belleza salvaje, a la vida sin filtros, a esperar hasta alcanzar la mejor ola del día.

Ellos cuatro no pretendían tal gesta, puede que solo salir ilesos de allí y cumplir con los deseos de Adrián. Las cuatro tablas bien enceradas, listas para el viaje.

Pisaban sus sombras sobre la arena.

—¿Cuánto hace que no practicáis? —preguntó Martín.

—Más de diez años —respondió Lucía sin despegar su mirada del mar.

Siempre le ocurría. Se resistía a meterse, a flotar, a dejarse llevar, pero frente al gran azul perdía toda su voluntad. Terminaba sumergiéndose para desaparecer hasta el final. Ella mantenía con el mar una relación hipnótica desde la primera vez que se había puesto sobre una tabla. Había sido en Antuerta, con Diego y Adrián, fruto de una apuesta más de las que solían hacer los cinco. De las pocas que no ganó Adrián y que sirvió para que Lucía experimentara la mayor sensación de plenitud de su vida. Sobre la tabla, cortando los vientos, sin tiempos; sintiendo las sacudidas del corazón cada vez que tensaba el cuerpo y que sus brazos, pegados a la tabla, se ponían en movimiento como dos grandes hélices para cazar la ola y transitar sobre ella. Sufrió muchas caídas y se perdió en muchos remolinos bajo el agua, casi a punto de ahogarse, pero terminó por convertirse en la amazona marina del grupo.

No había día en que no se pusiera sobre una tabla; a primera hora de la mañana o apurando los últimos rayos del día. Todos creían que bajo su piel se escondían escamas porque en el mar era donde sentía que todas las piezas invisibles de su vida encajaban en el imperfecto mecano llamado felicidad.

Nunca supo explicar lo que sentía allí dentro, pero todos sabían que, como para cualquier pez, el mar era su lugar.

—¿Y tú?—le preguntó Martín a Belén.

—Creo que fue cuando tenía quince años y perdí el conocimiento.

A Belén jamás se le había activado la adrenalina con el surf, ni se le había expandido el corazón sobre una tabla. Había comenzado a practicarlo por su padre y dejó de hacerlo para evitar matarse. Una tarde de fuerte oleaje quiso, en su obsesión, superar al doctor Guerrero sin pensar en las consecuencias de una mala caída y de quedar atrapada en una cadena interminable de remolinos que no la soltaban, hasta casi robarle la vida. Se golpeó la cabeza con la tabla, se desorientó por el golpe, y, si no llega a ser por un surfero desconocido que la sacó del agua, se habría ahogado.

Nunca había vuelto a intentarlo. Había colgado la tabla y decidido contemplar desde la arena cómo los otros cazaban sus olas.

—Belén es nuestra boya de seguridad. Si algo nos pasa, ella nos socorrerá —indicó Diego mirándola con la complicidad recobrada—. Como en los viejos tiempos.

Aquella tarde, decenas de surferos bailaban sobre el agua sin pensar en la vida, tampoco en la muerte. La eternidad del instante los acompañaba, como a ellos cuando se atrevían a mirar la vida con la intensidad que merecía.

—¿Estáis seguros de querer hacerlo? —soltó Lucía empezando a mover el cuerpo para calentarse antes de meterse en el agua.

Martín había perdido la figura y la forma, pero seguía conservando la impecable técnica de años de clases y caídas. El mar le imprimía respeto, pero reconocía que añoraba los tiempos de risas saladas y labios morados. Se acarició la barriga y oprimió las carnes para infundirse valor.

—Si me caigo, espero que no me salvéis. Puede que fuera mi mejor final.

Todos contemplaron a Martín sorprendidos por el comentario. No hubo más, tampoco una respuesta por parte de ellos. Reconocieron en seguida la honestidad que surge antes de enfrentarse cara a cara con la muerte, con la vida, con el miedo a ser. En aquella intimidad de la orilla, todos, sin proponérselo, sabían lo que debían hacer. Como antes, como en aquellos veranos perdidos. Siguieron a Martín confesándose abierta y abruptamente, sin desear más réplica que la del viento.

—Quiero volver a ser padre —dijo Diego llenando sus pulmones—, así que no pienso dejarme vencer.

Le salió de forma involuntaria, como a Martín. Sin pensarlo, pero con todo el sentido tras años de lucha interna. De rechazo, de huir de su propio padre y de evitar a Cris para lograrlo. Martín ni pestañeó ni se dio por aludido. Seguía hipnotizado contemplando cada gesta de cada surfero, en cada ola, en cada intento.

—Morir o vivir... Después de todo, elijo vivir, aunque a pocos les importe.

Lucía hizo lo propio. Se dejó llevar también por el momento y por las confesiones sin esperar reacción alguna. Nada importaba más en ese momento que sentir la energía del mar para atreverse a dar el paso.

Belén, unos metros atrás, observaba la escena sentada sobre su tabla. Como solía hacer cuando su padre todavía creía que se convertiría en su mejor discípula. No hubo más tardes juntos después de aquella que casi le cuesta la vida. El doctor Guerrero estaba demasiado ocupado con sus éxitos como para percatarse de la ausencia y de las mentiras de su hija. Nada había cambiado para él: Belén surfeaba como él y ninguno se atrevía a contradecirlo ni a revelarle la verdad.

—¿Algún día le dirás a papá que no surfeas? —le había preguntado una tarde de recogida Adrián.

—Algún día... —había respondido ella—. Cuando pueda decirle lo mucho que lo odio.

Había sido de las pocas veces que su hermano no había encontrado una salida brillante para disimular el efecto producido por las palabras de Belén. Ya no eran niños, tampoco adultos, pero llevaban años recorriendo el camino del desprecio hacia su padre. No hubo retorno, ni siquiera con la muerte de Adrián. Todo fue a peor, pero ella ya había hallado el valor para asumir sin dolor sus sentimientos hacia el doctor Guerrero.

—He fracasado como padre. Adrián murió demasiado joven y no sé cuándo te perdí a ti. Quizá nunca tendría que haber tenido hijos.

Eso había sido lo más cerca que había estado el doctor Guerrero de pedirle perdón durante una confesión. No había sido frente al mar, sino en la cama de un hospital tras años de silencio. Pero finalmente él no había muerto; se había recuperado de la enfermedad, pero no a Belén. No se habían vuelto a ver desde entonces. Ese día, Belén se dio cuenta de que llevaba años huérfana. Jamás le contó la verdad sobre el surf; tampoco que lo odiaba.

—Sois mi verdadera familia.

Belén lo soltó en un susurro para que quedara solo para ella, cumpliendo también con la tradición de confesarse, igual que había hecho el resto.

Diego, Martín y Lucía tomaron cada uno su tabla y se despidieron de Belén con una sonrisa. Ella se la devolvió y se quedó de guardiana mientras comenzaban el peregrinaje mar adentro.

El frescor de aquellas aguas sobre sus cuerpos los conectó con la energía vital olvidada. Los tres remaron en dirección al viento. Cada arrancada los salpicaba de agua y de recuerdos de aquellos veranos que todos habían querido enterrar, comprobando que el olvido es el único que juega al escondite con la memoria. Decenas de imágenes chapoteadas en ese mar salían a flote en sus mentes. Jamás pensaron que volverían a estar los tres compartiendo aguas, surf y el vértigo previo a coger la primera ola.

—¿Quién va a ser el primero? —preguntó Diego con la mirada de niño recuperada, sabiendo sin todavía saber que había demasiadas cosas que no había compartido con su hijo y que deseaba hacer.

Precipitado por el deseo de llevarse los laureles, Martín salió el primero. La ola elegida era de las medianas en altura y larga de recorrido.

—Buena elección, cabrón —soltó Diego siguiéndolo sobre la tabla.

—¡Dale, Martín! Rema, rema, daleee —gritaba Lucía

conectada con la euforia de estar en aquel viaje al pasado sobre una tabla.

Martín movió los brazos al ritmo del recuerdo de lo que había sido; se esforzó hasta lograr alcanzar la velocidad óptima para subirse a la ola y, con un rápido movimiento, ponerse de pie y no caerse.

—¡Lo ha logrado! ¡Lo ha logrado! ¡Bieeen!

Lucía lo celebró sentada en su tabla, con las piernas en el agua y los brazos en alto. Fueron unos segundos de gozo, como todos los viajes sobre las olas. Un tiempo de incontable plenitud suspendido en la vida. Antes de que la ola muriera, Martín se dejó caer como hacía cuando el surf y tener amigos llenaban su vida y sus veranos. Bajo el agua, lo festejó moviendo los brazos y las piernas contra las corrientes. La vida lo había obsequiado con una pequeña victoria y quería alargarla para mayor disfrute. Salió a la superficie de un impulso, con los brazos en alto y la energía desbordada.

—¡Por Adriááán! ¡Por Adriááán! ¡Por Adriááán! —A todos los sorprendió Martín. Sus gritos roncos, fuertes, llenos de demasiada vida—. ¡Por Adriááán! ¡Por Adriááán!

No dejaba de chillar, provocando cierto asombro en el resto de los surferos, que dudaban sobre cómo reaccionar ante aquella cadena de alaridos. Belén, Diego y Lucía rompieron a reír sin poder parar hasta que decidieron unirse:

—¡¡Por Adriááán!! ¡¡Por Adriááán!!

Lucía fue la primera. Martín seguía vociferando sin importarle el mundo ni lo que la gente de allí pudiera pensar. La abogada, contagiada y sobrepasada por la emoción, gritó a pulmón mientras chapoteaba con los brazos sin control. Diego la miró, se sentó sobre la tabla y la imitó, y comenzó a salpicar sin control; su risa sonaba casi histérica.

—¡Por Adriááán! ¡Por Adriááán! —Al fin Diego también se arrancó. No recordaba cuántas veces había chillado su nombre. Cuántas veces había necesitado hacerlo para sacar la tristeza que se le había hecho un nudo en el pecho—. ¡Por Adriááán! ¡Por Adriááán!

Los tres permanecieron varios minutos gritando, provocando el aplauso de algunos y la indiferencia de otros. Belén, en la orilla, se había levantado con la intención de unirse también. Los tres la saludaban con el brazo, mientras ella hacía lo mismo para que supieran que en aquella locura estaban unidos, como en tantas otras aventuras de los cinco. Sonrió mientras escuchaba cómo los gritos rompían la solemnidad de las olas del mar; ella era incapaz de encontrar una voz propia que no estuviera demasiado ahogada.

—Por Adrián. —Fue un susurro primero—. Por Adrián. —Una afirmación rotunda después, hasta que encontró el valor de convertirlo en un himno, igual que el resto—. ¡Por Adriááán! ¡Por Adriááán!

Igual que cuando bailaban sin control imbuidos por la enajenación de la canción del verano, por la felicidad de estar juntos, por las noches de luna llena corriendo desnudos al agua, aquella tarde, Belén, Martín, Diego y Lucía lo volvieron a hacer: invocar a la vida al grito de «Adrián».

Una hora más tarde, los tres guerreros del mar salían victoriosos. Lucía había demostrado de nuevo que era la mejor sobre las olas, pero Diego y Martín se habían defendido bien después de tantos años sin practicar. Belén no se había perdido ni un solo intento, recordando en todo momento a su hermano y cómo disfrutaban de la complicidad en el mar.

—Pensaba que al final te meterías con nosotros —le dijo Lucía.

—Creo que Adrián se acuerda más de mí sentada en la arena que en el agua, sobre la tabla.

Lucía estaba pletórica, con la risa floja y el cuerpo lleno de energía. Sus ojos enrojecidos por el salitre brillaban desprendiendo todo lo bueno que había experimentado dentro del mar.

—¿Qué tal lo hemos hecho, doctora? —le preguntó Diego.

—Dos olas y veinte caídas para alguien que hace años que no practica es toda una gesta.

—Doctora, ¿a que no hay huevos?

Diego, Lucía y Belén miraron absortos a Martín, que se había quitado el neopreno y estaba completamente desnudo invitándolos a bañarse en cueros.

—¡Venga, va! ¡Por Adrián también! —insistió—. ¡Dale, Diego!

No logró convencer a ninguno; solo consiguió que Lucía le lanzara una toalla para que dejara de dar el espectáculo y se cubriera las partes.

—Será mejor que nos vayamos antes de que nos detengan por escándalo público.

—¡Venga! Pero ¿qué decís? ¡Será divertido!

—¡Tápate, Martín, anda! —repitió Lucía frustrando su deseo.

Elvira los esperaba en una de las van para llevarlos a la casa. Después del surf, solo podían pensar en darse una ducha de agua caliente. Y tras un momento de euforia, siempre llega la bajada. La vivieron dentro de la furgoneta. Apenas hablaron. Cada uno viajó a su realidad. Diego cayó en la cuenta de que aquel era el último día que estarían juntos. Habían pasado de no desear acudir a la celebración de Belén, tampoco él, que había ido bajo amenaza de Cris, a no querer que se terminara.

—¿Cuándo abriremos la caja? —preguntó para romper con aquellos pensamientos.

—¿Os parece al atardecer, junto a la piedra del jardín? —propuso Belén.

Todos estuvieron de acuerdo. Antes de la cena abrirían el prototipo de cápsula del tiempo que habían encontrado en el baño de la antigua casa de los Salgado. Martín no respondió. Puede que fuera el que estaba más intrigado por saber qué había guardado su yo del pasado en la famosa caja de galletas y preocupado por cómo contarles que les había vuelto a mentir. Una vez más. Prefirió pensar en cosas más agradables, como la ducha, y, de encontrar a Lorena, un poco de sexo rápido para descargar tensiones. Todo para él estaba bien. Controlado. Sin fisuras. Jamás podría imaginar que su mundo comenzaría a derrumbarse nada más pisar su habitación.

Lorena estaba medio dormida cuando Martín entró con el poco tacto que acostumbraba. Estridente, sin cortarse al verla descansando. Se abalanzó sobre la cama con el salitre en la piel, dispuesto a descargar su deseo sobre ella. Como pudo, Lorena se lo quitó de encima recurriendo a excusas tan usuales como que estaba cansada y que tenía algún dolor, para disimular que el corazón le latía con fuerza ante el asco súbito y desconocido que le nacía al tener que aguantar sus besos.

—¡Venga, cariño! Uno rapidito y me voy a la ducha...

—Martín, déjame, ¿no has visto que estaba durmiendo?

—¿Estás borracha? —preguntó Martín extrañado y deteniendo el embiste.

Ella intentó negarlo, pero le fue imposible. Era cierto que había bebido de más. Se había dejado llevar por Sebas y por Cris, que tras la comida habían decidido abrir la ronda de *gin-tonics.* Aquello no era nada habitual en su mujer, y mucho menos que le patinara la lengua al hablar.

—¡Te huele el aliento a alcohol! —aseveró él levantándose de la cama y mirándola con cierto rechazo. Todo lo que estaba fuera de su control se convertía de inmediato en una pequeña amenaza—. ¡Podrías haberme esperado!

—No ha sido nada. Sebas y Cris se pusieron a beber y... ya sabes que yo no suelo hacerlo y me ha subido un poco... Nada más...

Sin proponérselo, había logrado encontrar la excusa perfecta para que Martín dejara de pedirle sexo y atención. Él se dio la vuelta y se metió en el baño, molesto porque su mujer no le había atendido como era habitual y porque ni siquiera le había preguntado por el surf.

—¡Podría haber muerto y tú con tus nuevos amigos de fiesta! —gritó desde el baño para que ella lo pudiera oír con claridad antes de abrir el grifo de la ducha.

A Lorena no le sorprendió el comentario, pero sí cómo se lo tomó ella. Antes habría entrado en el baño, se habría metido en la ducha con él y le habría realizado una felación a modo de perdón y de limpieza de sus pecados. En cambio, aquella tarde se vistió con ligereza y premura para salir de la habitación antes de que su marido volviera al acecho. En su estado y con toda la información recibida en las últimas horas, estaba segura de que terminaría por incumplir la promesa y le contaría todo de corrido para poder largarse por fin de aquella casa.

—¿Se puede? —preguntó Lorena golpeando suavemente la puerta de la habitación de Sebas.

—Cariño, ya te he dicho que soy homosexual. No soy tu hombre, de verdad —respondió Sebas abriendo con el torso desnudo, solo sus partes cubiertas con una toalla—. ¿Otro *gin-tonic*? —propuso mientras le enseñaba sus traseras e iba a vestirse; entre tanto, ella se tumbó sobre la cama.

—No tienes un mal culo... —le soltó con media risa.

—Cariño, este culo todavía causa sensación, aunque está cansado. Ha recibido a demasiado imbécil...

—No creo que a uno mayor que el mío. —Sebas se giró con los calzoncillos ya puestos hacia ella—. Martín ha llegado y me ha pedido sexo.

—¿Y cuál ha sido la excusa para acabar aquí y no cumplir como una buena esposa? —preguntó estirándose en la cama para saber más detalles.

—Mi aliento —contestó Lorena sorprendiendo a Sebas con la respuesta—. ¡Que no le gustan las borrachas! Y cuando se ha metido en el baño, he aprovechado para salir de allí.

Sebas estaba entretenido con la historia de Lorena y Martín. Le había ocurrido lo mismo que a Cris; aquella mujer de mirada huidiza y piel blanquecina despertaba una ternura inexplicable en un corazón destripado como el suyo. Mientras ella le confesaba la mezcla de sensaciones repulsivas que había sentido con los besos de su marido, el sueño la fue alcanzando como si fuera una adolescente en sus primeras borracheras. Sebas la dejó durmiendo. Protegiéndola de nuevo.

«Se ha quedado dormida en mi cama después de que el cabrón quisiera sexo», informó a Cris con un wasap.

Cris lo leyó con el aliento de Diego pegado a su piel. Acababan de follar, de tener otro encuentro como cuando eran novios y se deseaban por las esquinas. Su historia se había desarrollado de manera diametralmente opuesta a la de Martín y Lorena. Al llegar Diego a la habitación, se había encontrado a su mujer desnuda sobre la cama con ganas de roce, de embestidas y de besos. Se había desnudado también sin perderla de vista; frente a ella, entregado al juego del placer. La había besado con la precipitación del deseo recuperado, de la ilusión rejuvenecida. Del amor palpitando sexo. Ambos se habían dejado llevar por la diversión, con la confianza de dos viejos conocidos que se lo han permitido todo, incluso el desprecio. Sentirse tan cerca aquellos días les permitía comprobar que el amor seguía perteneciéndoles.

—¿Un cigarro? Al volver a casa lo dejo...

Cris se sorprendió por la contundencia de Diego, pero no respondió. Le acarició el pelo, grueso por la sal y todavía húmedo. Lo observó fumar con el cuerpo desnudo sobre las sábanas y la cabeza recostada en su pecho. Tras un par de caladas, él se arrancó a contarle lo que había sentido en el agua; las risas que habían compartido, el escándalo de los gritos por Adrián y las dos olas a las que había logrado subirse. Cris no dejó de tocarle el pelo, de contemplar su cuello, sus piernas y su torso con el vello despuntando. Continuaba perdidamente enamorada de él, aunque los años hubieran llenado de barro el cristal. Apenas escuchó lo que le decía; estaba demasiado ocupada en reprimir su deseo de volver a besarlo, de lamer todas las heridas que sus bocas groseras se habían causado en los últimos tiempos. De decirle al oído que seguía siendo a él a quien ella elegía más allá de todo. Le faltó un segundo para dejarse ir y abalanzársele encima. Y le sobró la metralleta de wasaps que Sebas le estaba enviando, buscando, con aquella invasión, respuesta inmediata.

Cris cedió a lo segundo, a los wasaps, y consintió que Diego se fuera a la ducha. No fue difícil. La situación de Lorena y Martín la tenía también completamente absorbida. Necesitaba que solo hubiera un perjudicado: el expolítico. Se engañaba, porque cuando las piezas se rompen, todo se altera.

«¡Es un capullo integral! ¡Déjala dormir! Me ha dicho Diego que quieren abrir la cápsula del tiempo antes de cenar. ¡Ya me encargo de ella! No te preocupes», le respondió a Sebas todavía desde la cama.

Sebas salió de su habitación a tientas para no disturbar el descanso de Lorena. En silencio, aunque con la cabeza llena de ruido. Vestido con elegancia en cada centímetro de tejido. De gala, como la ocasión merecía. Todo de negro menos el pañuelo blanco del bolsillo de la chaqueta. Los zapatos lustrosos, igual que su piel, adornada con una ligera capa de maquillaje y un poco de fijador en las cejas recién peinadas. Sonrió al pensar cómo se hubiera reído Adrián al verlo con aquella facha.

—A saber cómo habrías acudido tú a tu cuarenta cumpleaños —dijo en voz alta dándose los últimos retoques ante un espejo del pasillo—. ¿Con unas John Smith? Querido, tú... aún te mereces mis trajes de gala.

Bajó al gran salón acristalado para reunirse con el resto del grupo y sumergirse en el baúl de los recuerdos de Adrián. Lucía llevaba puestas las gafas; se había recogido el pelo y se había puesto algo más sofisticada también para la ocasión. Belén llegó elegante y cobijando la vieja caja de galletas. Un jersey de cachemir negro, unos vaqueros, abrigo recto de cuadros y una gran *pashmina* para protegerse del viento.

—¿Y Diego y Martín? —preguntó señalando su ausencia—. No podemos esperar mucho, en una hora anochece...

En unos minutos, ambos bajaron a la par. Ninguno se había vestido de una forma especial, pero los dos tenían, aunque por distintas razones, el estómago encogido.

—¿A alguien le apetece un viaje al pasado? —soltó Martín disimulando su preocupación por ser descubierto.

Fue el primero en salir al jardín. Los cinco recorrieron aquellos metros con excitación, deseosos de llegar al pie de la roca que tanto se parecía a aquella otra sobre la que Belén y Adrián se subían para contar la última ola del día y en la que Martín se había roto la pierna intentando el salto de la grulla.

—¡Cuánta belleza! —comentó Diego comprobando que, aunque se resistiera a aceptarlo, la conexión con su tierra permanecía intacta.

Más allá de las fisuras y de una infancia repleta de deseos de salir corriendo de Ajo, aquel pequeño rincón del Cantábrico le pertenecía. Lo confirmó esa tarde al contemplar el acantilado, el mar gozoso golpeando las rocas y el sol anaranjado pintando un nuevo cielo con sus últimos rayos.

Se sentaron frente a la roca. Elvira había preparado el lugar cubriendo el suelo húmedo con unas mantas. Belén se sentó en medio; Diego y Lucía a un lado; Martín y Sebas al otro.

—¿Listos? —preguntó la anfitriona mirándolos antes de abrir la caja, nerviosa también por descubrir finalmente el contenido del tesoro encontrado.

Con sumo cuidado, fue dejando cada uno de los objetos extraídos sobre la manta, frente al resto, que los descubrían con gran expectación. Todos permanecieron en silencio, como imbuidos por todo aquello que durante un tiempo había sido parte de su vida. Tratando de rescatar de la memoria lo que creían perdido.

—Una dentadura de Drácula.

—Un billete de mil pesetas y una moneda de veinticinco con el agujero en medio.

—Dos cartas de Monopoly: Gran Vía y Paseo del Prado.

—Un póster de Brenda de *Sensación de vivir* de la *Súper Pop* y un antiguo carrete de fotos sin revelar.

Nada más.

Belén cerró la caja de galletas y se quedó suspendida en el vacío, igual que los demás, contemplando los hallazgos. Martín se movía con inquietud; necesitaba evitar a toda costa que descubrieran que todo aquello era suyo y no de Adrián. Todos seguían con los ojos puestos en esos objetos con la esperanza de recibir los flashes adecuados para sentirlos importantes, pero lo cierto era que ninguna de aquellas cosas los había sorprendido ni emocionado demasiado. Todos menos Martín buscaban una señal, la razón por la que Adrián había decidido guardar todo eso en la caja como símbolo de lo que habían sido. No estaba resultando como esperaban, pero ninguno se atrevía a reconocerlo.

—Pero ¿Adrián no era más de Kelly? —Lucía fue la primera en romper la estupefacción grupal preguntando por el póster de Brenda.

—Fue mi única condición para que pudiera esconder la cápsula en mi casa —se adelantó Martín—. Brenda sería la elegida, y no Kelly, aunque fuera su favorita. ¡Era la que más nos representaba a todos!

Belén lo miró tratando de saber si mentía o si ocultaba

algo sobre aquellos extraños objetos elegidos por su hermano para mostrar a la ciudadanía del futuro. Todos sentían que sus expectativas habían estado muy por encima de lo hallado. Y aunque resultaba sencillo dilucidar que la caja nada tenía que ver con Adrián y sí todo con Martín, ninguno rompió la magia, aunque la posibilidad revoloteara en sus cabezas.

—¿Y bien? ¿Y ahora qué hacemos? —planteó Martín con ganas de deshacerse de aquel barato suvenir de los noventa cuanto antes.

—Pues completarla —soltó Sebas—. Creo que Adrián no tuvo el mejor día para elegir objetos.

—Ni al mejor compañero —añadió Diego cogiendo el viejo carrete de fotos—. ¿Y qué hacemos con esto? ¿Se habrá estropeado?

—No creo que debamos comprobarlo nosotros —se precipitó Martín para evitar que nadie viera unas fotografías que, con seguridad, aclararían quién era realmente el dueño de la singular cápsula del tiempo—. Supongo que la gracia está en que lo descubran los del futuro y, de acertar, que logren revelarlo.

Lucía y Belén dudaron un momento si merecía la pena comprobar el estado de aquel carrete. Seguían con la tristeza de no haber encontrado la huella que deseaban de Adrián por ninguna parte. Hacía años que se había ido y, aunque permanecía intacto en su recuerdo, hubiera sido un fabuloso milagro hallar algo que lo devolviera por unos instantes a la vida.

—Me habría gustado que hubiera una cinta de casete con su voz —dijo al fin Lucía—, volver a escucharlo reír. Terminaba por contagiarme siempre, estuviera como estuviera.

Belén no habló. Se le había puesto un nudo en la

garganta. Prefirió permanecer en silencio, concentrada en los objetos, imaginando a Adrián mientras los elegía con un juego más de los suyos. Siempre obsesionado con saber cómo sería aquel futuro que él no llegaría a conocer.

—Estoy con Sebas —dijo Martín levantándose con rapidez—. ¿Por qué no completamos cada uno la cápsula con un objeto y la enterramos?

Ninguno sentía lo esperado, pero, sin embargo, deseaban alargar aquel momento que los conectaba con Adrián y con ellos mismos.

Diego metió de nuevo los objetos dentro de la caja. Lo hizo con suavidad. Uno a uno, como despidiéndose de los pequeños trozos de vida que habían recuperado con ellos. Tardes interminables de Monopoly con peleas por las trampas y, entremedias, chapuzones en la piscina. El verano que se pasaron llevando los dientes de Drácula a todas partes convencidos de que eran un grupo de vampiros dispuestos a exterminar a toda la población. El colgante de tribu con la moneda de veinticinco pesetas... Cuando terminó, Diego se puso de pie. Metió una mano en el bolsillo y sacó las dos canicas. Marte y la de la suerte de Adrián. Las movió con agilidad y dudó acerca de cuál de las dos elegir. Eran buenas piezas e irrepetibles, pues habían logrado ganar las partidas más difíciles. Finalmente, extendió su mano hacia Belén.

—¡Elige! A mí me resulta imposible.

Belén las cogió y las sostuvo en la mano unos segundos hasta que se decidió por Marte. Le devolvió a Diego la canica mordida con la que tantas veces había visto practicar a Adrián en el jardín de casa.

—Con esta canica soy imbatible. Es mi bola de la suerte.

—¿Cómo puedes estar tan seguro? —le había preguntado Belén un día.

—No se trata de seguridad, hermanita, sino de fe.

—¿Y si algún día la pierdes?

—Será porque otro la necesita más que yo, no porque me haya fallado la suerte.

A Diego le gustó la elección de Belén. Dejar Marte para los ciudadanos del futuro, y la de Adrián, con él.

—¿Y alguien adivinará de qué se trata? —preguntó Martín.

—Pues lo mismo que con el carrete —le respondió Sebas—. Seguro que en el futuro serán más listos que tú.

Diego se guardó la canica de Adrián y metió a Marte en la caja, como si fuera su último gua.

—¡Bien hecho! —celebró Martín sin que el resto lo acompañara—. Ahora, ¿a quién le toca?

—¿Por qué no tú? —le respondió Sebas, algo cansado de las pequeñas interrupciones de este, que siguió sin interponer queja y recogió el guante. Sacó de la billetera diez euros y los lanzó dentro de la caja sin ningún protocolo o ritual—. ¿Y esto qué tiene que ver? —preguntó quejándose Sebas.

—Habrá que actualizar a los señores del futuro en el tema del dinero. ¿No te parece? Si hay mil pesetas, tiene que haber al menos diez euros.

Ninguno protestó. Belén se levantó y, tras pedir al grupo unos minutos, se encaminó hacia la casa. Todos la esperaron contemplando el atardecer sin ganas de que aquel día terminara. Lucía le cogió la mano a Diego y se la apretó con fuerza. Se apoyó en su hombro y respiró profundo. Sebas se tocó el colgante y echó a andar unos pasos, tentado de lanzarlo a ese mar que poco a poco iba despertando. Martín deseaba terminar cuanto antes con aquel ritual que siempre le había parecido una necedad, incluso de niño. Puede que por ello no hubiera prestado atención cuando Adrián enterró su cápsula. O puede que ni siquiera llegara a hacerlo nunca en el jardín de su casa y solo fuera una de tantas promesas que nunca pudo cumplir.

Belén volvió con pasos serenos, segura de haber tomado la decisión correcta. Todos se dieron cuenta de que llevaba la libreta de los deseos de Adrián entre las manos. Se arrodilló frente a la caja y, sin dudarlo, la metió dentro, acariciando su lomo por última vez. Aquella libreta la había acompañado durante muchos años y, en cierto modo, le había salvado la vida. Pero había llegado el momento de desprenderse de ella.

—¿Unas palabras, doctora? —dijo Diego deseoso de escuchar a Belén enviando la vieja libreta al futuro.

—Aquí hay toda una muestra de lo que fuimos, de lo que quisimos ser y no logramos. Sobre todo Adrián. Muchos recuerdos de nuestro paso por Ajo, de los días de verano en que nos hicimos amigos, hermanos de sangre. —Belén provocó la risa del grupo—. Si algún día alguien encuentra la caja y la abre, me gustaría que sintiera, como mínimo, la mitad de la felicidad que sentí yo al compartir aquellos veranos con vosotros. Y con mi hermano.

Dejó con ternura y definitivamente la libreta en la antigua caja de galletas. Todos la contemplaron hipnotizados, como si una llama imaginaria la estuviera quemando junto a todo lo que habían sido.

—¡Muy bien! ¿Quién supera eso? —dijo Martín volviendo a cargarse la magia—. ¿Lucía?

Lucía había girado la cara, sorprendida por la emoción repentina de escuchar a Belén. Sentía una extraña felicidad metida en la melancolía de los recuerdos de los cinco. Un agradecimiento inmenso por haber vivido con ellos instantes inolvidables que habían llenado su paleta de colores y la habían hecho sentirse especial siendo ella misma.

—No puedo. ¡Perdonadme! Ahora vuelvo. —Se levantó y se fue corriendo hacia la casa.

No era fácil aquel momento, y mucho menos elegir algo para dejar dentro de la cápsula del tiempo.

—Bueno, pues solo quedas tú —manifestó Martín mirando a Sebas sin demasiadas esperanzas de que lo tuviera decidido.

Lejos de dudar, Sebas abrió su billetera y sacó una vieja tira de dos fotos de carnet. La miró con la complicidad de los años que lo había acompañado. Él y Adrián aparecían riendo en una y sacando la lengua en la otra.

—Nos las hicimos al volver a casa después de una fiesta. Vimos el fotomatón en el pasillo del metro y no lo dudamos. Adrián se quedó con una mitad y yo con la otra. No sé cuántas veces he mirado estas fotos, pero creo que ha llegado el momento de dejarlas ir. Puede que los señores del futuro necesiten una muestra de cómo éramos los humanos y, viéndonos a nosotros dos, seguro que se llevan una buena impresión.

Antes de depositar las fotografías en la caja, las instantáneas viajaron por las manos de todos, sorprendidos por la confesión de Sebas. Belén se las acercó y le besó la cara a Adrián. Diego no pudo evitar reírse al recordar la pareja de payasos que formaban los dos juntos.

—¡Llegas justo a tiempo! —le dijo Martín a Lucía mostrándole las fotografías.

Unos minutos más y un último beso de Sebas, que, con delicadeza, las colocó dentro de la libreta de deseos con el beneplácito de Belén y del resto.

—No podías elegir mejor lugar —indicó Belén dándole un beso inesperado a Sebas, que no pudo evitar abrazarla.

Finalmente, Lucía sacó del bolsillo un pequeño bote de cristal lleno de arena y con algunas pechinas de playa. Lo había cogido el primer día antes de ir a casa de Belén, mientras Edu y Guada dormían. Se había acercado a Antuerta con la intención de disfrutar de aquello que tanto había echado de menos: los días de playa en aquel lugar que tantos momentos de felicidad le había regalado. Como conocer a los dos hermanos, como perder la virginidad, como descubrir su pasión por el surf, como reír hasta reventar y hacerse pis encima...

—Este lugar es nuestro. Un pedacito de nosotros está en la arena de Ajo. Puede que en el futuro las playas hayan desaparecido y también tengan que descubrir de dónde procede esta arena.

Sin que nadie le diera permiso ni tuvieran tiempo a evitarlo, en cuanto Lucía colocó el pequeño bote de arena, Martín cerró la caja y dio un par de palmadas sobre la tapa, concluyendo así el ritual. Elvira les había acercado una pequeña pala para cavar un agujero en el jardín. Diego se había puesto manos a la obra con la intención de enterrar la caja antes del anochecer. Sebas lo ayudaba con la manos, decidido a entretenerse para no estrangular al expolítico. El resto contemplaba la caída del sol. Belén se sentó sobre la piedra, junto a Lucía y Martín, e, inconscientemente, comenzó a contar las olas; en silencio, pero concentrada. No quiso compartirlo con los demás. Aquel seguiría siendo su juego con Adrián. Martín no dejaba de hablar, pero ella no respondió a ninguno de sus comentarios. Lucía emitía pequeños monosílabos intentando no desconcentrarse demasiado de aquel lugar, de aquel instante, de aquel final de día.

—¡No vas a ganar, hermanita! —Belén imaginó a Adrián diciéndoselo al oído, como solía hacer sin despegar la vista de las olas para no perdérselas.

Diego y Sebas avisaron de que la caja ya estaba en el hoyo dispuesta a recibir los últimos honores antes de cubrirla de tierra. Martín fue el primero en arrodillarse junto a ellos, seguido de Lucía y de Belén, que finalmente y con una gran sonrisa terminó por darle la razón a Adrián. No podía ganar porque, en realidad, no había juego sin él.

—¿Listos? —preguntó Diego mirándolos a todos con los puños llenos de tierra.

A la vez, todos lanzaron su puñado sobre la antigua caja de galletas contemplando cómo su particular cápsula del tiempo desaparecía poco a poco, convertida espontáneamente en una nueva despedida de Adrián. Un nuevo entierro, un nuevo adiós, mucho más sereno que el vivido veinte años atrás. Sobre la tierra todavía tierna y húmeda, Belén colocó una piedra lo bastante pesada como para que se mantuviera algunos años allí.

Todos se levantaron con premura para no perderse la última luz del día sobre el acantilado. Martín sentía la ligereza de haber logrado mantener la mentira. Se frotaba las manos por el frío y el nervio contenido por la incertidumbre. Desvió la mirada hacia la casa y se encontró con la de Lorena, que observaba la escena con un café entre las manos.

Lorena se sentía insegura, con la duda de si sería capaz de separarse de forma definitiva de él. Sabía que lo que

Martín había hecho era imperdonable, pero también era consciente del poder que ejercía sobre ella. Durante años lo había logrado, tenerla a su lado incondicionalmente; a pesar de sus desplantes y de las carencias que se acumulaban con el paso de los años. Tenía claro que debía dejarlo, alejarse, pero un miedo irracional a estar sola y sin él la hacía prisionera de las dudas. Se le había pasado la euforia del alcohol y de los ánimos de las palabras ajenas. Había llegado la hora de enfrentarse a ello.

Había oscurecido. Las luces del jardín se habían encendido como luciérnagas que dan el pistoletazo de salida a la noche.

—¿Estás bien? —le preguntó Cris percibiendo el pequeño temblor de sus manos.

—Sí, estoy bien.

Todos mentimos. Lorena quería alejar sus miedos, no descubrir el atisbo de cobardía que había nublado su decisión de terminar con su marido. Cris la miró con respeto y ternura. Comprendía la dificultad de todo aquello y sabía que solo su amiga podía dar ese paso.

—Si no puedes con todo esta noche, que sea la primera piedra.

Lorena la miró de soslayo sin responder a su comentario. Devolvió la vista a los de fuera, que se habían convertido en pequeñas sombras difuminadas en la negrura de la noche. Sorprendentemente, dejó de temblarle el pulso. Las palabras de Cris resonaron en su interior a modo de revelación. Estaba decidida a separarse de Martín. No quería ir despacio. Él no se merecía un buen final ni más tiempo para palabras necias, sino la explosión de una granada y todo su efecto destructor.

—Esta noche se acabarán las flores para mi marido.

Todo estaba decidido. A pesar de las olas de miedo

que pudieran aparecer, a pesar de todo el mar, por bravo que pudiera ponerse, no había marcha atrás: ella iba a romper y a brindar aquella noche de extrañas celebraciones por otro muerto llamado Martín.

De nuevo en aquella mesa redonda, sentados. En el mismo lugar donde decidieron quedarse a vivir la experiencia. Como si estuvieran jugando al Cluedo, Lorena se fijó en las ausencias: Edu, Guada, Hugo... Pensó que, con toda seguridad, aquella noche se terminaría el juego para ella, pero no sin antes descubrir al asesino.

El destino había decidido a su favor: estar lejos de Martín. Enfrentados, como si fuera una premonición. Al llegar a la mesa, se encontraron los carteles sobre los platos, igual que la primera noche, marcando la disposición de los invitados. Ya no fue una sorpresa molesta, sino un juego bien recibido por todos.

—¡Las parejas separadas! —comentó Martín—. ¿A estas alturas seguimos cumpliendo el protocolo?

—¿Por qué no te dejas llevar y disfrutas de la noche? —le soltó Sebas con su media sonrisa cargada de intención.

Cruzó una mirada con Cris, que estaba algo descolocada por tener que sentarse entre Martín y una silla vacía. Delante estaba Diego, flanqueado por Lorena y Belén. Frente a ella, la silla vacía, y a su derecha, Lucía. En esa ocasión, a nadie le había dado tiempo a cambiar las tarjetas y alterar la disposición de la mesa. El comedor se había mantenido cerrado para evitar que tramposos como Martín se saltaran las reglas del juego en su exclusivo beneficio. Estaban sentados en círculo, preparados para cenar y celebrar finalmente el cuarenta cumpleaños de Adrián.

La fotografía en blanco y negro de Adrián, con el torso desnudo y una gran sonrisa, permanecía intacta colgada en la pared, pero en aquellos pocos días todo entre ellos había cambiado. Incluso a Adrián lo sentían distinto: mucho más presente, intenso, importante.

Diego miró la imagen como no se había atrevido a hacerlo la primera vez. Se había quitado culpa y ganado el apoyo necesario para poder contemplarla sin que la ira se apoderara de él. Miró de soslayo a Cris, que le devolvió la mirada, un brindis y un beso furtivo al aire.

Cuando el servicio acabó de llenar las copas y los dejó en la intimidad, Martín tomó la iniciativa y se levantó el primero.

—Queridos... Sinceramente, no esperaba que llegáramos a esta noche. Y, aunque no todos lo hayan logrado, estamos los importantes. ¡Feliz cumpleaños, Adrián!

Dicho esto, alzó su copa hacia la fotografía. Volvía a estar eufórico, casi como el primer día. Lo había conseguido. Mantener al grupo unido hasta aquella noche; cumplir con Belén y asegurarse así el futuro en su nuevo puesto de trabajo. Aquella celebración había terminado por ser una de sus mejores negociaciones. Al menos así lo creía nada más comenzar la cena.

El resto, intuyendo la energía alta y dispersa de Martín, brindó sin añadir nada más. Trataban de contenerlo para poder disfrutar de la cena como merecían.

—¡Pues yo estoy hambriento! —Volvía a ser Martín el que hablaba—. ¡El surf me ha dejado un agujero en el estómago! Por cierto, ¿alguna sorpresa respecto a esa silla vacía?

Cris se imaginó asestándole un golpe seco; haciéndole alguna llave de arte marcial que lo dejara inconsciente para evitar tener que soportar sus sandeces durante la cena. Sin embargo, aquella última apreciación, que ninguno se había atrevido a comentar, lo hizo merecedor de mantenerse, según Cris, un tiempo más entre los vivos.

Todos miraron a Belén, que se tomó su tiempo para responder a la evidencia de que había decidido colocar una silla vacía frente a ella.

—Martín, no es necesario saberlo todo siempre. Creo que es mejor que cada uno analice lo que siente al estar en una mesa con una silla vacía.

—¿Un último ejercicio, doctora? —preguntó con sorna Diego.

Belén no quiso contestar. Los demás aceptaron la ambigua respuesta porque, en realidad, ninguno necesitaba confirmar que aquella silla simbolizaba a Adrián. Sin él, no habría cumpleaños, ni celebración, ni reencuentro. Por él, todos habían hecho el esfuerzo de volver a verse, de enfrentarse a aquello que habían sido y de aceptar que se había esfumado, como suele ocurrir en cualquier vida entre los mares de culpas, reproches y travesías de dolor confuso y solitario.

—¿Estás bien? —le preguntó Belén a Lucía.

La había visto algo alicaída y silenciosa.

—Sí, solo algo triste.

Lucía la observó y sintió una pequeña descarga eléctrica en la boca del estómago en cuanto ella le puso la mano sobre la pierna para imprimirle ánimo. Las dos se sostuvieron la mirada y sonrieron a la par con timidez. Ya no eran unas niñas que exploraban su sexualidad ni necesitaban inventarse prácticas de besos. Las dos, como el resto, habían transitado ya una buena parte de su vida y reconocían cuándo el deseo atravesaba sus vísceras.

«No te mereces escucharlo, pero me muero de ganas de besarte.»

Lucía se imaginó diciéndoselo. Acercándose al oído de Belén y confesándole, en un tímido susurro, el irremediable deseo de besarla. Lejos de atreverse, cogió la copa de vino y bebió.

—¿Todo bien con Hugo? —La pregunta salió suscitada por unos celos injustificados.

Belén la recibió con media sonrisa.

—¿Quieres saber la verdad? —contestó arrimándose un poco más a ella.

A Lucía le desconcertó su repentina proximidad tanto como le intrigó su respuesta. No esperaba aquella complicidad de ella, sino una frialdad cercana a la indiferencia. Mientras digería la aproximación, Belén le habló al oído:

—En realidad, nunca fue mi novio. Solo lo simuló.

Lucía giró levemente la cabeza hacia ella. La miró incrédula. Sin llegar a entender plenamente aquella confesión. Inventarse un novio no era propio de ella, mucho menos de la reputada doctora Collet. Belén observó a Lucía, que tardó unos segundos más de la cuenta en reaccionar. Dudó sobre si debía ir un poco más allá en aquel asunto o permanecer en la distancia que el tiempo y el silencio había trazado entre ellas.

—¿Por qué me lo cuentas? —inquirió por último. También en un susurro, procesando aún la mentira y buscando razones.

—Porque me has preguntado y no he querido engañarte más.

En realidad, Belén mentía. Una mentira sobre otra mentira. Así construimos los castillos de aire envenenado. Lucía ya no era aquella niña que se sentía impresionada por ella y creía su simulación de cualquier emoción: enfado, rabia, deseo, amor, alegría...

Lucía se acercó un poco más, como si fuera a responderle con otro susurro. Esperó unos segundos a que Belén bajara la cabeza para buscar su mirada al no recibir ningún mensaje. Retomaron el contacto visual con sus bocas a apenas unos milímetros de distancia. Menos de un segundo, tiempo suficiente para sentir el poderoso imán llamado deseo. Igual que la silla vacía de Adrián, el silencio habló por ellas. Lo sentían las dos y el resto se percató con solo contemplarlas.

—La cena está un poco aburrida —le comentó Sebas en voz baja a Lorena—. Yo que tú haría estallar la bomba ahora mismo para animar el cotarro —propuso divertido.

Estaba en lo cierto. Todos excepto Martín se mostraban poco comunicativos. Metidos en sí mismos, sin demasiadas pretensiones de compartir la maraña de emociones concentradas en tan pocos días.

—No puedo ni mirarlo —respondió Lorena—. ¿Cómo ha sido capaz de mentirme de ese modo?

Ni Sebas ni Diego tenían una respuesta para Lorena. Pocas mentiras tienen justificación y consuelo. La de Martín tampoco, ni la de doña Cintia.

—Cariño, ¡contrólate! —soltó el expolítico sorprendiendo a todos con su tono ligeramente autoritario al ver a su mujer bebiendo con agrado—. Que después pasa lo que pasa...

Lorena dejó la copa de vino con brusquedad y se lo quedó mirando con inusitado reproche. Se sentía desconcertada, tenía una idea borrosa sobre lo que ella creía que era y sobre lo que estaba siendo aquellos días. El sobresfuerzo de contención acumulado era difícil de sostener con Martín sentado frente a ella y contemplándola con aires de superioridad delante de todo el mundo.

—¡Bebo lo que me da la gana! —replicó alzando la voz—. ¿Algún problema?

—Cariño, solo me preocupo por ti... —Martín le lanzó un beso y sonrió bravuconamente, sin mostrar excesiva inquietud por cómo terminaría el enfado de Lorena. Ella tardó menos de un segundo en levantarse de la mesa y abandonar el comedor sin mediar palabra. Martín volvió a sonreír, esta vez con nervios, sin entender el comportamiento de su mujer, pero con las mismas intenciones de quedar por encima de ella—. ¡Seguro que le va a venir la regla! Le suele pasar...

Dirigió su mirada al plato y continuó comiendo sin esperar la complicidad de los demás. Cris, Sebas y Diego temían que hubiera llegado el momento de quitarle la anilla a la granada.

—¿No crees que puede ser que le pase otra cosa? —preguntó Cris levantándose con tosquedad también de la mesa y obligando a Martín a mirarla—. ¡Hay que ser capullo!

Lorena se había ido corriendo para encerrarse en su habitación. Precipitada, con la mente confusa, las emociones disparadas y el deseo imperioso de salir de allí cuanto antes. Al entrar, Cris se la encontró metiendo sus cosas en la maleta con una furia reprimida.

—No trates de impedírmelo. ¡Me largo! ¡Se acabó! ¡No le aguanto!

—¿Y no le piensas decir nada? —preguntó Cris—. ¿Adónde vas a ir a estas horas?

—A cualquier lugar con tal de no volver a oírlo. ¡No puedo más, Cris! Creía que podría resistir y decirle todo lo que siento, pero... ¡No me veo capaz! Estoy llena de rabia y no quiero montar un espectáculo y estropear la noche. Al fin y al cabo, Adrián era también su amigo...

Ella comprendía cómo se sentía Lorena, pero estaba en desacuerdo en que huyera de aquel modo y a aquellas horas de la noche.

—Le podemos decir a Belén que te dé otra habitación... Cariño, ¿puedes parar un momento y escucharme?

Lorena no dejaba de doblar la ropa una y otra vez, metiéndola en la maleta para volver a sacarla de nuevo.

—No, no puedo escucharte, Cris, porque no sé qué narices va a ser de mi vida y estoy muerta de miedo.

Finalmente dejó la ropa y comenzó a temblar de pies a cabeza. Pequeñas sacudidas hasta escupir el miedo en forma de llanto. Ella era una mujer poco ambiciosa, que se contentaba con una vida de barrio y con pasear de la mano de su marido los domingos libres. Sin lujos ni amigos famosos, y con el dinero justo para una buena botella de vino o una cena romántica en un restaurante fino. Aquellos días le habían venido demasiado grande. Ella no solo era menuda de estatura, también de sueños.

—¿Una mentira y una casa? —soltó entre sollozos—. ¿Me lo explicas? Porque yo no entiendo qué ha pasado con mi vida. Porque quizá a ti no, pero a mí me gustaba mi vida. ¡Mucho! Y ahora no sé ni qué quiero ni cómo afrontar todo esto.

Cris le acariciaba la espalda mientras descargaba toda la impotencia por no saber cómo afrontar la situación. Su amiga seguía en *shock* y sin margen de reacción; batallando con la negación y con el deseo de que su vida descarriada volviera al buen cauce.

—¡Es que no sé cómo hacerlo! No soy como tú, ni como Sebas... Ni como ninguno de vosotros. ¡Siempre he sido una cobarde en la vida! —gritó volviendo a coger la ropa—. Ni siquiera estos vestidos son míos, sino de una amiga que me los prestó porque yo creía que no iba a encajar con vosotros siendo quien soy y con lo que tengo...

La dejó hablar, que se librara de la presión de no atreverse a resolver aquella situación porque ello significaba dinamitar su vida y los sueños que había puesto en ella.

—No lo quiero, lo odio. Odio a Martín por haberme hecho esto. Por haberse cargado nuestra vida con mentiras que seré incapaz de perdonarle. Sin embargo, no puedo evitar sentir pena por él y por lo que su madre ha hecho. No creo que me merezca ninguna casa, y mucho menos esa.

Cris vio que Lorena había cerrado la maleta y estaba dispuesta a no quedarse ni un minuto más. La entendía y, más allá de tener el valor de contarle la verdad a Martín, ella tampoco desearía quedarse allí.

—Me voy contigo.

Lo soltó sin apenas pensarlo, pero en cuanto se escuchó, lo consideró una certeza. No pensaba dejarla sola, y menos en aquellos momentos en los que una se siente como una superviviente que atraviesa la tierra devastada después de una guerra. Lorena no sabía qué decirle. Lo cierto era que no quería estar sola, ni tampoco en aquel lugar. No podía más que agradecerle la oferta.

—Dame unos minutos para que haga mi maleta y hable con Diego.

—¿Y adónde nos vamos?

—Eso ya lo pensaremos por el camino. De momento, lejos de Martín.

Lorena abrazó a Cris cogiéndola desprevenida. Cuando había llegado a aquella casa, no había imaginado nada de lo que le estaba ocurriendo; tampoco que terminaría marchándose con una amiga nueva y sin marido.

—¿Estás segura? Yo me las puedo apañar...

No fue muy convincente; ni por el tono, ni por el hilo

de voz, pero de ese modo deseaba asegurarse de que la decisión de Cris era firme.

—Completamente. Esta no es mi fiesta de cumpleaños ni tampoco la tuya. ¡Espérame aquí, volveré a por ti!

Cris salió de la habitación y sin dudarlo llamó a Diego al móvil. No quería volver a cruzarse con Martín ni que este se enterara de que su mujer estaba a punto de largarse de allí sin él.

—Necesito que vengas a la habitación. Me voy con Lorena ahora mismo —le informó Cris nada más descolgar el móvil.

—Pero ¿qué dices? ¿Cómo os vais a ir ahora las dos? ¿Estás loca?

Los nervios y la precipitación provocan que cometamos errores comunes. Diego lo había dicho delante de todos, también de Martín. Colgó y abandonó el comedor sin añadir nada más, pero clavándole antes una mirada al expolítico. Suficiente para que todos cayeran en la cuenta de lo que estaba a punto de ocurrir.

—¿Ha dicho que se va con mi mujer? —preguntó Martín con la incredulidad entre los dientes—. ¿Me he perdido algo?

Belén y Lucía no sabían qué podía estar pasando, pero fuera lo que fuera no pintaba demasiado bien para él, que decidió coger su copa y seguir bebiendo sin intención de moverse de allí.

—¿Un brindis? —soltó contemplando las caras de estupefacción ante su inesperada reacción.

—Por el grandísimo mamón que lleva dos años engañando a su mujer y que finalmente ha quedado al descubierto. —Sebas se le adelantó. Se había puesto de pie y, bajo la amenaza de terminar golpeándole en la cara, decidió revelar la verdad y esperar a que comenzara el baile.

Martín fijó su mirada en él y sigilosamente se levantó también de la mesa, casi a la misma velocidad a la que su cerebro iba comprendiendo que Lorena era conocedora de su vasectomía. Sin responder a Sebas, bajó su copa con una tranquilidad dudosa y abandonó el comedor.

En menos de veinte segundos entró en la habitación sin avisar. Lorena estaba sentada en la cama junto a su maleta. Nada más verlo, bajó la vista al suelo. Estaba furiosa. Estaba triste. Decepcionada.

—¿Me puedes explicar qué está pasando? —preguntó él sin moverse del arco de la puerta. En tan solo una milésima de segundo a ella se le ocurrieron decenas de respuestas a la pregunta, pero no compartió ninguna—. ¿Has hecho la maleta? ¿Te vas a alguna parte? —Él seguía preguntando—. ¿Qué demonios te ocurre? —A Lorena le hubiera gustado taparse los oídos y salir de allí corriendo sin decirle nada. Sin tener que mirarlo a la cara y reventar su vida en mil pedazos. No quería, pero sabía que todo había terminado—. No irás a hacerle caso a esa camarera retirada que solo se mueve por interés —dijo refiriéndose a Cris—. ¿Qué narices te ha metido en la cabeza?

Finalmente, Martín cerró la puerta de la habitación. El ruido del portazo la despertó de su incapacidad de dar una respuesta. Miró primero la puerta cerrada y se sintió como un animal enjaulado. Luego lo miró a él y lo vio como a su carcelero.

—Martín, lo sé todo... ¿Cómo has podido engañarme de ese modo? —dijo al fin mirando fijamente a su marido, que se había quedado apoyado en la puerta—. ¿Qué clase de persona eres? ¿Qué clase de monstruo se hace una vasectomía y durante dos años deja que su mujer se pudra mes a mes al ver que no se queda embarazada?

—Cariño..., escúchame.

—No te atrevas a llamarme así —le dijo Lorena con rabia—. ¡Ni se te ocurra, hijo de puta! ¿Cómo has podido hacerme esto? ¿Por qué no me dijiste que no querías ser padre? —Estaba fuera de sí, buscando cualquier respuesta dentro de ella, cualquier justificación que eximiera a Martín de aquella atrocidad. Le costaba todavía aceptar que él le hubiera hecho algo así y siguiera junto a ella; viendo cómo se hundía un poco más cada día que pasaba sin quedarse embarazada—. ¿Cómo pudiste dejar que sufriera como lo he hecho? ¡Es que no lo entiendo! ¡No lo entiendo! Tú más que nadie sabes el dolor que tengo por no conseguir ser madre, ¡la obsesión en la que vivo!

—Lorena, escúchame. —Martín se acercó a ella e intentó acariciarla, lo que provocó una inmediata reacción de ella.

—¡Suéltame! ¡Ni se te ocurra volver a tocarme! ¡Mantente lejos! ¡Eres un monstruo, Martín! ¡Un monstruo!

El expolítico se quedó en el suelo, hundido, recibiendo el estallido de su mujer sin posibilidad de urdir ninguna defensa que detuviera aquel precipitado final. No era de los que se daban por vencidos, pero reconocía que había ido demasiado lejos para proteger sus propios intereses y no tenía el valor de contarle toda la verdad.

—Quiero el divorcio, Martín. No quiero volver a verte nunca más. No puedo ni siquiera mirarte a los ojos para decírtelo. Estoy tan dolida...

Lorena rompió a llorar. Estaba muerta de miedo y llena de rabia. Sentía que su vida estaba al borde de un precipicio y no podía asimilar que su marido, el hombre al que más había amado, era el principal responsable.

—¿Por qué, Martín? —continuó entre sollozos—. ¿Por qué? Es que no me puedo creer que seas así... de despreciable.

—No quería perderte —dijo al fin—. Sabía que tú querías tener un hijo, pero yo no.

Él la observaba de reojo intentando ablandarla. Creyendo que todavía tenía posibilidades de obtener su perdón o por lo menos clemencia para ganar un poco más de tiempo.

—Lo pasé muy mal con mi exmujer y mis hijos, que no quieren saber nada de mí. Me asusté, Lorena, me asusté y decidí hacerme la vasectomía.

—¿Decidiste? ¿Decidiste, Martín?

—Sé que es imperdonable. Lo sé, pero no estoy bien, Lorena, sabes que todo lo de mi exmujer y mis hijos me trastorna... No estoy bien, necesito ayuda.

Martín comenzó a llorar. Se rompió delante de Lorena mostrándole arrepentimiento por lo que le había hecho. Confesándose como nunca lo había visto hacer antes. Su comportamiento de hombre desesperado comenzaba a surtir efecto en ella, que notaba cómo una brizna de ternura brotaba al verlo de aquel modo.

—¿Por qué no lo compartiste conmigo? ¿Por qué?

—No podía imaginar perderte, Lorena. ¡Eres lo más importante de mi vida! ¡Lo más! ¡No podía! No podía y me equivoqué. Pero luego ya no sabía cómo deshacerlo. Cómo contártelo.

Lorena lo miró, descompuesta. Se fijó detenidamente en él. Era conocedora del tormento que llevaba dentro. Sabía los estragos de su pasado y la fractura interna por no tener contacto con sus hijos.

—Necesito ayuda —susurró entre sollozos—. ¡No estoy bien! ¡Necesito ayuda!

—Si lo hubieras compartido conmigo en vez de... ¿Cómo se te pudo ocurrir esa locura de la vasectomía a mis espaldas? ¿Cómo?

—No lo sé. No lo sé, Lorena. Alguien me lo sugirió y... ¡lo hice sin pensar! Para ganar tiempo..., no sé...

—¿Ganar tiempo?

—Ya sabes que la vasectomía es reversible.

Lorena se levantó y comenzó a caminar con las manos en la cabeza. Imposibilitada para dar como válidas las razones de su marido. Él había cruzado todos los límites y no era posible el perdón. La cabeza le estallaba. No esperaba encontrarse a aquel Martín ni sentir la debilidad de la duda sobre sus espaldas. Estaba rota, rasgada por el dolor del engaño; de la traición. Dando un salto al vacío llamado valor, se decidió a hablar y a cerrar cualquier puerta.

—No puedo perdonarte, Martín. No puedo.

Hubo un silencio. No había marcha atrás. Martín reconocía cuándo era el momento de detener el timón, aunque no daba la batalla por perdida.

—Lo entiendo. Soy un animal y no merezco perdón.

Ella solo deseaba salir de la habitación y romperse en mil pedazos. Le costaba respirar allí dentro. Le costaba mantener el tipo y comportarse como una mujer civilizada, no abalanzarse sobre él y golpearlo hasta agotar la rabia. Se acordó de doña Cintia. La maldijo durante unos segundos. No deseaba dejar ninguna conversación pendiente con su marido. Necesitaba confesarle los deseos de su madre y desprenderse también de aquella repentina carga.

—Hay algo que tengo que contarte —dijo al fin con la intención de salir de allí limpia—. He ido a ver a tu madre —soltó, esperando su reacción.

—¿Cuándo? —respondió él sin hacerse todavía a la idea de lo que le acababa de decir Lorena.

—Esta mañana.

Martín se levantó del suelo y se apoyó de nuevo en el dorso de la puerta. Había cesado su llanto y su mirada había cambiado repentinamente. Antes de que Lorena se arrancara a hablar, él se le adelantó.

—Supongo que mi querida madre no habrá perdido el tiempo y te lo habrá dicho...

—¿Decirme qué?

—Vamos, ya nos hemos hecho mucho daño, no es necesario disimular más. —Lorena se cruzó de brazos sin comprenderlo ni a él ni su repentina frialdad con ella—. No sabía de dónde habías sacado el valor y la firmeza para querer dejarme sin más, pero ahora todo cobra sentido.

—Martín, no estoy entendiendo nada...

El expolítico frenó las explicaciones de ella con la mano, pidiéndole con ese sutil gesto que dejara de hablar y escuchara. No había sido fácil para él enterarse de que su propia madre lo había desheredado, que lo había dejado tirado en la cuneta conociendo su vida de precariedades; estaba arrepentido por los errores del pasado, pero no había conseguido su perdón. Solo desprecio e indiferencia. No, no había sido fácil sentirse un hijo abandonado, olvidado por la persona a la que toda la vida le había suplicado amor y de la que nunca llegó a recibirlo. Lorena lo sabía; se lo había confesado él en aquellas noches en que lo asaltaban las pesadillas y se despertaba entre sudores.

Lorena había sido su flotador para poder sobrevivir al destierro y a la soledad de haberlo perdido todo.

—Fue muy difícil digerir que mi propia madre había decidido olvidarme, incluso arrasar con mis derechos desheredándome. Quitándome aquello que me pertenece.

Martín había utilizado durante años todas las estratagemas posibles para lograr un acercamiento con doña Cintia, y en todos y cada uno de sus intentos había recibido la misma respuesta: ser repudiado una y otra vez sin un ápice de compasión.

—Hice uso de una cuenta compartida con ella por necesidad, ¡no porque quisiera robarle a mi propia madre! ¿Por qué no ha querido escucharme nunca? ¿Crees que eso se le puede hacer a un hijo?

Lorena lo escuchaba atentamente, mucho más centrada y preocupada por encontrar el mejor modo de contarle que doña Cintia había ido más lejos incluyéndola a ella en el testamento y dejándole la casa de Ajo, aquella que durante toda su vida había creído perdida y que su abuelo había comprado sin nadie saberlo.

—Martín, necesito decirte algo...

—¿Te crees que hace tiempo que no lo sé? Mi querida madre y sus argucias para hacerme daño. Pero soy un superviviente, Lorena, y tengo mis propias fuentes que se adelantan a cualquier sorpresa. —Martín la miró con un halo de desprecio. De envidia cortada al confesarle que sabía desde hacía unos años que su madre la había incluido en el testamento—. Siempre se ha creído más lista que yo, pero me ha subestimado toda la vida, también ahora.

No reaccionó a la revelación de Martín. ¿Sabía desde hacía años que su madre la había incluido a ella en su testamento? ¿Por qué no se lo había contado? De nuevo, su marido demostraba que dentro de él habitaba un ser despreciable, capaz de ocultarle a su mujer algo como aquello. Sin embargo, Lorena estaba a punto de descubrir lo que ni ella misma imaginaba. El doble mortal, el verdadero motivo por el que se había hecho la vasectomía. No era, tal y como le acababa de confesar entre sollozos, para no perderla a ella, sino para no perder los bienes que doña Cintia le había otorgado a ella en el testamento.

—Mi madre no me va a perdonar nunca, pero eso no le da derecho a dejarme sin nada, ¿entiendes? Cariño, solo tú podías conseguirlo. ¡Ablandarle el corazón y que a través de ti me devolviera lo que me corresponde! ¿No lo comprendes? Por eso no podías saberlo tú, ni tampoco ella. ¡Era la jugada perfecta! Recuperar lo que siempre me ha pertenecido muy a su pesar. ¡Volver a encarrilar mi vida! Dejar de vivir como obreros y volver a ser reyes... ¡No podía dejar escapar la oportunidad!

No hizo falta que Martín se lo dijera. Ella misma captó sus verdaderas intenciones. Lo miró comprobando que los propios miedos nos impiden ver con claridad a quién amamos o incluso tenemos delante. Contempló aquella escena bañada en la más profunda decepción y se dio cuenta de su propio engaño: pensar que Martín era un ser capaz de querer más allá de sus obsesiones, sus bienes y sus deseos. Aquellos ojos, enaltecidos de una verdad casi demoníaca, habían estado siempre frente a ella. Él era capaz, como Saturno, de degollar a su propio hijo para seguir viviendo su fantasía.

—Por eso no querías perderme —dijo al fin con la voz enterrada en dolor—, para no quedarte sin testamento.

—Cariño, es un modo un poco cruel de verlo...

—Por eso te hiciste la vasectomía. Ganar tiempo y ver si tu madre se moría... —Lorena no escuchaba sus excusas. Solo eran mentiras; como muchas otras que le había permitido, justificándolas con su dolor, con su personalidad narcisista, con su egoísmo extremadamente desarrollado. Nada de lo que pudiera escuchar ya de su boca sería válido. El pozo de los lamentos se le había secado y comenzaban a brotarle solo reproches—. Martín, no quiero volver a verte —afirmó Lorena con una serenidad que asustaba—. Quiero el divorcio cuanto antes.

—Es normal. Sé que lo he hecho muy mal. Es todo muy reciente..., pero yo te quiero...

En aquella ocasión fue ella quien detuvo sus baratas

explicaciones con la mano. No quería escucharlo ni un segundo más.

—Se ha acabado. Da igual si te lo crees o no.

Hubo un gran silencio. Martín no había dejado de suplicarle clemencia, pero ya no era el momento para continuar con las súplicas, sino para desarmar sus intenciones.

—¿Qué vas a decirle a mi madre? —le preguntó. Lorena no le contestó. No había terminado de contarle lo que le había dicho doña Cintia y tampoco sabía si debía hacerlo—. ¿Si nos divorciamos te va a quitar del testamento?

Nuevamente él y sus intereses. Nada más importaba. Después de diez años juntos, solo quedaban los deseos de no perder. Puede que siempre fuera así, pero ella había sido incapaz de verlo hasta ese instante.

—Lo que haga a partir de ahora es mi decisión. Hemos terminado. No voy a ser yo quien ahora haga de intermediaria entre tu madre y tú.

—¿Serías capaz de aceptar sus bienes? —Martín desoyéndola siguió preguntando.

—No te atrevas a acusarme de lo que puedo ser capaz. ¡Mírate primero y luego juzga!

Se había acercado a la puerta de la habitación con el abrigo puesto y la maleta. Se puso frente a él y lo contempló con la tristeza templada de la certeza de los finales. Martín se apartó sin añadir nada más.

—Haz lo que sea para conseguir hablar con tu madre. Más allá de su testamento, tiene algo importante que contarte.

—¿A qué te refieres? ¿Qué te ha dicho?

—Habla con ella, Martín, y ¡arregla tu vida! Si es que eres capaz...

Lorena salió y cerró la puerta sin intención de volver a hablar con su marido, que le gritaba para que se detuviera y le confesara aquello que doña Cintia le había ocultado. Pero ella decidió no revelarle lo de la casa de Ajo. Decidió no entrar en el malvado juego de herir a quien ya había sido herido con mentiras sobre aquella casa. No estaba en condiciones de escucharlo, ni de consolarlo, ni de decidir nada sobre su vida. Sentía una flojera de cuerpo y un tremendo ardor de piel. Por primera vez, se había atrevido a dejar a alguien. A apostar por ella. A lanzarse al vacío para no consentir más.

—¿Cómo estás? —le preguntó Cris agarrándole la maleta.

—Como si estuviera a punto de salir de una cárcel. Liberada pero muerta de miedo.

Todos se habían enterado de lo ocurrido. Belén, Lucía, Sebas y Diego estaban esperándola para despedirse.

—Siento que hayas tenido que vivir esto fuera de tu casa —le dijo Belén—. Si te puedo ayudar en algo, cuenta conmigo.

Lucía la abrazó sin poder todavía pronunciarse ante lo que acababa de suceder. Martín había cruzado de nuevo el límite tolerable. No había justificación y, por eso, sentía terriblemente que la marcha de su mujer fuera de aquel modo.

—¿Estás segura de que quieres irte esta noche? —le preguntó Diego cuando las acompañó al coche.

—Si no te importa que me lleve a tu mujer... Prefiero no volver a verlo.

Sebas se había quedado rezagado, con los sentimientos confusos. Seguía produciéndole una ternura imperfecta Lorena e, igual que Cris, había hecho parte del problema suyo.

—No le he dicho lo de la casa. Si alguien tiene que hacerlo es su madre. No yo.

Sebas comprendió que, incluso en los momentos más bajos, las almas blancas eligen no perjudicar. De haber sido él, le habría clavado la espada en lo más profundo y sin compasión y se hubiera quedado para contemplar cómo se desangraba de dolor.

—Si no sabes adónde ir... Tener una compañera de piso durante una temporada no le iría mal a un alma perdida como yo...

Lorena abrazó a Sebas y le agradeció la firme propuesta. No era la primera vez que se lo ofrecía y, aunque no sabía qué sería de su vida, tenía presente que no quería volver a coincidir con Martín y que debía salir de la casa que compartían cuanto antes.

—Gracias por todo. Estos días, aunque me voy así, han sido muy importantes para mí. ¿Te puedo pedir una cosa?

Le habló a Sebas en el oído, sembrando en él la curiosidad y el empuje de creerse en parte su salvador.

—Haz las paces con ellos. No te vayas de esta casa sin perdonarlos.

A continuación, volvió a abrazarlo con fuerza, como si así tomara impulso para la aventura que acababa de emprender. Sebas se dejó achuchar, aceptó la muestra de cariño que hacía demasiados años que rechazaba de cualquiera. Sobre todo, de él mismo. Se quedó inmóvil viéndolas desaparecer con el coche. Él tampoco era el mismo que había llegado a la casa y, en cierto modo, Lorena había leído sus pensamientos prohibidos: necesitaba regresar a su casa en paz, y puede que estuviera cerca de conseguirlo.

Como una especie de sortilegio, al final, la vida y las circunstancias habían provocado que permanecieran solo los cinco: Sebas, Diego, Lucía, Belén y Martín, que, desde que se había marchado Lorena, no había salido de su habitación.

Los demás habían decidido desistir de la mesa redonda y apoltronarse en los sofás del salón acristalado y protegido por las estrellas. El mar ciego batía sobre los acantilados en aquel anochecer que comenzaba a acariciar la noche oscura del alma de San Juan de la Cruz. Todos, de un modo u otro, estaban recibiendo en el corazón los latigazos de esa celebración que bebía de los vientos de despedida que se avecinaban en todas direcciones.

Su última noche juntos. Sus últimas horas de refugio en un pasado cada vez menos amargo para volver cada uno a su realidad. No querían asumirlo, pero el poder del imán llevaba un tiempo activado, luchando contra las fuerzas opuestas de unión y separación. Vislumbrar el adiós era como una cuesta difícil de subir.

Diego salió al jardín a fumar. La sombra de su silueta ofrecía un tinte mucho más melancólico al paisaje sombrío de la húmeda oscuridad. Sebas lo contemplaba tras el cristal con una copa de whisky en una mano y el amuleto en la otra. Se lo había quitado del cuello por la imperiosa necesidad de tenerlo sujeto con el puño cerrado. Intentaba encontrar así respuestas desde un más allá que llevaba unas horas callado. Varias veces había invocado a Adrián, pero sin la fortuna de conseguir escucharlo y poder dialogar con él.

«Haz las paces con ellos. No te vayas de esta casa sin perdonarlos.»

Lo que le había dicho Lorena antes de marcharse no dejaba de martillearle la cabeza. No había sido un practicante del perdón; se había perdido todas las clases en su infancia, y la turbada juventud marcada por la muerte de Adrián lo había dejado sin ese credo. Incluso para con él mismo.

Se había pasado los años cobijado en el tormento y en los vicios autodestructivos como modo de huida hacia delante. Aquellos días con ellos allí lo habían cambiado todo, pero por su propio desconcierto y confusión, Sebas era incapaz de poner en palabras qué le estaba ocurriendo. Jamás hubiera pensado que convivir con aquellos que habían sido heridos por el mismo fusil sería parte del camino de sanación. Recordar lo que había sido, lo que habían sido, lo que habían sentido, había abierto en él de nuevo la puerta a esa alegría censurada o esperanza enterrada.

Escuchaba sin llegar a atender las confesiones a media voz de Belén y Lucía. Había intuido, por algunas charlas con Adrián, que existían cuentas pendientes entre las dos. Lo había comprobado aquellos días, aunque tenía dudas de si serían capaces de atravesar los estragos de la distancia. Con la buena complicidad recién adquirida, decidió regalarles intimidad. Abrió la cristalera y salió en busca de Diego y de un cigarro.

—¿Tú crees que se arreglarán? —preguntó Sebas.

—Siempre se han necesitado. Solo tienen que reconocérselo y hacer las paces.

De nuevo la palabra «paz». Sebas encendió el cigarro pensando en cómo encontrar la suya. Miró a su amigo y por primera vez sintió por él una admiración profunda. Estaban mucho más cerca de lo que jamás había imaginado y puede que, después de tantos años, tuviera que darle la razón a Adrián. Diego era el pilar del grupo. En quien podías confiar y apoyarte para no caer porque nunca te pediría cuentas en el futuro. El hombre silencioso lleno de valores que también había huido de su propio emblema.

—¿La has visto? ¡Una estrella fugaz! —exclamó Sebas con una brizna de emoción.

Diego observó el cielo estrellado y exhaló el humo con brío congelando una media sonrisa en su rostro. Pensó en Adrián y en los regalos que en su noche de cumpleaños les estaba ofreciendo a los que se habían quedado en la Tierra. Se sentía afortunado y terriblemente emocionado.

—Hemos sido unos idiotas, Sebas... Todo este tiempo hemos sido unos verdaderos idiotas. —Sebas lo miró y apretó con fuerza el amuleto vikingo a la espera de que se explicara mejor. No quería interrumpir aquel momento de sinceridad compartida—. Renunciar a una de las cosas más bonitas de la vida... Todos estos años alejados de lo que fuimos, olvidándonos de que hay vínculos que son indestructibles. No sé... Puede que todo sea un delirio repentino... —Diego dudó si seguir hablando en voz alta. No quería poner a flote su deseo de que se continuaran viendo fuera de aquella casa, de mantener el contacto, de organizar nuevas reuniones, de darse la oportunidad de pertenecer—. ¿Has pedido un deseo? —le preguntó a Sebas para desviar la atención.

«No dejes que esto termine aquí», había sido el deseo impulsivo de Sebas, dirigido directamente a Adrián; como si este se hubiera transformado en estrella fugaz. Él también acariciaba la vulnerabilidad, así que, para evitar el riesgo de romperse, prefirió obviar la confesión.

—Ya sabes que no soy de credos —fue por último su respuesta—, pero si quieres, pensamos uno.

—Habrá que esperar a ver otra, y que estemos juntos para pedir el deseo; si no, ya sabes que no funciona.

Los dos sintieron la incomodidad de navegar por las mismas aguas de querer permanecer juntos, de hacer de ese encuentro un punto y seguido; pero fue Sebas, en este caso, quien desvió la conversación.

—¿Crees que deberíamos ir a buscar a Martín? No me voy de aquí sin llevarle su pastel a Adrián. Una promesa es una promesa.

—No va a ser fácil sacarlo de la habitación. Ha perdido mucho y lo sabe... ¡Nunca se muestra en la derrota!

—Pues ya va siendo hora. Es un capullo integral.

Diego miró a Sebas con complicidad. Martín había crecido como una mala hierba y, como estas, para librarse de él había que arrancarlo de cuajo de la vida de uno. La decisión de Lorena de separarse había sido la más acertada, pero ninguno sabía si podría sostenerla como definitiva.

—No le ha dicho lo de la casa —comentó Diego.

—No sé qué fuego puede prender cuando se entere...

Sebas propuso terminar de hundirlo, pero Diego le hizo prometer que no acometerían aquella labor. No iba con ellos. Martín ocupaba un lugar entre los cinco y, aunque se había quedado sin galones, no recibiría estocada, sino apoyo.

—Él mismo está cavando su propia tumba, pero si quieres que soplemos las velas, y todos juntos, tendrás que ayudarme a encontrar el modo de sacarlo de la habitación. ¡Aunque no te guste! Así que déjate de fuegos y... ¡vamos a buscarlo!

Sebas y Diego decidieron bordear la casa para no interrumpir la intimidad de Belén y Lucía. Convencer a Martín les llevaría un tiempo y quizá alguna osadía en forma de falsa promesa para conseguir que saliera de la habitación y accediera a continuar con el macabro plan: comerse la tarta de cumpleaños de Adrián sobre su tumba. La última aventura de los cinco antes de separarse.

—Hay algo que creo que debo decirte antes de que te vayas —le dijo Belén a Lucía.

Llevaban toda la noche poniéndose al día. Acercándose sin pretenderlo. Rozando la complicidad perdida con timidez y con la precaución de saberse con heridas. En más de una ocasión, Belén estuvo tentada de contarle lo de su embarazo, pero su plan siempre había sido confesarlo al final, a todos, junto con la verdadera razón de aquel reencuentro.

Lucía había enmudecido al escucharla. No se atrevía a cruzar la mirada con ella. Se sentía fuera de juego y demasiado cansada como para construir de nuevo un muro invisible de protección entre ellas. Desde que se habían reencontrado lo había hecho, pero, además de perdonar a Belén, necesitaba enterrar definitivamente el hacha de guerra.

—Siento no haberte devuelto ninguno de los mensajes y llamadas después de la muerte de Adrián. Sé que debí de hacerte mucho daño y quiero que sepas que lo siento de veras.

Lucía sentía el peso de su propia cabeza apuntando al suelo y era incapaz de ponerla erguida. Aquel principio de disculpa inesperado la hizo viajar a cada una de las veces que había intentado ponerse en contacto con Belén. A cada una de las veces que se había encontrado con el vacío de la no respuesta, a aquellos insoportables primeros meses de tristeza profunda sin poder hablar con uno de sus principales apoyos. Belén había decidido que había llegado la hora de la disculpa. Lucía ya le había dicho que la perdonaba un día antes, sin entrar en detalles, pero ella necesitaba ir un poco más allá. No podía dejar así las cosas. No podía empezar de nuevo sin confesar el porqué de una de las decisiones más dolorosas de su vida: apartarla de su lado. A veces tomamos decisiones erróneas en momentos desesperados de la vida y, si creemos que el tiempo terminará por convertir en polvo todo, recorremos un camino de difícil retorno. Para Belén lo fue. Cuando se dio cuenta, estaba demasiado lejos de Lucía y no se atrevió a buscarla para contarle la verdadera razón de su ausencia.

—Necesito que me escuches e intentes, si puedes, no decir nada hasta que termine de contarte lo que quiero. Ha transcurrido mucho tiempo y la vida ha pasado por encima de lo que un día fuimos la una para la otra, pero siento que estoy en deuda contigo, Lucía, y me gustaría intentar saldarla, aunque hayan pasado tantos años.

Lucía no dejaba de mirar la copa de vino, entretenida, haciendo leves movimientos que convertían el líquido en un pequeño mar rojo en el que perderse mientras escuchaba a Belén.

—Cuando mi hermano murió, caí en un pozo muy profundo del que me costó años salir y que, hasta hace unos meses, no he decidido abandonar definitivamente. En él nació también la doctora Collet y la necesidad de llenar el gran vacío que habíais dejado no solo Adrián, sino todos vosotros; incluida tú.

Belén hablaba despacio, masticando cada palabra, apreciando cada silencio como un impulso para no abandonar aquella conversación que tantas veces había imaginado. Por su profesión y gracias a los años de terapia, conocía muy bien los vericuetos por los que su mente era capaz de transitar para evitar llegar a la raíz del asunto. No sería raro, y más en esa ocasión, que intentara bordear la noche en la que murió Adrián para escaparse del entuerto. Pero ella misma se aplicó el cortafuegos para poder cumplir con lo deseado: sincerarse con Lucía.

—Unas horas antes de que muriera Adrián —Belén tomó aire y decidió soltar de una vez el amarre— fui al lavabo y, como había mucha cola en el de chicas, me metí en el de chicos. Al principio no fui consciente..., no caí en la cuenta. No reparé en tu perfume, solo me sonreí en el espejo al escuchar los ruidos de una pareja en plena faena tras la puerta de uno de los baños. Ojalá mis ojos no se hubieran desviado hasta el suelo para dar con uno de tus zapatos. Lo supe al instante, nada más verlo sobre una de las deportivas de Adrián: las nuevas Fila, blancas, impecables. Esa misma noche me había reído de tus Mary Jane verdes, te había bautizado como Dorothy y su incansable búsqueda de Oz. Sentí cómo el agua del lavabo corría sin poder moverme, petrificada mientras escuchaba cada uno de vuestros besos tras aquella maldita puerta. Tú y Adrián juntos. El mundo se paró en aquel preciso instante: las dos personas más importantes de mi vida enrollándose en uno de los baños del Paradís y yo como testigo ciego, para que lo imaginado por mi mente no me abandonara nunca.

Un gran estruendo detuvo la narración de Belén. La copa de Lucía había impactado contra el suelo y se había roto en mil pedazos, expandiendo, como una enorme mancha de sangre, lo que quedaba de vino.

Las dos se quedaron en silencio, sin saber cómo comportarse tras aquella confesión. Lucía jamás había imaginado que Belén hubiera presenciado el calentón de Adrián y ella aquella noche en los baños del Paradís. Solo unos besos de dos amigos tan borrachos como puestos que se adoraban y que querían atreverse a cruzar la línea de la intimidad. No ocurrió. Aquella noche fue la primera vez y apenas fueron más allá del magreo descontrolado de los pechos de Lucía y del frotamiento de sus cuerpos mientras encadenaban besos cubiertos de saliva y alcohol.

—Te quiero —le había dicho Adrián deteniéndose y permitiendo que la risa llenara el aire—, pero no tenemos futuro como amantes, ¿verdad?

Cualquiera sabe diferenciar los besos de cartón de los que nacen en las tripas del deseo. Para Adrián, los de Lucía fueron de los primeros, pero durante mucho tiempo había querido besarla y comprobar que había perdido la batalla con su hermana. Desde hacía años lo intuía, pero hasta aquella noche en el Paradís no lo tuvo claro. Fue por esa razón que rio con fuerza y abrazó a Lucía de inmediato sin sentirse mal por no ser la fuente principal de su deseo.

—Ya ves lo que hemos durado. ¡Ni para un puñetero calentón de una noche cualquiera!

Lucía se equivocó, porque esa noche no era una cualquiera, sino la última, aquella en la que Adrián perdería la vida. La noche en la que sus vidas, las de todos, se partirían y comenzarían el irremediable camino del olvido.

No hubo más; aquellos besos no habían significado nada para ninguno de los dos. La tontería de dos amigos de fiesta con ganas de pasarlo bien. Así se había grabado en la memoria desgastada de Lucía hasta que Belén expuso la realidad oculta del otro lado de la puerta.

No sabía qué decir. Ni qué hacer. Estaba completamente en *shock*. Detenida en un mar de probabilidades, todas ellas válidas, por haber formado parte de aquella escena quebrada de la vida de Belén.

—Odié a Adrián aquella noche. Le deseé lo peor y me sentí traicionada por ti, sin atreverme a pedir ningún tipo de explicación a ninguno de los dos. No volví a hablar contigo, tampoco con Adrián... Y luego el accidente... Y ya nada fue posible. —Lucía no se había movido. Era incapaz de llenar sus pulmones de aire sin sentir pequeños espasmos. Sabía que sería inútil todo lo que dijera. La vida había querido que esa noche los tres vivieran aquello y que, veintiún años más tarde, ellas dos pudieran hablarlo—. Me sentí culpable por la muerte de Adrián durante mucho tiempo. Dolida contigo y sin poder confesarte mis celos injustificados porque siempre había pintado nuestros besos como clases para mejorarlos. No quería verte, ni llamarte, ni hablar... Cualquier contacto contigo me recordaba a lo ocurrido en aquel baño... No quería saber nada, ni de ti, ni de mí, ni de Adrián... Cuando me curé y me di cuenta de lo que te había hecho, era demasiado tarde.

De nuevo el silencio. Cómo romper tantos años de ausencia sin gritar con rabia por el tiempo perdido. Belén y Lucía estaban sentadas una al lado de la otra. Belén, apoyada en el respaldo del sofá, y Lucía, con la cabeza metida entre las piernas, sin poder levantarla. Respirar el dolor es una de las cosas más difíciles de la vida: darle su propio espacio, el lugar que le corresponde para así comenzar a convivir sin que te hiera de más ni te impida seguir. Fueron unos minutos alargados por la memoria rescatada. Las dos quisieron respirarla en silencio, respetándose y sin decidirse a actuar.

Lucía, en un impulso, se incorporó y con los ojos cerrados se abalanzó y abrazó a Belén. Necesitaba hacerlo, igual que llorar sobre su hombro. No le salían las palabras, pero le estaba profundamente agradecida porque, aunque tarde, al fin le hubiera contado el motivo de su silencio. Unos años atrás no lo hubiera entendido y se hubiera revuelto de rabia por su comportamiento, pero aquella noche Lucía solo sentía agradecimiento por poder cerrar el círculo incompleto. Estaba convencida de que Belén no había querido hacerle daño, pues el dolor habitaba en ella. Había perdido a su hermano, ella conducía el coche...

—Lo siento, Belén. Lo siento mucho. Ojalá hubiera podido estar a tu lado...

Lucía se lo dijo sin atreverse a despegar sus brazos de la espalda de Belén. Necesitaba sentirla y ofrecerle un cariño que todavía conservaba hacia ella. No se habían dado la oportunidad de hablar, de confesarse, de compartir la culpa por haber perdido a Adrián.

—Todavía hay noches en que me despierto con la idea de que podría haber evitado su muerte.

Lucía se apartó de Belén para contemplarla. Su rostro estaba apagado, con la tristeza amarrada a la vida. Quizá esa fuera siempre su gran pesadilla, aquella de la que sería incapaz de huir, pero ya no paralizaba sus sueños.

—Gracias por contármelo.

Volvió a mirarla: tenía la mirada perdida, borrosa, puesta en la dirección del arrepentimiento. Se sentía ligera, pero al mismo tiempo perdida en el terreno de la nada.

—Te he echado de menos.

Esa fue la llave para que Belén regresara y la mirara. Sonrió levemente, emocionada. Era como si volviera a tener frente a ella a la niña de las dos trenzas y los dientes metálicos que siempre le daba las fuerzas que a ella le faltaban cuando en casa las cosas se ponían demasiado estrictas. Su amiga con derecho a algo más que nunca terminaron de definir; pero la vida les había enseñado que el amor resultaba mucho más poderoso que las etiquetas.

Belén extendió los brazos y ladeó la cabeza pidiendo

un nuevo abrazo, volver a sentirla cerca; ella también la había echado tanto de menos...

Así se quedaron un buen rato. Suspendidas en una realidad tan esponjosa como un baño en agua caliente repleto de burbujas y jabón. Juntas de nuevo, compartiendo espacio y tiempo en paz. Sin nada más y con todo por delante. Dándose cuenta de que el amor viaja en una frecuencia distinta a la del tiempo y de que no hay años ni vidas que puedan romperlo. Ellas habían sido y eran amigas; tan cómplices que sus miradas decían más que las palabras. Las dos cerraron los ojos. Querían sentir en la oscuridad de los sueños que al fin se habían vuelto a reencontrar. Sin saber nada ni tampoco importarles. Porque respirar era mucho más importante que conocer el paso que se debe dar.

Los faros de la Van iluminaban la CA-141 que atraviesa las praderas dormidas de Bareyo. A su paso, las suaves colinas se alzaban invisibles a la luz de la noche abierta. Belén conducía impregnada del aroma a eucalipto que desprendían los pequeños bosques escondidos. Lucía iba de copiloto custodiando con sumo cuidado la tarta de cumpleaños de Adrián protegida por una caja. Atrás: Sebas, Diego y Martín. Ni Lucía ni Belén sabían cómo Sebas y Diego habían logrado que Martín saliera de su aislamiento y se metiera en el coche.

—¿Llevamos las velas? —preguntó Sebas, alterado, rompiendo el silencio imperturbable que los acompañaba desde que habían salido de la urbanización la Sorrozuela.

—¿Diego? —dijo Belén mirándolo por el retrovisor para que abriera la mochila que había preparado Elvira y lo comprobara.

—¡Están aquí! —afirmó él sacando una pequeña bolsa transparente.

—¿Y si no hay cuarenta? —volvió a preguntar Sebas—. ¿Alguien las ha contado?

—... junto con buen champán y copas de plástico —respondió Diego ignorando los miedos paranoicos de su compañero de asiento.

El interior de la furgoneta se había convertido en un espacio demasiado pequeño en el que los pensamientos interiores se escuchaban demasiado alto. Los cinco acudían a cumplir con el último deseo prometido a Adrián, puede que el más loco o insensato: soplar las velas de su tarta sobre su tumba. Todos masticaban las turbulencias de sus cabezas.

—¿Es bonita la tarta? ¿Alguien la ha visto? —preguntó de nuevo Sebas.

Belén escudriñó su mirada en el retrovisor. Era el único de todos que buscaba dejarse caer en cualquier bucle menos en el de su propia cabeza. El resto viajaba respirando en silencio para digerir la intensidad de aquellos días juntos y apreciar cómo el final se precipitaba. Martín tenía apoyada la cabeza en el cristal de la ventana. Necesitaba sentir cómo poco a poco su piel se enfriaba. Solo podía concentrarse en comprobar, a través de las cosas más sencillas, que seguía entre los vivos: los contrastes de temperatura, su respiración serpentina, los pequeños espasmos que su cuerpo emitía a través de las extremidades.

La huida de Lorena lo había dejado fuera de juego y con demasiadas variables sobre la mesa. Acudía a soplar las velas de Adrián obligado, pero con una recompensa en mente digna de su última gesta. De no haber sido así, nadie hubiera conseguido sacarlo de la habitación.

—Tu mujer no te lo ha contado todo —le había soltado Sebas a la desesperada, incumpliendo el pacto con Diego para lograr que Martín los acompañara al cementerio—. Es sobre tu madre.

—Hemos dicho que no nos íbamos a meter en eso —le había reprendido Diego entre susurros.

Llevaban más de media hora tras la puerta intentando sin éxito que les abriera para poder continuar con los planes de la noche. Sebas había llegado al límite de su paciencia y habían dejado de importarle las consecuencias.

—Si vienes a soplar las velas del pastel... ¡te contaré lo que sé y que no te ha dicho tu mujer!

Antes de que terminara la frase, pudieron oír con rotunda claridad el ruido del pestillo de la puerta.

—¡Ese no era el plan! —le había vuelto a recordar Diego mientras comprobaba que ya podían entrar en la habitación de Martín.

Sebas miró de reojo a Martín en la furgoneta. No había abierto la boca, era cierto que su estado de ánimo no formaba parte del pacto, pero aquello era una celebración y no un entierro, aunque se dirigieran a un cementerio. Aquel era su deseo, y los nervios de Sebas sugerían que quería que todo saliera perfecto. Ver al expolítico como un alma en pena le sacaba más de quicio de lo que ya estaba.

—¿Y platos? ¿Cucharillas? ¿Tenemos?

—Está todo, Sebas... ¿Por qué no disfrutas de la oscuridad del paisaje y dejas la contabilidad de la fiesta para otra ocasión?

La Van se detuvo en la pequeña explanada para coches pegada al recinto amurallado de la iglesia de Santa María de Bareyo. Estaban solos. Ningún turista ni aldeano había tenido la misma ocurrencia de visitar el pequeño camposanto a esas horas de la noche.

—¿Podrías bajar? —le dijo Sebas a Martín dando varios golpecitos en la ventanilla desde el exterior—. ¡Ya hemos llegado! ¿Alguien puede decirle que cambie esa cara de muerto?

Belén fue la primera en reírse. El resto la siguieron. Martín los miró sin entender la broma. Seguía ausente. Derrotado. Se sentía no solo vencido, sino también avergonzado ante los demás.

Los cinco se tomaron un respiro, impresionados por la pequeña iglesia románica tenuemente iluminada. La conocían bien, pero necesitaban un impulso para la gesta. Era la primera vez que iban a profanar un lugar santo y, aunque lo hacían convencidos, la oscuridad, la piedra antigua y la afonía del lugar les infundían respeto. Ya no tenían quince años y asaltar un cementerio nunca había sido un buen juego de adultos.

—Podemos irnos, si queréis... —soltó Sebas sorprendiéndolos con el súbito cambio de actitud—. Puede que todo esto sea una tontería más de las mías.

—¿Estás insinuando una retirada? —le respondió Lucía con cara de ofensa.

No era la única que, al llegar al lugar, se había acordado de tantas otras aventuras que habían vivido con Adrián en aquellos veranos perdidos. Sintió el mismo latir acelerado que la obligaba a mover los brazos como un columpio a cada lado del cuerpo y a hinchar y deshinchar el pecho como un pez globo.

—Nos comemos la tarta aquí mismo y... ¿volvemos a la casa? —propuso al fin Martín—. No tenemos por qué entrar en el cementerio. Creo que será lo mejor.

Él sí que deseaba terminar cuanto antes aquella última aventura para que Sebas le contara lo que sabía. Aquello era una chiquilladas nada apetecible que no le divertía y que eclipsaba su deseo real: su drama personal. Quería llamar a su mujer, ver si le cogía el teléfono, y, cuanto antes, hacerla cambiar de opinión.

—¡No se me ocurre una tontería mayor que largarnos así de aquí! —Fue Diego quien decidió romper el amago de duda con una decisión activa—. ¿Alguien me sigue?

Echó a andar recorriendo el parcelado de piedra antigua de la iglesia y su pequeño terreno y no se detuvo hasta llegar a la minúscula puerta de metal negra que daba entrada al cementerio. Se giró para ver si el resto había ido tras él. Lucía fue la primera que tomó la avanzadilla, con tanta precipitación que Sebas la siguió para proteger la tarta de cualquier tropiezo inesperado.

—Sin pastel no hay celebración, ¿sabes? —le dijo mientras iluminaba el suelo con la linterna de su móvil para asegurarse de que el santo grial llegaba a salvo a destino.

—¿Cómo estás? —le preguntó Belén a Martín.

Los dos se habían quedado atrás contemplando un poco más la iglesia y el cielo custodiado de estrellas. Martín dio varios golpes con sus zapatillas a unas piedras antes de decidirse a responder.

—Siento que lo he perdido todo.

Se apoyó en la furgoneta, vencido. A Belén no podía mentirle. Tampoco a sí mismo, y menos a esas horas. Al menos por esa noche había agotado los disfraces. Belén lo sabía. Lo conocía perfectamente, así como los valles profundos de tristeza que habitaban en él, aquellos que, desde pequeño, había sorteado como podía.

—Has ido demasiado lejos.

Belén no inyectó anestesias, ni ofreció mentiras maquilladas. Martín, como el resto, en aquellos años, había tomado decisiones y construido su vida buscando su propio beneficio. Él era el único responsable de su propio destierro y sabía que no obtendría clemencia de ninguno.

—Lorena es una mujer llena de bondad, pero sin ambición. Podría vivir debajo de un puente y ser feliz.

A él no lo habían educado para apreciar los placeres sencillos de la vida, sino para no detenerse hasta llegar a la cima del triángulo llamado éxito y permanecer en él.

—¿Irás a ver a tu madre? —le preguntó ella.

—No creo que quiera verme. En realidad, lleva toda la vida sin querer hacerlo.

Martín comenzó a andar y la invitó a seguirlo para terminar la conversación. Había poco más que decir. La había fastidiado con Lorena. Era cierto que había ido demasiado lejos, pero llevaba tiempo tirando de la cuerda del perdón ajeno y ya no pedía ni misericordia ni su salvación. Belén lo sabía bien, igual que suponía que no se daría por vencido ni con Lorena ni con su madre. Puede que doña Cintia no deseara verlo, pero todo había cambiado desde que su mujer había ido a visitarla y ella le había confesado tener en propiedad la antigua casa de los Salgado. Algo que su hijo todavía ignoraba y que el resto conocía. A veces, las verdades llegan en el momento y en el lugar más inesperados.

—Y ahora, ¿cuál es el plan? —preguntó Sebas tras varios minutos observando a Diego, que se había apoderado del espíritu de McGyver y, con una pequeña navaja, intentaba sin éxito abrir la cerradura de la puerta del cementerio.

—¿Confiar un poco más y dejar de ser tan poco halagüeño?

Lucía le endosó a Sebas la tarta para inspeccionar el lugar y procurar encontrar un plan alternativo. Comenzaba a sentir el frío en los pies y los nervios de ver frustrado su objetivo. Sin pensárselo dos veces, de un impulso trató de trepar por la pared de piedra, escalar hasta lo más alto para lograr entrar. Antes de fracasar en el intento, oyó la llamada de Belén. Soltó los brazos y cayó al suelo sin peligro.

—¡Podrías haberlo dicho antes! —exclamó Diego aliviado—. Así nos hubiéramos ahorrado los ánimos de Sebas.

Ninguno preguntó cómo era posible que Belén hubiera conseguido las llaves del lugar. Seguramente, el guardián de aquel pequeño remanso de paz para las almas no se había ganado el cielo con aquella cesión secreta, pero había puesto mucho más fáciles las cosas al grupo de asaltantes.

Diego entró el primero alumbrando el terreno con la linterna del móvil. Estaba impresionado, pues allí también estaba enterrado su padre. Había decidido no acudir al funeral, tampoco había visitado su tumba. Pocas familias tenían nicho en aquel minúsculo camposanto; la mayoría eran heredados de generación en generación o comprados a precio de oro. Fue así como lo había conseguido el doctor Guerrero. Un lugar para rezar a su hijo hasta que decidió dejar de hacerlo. Las peleas y rencores de los vivos son humo ciego para los muertos.

El silencio de aquel espacio protegido por el cielo estrellado se rompía por las pisadas apuradas de los cinco profanando el lugar santo. Prácticamente no respiraban, atentos a cualquier señal de alerta; la impresión de estar allí dentro les ofrecía la aciaga posibilidad de que cualquier peligro podía asaltarlos en medio de la negrura de la noche.

—No te alejes y alúmbrame. ¡Que llevo la tarta!

Lucía cargaba con ella. Seguía de pareja con Sebas, que iba con la vista fija en el suelo, más que para evitar una caída, para alejarse de la tentación de descubrir los nombres de los muertos. Prefería que se quedaran sin identidad. Tenía el vello erizado, la respiración entrecortada y un sudor frío le recorría la frente. Era la primera vez que asaltaba un cementerio y por las zarandeadas sensaciones deseaba que fuera la última.

Apenas a cincuenta metros de la entrada y después de pasar por entre dos pequeñas filas de nichos, Diego se detuvo con la linterna enfocando a una lápida. Todos menos Sebas reconocieron el nombre y guardaron silencio.

—Tómate tu tiempo. Te esperamos con Adrián —le dijo Belén en voz muy baja obligando al resto a moverse y a dejar solo a Diego en el encuentro mudo con su padre.

Rodeados por la aureola de luz formada por las linternas de los móviles, el grupo siguió avanzando guardando respeto y distancia con todas las almas, que, seguramente, no se sentían jocosas con la compañía de unos extraños. Sebas pisaba con el pulso acelerado. Sentía las manos temblorosas. Ya era tarde... De haber podido, habría abortado ese último deseo. «¡Ojalá se le caiga!» Un pensamiento fugaz mirando de soslayo a Lucía le ofreció la lucidez de saber que no deseaba estar allí. No había meditado la idea de encontrarse con la tumba de Adrián, no como debía.

Belén se detuvo la primera. El resto llegó cuando la tumba de Adrián ya estaba iluminada por su linterna. Se colocaron en semicírculo sin saber qué decir. Sin poder decir nada. Aguantando la respiración y las emociones estancadas. El tiempo no había corrido lo suficiente como para disminuir el impacto de aquel reencuentro. Sebas sintió por unos segundos que la vista se le nublaba. Se dejó caer sobre la tumba de al lado sin preocuparse de si invadía la intimidad de otros muertos. Adrián Guerrero Collet. Las letras esculpidas en el mármol no se habían desgastado. Permanecían igual de pulcras que el primer día. Sebas fue el primero en soltar cuerda y echarse a llorar. Necesitó hacerlo para descomprimir la fuerte presión en el pecho que había sentido al ver el nombre de su amigo en una tumba. En todos aquellos años, nunca había querido visitarlo. Nunca había querido verlo; puede que fuera un modo pueril de protegerse de su ausencia, del agujero roto que dejan los muertos a los vivos.

Belén dejó el móvil apoyado sobre la tumba de su hermano y con sigilo se sentó al lado de Sebas. Con la misma fragilidad del momento, acercó su mano a la de él y con suavidad la acarició.

Lucía colocó la tarta sobre la tumba y se arrodilló frente a ella. No reprimió las lágrimas por seguir echando en falta a Adrián. Volver allí no había sido fácil para ella ni para nadie, pero se alegraba de haber sido capaz de hacerlo. De mirar de nuevo aquella tumba, aquel pequeño rincón del mundo donde reposaba uno de sus mejores amigos. Un abrazo inesperado, pero necesario, la ayudó a dejarse ir como deseaba. Soltar para vaciar la tristeza que nunca termina, pero con la que se aprende a vivir.

Diego había llegado el último y había abrazado a Lucía. También lo necesitaba. Sentirse unido a ella, igual que veintiún años atrás. Una escena parecida, pero más íntima y consciente, a la que habían representado juntos en el entierro de Adrián. El tiempo cose comprensión y diluye lamentos.

Martín no había podido dar un solo paso. Su cuerpo estaba tan frío que, de moverse, se le habría podido partir cualquier músculo. Como Sebas, era la primera vez que estaba frente a la tumba de Adrián. No había podido acudir ni al funeral ni al entierro. Estaba en coma batallando por su propia vida. Podría haber sido él quien estuviera en aquel lugar, convertido en tierra. Con una tristeza no consentida, pensó que ninguno de ellos estaría allí esa noche de haber sido él el muerto. La vida le continuaba concediendo tiempo, pero él se había transformado en un superviviente incapaz de devolverle ni un suspiro de gratitud. Esa tumba con el nombre de Adrián escrito, con la fecha de su nacimiento y de su muerte, hacía que se le atragantaran sus miedos más oscuros. Aquel accidente había supuesto para él vivir con el terror a morir, a volver a sentir la nada en un chispazo. A desaparecer sin lograr el éxito. No era distinta aquella noche para Martín. Deseaba escapar de aquel lugar de muertos, de recuerdos que solo empañaban sus deseos de una nostalgia inservible. Adrián se había ido y él había sobrevivido. Fin de la historia. Puede que por un rencor extraño no derramara una lágrima al despertarse aquel día en la habitación de un hospital. Pero tampoco veintiún años después, frente a su tumba. Él solo era capaz de sentir un frío terrible que endiabladamente mantenía sus extremidades en un estado de semicongelación.

—¿Y ahora qué?

Martín necesitó romper aquella plegaria silenciosa y activar la noche para salir cuanto antes de allí. Diego se giró para mirarlo y comprender su inoportuna pregunta. El rostro del expolítico dibujaba la perfecta expresión de quien es incapaz de sentir el dolor ajeno. Ningún recuerdo compasivo había atravesado su mente; ni siquiera el de su propio despertar a la vida le había servido para alargar un poco más la huella del reencuentro.

—Será mejor que vayamos preparando la tarta, no sea que alguien nos descubra y tengamos que terminar con la fiesta.

Belén se levantó ante la mirada inquisidora de Sebas a Martín. Se adelantó para detener el tren. No quería una discusión delante de la tumba de su hermano. Sin decir una palabra y ayudada por Diego, comenzó a disponer las cosas para cumplir con el último deseo para Adrián.

Poco a poco, el resto se incorporó a la coreografía de sacar el pastel, colocar las cuarenta velas, poner los platos, los cubiertos, las copas de plástico...

—¡Viva Dom Pérignon! —brindó Sebas levantando la botella frente a la lápida para compartirla con Adrián—. Tu hermana está de un generoso... No sabes lo que la han cambiado estos días.

Belén le guiñó un ojo mientras acababa de poner las velas e invitaba con la mirada a Martín a unirse. No había sido capaz de moverse del sitio. Seguía con el frío que solo él sentía. La noche estaba templada y el viento en calma.

—¿Quién las enciende? —dijo Lucía.

—¿Lo hacemos ya? —preguntó Diego a Belén.

—Creo que quien debe llevar la voz cantante en esto es Sebas —respondió mirándolo—. Al fin y al cabo, fue el deseo que elegiste tú. ¿Cómo quieres que lo hagamos?

Sebas había pasado del desconsuelo a la excitación de organizarle aquella pequeña fiesta de cumpleaños a Adrián al pie de su tumba. No pudo evitar sonreír. «Cabrón, seguro que te estás partiendo de risa viéndonos hacer toda esta locura por ti.» No dejaba de hacerlo mientras mantenía la conversación imaginaria con su amigo. «Me alegro de veros juntos», fue la respuesta de Adrián. Sin dirigirse a Martín, Sebas lo obligó a desclavarse y a moverse para sentarse sobre la tumba vecina. Colocó al grupo en un nuevo semicírculo frente a Adrián y, después de un gran suspiro, encendió la primera vela.

—¡Vamos! Todos tenemos que encenderlas. Tú también —le dijo a Martín—, que pareces una estatua mortuoria, hijo. ¡Un poco de vida a la noche!

Le pasó su mechero al tiempo que le asestaba unos

pequeños golpecitos en la espalda para animarlo a actuar. El resto sonreía. Todos habían traspasado la frontera de la tristeza y remado hasta el amor.

—¡Ya está! ¡Qué bonito! ¡¡Adrián, qué preciosidad de tarta!!

Lucía volvía a ser la niña a la que Belén y Adrián habían conocido. Dio varios saltos sobre sí misma y unos pequeños aplausos de excitación. Todos la siguieron en ese minúsculo paso atrás para poder ver de lejos el pastel con las velas encendidas sobre la tumba. Belén agarró la mano de Lucía iniciando una cadena que terminó con Diego cogido de la mano a Martín y todos contemplando la escena con la luz parpadeante reflejada en sus pupilas.

—Cuuumpleaños feliz —Martín comenzó a cantar con la voz quebrada y apretando la mano de Diego—, cuuumpleaños feliz...

Todos se unieron sin dudarlo y una gran sonrisa se les fue perfilando en el rostro mientras le cantaban a Adrián la canción del cumpleaños feliz. Martín, al fin, se había abierto al llanto. Fue un llanto que ni él mismo supo traducir, pero que a ninguno le importó, tampoco a él. Cantaron varias veces la canción, alargando el momento. Sus manos unidas moviéndose cada vez con más energía, con la pasión de aquella extraña celebración que los había llevado hasta allí. La felicidad se pasea por caminos insospechados, y aquel era uno de ellos, pues todos la sintieron desde un lugar u otro del alma.

Sebas no podía dejar de imaginar la cara de pleno goce de Adrián. Todos conectados más allá de la vida; maravillados por ese estallido de irracionalidad que les devolvía por unos segundos a su amigo. No hubo ninguno que no vislumbrara su rostro. Martín también. Percibió cómo Adrián se abalanzaba sobre él para darle uno de esos abrazos que lo dejaban con el cuerpo tieso y con la sensación de que, a pesar de todo, era querido y aceptado por él.

Ninguno se atrevía a dejar de cantar la canción, y se miraban riendo sin parar, en un bucle sano de desbarre para cualquier otro testigo. No querían dejar de cantar... Pero, como si la vida les recordara que nada les pertenecía, una leve ráfaga de viento hizo el amago de apagar las velas, dejándolas temblorosas y señalando que había llegado la hora.

El primero que se decidió fue Diego, que se acercó al pastel sin soltar la mano de Martín e invitó al resto a seguirlo.

—¿Soplamos a la de tres? —sugirió emocionado.

Todos se aproximaron al calor del fuego encendido para asegurarse de no dejar una sola vela encendida tras el soplo conjunto. Se miraron entre ellos dispuestos a terminar la gesta.

—Por ti, querido amigo —dijo Sebas.

—¡Tres! ¡Dos! —Diego dio la señal—. ¡Unooo!

Las cuarenta velas se apagaron con el enérgico soplido conjunto abandonándolos en la oscuridad y con el júbilo de haberlo logrado. Se abrazaron sin pensarlo. Aplaudieron y rieron. Reaccionaron con la libertad de los muertos, contagiados por el juego loco de estar en un camposanto celebrando el aniversario de un muerto. Ellos jamás le habían llevado flores a Adrián, pero sí su deseada tarta de cumpleaños para mostrarle que ni la muerte había podido romper su vínculo. Lo seguían queriendo como al pequeño del grupo que era. Permanecía en ellos. Era la chispa de todos. La risa contagiosa, la energía centelleante de una traca de petardos. Así continuaba siendo Adrián para ellos.

Sebas descorchó el Dom Pérignon con el desborde emocional de haber cumplido.

—¡Vamos a brindar! ¿O es que os creíais que se iba a quedar sin su brindis de cumpleaños?

Todos levantaron sus copas juntándolas frente a la tumba y esperaron a que Sebas cumpliera capitaneando él mismo el brindis.

—Mi querido amigo, aquí estamos los que quedamos... ¡A tus pies, cabrón! Echándote tanto de menos como el día que te fuiste. Un poco más gilipollas que entonces porque, si no llega a ser por tu hermana, incluso esto nos perdemos. —Sebas era un huracán de emociones, una metralleta de palabras que contagiaba al resto, que seguían con las copas en alto—. ¡Qué te voy a decir! Te has perdido muchas cosas... ¡Muchas, tío! Pero al menos tú tienes excusa porque estás muerto; los que estamos aquí hemos sido unos gilipollas.

—¿Va a ser muy largo el brindis? Se me carga el brazo.

No podía ser otro que Martín el que interrumpiera el momento con un amago de broma que no hizo gracia a nadie más que a sí mismo. Pero en esa ocasión ninguno se enfadó, ni siquiera Sebas, que lo incorporó al brindis:

—Ya ves que pocas cosas cambian, amigo. Y aunque el gilipollas mayor continúe dando la lata, por ti hay que seguir queriéndolo, porque así lo deseabas y, desde luego, no voy a ser yo quien decida lo contrario.

Diego y Sebas cruzaron sus miradas comprendiendo lo que había querido decir. La energía mágica del grupo había impregnado el ambiente de una compasión inusual que demostraba que, por encima de los actos que condenaban a cada uno, estaba el poder de pertenencia. El valor de estar y de formar parte de un grupo que en la distancia o en la cercanía, y más allá de su voluntad, se mantenía como una tribu. Incluso más allá de la muerte.

—Querido amigo, ¡felices cuarenta! Te queremos mucho y no hace falta que te diga, cabrón, que eres el que mejor se conserva de todos.

Sebas chocó su copa con la de Belén dando por finalizado el discurso e iniciando el brindis. Todos apuraron el espumoso.

—¡Joder, está riquísimo! ¿Alguien se apunta a otra copa? —soltó Martín.

—Que no sea por botellas. ¡En la mochila hay otra! —dijo Diego.

Lucía y Belén cortaron la tarta y la repartieron cumpliendo con la tradición de probarla primero para evitar la mala suerte. Bizcocho con chocolate cubierto de almendras. La tarta preferida de Adrián.

—Hasta el último detalle —le dijo Lucía a Belén saboreando el pastel.

Belén brindó con Lucía y luego con Adrián. Era cierto. Lo había preparado todo con escrupuloso detalle junto a Elvira, pero nunca habría podido imaginar una escena como aquella. Una fiesta tan perfecta como imperfecta. Acarició la tumba de su hermano y se sentó unos minutos sobre ella, frente a su nombre. Necesitaba hacerlo para contarle en silencio cómo la vida, después de tantos años, la había golpeado tan fuerte que había terminado por ganarle la batalla.

—Te quiero, hermanito, y este es el mejor regalo de cumpleaños que he podido hacerte. Reunir a los tuyos, a los nuestros, que nunca debieron irse, y contarte que algo muy pequeño que se hará tan grande como tú ya crece dentro de mí. La vida misma pidiéndome paso. Haciéndome el inesperado regalo de resucitarme. Vengo a decirte que vas a ser tío y que soy la mujer más feliz del mundo ahora mismo. No sé todavía si será niño o niña, pero llevará tu nombre y tu energía. Sé que estás ahora dando saltos desde el cielo. Como cuando éramos pequeños y celebrabas tus victorias. Sé que esta es otra para ti. Ya ves que la vida me ha dado la vuelta; yo, que te decía que jamás sería madre, ahora voy a serlo. Por sorpresa, del revés y llena de amor. No te creas..., me muero de miedo, pero sé que hay una parte de ti en todo esto. Cuando te fuiste, decidí que la muerte me llevara de compañera, y solo un embarazo inesperado, resultado de una noche loca con un desconocido tras un congreso, ha podido sacarme de los lodos del subconsciente.

Belén seguía acariciando la piedra de la lápida de Adrián. Deslizando sus dedos sobre cada letra de su nombre esculpido. Hablando con la emoción vibrando en los recuerdos, pero con vistas al futuro. Por primera vez dispuesta a soltar lo que habían sido y a permitirse ser, emerger de nuevo a la vida.

—Ellos no saben la noticia, el principal motivo por el que los he reunido. No se lo contaré hasta que haya pasado tu cumpleaños, después de medianoche. Hoy es tu día, querido hermanito...

Se lo decía en pequeños susurros que el resto respetó sin atender demasiado. La intimidad de la escena se dejó respirar hasta que Belén decidió regresar con el grupo para seguir con la fiesta. Todos sintieron, al igual que ella, la necesidad de hacer lo mismo. De acercarse a la tumba y charlar con Adrián.

La salida del camposanto fue tan opuesta a la entrada como ruidosa. Ninguno podía contener la alegría por haberlo logrado. Por haberle llevado el pastel a Adrián y haber soplado las velas sobre su tumba. Incluso Martín casi había olvidado el motivo por el que había accedido a salir de su habitación, pero al montarse en la Van, recordó que Sebas tenía una cuenta pendiente con él. Le sonrió a su propio reflejo. No podía evitar gustarse en la misma proporción que se despreciaba.

—¿Quién continúa la fiesta en la casa? —preguntó Sebas con la botella de champán en la mano.

Había recuperado su esencia y desmontado un demonio interior al haber hablado con Adrián en su propia tumba.

—Te echo de menos, amigo, no sabes de qué forma... Aquella noche te llevaste un pedazo de mí y, aunque nunca volverá, aquí sentado duele menos. Y sin drogas ni necesidad de odiar a nadie. Ni siquiera a mí mismo. Te quiero, Adrián. Siempre te he querido y nunca te lo dije. Puede que si estuvieras vivo a estas alturas, todavía no me hubiera atrevido. Pero te quiero y sé que no voy a querer a nadie como a ti, pero quizá en el amor me merezca algo más de lo que me he permitido estos años, que, créeme, ha sido lo peor de cada casa.

—Yo no quiero que se haga de día, aviso a navegantes —siguió Sebas invitando a la fiesta—. ¿Alguien está conmigo?

Todos levantaron la mano, incluso Martín. No importaban los motivos de cada uno, distintos y desconocidos para el resto, pero todos deseaban quedarse un poco más, alargar la noche y evitar el tiempo de las despedidas.

Apenas quedaban unos minutos para el amanecer. La noche se había consumido con ligereza y con la misma agonía que un reloj de arena.

Ninguno de los cinco quería partir. A esas horas, todos permanecían en el gran salón acristalado: cuatro conscientes y uno, Martín, pidiéndole a Morfeo soluciones para su vida. Contemplaban cómo la oscuridad dejaba paso despacio al nuevo día, no querían perderse la belleza de despertarse a la vida, impávidos ante esa gran ley de la naturaleza: no hay día sin noche, como no hay noche sin día. Un fiel reflejo de la muerte y la vida.

Diego, severamente emocionado, avistaba la llegada de la luz que despuntaba sobre el horizonte. No era el mismo. Aquel lugar lo había descorchado provocando un estallido interno que emulsionaba su alma con el lugar de la infancia que creía perdido. Aquella noche, como las anteriores, no había dejado de acariciar la canica de la suerte. La de goma mordida. La única superviviente; buen ejemplo de su historia y de la del resto.

«Te quiero.»

Un breve mensaje. Nada más importante que aquellas dos palabras. Se las envió a Cris antes de que terminara la noche con la promesa de volver a hacerlo, como cuando el poder del amor había golpeado su alma contrariada y había creído durante un tiempo ganarle la batalla.

Belén le acarició la mano, como les había hecho a todos en aquellas horas de confidencias. Dejarse fluir en la necesidad de abrazarse, de rozarse, de estar a centímetros de cada piel. Formando un grupo, juntándose para sentir lo olvidado: pertenecer.

—Chicos, antes de que se termine todo esto me gustaría sincerarme con vosotros.

Apenas habían llegado al gran salón cuando, tal y como le había prometido a Adrián, Belén quiso contarles el verdadero motivo de aquella reunión.

Diego, Martín, Sebas y Lucía se sentaron cada uno en

un rincón de la estancia. Las palabras de Belén los habían cogido de improviso. A esas horas, ninguno creía que pudiera haber un propósito oculto para aquel reencuentro que no fuera el cumpleaños de Adrián. Más de una vez lo habían dudado, pero con las tareas completadas y el cuerpo satisfecho, habían descartado cualquier otra razón. Se equivocaban.

Ante sus caras de desconcierto, Belén sintió un temblor en la carótida que anunciaba su dificultad escénica. Se pasó la mano por el cuello hasta llegar a ella y percibir las palpitaciones en marcha. Conocía muy bien aquella sensación; curiosamente, la arteria encargada de llevar la sangre del corazón al cerebro se estresaba cada vez que Belén deseaba conectar ambas cosas, transmitir las emociones más profundas e intentar hacerlo desde una estructura discursiva impoluta.

Mientras se acariciaba la carótida, Belén respiró y entendió que debía quitarse las armaduras y soltarse, incluso con los miedos.

—No sé ni cómo empezar porque me siento completamente anegada de sentimientos que renacen cada vez que os contemplo. —Belén notó cómo su mirada se vestía de mar y su garganta era un barco hundido—. Perdonadme —dijo con la voz quebrada, imposibilitada de seguir durante unos minutos.

Los demás permanecieron impertérritos, dispuestos a consentir el llanto ajeno, incluso a compartirlo en silencio.

—Os doy las gracias de la misma forma que cuando os vi aquí después de tanto tiempo —retomó despacio—. Me ha gustado mucho veros. Sentiros de nuevo y reconoceros tal como fuisteis. Ha pasado mucho tiempo, mucha vida..., en mi caso, llena de desiertos. Durante años intenté ganarle la partida al olvido, gobernarlo, y transité con voluntad, y no sin esfuerzo, el camino del abandono de todo aquello que me recordara a Adrián, a los veranos en Ajo y a la felicidad de vivir sin atender a nada más. Solo vivir. Creí que me había recuperado, reconstruido y convertido en la mujer que deseaba ser, pero me equivoqué; comprobé que la mente es capaz de reinventarse sobre un castillo de mentiras. El día que perdí a mi hermano se me paró la vida, me quedé como un reloj sin cuerda, y no me di cuenta hasta que... —Belén respiró para mirarlos. Estaban todos entregados, concentrados en ella y en sus palabras, pero sabía que ninguno acertaba a adivinar lo que estaba a punto de soltar— hasta que otra vida comenzó a germinar dentro de mí.

Una leve pausa, una sutil caricia sobre el vientre; suficiente para descifrar el jeroglífico. Diego echó su cuerpo hacia atrás todo lo que pudo, Lucía abrió los ojos hasta sentir dolor, Martín aplaudió comprendiendo algunos momentos de aquellos días con Belén.

—¿Estás embarazada? —Sebas no pudo evitar cerciorarse de la evidencia.

—Lo estoy. Desde hace casi cuatro meses. Y puedo decir que no puedo estar más feliz. Pero he de contaros más cosas. Hugo no es mi pareja. Nunca lo fue. Necesitaba que estuviera aquí porque, en cuanto me enteré de que estaba embarazada, decidí que debía romper definitivamente con el dolor del pasado.

—¿Y para qué lo necesitabas a él? —preguntó Sebas, incontinente, deseoso por comprenderlo.

Lucía lo agarró del brazo y le pidió paciencia y que dejara hablar a Belén.

—Hugo es otra víctima del accidente de aquella noche. Es el hijo del conductor del coche que chocó contra nosotros.

—¿Del hijo de puta borracho que mató a Adrián? —exclamó Diego levantándose de la silla—. ¿Por qué cojones nos lo dices ahora?

Lucía era la única que no había reaccionado a nada. Estaba con el cuerpo prieto y la mente callada. Quería seguir escuchando a Belén.

—Sé que es difícil, Diego, pero necesitaba cerrar con él también ese capítulo, esa noche que nos partió en mil pedazos y nos llevó a kilómetros y años de distancia. Hugo nunca supo que su padre había sido el responsable. Creyó que había sido yo quien lo había matado a él. Fue una casualidad que, a través de Sebas, conociera la obsesión de un pobre chaval que llevaba, como yo, años sin levantar cabeza. No sé... Puede que os parezca un despropósito... —Belén se levantó y se dirigió hacia la gran cristalera, ofreciendo a la noche sus inseguridades—. El mundo se me vino abajo cuando me enteré de que estaba embarazada. Nunca ha sido mi plan ser madre, todo lo contrario. No he tenido una pareja estable desde hace años, esto es fruto de una noche con un extraño del que ni siquiera tengo su teléfono. —Belén bebió agua y se mantuvo unos segundos perdida en la noche—. Al principio, pensé en abortar. No era una opción contemplada este embarazo. Pero una noche me desperté de madrugada con un claro mensaje en forma de latido: debía tenerlo. Debía escuchar a la vida, que me hablaba desde lo más profundo de mi ser, un rescate para volver. Para volver a creer después de todo.

Belén se giró hacia ellos con los ojos cristalinos. Por primera vez rota ante ellos, vulnerable, tan parecida a esa niña que se quedaba siempre en el segundo plano de su hermano pequeño.

—No fue hasta pasados unos días —continuó— que

caí en la cuenta de que en unos meses Adrián cumpliría cuarenta años. No podía dejar de lado todas las veces que él había fantaseado con la fiesta, con montarla y celebrarlo juntos. Mientras lo evocaba, me inundó una lluvia de nostalgia, una cascada de recuerdos apareció de la nada. Era incapaz de concentrarme en otra cosa que no fuera recordaros, recordarnos, y echaros demasiado de menos. No sabía qué me estaba ocurriendo, por qué después de tantos años la pared del olvido se había derrumbado y dejaba entrar todo ese pasado en mi vida.

Diego se había vuelto a sentar para escuchar a Belén atentamente, aunque efervescente, incapaz de controlar el burbujeo emocional de su interior. A él también se le había resquebrajado el escudo del pasado en aquella casa, y las palabras de Belén le removían mucho más.

—Enfermé. Estuve en casa casi una semana sin poder salir, sin saber qué me ocurría con exactitud. Había superado la muerte de mi hermano, la de mi madre..., el silencio entre mi padre y yo... Había logrado tener una carrera reputada. ¿Qué ocurría? No conseguía averiguar de dónde salía aquella espada invisible que se me clavaba en el estómago, que me desangraba. —Belén se sentó cerca de Diego, frente a Lucía, Martín y Sebas. Los miró con la ternura del amor que ha sobrevivido a los huracanes de la vida—. Descubrí lo más bonito y lo más amargo: que la noche que murió Adrián no solo perdí a un hermano, sino a mi familia. —Estaba atragantada de emoción, pero logró contenerla y seguir hablando—. Os perdí a vosotros, que erais, junto con mi hermano, lo más importante que me había dado la vida. Mi refugio, mis amigos..., mi familia. La diferencia era que ninguno de vosotros había muerto aquella noche, pero yo quise mataros... ¡Entonces me di cuenta de lo que me estaba haciendo enfermar! Adrián falleció sin que pudiera decirle que lo perdonaba —las miradas de Belén y Lucía se cruzaron—, que lo perdonaba y que me perdonara por aquella noche. Pero a vosotros... A vosotros nunca os había dado las gracias por haber sido esa mochila llena de buenos momentos que han logrado que siga viva a pesar de todo...

Sebas estaba llorando agarrado del brazo de Lucía con fuerza para reprimir el impulso de abrazar a Belén. Martín escuchaba agradeciendo aquellas palabras y apreciando cada sutil mirada de Belén hacia él. Lucía y Diego no dejaban de intercambiarse pequeños gestos, diminutas complicidades.

—Os quiero. —Dejó respirar aquellas dos palabras—. En realidad, os convoqué para poder deciros que os quiero. Que os echo mucho de menos y que... —A continuación requirió detenerse unos segundos antes de continuar—, y que ahora que voy a ser madre, quiero comunicaros mi deseo de darle a mi hijo o hija una familia, que sois vosotros. Sé que esto es una locura porque llevamos años sin vernos, distanciados, en silencio, con rencor... Pero necesito deciros que mi puerta está abierta. Que seguís siendo mis amigos. Que me hago niña con vosotros y vuelvo a ser aquella que creía haber perdido con la muerte de Adrián. —Belén titubeó un poco—. No os estoy pidiendo nada. Solo necesitaba limpiar heridas y enterrar dolores para poder ser madre con el corazón sanado. Por eso os doy de nuevo las gracias, a todos. A todos vosotros, también a ti, Martín, por haber accedido a venir. Era preciso que cerrara el círculo. Necesitaba volver a veros y deciros que, durante este tiempo, aunque os haya querido lejos, habéis sido, sin saberlo ni siquiera yo, mi flotador para seguir adelante.

Belén bajó la cabeza y percibió el alivio en su garganta. Lo había soltado. Había logrado hablar desde lo más profundo. Apenas era capaz de recordar el orden de aquel discurso. No importaba. Al fin les había dicho la verdad y estaba limpia de rencores equivocados.

Martín se levantó y fue directo hacia Belén. Se arrodilló frente a ella y se quedó quieto, a unos centímetros, hasta que ella lo miró. Tenía la mirada desempolvada de un niño herido que no sabe cómo pedir perdón. Se agarraron las manos, se contemplaron hablándose y, sin necesidad de articular palabra, se abrazaron.

Diego no pudo evitarlo; se arrodilló también y los abrazó en silencio. No había nada que decir, solo sentir los estragos de los errores de la supervivencia. Sebas y Lucía no tardaron en completar aquella melé; hermanada, conciliadora de los años de ausencia, del dolor solitario. Con la muerte de Adrián ellos también se habían perdido. Se habían dejado atrás, incapaces de superar lo ocurrido. Imposibilitados para compartir culpas.

Con los zarpazos de la vida, el tiempo se fragmenta. Habían tenido que pasar veintiún años para perdonarse. Aquella noche, pegados en un gran abrazo, cerraron el círculo. Sanaron heridas que no hablan con idiomas, sino con ausencias.

Todo en otra noche, en otra madrugada...

Los minutos siguieron corriendo entre nuevas confidencias, risas compañeras, silencios bendecidos y miradas generosas. Gastaron el tiempo queriendo recuperar el perdido. Comprobaron que los vínculos son la luz que ves cuando la niebla es espesa.

Lucía contemplaba los rayos de sol recostada sobre Belén. No había sido capaz todavía de reaccionar con palabras a la noticia de su embarazo, pero su cuerpo no se había despegado de ella. Sebas no había dejado su vaso de whisky. Estaba feliz, sereno, sin demonios que pidieran hablar para huir de los sentimientos profundos. Al fin había enterrado el hacha y colgado su recompensa en forma de amuleto.

—¡Voy a ser tío! —exclamó sin dejar de emocionarse—. ¡Voy a ser tío!

El resto lo miraron y sonrieron observando la felicidad en su rostro, la confirmación de que su soledad intrusa se quedaba un poco más huérfana. Belén le tendió la mano y él se dejó caer, como cuando eran jóvenes y los cuerpos de los amigos se fundían en noches inolvidables como aquella.

El día comenzaba a marcar las nuevas horas abandonando la oscuridad. Relevándola. La noche oscura del alma para los cinco al fin concluía. Ninguno sabía ni le importaba cuál sería su futuro. Su transitar juntos. Pero la calma había llegado y los recuerdos se habían ganado el permiso de aflorar a capricho sin escocer.

Belén se levantó y sin meditarlo salió corriendo al jardín con una manta sobre la espalda. Se detuvo delante de la gran roca del jardín, guardiana de las olas y del acantilado.

—Uno, dos, tres...

Con una sonrisa humedecida, empezó a contar en silencio. Volvía a hacerlo, pero sin querer había invertido el juego de cuando eran niños y le daba la bienvenida al día en vez de a la noche; contaría la primera ola del día.

Lucía la contemplaba desde el otro lado de la cristalera. Ambas se miraron de forma fugaz: el amor siempre viaja más allá del tiempo. No se cuenta en segundos, ni en minutos, sino en certezas, y solo los amantes lo saben.

—Veinticuatro, veinticinco...

Belén trataba de no perder la cuenta ante la emulsión de emociones. Abrazada a sí misma, protegiéndose del frío con la manta, le dio las gracias a Adrián. Al fin había logrado hacerlo: caminar hacia delante; impedir que los estallidos de un mal pasado gobernaran su vida y no pedir paso ni permiso para vivir sin el filtro de una muerte mal digerida o culposa.

—¡Cuarenta y dos! ¡¡Cuarenta y dos!! —Belén levantó los brazos imitando a Adrián y se subió como él a la gran piedra para celebrarlo—. ¡Te cacé! —le dijo a la primera ola.

Al fin, el nuevo día sin tinieblas había llegado.